素材採取家の異世界旅行記

MATERIAL COLLECTOR'S ANOTHER WORLD TRAVELS

13

木乃子増緒

KINOKO MASUO

ビー
タケルの相棒の子ドラゴン。タケルとカニが大好き。
スッス
口癖が「～っす」の愉快な小人族。忍者みたいになった。

レムロス夫人
マティアシュ領の
領主様。
タケル
ひょんなことから
異世界で「素材採取家」
となった本作の主人公。
食べることと
お風呂が大好き。
ザバ
ルカルゥのお供の
へんな生き物。
よくしゃべる。
ルカルゥ
ある日、空から
降ってきた幼子。
しゃべれない。
ユムナ
謎の種族
「アルナブ族」の少女。
主な登場人物

1

生きることは食べること。

食べるために生きていると言っても過言《かごん》ではない。

生きるためだけならば食にこだわらなくて良いのだ。

より美味《うま》いものを求めるのは人としての業《ごう》というか、元日本人としての魂《たましい》に刻まれた呪縛《じゅばく》というか、ともかく生きるためにはいろいろと楽しんだほうが勝ちだと思っている素材採取家のタケルです。皆さん、より良い食生活を送っていますか。誰ですか食材採取家と仰《おっしゃ》るのは。間違ってはいませんよ。

俺が所属するチーム蒼黒《そうこく》の団《だん》の食生活は、とてもとても豊かである。

マデウスにおいて通常一日二食で済ませるのが常識だとしても、俺にその常識は通用しない。朝と晩だけ食べるなんて、お腹空《なかす》いちゃうじゃないか。

俺たち蒼黒の団は一日三食おやつつき。各々小腹《こばら》が空いたら木の実とハチミツを煎《い》った携行食もどうぞ。しかも、美味《おい》しいのが当たり前の食事を提供しています。

まず何よりも俺自身がひもじい思いをしたくないため、元気に働くためには腹いっぱいに食べなくてはならないと考えている。

腹いっぱいになれば何でもいいと言う人とはちょっと仲良くはなれない。食うのならば楽しまなければ。

かったい干し肉と酸《す》っぱい葡萄酒《ぶどうしゅ》を一日二回、もそもそと食べて飲むのが冒険者。モンスターが蔓延《はびこ》る深い森の中で悠長《ゆうちょう》に焚《た》き火《び》をして調理をしていられないから、という理由はある。それはわかる。腹が満たされれば早く仕事ができるしね。わかるよ。

だがしかし、俺には前世からの業というか日本人の飽《あ》くなき食への追求といいますか、変態的にまで食に貪欲《どんよく》というか、一度覚えてしまった味が当たり前になってしまうと不味《まず》いものを口に入れるのがぶっちゃけ嫌っていうか。

嗚呼《ああ》、アルツェリオ王国の王都で食ったデロデロのおかゆ的な汁状《しるじょう》の食い物を思い出すたびに悲しくなる。現地の貴族に大人気らしいということで食ったのに、あれは酷《ひど》かった。同じものを作れるかと聞かれれば、小麦粉を練ってちぎって水溶き片栗粉《かたくりこ》にぶちこんで混ぜて少々の塩と砂糖で熱したらでき上がるだろう。素材の味を生かしてみました。

いや、もっと複雑な工程があったのかもしれないが、少なくとも俺の舌は複雑な味を感じなかったのだ！　せめて、野菜を煮込んで出汁《だし》を取るとか！　細かく砕《くだ》いた肉を入れるとか！　「貴族に人気」が免罪符《めんざいふ》になると思うなよ！

まあ落ち着こう。終わったことを嘆《なげ》いても仕方のないことだ。

あの謎汁《なぞじる》は握り《にぎ》飯屋《めし》が流行すると同時に消えていったけどね！　少しでも金を稼《かせ》ごうとしたヤツの陰謀《いんぼう》ではあったんだけども！　庶民も食わないような古麦を材料にしていたらしいよ！　酷い話だ！

いやまあ落ち着こう。三十円も出せばうまいスナック菓子が食える環境で育った記憶がある俺の舌を基準で考えればきりがない。

アルツェリオ王国内の流行というものは高位貴族が作り、そして次第に庶民へと浸透し、王都から郊外の町や村へと伝わる時には一昔前の流行と言われてしまう世界だ。貴族がこれが良いと言えば、それは良いものなのだと庶民は思う。

極端な話、頭にちくわをぶっ刺してこれが今のお洒落《しゃれ》ざますよと言われれば、ああそうなのね素《す》敵《てき》だわ真似《まね》するわの世界。

あの謎汁がトルミ村まで来なくて良かった。ほんとに良かった。謎汁が好物だった人には申し訳ないけども、他に美味いものはたくさんあるから。

話がめちゃくちゃ逸《そ》れまくったが、つまりは俺にとっての食は生きるための手段、娯楽《ごらく》、喜びなのだ。

俺と志《こころざし》を等しく、食うためならばランクSモンスターも嬉々《きき》として狩る仲間たちがこのたび大幅なレベルアップをした。

ドラゴニュートのクレイは魔力を操《あやつ》れるようになり、理性が吹き飛ぶ狂戦士から強い力を制御《せいぎょ》し操る竜戦士へと進化。見た目もちょっと大きくなっていたから、これはもう進化と呼んで良いだろう。

ハイエルフのブロライトは俊敏《しゅんびん》さが増し、アクロバットな動きに加え美しい白刃《はくじん》のジャンビーヤで勇猛《ゆうもう》に斬りつける姿はまさしく狩猟《しゅりょう》戦士。そして魔力を大量に消費するブロジェの弓の腕を上げた。

小人族のスッスはまさかの忍者《にんじゃ》に職業変更。もともとの隠密技能《ハイズスキル》を進化させ、短期間で隠密殺傷《おんみつ》という異能《ギフト》を身に付けた。素早さと気配《けはい》を消す能力はチームの誰よりも優れている。料理は俺よりも上手。

そして、ちびっこ竜である我らがマスコット、古代竜《エンシェントドラゴン》の子供ビー。

俺に内緒で巨大な竜へと変化する能力を身に付けていやがった。いや、成長したのか？　いやいや、成長したにしては中身がまったく変わっていないのだが。朝は早く起きられるようになったが、腹が減ったらわめきだすし俺の姿が見えないとわめきだすし俺が小動物と戯《たわむ》れていると嫉妬《しっと》でわめきだす。可愛い。

どんな鍛練《たんれん》を積めばちびっこ竜が巨大な成竜に成長できるのかは謎だが、相手は古代竜という名の神様だからな。なんとかなったのだから、そこを追及するのは無粋《ぶすい》というものだろう。

なにはともあれ、チーム蒼黒の団は大幅な戦力増強となった。俺もちょっとだけ魔法の扱いが上手になりました。

レベルアップをして食う量が倍増したという謎もあるが、それはまあ置いておく。たくさん食べるのは良いことだ。たくさん動くことだし。

トルミ村に落ちてきた有翼人種《ディアナーガ》のルカルゥとその守護聖獣《しゅごせいじゅう》ザバ。

空飛ぶ島から落っこちてしまった二人をなんとかして帰してやりたいと思うのだが、なんせお伽《とぎ》噺《ばなし》だと思われてきた幻《まぼろし》の有翼人の国、キヴォトス・デルブロン王国がどこにあるのかがわからない。存在を隠し、マデウスの空を飛んでいた国。

さてさて、俺たち蒼黒の団はルカルゥとザバを故郷《こきょう》に帰すことはできるのだろうか。

そして未知なる場所で新たなる食材、いや違う素材を探すことはできるのだろうか。

そろそろ味噌《みそ》が欲しいんだよね。醤油《しょうゆ》の実があるのなら、味噌の実とかあるんじゃないかな。あと獅子唐《ししとう》と茗荷《みょうが》とワケギ欲しいな。

探そう。

未知なる食材を！

いや違う。素材を！

＋　＋　＋　＋　＋

飛び散る粉塵《ふんじん》、叩きつけられる岩石。

視界の悪い最中《さなか》、大地を震《ふる》わせるおぞましい咆哮《ほうこう》が轟《とどろ》く。

全身を凍《こお》りつかせるような、弱者を嘲《あざけ》るような、立ち向かえるものならかかってこいと言わんばかりの——

「ぎゃあああああーーーっ！」

白い岩壁《がんぺき》の谷底にひしめく、大量のカニ。

おぞましい地獄《じごく》の光景、いやこの場合カニの養殖場って言うべきなんだけども。

ともかくスッスは谷に響き渡る大絶叫をしたあと、固まってしまった。

冷静に考えれば異常な景色だよな。眼下には数万匹のカニがひしめき合っているのだから。

俺にとってカニは食い物だが、冒険者にとってカニはただの不気味なモンスター。そりゃ怖いよな。

「スッス、スッス、谷の底に降りなければ大丈夫。ここは防御魔法があるから」

「なんすかなんすかあの化け物！」

「えー、あれにおりますはー、カニです」

「か、かに？　っすか？　化け物じゃないんすか？」

「食材です」

「はいいいぃぃ？」

「美味《うま》いんすよ」

「美味いんすか⁉」

カニの繁殖場は谷底にあるのだが、崖《がけ》の上から下を覗《のぞ》けば一面にカニ。生《い》け簀《す》のカニを想像していただきたい。あれの、数百倍のカニが蠢《うごめ》いているのだ。最高。

「あんな、あんな虫みたいなのを食うんすか？」

「あれはカニです。甲殻類《こうかくるい》……いや、虫ではないけど、食うんすよ。しかも、すっごい美味い。これは保証する」

スッスは俺のことを信じられないといった顔で見たが、俺もビーも真剣そのもの。クレイとブロライトに至っては既《すで》に戦闘態勢。久々のカニ狩りに興奮を隠そうとしていない。

カニの見た目は節足動物《せっそくどうぶつ》蜘蛛類《くもるい》。なので、足が長くてたくさんある虫だと言うのも無理はない。

そうか。俺たちは虫を好んで食うと思われているのか。ちょっとショック。

「スッス？　スッス、おーい」

「ピュッピュ」

「固まっちゃった」

「ピュウー……」

ムンクの叫び状態のまま硬直《こうちょく》するスッスの頭を、ビーがぺちぺち叩く。

「ふふ。無理もなかろう。クラブ種を狙うは愚《おろ》か者《もの》と言われておるほど割に合わぬモンスター故《ゆえ》」

「わたしもタケルに馳走《ちそう》されるまで食えるものだとは思わなかったのじゃ」

クレイとブロライトは準備運動を終えると、谷底へと続く切り立った崖から見下ろす。

二人には盾魔石《シールドませき》を託《たく》しているが、修業の成果を試すため今日は使わないと宣言した。

俺の想像を超えて鬼のように強くなった二人は、今すぐにでもカニ狩りを始めたくてうずうずしている。

スッスは未だに眼下の光景に硬直したままだが、クレイは崖を降りるため進む。

「ビー、スッスが我に返るまで護衛を頼む。慣れぬ場故、焦《あせ》らせるな」

「ピューイッ！」

「ブロライト、粉塵を抑えられるか。ビーより小柄《こがら》なものは捨て置け」

「了解じゃ！」

「槍《やり》とゲンコツ禁止な。剣で関節を切るようにしてくれ」

俺がクレイの指示に追加すると、二人は頷《うなず》く。

「スッスにも経験を積ませるべきであるからな。ある程度は残す」

「だからって初戦がダウラギリクラブの養殖場でいいの？　もっとほら、見た目が気持ち悪くないモンスターのほうが良くない？」

「お前はカニが食いたくはないのか」

「食いたい」

「ならば我らの好物なのだと説明するよりも、見たほうが早かろう」

クレイはさも当然のように答えたが、スッスは前線で戦っていた冒険者ではない。危険なこととは無縁《むえん》の情報屋だった。

蒼黒の団の新規加入者であるスッスは、俺たちの邪魔《じゃま》にならないようになりたいっすとクレイに言った。

いや、料理ができる時点でスッスが邪魔になることなんて生涯《しょうがい》あり得ない話なのだが、スッスは律儀《りちぎ》に戦闘でも役に立ちたいと言った。

壮絶《そうぜつ》な修業を経てスッスは、隠密というか、暗殺集団リルウェ・ハイズの客人というか、いわゆる忍者に転職したわけだが、実戦経験は乏《とぼ》しい。

経験を積ませるためにもいくつかの依頼を受注し、消化すればいいと思っていたんだけど。

「トルミ村近くの森にいるでっかい牛、何て言ったっけ。角《つの》が四本あるイノシシみたいな牛」

「ランドブオイであろう」

「そうそれ。その牛でもよかったじゃないか。あの牛美味いし」

「そもそもはお前がカニを食いたいと言いだしたのが始まりではないか」

はいそうです。

俺たちは今、アルツェリオ王国内フォルトヴァ領にあるダウラギリクラブ養殖場に来ている。

俺が勝手に養殖場と呼んでいるだけで、実際は獰猛《どうもう》なモンスターであるダウラギリクラブの繁殖地なんだけども。

ここはチーム蒼黒の団がフォルトヴァ領主からもらった土地だ。

フォルトヴァ領主はルセウヴァッハ領主であるベルミナントと懇意《こんい》にしており、そのツテでこの土地を借りられないか尋ねたのだ。賃料だって支払うつもりだった。

だがフォルトヴァ領主はこの土地を、危険なダウラギリクラブの繁殖地をまるっと蒼黒の団に譲《じょう》渡《と》した。むしろ管理してもらえるのならどうぞどうぞと。

フォルトヴァ領としては厄介《やっかい》なモンスターを無償《むしょう》で退治《たいじ》してもらえるし、蒼黒の団が懇意にしている近くのシャバリン村も安全になるし、ついでに「蒼黒の団が近くで演習している」となればシャバリン村の観光にもなる、って。

俺たちは演習をしているわけではないんだけど、カニ狩りするんです、って言ったら実戦経験を積むということだな、と勘違いされてしまった。

冒険者のなかには俺たちの実戦を見せてほしい、なんて希望もあった。

だがなあ。

なんというかなあ。

俺たちの実戦て。

「タケル！　でかいのが行くぞ！　わたしは蒸《む》したカニが食べ、たいっ！」

ブロライトのジャンビーヤがクレイの背丈《せたけ》以上もあるカニを一太刀《ひとたち》で屠《ほふ》る。

「ブロライト！　腹を切るな腹を！　なるべく間接を狙えばお肉が散らない！　氷結《グラキ》、展開っ！」

二つになった巨大カニを鞄《かばん》にしまいつつ、三メートル級のカニたちを氷漬けにする。

「太陽《たいよう》の槍《やり》に頼らずとも、この剣をくれてやるわ！」

悪役っぽいこと叫びながらクレイの大剣が炸裂《さくれつ》。五メートル級のカニが数十匹巻き込まれ岩壁へと叩きつけられた。

「ピュイーッピュピューィ」

「真面目に炎を吐きなさい。焦《こ》がしたら叱《しか》られますよ」

「ピュイィィッ！　ピュー！」

「わたくしは炎なぞ吐きません。優雅《ゆうが》に空を飛ぶことが仕事なのです」

「ピュピー！」

「誰が役立たずですか！」

ビーとプニさんは固まったままのスッスの両隣で仲良く喧嘩《けんか》。

これが俺たちの、いつもの実戦。

緊張感はあるのだ。巨大なハサミに捕まれば、クレイの鋼《はがね》の肉体すらちぎれるだろう。

ダウラギリクラブはランクBのモンスター。一個体だけならば冒険者ランクCもあれば数人で討伐は可能。

しかし、こいつらは群れで行動する。数十体どころではなく、数千体、時には数万体の軍勢となって町や国を襲う。

以前俺たちがこの地に来た時は、ダウラギリクラブの氾濫《はんらん》まであと僅《わず》かという瀬戸際《せとぎわ》だった。この地からカニが溢《あふ》れたら近くの村を襲うだろうし、森の草花や動物、モンスターすら襲い食い散らかす。

甲羅《こうら》も硬いし時には魔法も弾き返すカニ、クラブ種は冒険者から嫌われている。危険だし攻撃が通りにくいし素早いし見た目がアレだしで、不人気なのだ。でかくて鋭《するど》い爪《つめ》にはたっぷりのお肉があるんだけども。

この谷は魔素《まそ》の流れがモンスターに対しては理想的らしく、またダウラギリクラブらは魔素吸収を効率的に行うため異常な速さで繁殖《はんしょく》する。

以前は餌《えさ》が不足していて共食《ともぐ》いをしていたが、前回来た時に俺が谷底の掃除《そうじ》をしていたおかげで草花が繁《しげ》るようになった。ここでもわさわさ生《は》えていますエペンテッテ。

繁殖場が綺麗《きれい》になって食えるものも増えれば、そりゃ元気よく繁殖するよね。

魔素の流れ云々《うんぬん》は古代馬《アルタトゥムエクルウス》であるプニさんが得意げに教えてくれたのだが、プニさんはごぼうサラダが入った壺《つぼ》を抱え、無表情でもしゃもしゃ食っている。あのスタイルで俺たちの応援をしてくれているのだ。

以前にここを訪れた時、俺たちはカニのあまりの美味さに食いながら戦ったっけ。よいおもいで。

今回は力強い協力隊が来ているのだ。無様《ぶざま》な戦いは見せられないとクレイが言ったため、食いながら戦うのは禁止となった。

「おっきいカニだよ！　あんなのはじめて！」

「あの爪は硬いよ！　だけど爪の根っこは柔らかいんだ！」

「お腹の真ん中もふわふわしているの！」

「目玉を潰《つぶ》すと動けなくなるよ！　わんわん！」

主にクレイとブロライトを中心にカニ狩りが行われるなか、その協力隊である茶色の毛むくじゃらが素早い動きで倒されたカニを回収してくれた。

なんと、コポルタ族たちはカニを知っていたのだ。そして、食うとたまらなく美味いことも知っていた。

だが、コポルタ族が暮らしていた北の大陸では魔素が薄まりカニが絶滅してしまった。もうあの美味い肉が食えないのかと悲しんでいたところ、俺がコタロとモモタを背中に張り付かせている最中に口にした「カニ食べたいな」の一言に彼らが目を輝かせたわけです。


——タケル、カニとは何なのだ？

——ええっと、カニというのはクラブ種のモンスターのことでね。とっても獰猛で美味《うま》恐ろしくて……

——クラブ種ということは、カラコルムクラブのことか？　あれは美味いのだ！

——美味いのだ！

——なにそれちょっと待って今なんてった。

コポルタたちが食べていたカニはダウラギリクラブではなく、カラコルムクラブという真っ黄色なカニだったらしい。なにそれ食べたい。絶滅したと言っていたが、地面の下に潜《もぐ》って隠れている可能性だってあるのだ。今すぐに北の大陸に行ってカラコルムクラブ探しをしたい衝動《しょうどう》を全身全霊《ぜんしんぜんれい》で抑える。

基本的に雑食なコポルタたちは、食えそうなものならなんでも食う。ダンゴムシに酷似《こくじ》したプンプンオタマすら粉にして丸めておやつ感覚で食う。もりもり食う。

臆病《おくびょう》で逃げるのが得意なコポルタではあるが、俺たちが傍《そば》にいるという安心感だけで今日のカニ狩りに同行したのだ。

一段落したらカニ鍋《なべ》やろうぜ。

「タケル、タケル、女王が五匹もいるよ！　あんなにいたら、この谷から出ちゃう！」

「女王は怖いんだよ！　わんわん！」

クレイがタコ殴《なぐ》りにした比較的小柄《こがら》なカニを担《かつ》ぎ上げ、嬉しそうに尻尾《しっぽ》をブン回しているコタロとジンタ。ジンタは黒豆柴《くろまめしば》の青年で、このたびコタロの護衛に選ばれた。

愛らしい豆柴が巨大カニを掲《かか》げる姿は恐ろしくシュールだが、ゲテモノだと嫌わず収穫に参加してくれるのはありがたい。

俺は雌《めす》のカニを勝手にセイコガニと呼んでいたが、コポルタたちは女王と呼んだ。

確かに三階建てビルくらいの大きさの雌ガニは女王の風格《ふうかく》がある。

コポルタたちは総勢十名が参加。代表者二人に六畳ほどの保管庫になっている魔法巾着袋《きんちゃくぶくろ》を預け、カニ回収を頼んだ。

さすがのコポルタ族。大量に積まれていくカニをすさまじい勢いで回収、収納している。

素早い動きのカニらの、更《さら》に上をいく素早さで攻撃を回避している姿は素晴らしい。

なんというか、逞《たくま》しいというか、頼りになるというか、すごいぞつよいぞコポルタ。

「あああ、これじゃダメっす！　おいらも、おいらも、何か手伝うっすよ！」

スッスが我に返ったようだ。

両頬《りょうほほ》をビタビタと叩いたスッスは、意を決したように姿勢を正した。

「おいらだって蒼黒の団になったんす！　恥ずかしい真似は、絶対にできないっす！」

「ピュッピュピュピュ――イ！」

「スッス・ペンテーゼ！　行くっすよー！」

「ピュイィ〜〜〜ッ！」

頭にビーを乗せたスッスがほぼ垂直の崖を駆け降りてきた。

黒い覆面に黒装束《くろしょうぞく》が壁を走り降りる姿は、まさしく忍者。手には巨大出刃包丁《でばぼうちょう》。

スッスの復活に喜んだのはビーだけではなくて、コポルタたちも歓声をあげ我先へとスッスのあとを続く。

「硬くて切りにくいっ、ものは！　力任せじゃ、ダメっすね！　とわーっ！」

「そうだよ！　柔らかいところがあるよ！」

「わんわん！　背中は硬いよ！」

豆柴軍団をお供に、スッスは恐ろしいほどの速さでカニを切りつける。あれだけ巨大な出刃包丁を片手で器用に扱い、カニの関節を一刀両断。

既に混戦状態になっているというのに、スッスは先ほどまでの醜態《しゅうたい》を振り払うべく走り抜けた。

「ジンタ！　おっきいやつは赤い袋だよ！　ちっちゃいのは白いやつ！　中《ちゅう》っくらいのはタケルに投げるんだ！」

コタロは一通りカニを集めたら、岩山の上に立って仲間たちの指揮。

俺は方々から飛んでくる中っくらいのカニをかき集め、感慨深《かんがいぶか》くコタロの姿を眺める。

俺のローブに隠れて震《ふる》えていた王子様はどこへやら。

このまま一族を率《ひき》いる立派な王様になってくれたらとは思うが、まだまだ幼《おさな》いままでもいいのよと思う。夜中にモモタと手を繋《つな》いで俺の布団《ふとん》に潜り込んでくる可愛さを、決して失《な》くさないでくれ。

他の種族の子供たちと切磋琢磨《せっさたくま》し、すくすくとゆっくり成長してくれたら良い。

戦場を怖がるモモタはプニさんの背中に隠れながら両手を振っている。プニさんの指示で応援してくれているのかな。可愛い。

コポルタたちは北の大陸で体験した常闇《とこやみ》のモンスターとの戦いを忘れてはいない。だがしかし、あれほどの恐怖はそうそうない。

「常闇のモンスターをやっつけた旦那《だんな》たちが一緒にいるんす！　怖いことなんかなんもないっす！　おいらたちも役に立つっすよーっ！」

「わんわんわんわんっ！」

「わおーんっ！」

おお。

スッスが女王ガニの巨大すぎるハサミを切り落とした。

すごい！　あのカニはエコモ・ダウラギリクラブの雌。卵を守るべく雄《おす》を背中にびっちりと背負い、卵を奪われるまいと怒り狂っている。

「せいこ、じゃなくて、女王の卵は壊さないように！　ウニ丼ごちそうするから！」

女王の背中にびっちりびっちりひしめく大量の卵にヨダレが出そうになる。あの卵は不思議と濃厚なウニの味がするのだ。

ウニ丼が何なのかはわからないだろうが、俺が「ごちそうする」と叫んだその一言でスッスの顔つきが変わる。

「コポルタ軍団！　鋭い爪で甲羅からちっちゃいカニを引き離すっすよ！」

「わんわんっ！　たまご！」

「たまごは食べたことないよ！」

「美味しいのかな？」

「タケルが食べるものはなんでも美味しいわ！」

「ピュッピューイィ！」

背丈はドラゴニュートであるクレイの三倍。背負った雄ガニはちっちゃいとはいえ、女王に比べたらの話。実際は小型自動車くらいの大きさがある。

ギルドの建物より巨大な女王。

並みの冒険者では足が竦《すく》み、怯え、震えだすだろう。

だがしかし、スッスは嬉々として立ち向かった。

もふもふの豆柴たちと共に、力を合わせて。

「ふん。初陣《ういじん》でランクAのモンスターに挑むとはな」

クレイは剣についたカニ汁を振り落とすと、遠くで巨大な女王と果敢《かかん》に戦うスッスたちの姿を眺める。

「我らですら苦戦したセイコガニなのじゃ！　スッスは己《おの》が力がどれだけ強うなったのか理解しておらぬのじゃろう」

ブロライトはカニ足の先っぽが飛び出た巾着袋を三つ抱え、嬉しそうに言った。

常闇のモンスターの軍勢と対峙《たいじ》し、あの混沌《こんとん》とした戦場のなかで握《にぎ》り飯《めし》をこさえてくれたスッス。

精神耐性はそれだけで並みの冒険者以上だろう。

恐怖体験というのは、心的外傷《トラウマ》になって動けなくなるか、あれだけの経験をしたのだからこれは大したことはないと割り切れるか、どちらかだとクレイは言う。

常闇のモンスターの幻影《げんえい》に怯え竦むようであれば、スッスはきっとオグル族たちとの鍛練はできなかった。

トルミ村を襲ったランクSモンスターであるウラノスファルコン。満身創痍《まんしんそうい》であったとはいえ、あのモンスターに一太刀入れたスッスだ。クレイ曰《いわ》く、技術はあるのだからあとは経験を積むだけだと。

それにしても初戦がカニの軍勢っていうのは酷《こく》かもしれないが、カニは戦いの経験を積む相手というだけではなく、舌と胃袋を満たしてくれる最良の相手。

ビーはスッスの護衛のつもりで飛んでいたのに、今ではただの応援要員と化している。プニさんの背中で小さくなっていたモモタは、兄たちの活躍を目にして嬉《うれ》しそうに尻尾《しっぽ》を振っていた。

ダウラギリクラブたちよ。

お前たちの尊《とうと》い命は俺たちが極上の料理の数々に変えてやる。

俺たちの血となり肉となり、貴重な戦いの経験となるのだ。

そういうわけで、もう少し狩らせてください。

＋　＋　＋　＋　＋

ダウラギリクラブをある程度間引《まび》くことに成功した俺たちは、プニさんが引く馬車でトルミ村に続く街道を進む。

プニさんは空を飛んで帰ることを望んだのだが、モモタが上目遣《うわめづか》いでもじもじしながら「ばしゃでかえっちゃだめ……？」なんて聞いてくるもんだから、よし馬車でゆっくり帰りましょうとなったわけで。蒼黒の団の総意です。

カニ養殖場があるフォルトヴァ領からルセウヴァッハ領のトルミ村まで馬車で二十日以上の道程《どうてい》。馬車で一泊したら飛んで帰ることをプニさんに約束し、のんびりごとごと馬車移動。

コポルタたちの活躍でカニの間引き作業はあっという間に終わった。スッスは見事女王ガニを一匹倒し、号泣《ごうきゅう》しながら喜んでいた。

カニ養殖場を再度掃除し、女王ガニは卵を守る雄たちともども一匹残して全《すべ》て狩らせていただきました。またすくすく育っておくれ。

俺たちの馬車リベルアリナ号は、エルフたちとユグルたちとドワーフたちの魔改造《まかいぞう》が勝手に施《ほどこ》され、今では十二畳くらいの個室が六つと、中央に大きな円卓を設《しつら》えた四十畳の居間がある快適無敵空間になっていた。

円卓では数十人が同時に座り、食事ができるのだ。

「おいしい！　おいしいよ！」

「たまごがこんなに美味しいなんて知らなかったよ！」

「ピュピュー？」

「ビーにもこれあげる。とっても美味しいよ」

「ピュイ！」

俺とスッスがそれぞれ専用の台所でカニ料理を作る最中、クレイとブロライトは食べつつカニの身ほじり、コポルタたちにはわいわいと食事を楽しんでもらった。馬プニさんはカニミソ入りのごぼうサラダをコポルタたちに食べさせてもらいながら馬車を引き、スキップしている。器用だな。

馬車は地面から僅かに浮いているためプニさんがスキップしても振動は一切ない。車輪が動いているのは見せかけだけ。

「ぼくたちが食べていたカニと違うよ？　どうしてだろうね」

「うむ。俺が思うに、北の大地のカニは飢《う》えていたのではないか？　お主らが飢えておったように。だがこのカニは草を食《は》み、時折谷に迷い込むモンスターを食っていた」

「ああそうか……お腹がいっぱいだったんだね！」

「そうか、お腹がいっぱいになると、モンスターは美味しくなるのか！」

いやそういうわけじゃないけどね。

クレイのざっくりとした説明に納得したコポルタたちはやんややんやと喜び、茹《ゆ》でたカニを卵で和《あ》えた丼《どんぶり》をかき込む。

カニは肉をほじるのが大変なのだが、それは小さなカニだけ。小さいと言っても巨大なタラバガニの倍以上はあるのだけど。

クレイとブロライトは興奮冷めやらぬコポルタたちの話を聞きながら、慣れた手つきでカニの肉をほじる。

それぞれの手には片方がフォークで片方がスプーンの、いわゆるカニスプーンが握られていた。

この特製スプーンはクレイの大きな手でも扱えるように特注した。手の大きさを測ってから作ってもらったのだ。

トルミ村にはほぼ隠居《いんきょ》生活をしている鍛冶《かじ》職人のグルサス親方が滞在している。いや、既に立派な鍛冶場とドワーフ館《やかた》を造っていたので完全に移住したのだろう。

いつかグルサス親方にカニスプーンを作ってもらえないか考えていたが、この機会に作ってもらうことにしたのだ。

暇つぶしに作るから報酬《ほうしゅう》はいらないと言われたので、代わりにベルカイムで仕入れた麦酒を樽《たる》ごと進呈。キンキンに冷やしてあげたらこれは美味いと叫んでいた。次からも冷やしてくれと頼まれそうだ。

凄腕《すごうで》の鍛冶職人であるグルサス親方に得体《えたい》の知れないものを作ってくれなんて気軽に言えるのは

タケルだけだ、なんて雑貨屋のジェロムに叱られた。

「兄貴兄貴、次は何を作るんす？」

「次はやっぱり天ぷらかな。殻《から》はでかすぎるから取り除いて、足の身を裂いて小麦粉と卵をつけて」

「ふんふん。天ぷらはごぼうの天ぷらと同じ作り方っすか？　一度冷やしたほうがいいんすよね。氷取ってくるっす」

馬車には俺の身長に合わせた台所と、スッスの身長に合わせた台所が二つ隣り合わせになっている。

食材を腐《くさ》らせずに冷凍保存できる倉庫もあり、スッスはそれがスッス専用の保存庫だと知り喜んでいた。今も嬉しそうに保存庫の中にある飲む用に砕かれた氷を探している。

スッスは俺が一度教えた調理法はきちんとメモを取り、一度メモを取ったら同じことを聞かず、実行し、応用することができる。アレンジ料理だってお茶の子さいさいなのだ。なんて素晴らしい。

「米は追加で炊《た》いたほうがいいかな。昼食用に二十升《しょう》炊いたんだけどな……」

一回でまとめて十升くらい炊ける大釜《おおがま》もグルサス親方に作ってもらった。鍛冶職人に釜を作らせるなんてとジェロムに叱られた。暇だから何か作らせろと言ったのは親方です。

「ビー、お代《か》わりは？」

「ピュピュ」

「うん？　たくさん食うと夕飯が入らなくなるって？　おいビー、お前そんな計算できるようになったのか？」

「ピュイッ！　ピュピュー」

むんっと胸を張ったビーは、夕飯がトサルタラ鳥の肉とラトト鳥の卵の親子丼だと知っている。トサルタラ鳥はトルミ村近辺の森の中にいる、七面鳥のような強面《こわもて》の鳥。エルフ族が日課のように毎日狩ってくるので、トルミ村で新鮮な鶏肉《とりにく》が食べられるようになった。

エルフ族とユグル族が手を取り思う存分改造し、そこにドワーフ族が俺らにも手伝わせろやと割り込み造り上げた馬車リベルアリナ号。

以前の馬車も快適無敵だったのだが、今の馬車は驚異的な進化を遂げている。進化というか、魔改造というか。

見た目と重さはプニさんが気に入っているので、それが変わらなければ中身は勝手にいじっていいと言ったのは俺だ。確かに俺です。ええ、俺でした。

だがしかし、まさか部屋の大きさが倍になるとは思っていなかった。

豪華な応接セットが追加され、扉つきの洋服箪笥《だんす》、扉つきの棚、それぞれの部屋に背丈に合わせた洗面所、用を足したら瞬時に消えてしまうトイレもあるよ。

中央の居間はコポルタ十名が乗って走り回っても狭さを感じないのだから、よい仕事をしてもらったとは思う。

だがしかし、「技術を集約したらどうなるのか実験」と言って馬車改造の対価を支払わせてはくれなかったのだ。ちなみに木工職人のペトロナは、リベルアリナ号を参考にして小規模の浮かぶ馬車を造りたいらしい。馬車はトルミ特区とベルカイムを繋ぐ重要な交通手段となるだろう。

現金を拒《こば》むなら他に何で感謝を伝えればいいのか。

俺たちは思案し、断りづらい贈り物を押し付けようということになった。

エルフ族にはリベルアリナのキノコ帽子《ぼうし》から生えてくるキノコを大量に収穫して押し付け、ユグル族には巨大なミスリル魔鉱石《まこうせき》を押し付け、ドワーフ族には扱ったことがないと言っていた憧《あこが》れの鉱石、拳《こぶし》大のアポイタカラ魔鉱石を押し付けたらひっくり返った。

リベルアリナのキノコ帽子というのは、小人《こびと》サイズのリベルアリナが被っている椎茸《しいたけ》のような大きな傘《かさ》のキノコ帽子のことだ。

あのゲテモノ、じゃなくてリベルアリナがあげるワあげるワと言っていたが、本当にもらうとは思っていなかった。気がついたら俺の鞄に入っていたのだから、ちょっと恐怖。

このキノコ帽子、リベルアリナの加護なのか怨念《おんねん》なのか、指で摘《つま》める小さなキノコ帽子から多種多様のキノコがもりもり生えてくるようになったのだ。かなり恐怖。

全て食用なのだが、俺が食べたことのあるキノコ限定。数回食べた程度の珍しいキノコは、味と形をしっかりと記憶していなければ生えてこないらしい。便利っちゃ便利なキノコ帽子だ。

エルフ族はリベルアリナを信仰しているので、キノコ帽子から生えてきたキノコをあげたらそれはそれは喜ばれた。しばらくお供《そな》えしてから皆で食べるんだって。美味しく食べるといい。

ユグル族は魔法の研究に余念がない種族なので、魔力を補《おぎな》うミスリル魔鉱石を献上《けんじょう》。もったいないとか恐れ多いとか言われたけど、必要とする人が上手に扱ってくれたら良いのだと言ったら喜ばれた。

俺の鞄の中にあったミスリル魔鉱石はビーの親御《おやご》さん、東の大陸の守護神である古代竜ヴォルディアスにもらったもの。

あれだけ大量に消費したというのに、なくなる気配がしないんだよね。なんでかな。ふしぎだよね。いつの間にか鞄の中にミスリル魔鉱石が∞《むげんだい》あるんだよ。ふしぎだね。

ドワーフ族にあげたアポイタカラ魔鉱石は、リザードマンの英雄たちが眠る地下墳墓《カタコンベ》の墓守《はかもり》、エデンの民《たみ》のリピルガンデ・ララからもらった――というかこれも押し付けられたものなんだけど、宝物庫にアポイタカラ魔鉱石があるとヘスタスの馬鹿が馬鹿なこと考えて馬鹿みたいに盗むからあげる、と言われたのだ。

アポイタカラ魔鉱石はマデウスにある魔鉱石のなかでも群を抜いて貴重なもの。ミスリル魔鉱石よりも魔素含有量が多いから扱いは難しいらしいが、ヘスタスが馬鹿やるくらいならば有効利用してくれそうなドワーフ族、グルサス親方にあげちゃえばいい。

グルサス親方はなんてものを押し付けやがる、なんて怒鳴《どな》ってきたけど。顔がニヤけて今すぐにでも使いたくて落ち着かないようだった。これもまた、ドワーフ族の技術向上のための協力ってことで。

「天ぷらが揚がったっすよ！　お代わりいる人はいるっすか！」

「はいっ！」

「わんわんっ！」

「スッス、俺にも頼む」

「スッス、わたしも食べるのじゃ！」

さっくりと揚がった天ぷらは、お好みの調味料でどうぞ。お勧めは塩のみだけども、自作のめんつゆに大根っぽい野菜のおろしを入れたつけ汁が好評のようだった。大根っぽい野菜は真っ青《さお》なんだけども。真っ青なおろしはめんつゆに入れると真っ黒になりました。

俺とスッスも料理の合間に食べているが、やはりカニは美味い。

以前のダウラギリクラブよりも今回のダウラギリクラブのほうが身が詰まって肉厚になり、カニ汁もより甘く感じられる。

これからも忘れずに養殖場の掃除をしに行こう。餌にもこだわるべきかな。

討伐したカニを収穫するため六畳サイズの巾着袋を十数個持っていったのだが、その全てから足がはみ出るほど保管できた。俺の鞄の中には大型バスサイズのカニが数えきれないくらい入っているのと、四匹の女王と、大量の卵。

カニは半分を馬車の保管庫で冷凍保存。残り半分を俺の鞄に保存。これでとうぶんカニ料理を楽

しむことができる。

コポルタたちは腹いっぱいにカニを平《たい》らげ、その場で仰向《あおむ》けになって眠ってしまった。ぷすぷすと鼻をひくつかせて眠る彼らの姿は癒《いや》される。歯を磨《みが》いてから寝なさいと言えなくなる。

そういえば、村で留守番をしてもらっているあの奇妙な守護聖獣も大の字になって眠るようになったなと思い出して笑う。

「ピュイ？」

食後のデザートにキノコグミを食べていたビーが、どうしたのと問う。

「ルカルゥとザバのこと考えていた。ちゃんと朝飯食っているかなって」

「ピュゥーィ」

ランクSの獰猛なモンスターに追いかけ回され、トルミ村に落ちてきた有翼人のルカルゥと守護聖獣のザバ。

生まれつき喋《しゃべ》ることができないルカルゥは、綺麗な真珠色《しんじゅいろ》の翼を持つ有翼人の子供。だが片翼は変形してしまっていて、上手に飛ぶことができないのだとザバが教えてくれた。

ヘスタスが投げた槍が彼らの住む浮遊都市、キヴォトス・デルブロン王国の聖堂にぶち当たったせいでルカルゥとザバは空に浮かぶ島から落っこちてしまった。

その詫《わ》びと聖堂の修復、ルカルゥとザバを故郷に戻したいとは思っているのだけども。

なんせ幻の都市と幻の種族。どこそこを飛んでいるよとか、こういった種族だよとか、そんな文献を読んだことがないのだ。

「子らが見張っておるのじゃ。案ずることはあるまいて」

ブロライトがカニの殻を魔法の巾着袋に詰めながら笑う。

ルカルゥとザバはすっかり村に慣れ、今ではルカルゥが幻の有翼人であることなど誰も気にしない。間違ったことをしたら注意し、悪戯《いたずら》をしたら叱る。食事のマナーを学んだり文字を学んだりと楽しそうに暮らしている。

故郷を思って悲しげにため息をつくということはなく、夜もすやすや眠り朝まで起きず、三食とおやつを美味しそうに食う姿はトルミ村の子供たちと何ら変わらない。

実は俺たちが知らないところで故郷を思って悲しんでいるのかもしれないのだが、ルカルゥたちが独りきりになることは決してない。

ルカルゥの傍には村の子供たち、コポルタの子供たち、エルフにユグルにドワーフに獣人にと、村に住む子供たちが付きっきりでいる。眠る時も子供たちは団子状《だんごじょう》になって眠っている。

共に学校に通い、農作業を手伝い、一つ釜の飯を食う。

もうこのままトルミ村に住んじゃえばいいのに、とはガキ大将であるリックの言葉。

俺も同意してやりたかったが、ルカルゥはまだ子供。故郷の両親や友人が心配しているだろう。

キヴォトス・デルブロン王国は幻と言われていた、既に滅んだとされる島だ。

何百年も存在がわからなかったものを探そうとしたところで、すぐに見つかるわけではない。そのため王都とトルミ村を行き来するグランツ卿《きょう》に、有翼人に関する文献はないか探してもらっている最中。僅かでも手がかりがあれば、グランツ卿に託した通信石で教えてくれるはずだ。

早く故郷に帰してあげたいとか、未知なる国へ行けるかもしれない期待とか、そういった思いもあるのだけども。

何故《なぜ》だかはわからない。

説明しようにもできない、どうにも気になることがある。

俺の中にほの暗い予感がずっとある。

襟足《えりあし》がちりちりとした警告ではない。今すぐに何か危険なことがあるわけではない。それはわかる。

だけど、ずっとずっと。ルカルゥとザバが目覚めたあの時から、ふとした時に感じる。

忘れることができない妙な気持ち。

これは何なのだろう。

カニ狩りと、経験と。

2

「はい、毎度あり！　続いてのお客様、はい、はい、大盛り焼き握り飯弁当一つ！　お茶つけます？　美味しいですよクク茶。　はいお茶ひとーつ！　まいどーー！」

おかしいな。

なにゆえ俺は額《ひたい》に汗して握り飯弁当を笑顔で売っているのだろう。

グランツ卿《きょう》との待ち合わせに、この場に来ただけのはずなのに。

少し前、俺はトルミ村の私室で久々の休日を楽しんでいた。

北の大陸に拉致《らち》られてアレコレあって、トルミ村に帰ってきても街道整備で毎日奔走《ほんそう》して、ランクSモンスターの襲撃やら魔法の修業やらで完全な休みはなかった。

ぐだぐだしたいと願っても、働き者が住むトルミ村で引きこもる自信はない。そもそも早朝からビーに起こされるので二度寝もできない。

だがしかし、心優しい村人たちは俺を休ませてくれたのだ。毎日どこかで何かしら何かをしている俺に、休めと言ったのだ。なんたる幸運。なんたる幸福。

そんなわけで早朝ビーにベロベロ起こされ、朝ご飯を食べ、子供たちにシャボン玉液を作り、砂と棒だけで遊べる棒倒しを教え、ケンケンパーを教え、大人たちにトランプゲームを教え、あれれ遊んでばかりじゃない？　俺。と、気づいたので昼前に私室に戻って読書をすることにしたのだ。

ビーは子供たちとシャボン玉で遊んでいるし、久しぶりの一人の時間。

ちょっとお高めのお紅茶でも淹《い》れちゃおうかしら、なんてお湯を沸かそうとしたら通信石が光りましてね。ええ。

王都に一時帰還しているグランツ卿からの通信は、国王陛下が王族だけが利用できる書庫でデルブロン金貨について記された文献を見つけたとのことだった。

いやちょっと待ちなよグランツ卿、なんで国王陛下まで巻き込んでいるのさ。

そりゃルカルゥとザバを故郷に帰すため、俺たちはなんとかできないか考えた。

幻の浮遊都市《キヴォル》の在処《ありか》、有翼人の謎などなどが記された本が残っているならばと。

ベルカイムにある図書館には歴代ルセウヴァッハ領主が収集した蔵書がある。しかし、そのなかには浮遊都市について書かれた本はなかった。魔法で探したから間違いはない。

それならば手っ取り早く王都の図書館かなー、そのうち行かないとなーとは思っていた。

「……それがまさかすぐに来いって話なわけですよ」

「タケル兄ちゃん何言ってるの？　ごぼう天ぷら揚がったって！」

「はいまいどー！」

チリチリに揚がったごぼうとニンジンの天ぷらを山盛り追加したのは、王都で宿屋「鮭皮亭《しゃけかわてい》」を経営する猫獣人一家の長女ユーリ。

久しぶりに会った長女は立派な握り飯弁当販売員になっており、売り切れの看板を出すだけの仕事から弁当販売の担当になっていた。

妹のミーリとソーリも、幼いながら母親のクミルさんのようにてきぱきと細やかに動く様《さま》はさすがだなあと感心する。

出会った時はよちよち歩きだった末っ子のソーリが、今やお湯を沸かすことができるようになっていた。子供の成長、速い。

握り飯弁当屋は蒼黒の団が国王陛下の命をお救いした褒賞《ほうしょう》として造ってもらったのだ。今や王都内に六ケ所の店舗で展開中。大人気。連日大行列ですって嬉しいこと。

グランツ卿は類似品《るいじひん》との差別化を図《はか》り、「エペペ穀《こく》を使った握り飯及び握り飯の入った弁当」を商業ギルドにて商標登録した。俺が勝手に商標登録と呼んでいるが、そんな感じの権利を主張したらしい。

「握り飯弁当」という名前と正式な調理法が使えるのは、鮭皮亭と調理法を完璧に覚えた料理人がいる支店のみ。調理法を教えるのは、鮭皮亭の主人ユルウさん。

鮭皮亭に隣接する握り飯弁当屋を元祖・握り飯弁当販売店にしたのは、エペペンテッテという家畜の飼料が米だと気づいた俺がどうにかこうにかして炊いて食えないか試行錯誤していた際、手伝ってくれたのがユルウさんだからだ。

エペペンテッテ。

一般的にはエペペ穀と呼ばれる穀物は、今や王都では普通の食材として扱われている。トルミ村ではより美味く育たないか品種改良に取りかかっているが、それはまだ秘密。

俺としては鮭皮亭の一家がひもじい思いをせず元気に働けたらそれで良い。

名前や調理法などの使用料は膨大な額になるらしいが、全てグランツ卿に任せている。

グランツ卿が必要だと思うところに寄付すればいいじゃないかと言ったら、お前は欲がなさすぎると叱られた。

だったら王都に来るたび食事代を無料にしてくれと反論したらば、何故か王都に蒼黒の団の別荘ができました。何故かグランツ卿の館のお向かいさん。おかげで転移門《ゲート》が屋敷内に置けるようになったけども。

初王都のスッスは興奮を隠せず、しばらく目と口を開いたままで固まっていた。開いた口にビーが指を入れようとしていたのに気づかず、ずっと固まっていた。

今は別行動をしているが、王都を満喫しているだろうか。

「クミルさん、かき揚げ天ぷらも美味いと思うんだけど、新鮮な小エビが手に入らないからなあ。ルカニド湖だっけ？　あそこではエビの養殖ってやっていないの？」

「エビ、ですか？　聞いたことがないですけど、どうかしら。あたしらが知らないだけかもしれませんけど、カキアゲってなんです？」

「天ぷらの一種なんだけど、いろんな具材を混ぜて揚げるんだ。ごぼうに小エビとか小魚を混ぜたらもっと美味い」

「あらあらあら！　美味しそう！　小魚ならありますから、すぐにできるかもしれないわ！」

女将《おかみ》のクミルさんは……ちょっと横にボリュームが増した気もするが、健康ってことで。

宿屋を営《いとな》む鮭皮亭一家には、スッスが加入する前の蒼黒の団が大変お世話になったのだ。

国家転覆を企《たくら》むあれやこれやの陰謀に巻き込まれたというか、気がついたら巻き込まれていたというか、国王陛下暗殺未遂にまで発展した事件に巻き込まれていた俺たち。まさか王都に来てランクA＋のモンスターと戦うとは思わなかった。あの巨大な蛾《が》は恐ろしく強かった。

鮭皮亭一家は揃って猛毒のイヴェル毒を知らずに摂取させられ、イヴェル中毒症の初期症状である色覚異常と、味覚嗅覚障害を発症。

宿屋の料理人で一家の大黒柱であるユルウさんは美味い料理が作れなくなったと嘆き、鮭皮亭は料理を作れば悪臭《あくしゅう》を放つ宿屋として嫌悪《けんお》されていた。

だがイヴェル中毒症から回復したユルウさんは持ち前の料理の腕を大いに発揮し、美味い料理を作れるようになった。宿屋経営は見事回復。

本来ならスッスの顔見せをしたかったのだが、俺以外の蒼黒の団団員には大切な用事があるのだ。

ちなみにプニさんは今回同行しておらず、どこかの空を飛んでいる。王都まで転移門《ゲート》で行くと言ったらつまらないと拗《す》ねたともいう。

「タケル兄ちゃん！　お母ちゃんとのんびりお話していないで！　また行列が伸びちゃった！」

「はいはい！」

ミーリに叱られた俺は、追加の握り飯弁当を抱えて売り場に戻る。

俺が考案した握り飯弁当は評判が評判を呼び、今では午前と午後の数量限定にしても毎日売り切れる大人気商品になっていた。

鮭皮亭では握り飯や丼もののご飯が食べられるため、宿泊のほうも毎日満員御礼。建物自体も改築や増築をしたらしく、以前の優しくて落ち着く雰囲気を残したまま広々とした宿屋になった。

そんで、グランツ卿と待ち合わせの時間になるまで俺だけ座ってお茶していると落ち着かなくて。働かないやつは食うんじゃない精神が働きましてね。元祖・握り飯弁当が売り切れるまで手伝うことにしました。

ごぼうの天ぷらは魔素ありと魔素抜きの二種類が用意されている。

魔素耐性があり、魔力補充をしたい人は本来のごぼう天ぷらを買えるが、魔力が多くない人には味は同じでも魔素含有量を極限まで減らしたごぼう天ぷらを販売。

北の大陸で発見した真っ黒の樹木、エラエルム・ランドの枝がごぼう。見た目まんまごぼうで、味もごぼう。

見た目はアレだが料理したら美味しい。煮ても焼いても炒《いた》めても漬けても美味い。乾かしてお茶にしても美味い。

グランツ卿がトルミ村でごぼうの味を知り、早々に贔屓《ひいき》の商会を通してトルミ村から定期的に購入するようにしたらしい。

今のところ東の大陸内でごぼうが食べられるのは、エラエルム・ランドが植えられているトルミ村とエルフの隠《かく》れ郷《ざと》のみ。まだ量産はできていないが、リベルアリナの恩恵《おんけい》ですくすくわさわさと成長中。

ごぼうに惚《ほ》れ込んだグランツ卿が王都で滞在中も食べたいと言い、ユグル族と交渉を経て鮭皮亭で元祖・握り飯弁当のおかずとして限定で売られるようになった。王宮内でも愛好家がじわじわ増えているらしい。

「ええっと、魔石が赤だと赤のお盆のごぼう天ぷら」

「そうよ。青だったら青色ね」

ごぼう天ぷらは好評だが、販売する時に魔石で魔力鑑定をするのが決められている。

白色の魔石が赤色に変化したら魔素がほとんど含まれていないごぼうを売り、青色に変化したら魔素たっぷりのごぼうを売る。

常連客でもその日の体調によって魔力量が変化したりするので、魔力鑑定は必須。

貴族は貴族街に専門店があるため、そちらで代理人が購入し、主人に食べさせるらしい。

買ったあとで魔素たっぷりのごぼうを食べて急性魔素中毒に陥《おちい》っても、販売店は一切の責任を負わない、という看板を掲げている。

販売初期は忠告を聞かないで急性魔素中毒になる人もいたが、ごぼうは大公閣下《たいこうかっか》であるグラディリスミュール家のお墨《すみ》つきであり、お気に入り。販売先に文句を言うということは、ごぼうを薦《すす》めた大公に文句を言うのと同じこと。

大抵の庶民は背後に貴族がいるというだけで恐れ多くなり、店を利用する際下手な真似はしてはいけないと己《おのれ》を律《りつ》する。そして、名のある貴族が保証しているという圧倒的な信頼の下《もと》、安心して買い物をするのだ。

面倒なのは貴族相手ではあるが、国王陛下の叔父《おじ》である大公を敵に回してまで己の利を追求するような貴族はアルツェリオ王国には存在しない。

そもそも急性魔素中毒になるから気をつけてと注意しているのに、急性魔素中毒症ってどんなもんだと試す馬鹿があとを絶たないのだ。魔法学校の生徒とか、教師とか。冒険者も救護院に担ぎ込まれたという話を聞く。

そういった面倒を引き受けてくれるグランツ卿を案じ、一律して魔素含有量が少ないごぼうを売ればいいじゃないと言ったのだが。

「不思議と疲れが取れるようだな」

「味も美味いし、食べやすいし」

「俺、ごぼうの天ぷらも好きだが、唐揚げも好きだな」

「わかるわかる。美味しいよね唐揚げ」

店先のイートインスペースで和気あいあいと昼食を楽しむのは、いかつい騎士服を纏《まと》った若者。王都を守る竜騎士《ドラゴンナイト》たちだ。

「前より握り飯を増やしてくれたろ？　そのぶん割増しになったけど、黒パンと葡萄酒の飯には戻れそうにないいな」

そうだそうだと笑い合う彼らは、青色お盆のごぼう天ぷらを食べている。

竜騎士や騎士、冒険者、魔導士、錬金術師、治癒術師らは日頃から積極的に魔法を扱うため、魔力保有量が多い。そういった職業の人たち向けに魔素含有量が多いごぼうも扱っているのだ。

今のところ大公が独占して調理したごぼうを販売しているが、ごぼうの扱いに慣れたら市場や商店などにも卸《おろ》す予定。皆ごぼうの虜《とりこ》になるといい。

弁当の残り数が決まると、末っ子のソーリが「本日売り切れ御免《ごめん》」の看板を外に出す。

すると外の列から「嘘だろ！」「だから早く行こうって言ったのに！」といった悲鳴が聞こえてくる。続いて「四番街の店ならまだあるかも！」という声も。

山と積まれた弁当が次々と売られていくと、俺が手伝い始めてから四半時《しはんとき》で午前の部が終了となった。

「タケルさん、助かりました。お待ち合わせなのに手伝いをしていただいて」

「いえいえ、予約もしていないのに弁当二十個もいただいてしまったんですから、これくらい」

「蒼黒の団の皆さんの注文は何よりも優先するのが決まりです。ご遠慮なさらずに。王都内のどの店舗に行っても、タケルさんたちなら毎日無料で好きなだけ提供しますよ！」

炊事場《すいじば》の奥から出てきたのは、料理長のユルウさん。

毎日とんでもなく忙しいだろうに、忙しいのは嬉しいことだと豪語《ごうご》してしまう仕事中毒者。だが放っておくと働きすぎるので、七日に一度は家族で休んでくれと頼んだのは俺。

ユルウさんの他に料理人が六人。そのなかの一人は、胸に金の王冠のバッジ。あの人は宮廷料理人だ。宮廷料理人まで握り飯の調理法を学んでいるのか。王宮内でも握り飯を食う気だな。

短時間労働ではあったが、僅かな時間でこの疲労感。久しぶりの接客業に緊張したし、少し楽しんでしまった。

「ピュイピュ」

店の奥からこっそりと姿を現したのは、水色のレインボーシープの毛をかぶった変装中のビー。もこもこだったはずの毛が少々ねっちょり濡れているのが気になる。

「挨拶《あいさつ》はできたのか？」

「ピュイッ、ピューピュイーピュピュ」

「歓迎の歌を歌われそうになったって？　そりゃあ……天変地異《てんぺんちい》の前触《まえぶ》れだと思われそうだから遠慮して良かったたな」

「ピュイ！」

「ああ、だからねっちょり濡れているわけな。大歓迎と寿《ことほ》ぎの代わりが舐《な》め回しか。うん、臭《にお》うので清潔《クリーン》な」

「ピュピュッピュピュー」

独特の生臭《なまぐさ》さのままビーを放置するわけにはいかない。魔力を調整して光を抑え、ビーにだけ清潔魔法がかかるようにする。

王都に来てビーは竜騎士の絆《きずな》の飛竜《ワイバーン》たちに挨拶をしに行った。挨拶をした際、成竜の姿を取れるようになったと報告したのだろう。竜たちは古代竜の子供であるビーが成長したと喜び、大合唱するところだった。

竜の歌は「ギャアッ、ギャアアアッ」という叫び声なので、何も知らない人たちが聞けば竜に何があったのだと騒ぐだろう。

ビーは竜たちに歌を控《ひか》えてもらった。そうしたら舐め回されたと。

「お疲れさん」

「ピュピュー」

水色のもこもこを膝《ひざ》に乗せて一息つくと、外でくつろいでいた竜騎士たちに別の竜騎士が合流し、何かをひそひそと話し合ったと思ったらそれぞれ弁当を抱えて走りだした。

一般市民が巻き込まれるような事件が起きたわけではないと思うが、竜騎士たちがあんなに急ぐなんて。

「ピュプ？」

「うん。どうしたんだろな」

大通りで誰かが喧嘩でもしているのかな、それなら俺たちは関係ないよねーと。

エルフの伝統料理である焼き菓子、マヌケスを広げて鮭皮亭の従業員らとお茶会を開いていたらば。

「蒼黒の団、素材採取家のタケル殿はおられますか！」

大声で俺を呼ぶ声がした。

＋　＋　＋　＋　＋

群衆の大歓声。

空に響き渡る轟音《ごうおん》。

大勢の見学者に囲まれた闘技場の中央、一人は直立したまま、もう一人は地に寝そべっている。

ギルドの裏手に併設されている闘技場は、サッカー場くらいの広さがある。ギルド所属の冒険者や職員は自由に使用できるうえ、たまにランクアップ試験も行われる。

冒険者ランクを上げるには、一定数の依頼を完璧にこなすか、ギルドが提示する条件つきの依頼をこなすか、自分より上のランクの冒険者と戦わなければならない。

握り飯弁当を食っていた騎士たちの姿が見える。この騒ぎを聞きつけ、見物に来たのだろう。ものすごい数の見物人だ。

今回俺たちが王都に来たのはグランツ卿に呼ばれたからだけではない。

クレイとブロライトとスッスのギルドランクを上げるため、でもあった。

俺のランクはFBランクのままでいい。Aランクの採取家である必要がないからな。

現状クレイとブロライトのランクはA。スッスはランクC。

彼らは壮絶《そうぜつ》な修業を経て大幅に強くなった。そりゃもう引くくらい強くなった。

ただ突っ立っているだけで身に纏うオーラというか、佇《たたず》まいというか、雰囲気が劇的に変化したため、ギルドからランクアップ要請があった。

ベルカイムのギルドエウロパのギルドマスター、巨人族《タイタン》のおっさんロドルが頭を下げて頼んだのだ。ギルドに所属しているのなら、強くなったのなら、相応のランクでいなければならない。だからさっさとランクアップしろと。最後はほぼ脅迫《きょうはく》だったとは言うまい。

クレイとしては今更冒険者ランクにこだわりはない。ただ、ランクSに昇格すると別格の冒険者として扱われ、指名依頼がなくなる。国から強制的に徴兵《ちょうへい》されるが、平和なアルツェリオ王国で戦闘に駆り出されることはほぼない。

他の冒険者たちからの推薦をしこたまもらったクレイたちは、王都のギルドキュレーネにおいてランクアップ試験に挑んだわけなのだが。

今闘技場に立っているのはスッス。倒れているのは誰かな。あの大きさだと巨人族《タイタン》っぽいけど、彼はどうしたのかな。

「タケル殿、申し訳ありません。まさかこんなに盛り上がるとは想定外でして」

俺を鮭皮亭まで呼びに来たのは、グランツ卿の従者だった。

鮭皮亭で待ち合わせをしていたはずなんだけど、グランツ卿が少しだけランクアップ試験の様子を見たいと言いだしたらしく。

そのグランツ卿は闘技場が見渡せる貴賓席《きひんせき》で前のめりになっている。大公閣下が何やってんの。

「ピュ」

「スッスはどうしたんだ。相手は倒れているようだけど」

雑踏のなかかき分けて関係者席まで案内されると、王都のギルド職員たちが興奮しながら教えてくれた。

「あの小人族が、一瞬にしてランクBのジェダワを倒したんです！」

「ジェダワはあの巨体で俊敏な動きをするのに、一歩も動いていなかった！」

「小人族が毒でも使ったんじゃないか？」

「なんだ？　何の毒を使ったんだ」

「ピュグッ」

ギルド職員の言葉にビーが反論しそうだったが、俺はビーの口を押さえて声を上げる。

「うちのスッスはそんな真似しません。大体、確証もないのに憶測だけでものを言うのはギルド職員としてどうかしちゃっていると思うんですけど！」

スッスにあらぬ疑惑をかけられてはたまらない。俺は声を張り上げて毒を使ったと言った職員に反論すると、職員は俺が蒼黒の団の団員であることに気づき慌てて謝罪をした。

「ピュピ！」

ビーが指さした先、闘技場の真ん中で立っていたスッスが、急におろおろと走り回り倒れた冒険者へと駆け寄る。スッスは何か叫んでいるな。

「鳩尾《みぞおち》に深く入れてしまったっす！　誰か回復薬《ポーション》くださいっす！　内臓ちょっと潰したかもしれないっすー！」

慌てふためくスッスの傍に治癒術師が向かったようだ。

内臓ちょっと潰したんだって。ヒエッ。

スッスの修業相手は屈強《くっきょう》なオグル族。オグル族は巨人族《タイタン》より背は低いが、その肌は鋼のように硬い。クレイの鋼鉄《こうてつ》の皮膚《ひふ》と似たような感じ。スッスは修業でそんな相手と戦っていたのだから、加減がわからなかったのだろう。

見学者たちは小さな小人族が大きな巨人族《タイタン》に勝利するとは思わなかったのか、勝手に賭け事にして負けたと叫んでいる。

「クレイとブロライトはどうしたのかな」

「彼のように瞬時に勝敗を決しました。武器を手にすることなく、揃って素手《すで》で」

「なるほど」

とっとと決着をつけたということは、アイツら戦闘を長引かせて観衆を喜ばせるより、俺がもらった握り飯弁当が早く食いたいのだろう。

「武器を手にするまでもない、ということでしょうかね」

グランツ卿の従者が苦く笑う。

そういうこっちゃないんだけどもね。

武器を持たないことに深い理由はない。

今回は試験をする相手の強さを見極め、できることなら拳で一撃作戦だった。

ランクアップ試験で愛用の武器を使う必要はないし、拳一つで終えられるのならそれで良い。クレイとしては人前でわざわざ己の技能を見せる必要はない、むしろ見せたくないと言った。

それならばグーパンで良くね？　と提案したのは俺。相手を舐めているわけではなく、実際にそれだけの技量があるのならば文句を言われる筋合《すじあ》いはない。衆人環視《しゅうじんかんし》の下で必殺技をいちいちお披《ひ》露目《ろめ》するほうがおかしいのだ。

俺たちは並みの冒険者が味わえないような戦闘を経験してきた。

絶対に殺してやんよと向かってくる大量のモンスター相手に、加減などするわけがない。どこを切り裂けば絶命するのか経験で知っている。どうやって苦しませずに素早く命を奪えるか。

それは相手が人でも同じ。

誰かの娯楽になるような戦いは、俺たちは絶対にしない。

食うために刃を持ち、抗《あらが》うために戦うのだから。

「握り飯弁当……二十個で足りるかな」

「ピュー」

ぎゅーくるるるるぎゅぐぐぐ……

ビーの腹が盛大に鳴る。俺も早いところ弁当食いたい。

醤油とゴマ油で味付けした焼きお握りと、塩むすび、とろとろチーズが入ったふんわり卵焼きと、ほうれんそうと肉厚ベーコンのバターソテー、タコさんウインナー、ショウガ入りのハンバーグなどなど。

タコさんウインナーとハンバーグは俺が教えた調理法だが、味付けはユルウさん任せ。鮭皮亭以外でも食べられるメニューばかり。ちなみにベルカイムとトルミ村では先行発売中。

鮭皮亭に負けてたまるかと、王都内の料理人が切磋琢磨してより美味いものを作ろうとしてくれるのは嬉しいことだ。もう二度とドロドロした謎汁は食べたくない。

そうしてビーの腹をけたたましく鳴かせながら、ランクアップ試験は無事に終了した。

ギルド側から、あまりに早すぎて確認できなかったから再度戦えと言われたが、それならばランクアップはしなくても結構だとクレイが反論。ブロライトに至っては見物人が一切いない場を設け、相手を再起不能にしても良いのなら再戦しようと笑った。怖い。

「ピュイ、ピュピュ？」

「俺は素材採取家だからな。ああいった対人の試験じゃなくて、難しい依頼をいくつか受ければ昇格するんだろうけど」

「ピューゥ……」

ビーがいやらしい笑みを浮かべて「面倒くさいんでしょ」と言う。

そうだよ。ランクアップして貴族からの依頼が激増している暇はないんだよ俺には。

トルミ特区監修とトルミ街道整備、ベルカイムへと続くドルト街道の整備も手伝う約束をした。夜に光る花を探さないとならないし、その前にルカルゥとザバを故郷に帰すべきだし、いやまず浮遊都市を探さないとならなくて、そのためには何か文献が残っていないか探さないと。やることいっぱい。

冒険者ギルド所属の冒険者としては、ベルカイムの塩漬け依頼を定期的に消化したり、チームで高ランクのモンスター退治《たいじ》をすることでギルドへの貢献《こうけん》とさせてもらう。

時々珍しい素材を流しているので許してもらいたい。ごぼうとか。ワサビとか。ネコミミシメジとか。

ギルドとしては観客を入れたランクアップ試験を見世物《みせもの》にしたかったのだろう。だけどな。俺たちは見世物になっている暇はないんだよ本当に。

それぞれ戦う相手をしたランク上の冒険者たちが、あっという間に負けるという失態《しったい》を犯した。

しかし、負けた側は確かに強烈な一撃を食らったのだと訴《うった》えているのだから認めてほしい。

クレイとブロライトは暫定的にランクSへと昇格。暫定的というのは、ランクSを上回る素質があるということ。

国王陛下の御前試合でランクS冒険者同士の戦いを経て、ランクSに＋（それ以上の力量）という結果になるのだ。

クレイは以前この御前試合に挑戦し、ランクS冒険者に負けたことがある。再びあの場に立てるのかと感慨深くしていた。

御前試合は半年に一度の催《もよお》し。上半期の御前試合は既に終わったので、次は冬の御前試合がある。その際二人とも出てくれとギルドから頼まれたようだ。

スッスは見事ランクB冒険者へと昇格。ギルドとしては再試験をしてランクAに昇格させたかったらしいが、まずランクBとしての依頼を受け、順当にランクAを目指すんすとスッスは言った。

一度に二人のランクS冒険者の誕生に王都はお祭り騒ぎとなり、そして小人族の冒険者が巨人族《タイタン》の冒険者を瞬殺——殺しちゃいないけど倒したということで、スッスもまた話題の渦中《かちゅう》となった。

またしばらく王都に来づらくなったなと、俺たちはギルドをあとにしてグランツ卿の屋敷を目指すことにした。

＋＋＋＋＋

「これと、これと、こちらもだ。余には読めぬ字で書かれてあるものもある故、不確かではあるのだが」

そんな満面の笑みで貴重な本を気楽に差し出さないでほしい。

執政《しっせい》のパリュライ侯爵がオロオロしているじゃないか。グランツ卿、やめてちょうだい。

「陛下、御自《みずか》らお探しせずとも我々が」

「良いのだ。失《う》せものを探すようでとても楽しい。其方《そなた》らが探すは有翼人らのことだけで良いのか？　貴重な薬草や珍しき食材について記された書もあるぞ。ほれここに、ラティオの黄金の記述が」

「陛下、これらは門外不出《もんがいふしゅつ》の貴重な文献でございますれば……」

「案ずるな、シルト。蒼黒の団が無法《むほう》な真似をするはずがなかろう？」

「まあ……左様《さよう》でございますな。では陛下、こちらの文献は如何《いか》ように」

「言語学者が解き明かせぬ文字ではあるが、確か中ほどに美しき絵があろう」

いや待ってよ。

貴重な文献を一介の冒険者に見せちゃ駄目《だめ》でしょう。珍しき食材ってなんだろな。

鼻歌でも歌いそうな勢いで本棚から本を引き抜く国王陛下と、協力する執政官。

そう。目の前におわすのはアルツェリオ王国の国王陛下であらせられる、レットンヴァイアー陛下だ。

まるで俺たちを友人のように扱ってくれる陛下だが、民からはアルツェリオ王国の生ける神として崇《あが》められている貴《とうと》い存在。

「話には聞いていたが、重厚な造りの部屋であるな」

「クレイストン、四方の壁の隅《すみ》を見てみい。あれは古代遺物《アーティファクト》の一種なのではないか？　タケルの扱う維持《メンテ》の魔法に酷似しておる」

「ほほう。なればあの柱はただの飾りではないのか」

「はわわわわ……おいら、おいら王宮にいるっす……」

「ピュウウ〜〜」

お前たち。

お前たちも暢気《のんき》に見学しているんじゃないよ。

見学したくなる気持ちはわかるけども。

ここは、おそらく王宮内にある王族専用の書庫。

王族とその近親者しか入室を許されないはずの、特別な部屋。

高い天井《てんじょう》に聳《そび》え立つ本棚。本の一つ一つが古びていて、やたらと巨大な本やとても小さな本が数えきれないほど並んでいる。

何故庶民が近寄ることすら許されない立ち入り禁止の部屋にいるのか。

それは数時間前のこと。

ギルドのランクアップ試験のあと、史上初のランクS冒険者が二人同時に誕生したことで大騒ぎになってしまった。

これではグランツ卿と落ち着いて話ができないと判断し、まず警備の関係でグランツ卿を屋敷に帰してもらい、俺たちはコソコソと魔法で隠れながらグランツ卿の屋敷を目指した。

グランツ卿の屋敷に到着したらば、強引《ごういん》な小人族のメイドさんたちに案内され地下室へ。

薄暗い地下室には無数のワインが整然と並んでいた。ここは酒蔵《さかぐら》にしているんだねと部屋を見渡していたらば、部屋の更に奥に続く扉の向こう、グランツ卿が笑顔で手招き。

こんな狭い部屋で何の話かと思えば、グランツ卿は部屋の隅に置いてある石像の頭を掴《つか》むと、ぐりっと右に捻《ひね》る。

見事な細工《さいく》の石像なのにそんな扱いしちゃって、なんて考えていると。

部屋の更に奥、創造神っぽいふるちん男が描かれているレリーフがぼっこんと開き。

更に地下へと進む階段が出現した。

なにこれ！　映画で見たことある！　やだすごい！

なんて一人で興奮していたらば、小人族のメイドさんたちに「早くして！」「お待たせしたら駄目！」「ご主人様に続くのよ！」「とっとと行く！」とまあ、強引に追いやられて。スッスと頭を下げて挨拶をしていたメイドさんもいたから、もしかしたら隠密部隊の仲間がいるのかな。

地下へ進む階段を下り、グランツ卿を先頭にひたすら延々と歩く俺たち。途中の休憩場所なのかなんなのか、開けた場所で昼休憩。買っておいた握り飯弁当・特大をそれぞれ配る。グランツ卿にも一つと、ベルカイムで買っているじゃがバタ醤油もついでに。

どこへ向かっているのかとグランツ卿に聞いても、まあまあ楽しみにしておれと笑うだけ。

休憩を終えたらまたひたすら歩き、まだ歩くのかなと思っていたら突き当たりに扉が四つ。

グランツ卿は迷うことなく右端の扉に手を翳《かざ》すと、扉は淡く光ってゆるりと開く。

開いた扉の先には老齢の侍従《じじゅう》っぽい男性が立っていて。

そこから侍従に案内されながら薄暗い廊下をひたすら歩き続け、方向感覚が完全に失《う》せた時に焦っていたらば。

重厚で巨大な扉が現れまして。

扉がゆっくりと開きましたらば。

笑顔の国王陛下と執政官パリュライ侯爵が待ち受けておりました。

「国王陛下も執政さんも、グランツ卿も信用しすぎなんだよな、俺たちのこと」

陛下が何かしらの本を見つけてくれたという話はグランツ卿から聞いていた。しかし、まさか陛下本人が直々《じきじき》に本を見せてくれるだなんて想像していなかったわけで。

「トルミの毛刈り大会で打ち解けておったからな。お前も陛下に酌《しゃく》をしたではないか」

ぶちぶち愚痴《ぐち》っていた俺に、グランツ卿が笑う。

「違います。あれは、その、陽気に大口開いて笑っている人が陛下だとは思わなくて」

「まあ、うむ。儂《わし》も陛下が辺境の村にまで来るとは思わなんだ」

グランツ卿の言い分としては、陛下は臣民と酒を飲むのが好きになったそうで。

そもそもは俺たちが鮭皮亭で宴会をしている時、グランツ卿が陛下を連れてきたのが原因。鮭皮亭の主人であるユルウさんと肩を組んで酒を飲みかわし、庶民の世間話に耳を傾《かたむ》け、王宮では食べられない料理に陛下は魅了されてしまった。

おべっかしか言わない貴族たちとの会食よりも、毒見を通した冷えきった食事よりも、礼儀作法を無視した庶民宴会はなんて楽しいんだ！　とまあ、目覚めたわけ。

警備上の問題でグランツ卿と俺たちが同席している宴会にしか参加できない——いや待ていつそんなルール作ったんだ。

「陛下の肩に重く伸《の》しかかる重圧を、時には全て払ってやることも必要であろう。儂は、陛下には長く長く民を導いていただきたいと思うておる」

そう言うグランツ卿と共に俺は、にこやかに本の説明をする陛下を眺める。

分厚《ぶあつ》くて重たそうな本をクレイに差し出した陛下は、続いて黄金で飾られた絵本のようなものをスッスに手渡す。スッスは緊張のあまり床に這《は》いつくばるほど頭を下げていた。

「アルツェリオは一枚岩であり続けなければならぬ。陛下が日々健《すこ》やかに過ごせるのならば、儂はどんなことでもする」

陛下を眺めるグランツ卿の穏《おだ》やかな目。それは臣下ではなく、まるで子供を案じる親の目だった。

俺は王都に来る前からクレイたちと相談していたことがある。

蒼黒の団に所属する者は、手を思いきり伸ばした範囲くらいは助けていきたい。

賭け事で破産したヤツとか、明らかに自業自得《じごうじとく》な損害を負ったヤツはどうでもいいが、そういった理由ではなく理不尽なことで涙を流す者を、少しでも助けたいと。

誰かを助けるなんておこがましいことなのはわかっている。助けなんて必要ないと言われたらそれまでだ。余計なお節介《せっかい》はしない。

だが、俺たちが平穏《へいおん》に暮らしていくためには、俺たちの身内にも平穏に暮らしてもらいたい。

「グランツ卿、ちょっといいですか」

「うん？　如何《いかが》した」

俺は鞄の中から小さな硝子《がらす》の瓶《びん》を取り出す。

ベルカイムの硝子職人に作ってもらった、エジプト香水瓶のような見た目の美しい瓶だ。

「これを持っていてください」

「……これは？　とても美しいな。中に入っている液体は何だ」

「完全回復薬《リディアル》です」

「そうか、リディ……」

　硝子瓶を眺めていたグランツ卿の動きが止まった。

「リディ……？」

「完全回復薬です」

「なんっ、な、今、お前は、何と」

「完全回復薬なんですけど、ご存じです？　ええとですね、上位の回復薬《ポーション》よりも更に効果がある回復薬でして、死んでなければどれだけ重傷でも元通りに治るという」

「そんなこと知っておる！　お前は、こん、こんな、伝説上の品を！　本物……なのか？」

「北の大陸に行った話はしましたよね？　その時に北の地を守る古代竜《エンシェントドラゴン》に会いまして、なんやかんやとこれをいただきまして」

「エンシェンッ……！」

「ピュ？」

「毒の治療の場合は一滴飲ませるといいです。飲みにくかったら水に溶かしても良いし、お茶に混ぜても効果は変わりません。外傷の場合も一滴垂らすだけ。水に浸《ひた》した布に垂らして患部《かんぶ》を撫《な》でるだけでも効果はあります」

　俺の場合はビーにコップ一杯ぶちまけられたんだけども。

　完全回復薬《リディアル》は魔素濃度も高いから、ほんのちょっとだけで効果はてきめん。逆に魔素耐性が一切ない人には劇薬にもなる。魔素耐性がない人には綺麗な水で薄めて飲むか、水に溶かしたものを患部にかけるかで効果がある。

これはトルミ村秘密研究所内――地下に造った実験室とも言う――にてユグル族らが徹底的に分析してくれたのだ。自分の腕を切って完全回復薬《リディアル》を垂らして治したという話を俺が聞いた時、そんな痛いことはやめろバカタレと叫んだものだ。

「待て、待てタケル、待て……待ってくれ……」

手で口を押さえて静かに驚くという器用な真似を披露してくれたグランツ卿は、書庫内に声が響かないように堪《こら》える。

しばらく固まっていたグランツ卿だが、長く長く息を吐き出し、ゆっくりと姿勢を正す。

驚くだろうなとは思っていたけども、まさかここまでとは。

「お前が言うことだ。これはきっと、本物なのであろう」

「鑑定士《アバルスター》に鑑定してもらっても良いですが、信頼できる人にしてくださいね」

「う、うむ。それはもう、当然のことであるのだが」

「ちょっと調子が悪いかな、程度では使っちゃいけませんよ。大怪我《けが》をしたり妙な病《やまい》になったりして、これはダメだもう死ぬ、って時しか使えません。そんな時が来ないことを祈りますけど」

「王宮内でそのような事態にはならぬ」

「わかりません。何事にも絶対はないんです。実際に国王陛下は呪具《じゅぐ》に殺されそうになった」

「ピュイ」

ビーがそうだと言うと、グランツ卿の眉間《みけん》の皴《しわ》が深くなる。

陛下は国王しか装備できない腕輪を偽物にすり替えられ、その偽物の腕輪によって命を脅《おびや》かされたのだ。

陛下の命を狙ったのは、臣下だった。性根《しょうね》が腐っていたけど。

グランツ卿には「あるわけない」という楽観視を捨ててもらわなければ。

「あんな優しい陛下が殺されるのは嫌なんですよね。ほら、俺たちと仲良くしてくださるし、グルサス親方やジェロムのおっさんは陛下とまた酒が飲みたいんですって。宮廷醜聞《しゅうぶん》が聞きたいなんて下世話なことも言っていましたが」

完全回復薬《リディアル》をグランツ卿に託すのは、巡《めぐ》り巡って俺たちのためでもある。

グランツ卿が大切にしている人たちが安全なら、俺たちの今の生活が脅かされることはない。

王国内にはグランツ卿がいるからこそ、陛下はグランツ卿を信頼して政務を行えるし、貴族の暴走を抑えることができる。

貴族の暴走は本当に迷惑なんだ。

トルミ村の温泉施設を買おうとしたり、接収《せっしゅう》しようとしたり、妙な権利を主張してきたりと、自己中なやつらばっかり。これでトルミ特区の一般公開がされたならば、まずコポルタたちが愛玩《あいがん》動物として拉致られるだろう。許さん。そしてエルフとユグルは美しいからと傍に侍《はべ》らすために拉致られるだろう。無理だと思うけど。オグル族も招くつもりだから、護衛として見栄《みば》えがするから彼らも拉致られるだろう。半殺しに遭うだろうけど。

だが、庶民のものは俺のもの、俺のものは俺のもの、ついでに下位貴族のものも俺のもの、と勘違いしている阿呆《あほ》な上位貴族は一定数いるのだ。残念なことに。

己を律して民を優先させる貴族なんて、ルセウヴァッハ伯爵であるベルミナントしか知らない。ベルミナントの知己《ちき》らは志を同じくする良き貴族らしいけど、俺は会ったことはない。そのうちダウラギリクラブ養殖場があるフォルトヴァ領のご領主に、手土産《てみやげ》持って挨拶をさせていただきたい。これからもお世話になりますと。

クレイとブロライトがランクS冒険者になったおかげで、蒼黒の団はますます注目される。小人族の憧れの的《まと》になったスッスも同様。

ランクSの冒険者に対しては不可侵というか勝手な依頼はできないが、スッスは違う。伯爵以上の上位貴族に命じられたら、スッスは従わないとならない。それが晩餐会《ばんさんかい》での道化師役《どうけし》にされたとしても。

暇つぶしや珍しいからといって、スッスを気軽に呼びつけられたら困るんだよ。

もしも俺が危惧《きぐ》する阿呆な貴族が野放しにされたら、いくら賢王《けんおう》であるレットンヴァイアー陛下でも統治は困難になるかもしれないのだ。ほら、自己中って足を引っ張るし。

そういった未来を回避するためにも、グランツ卿たちには健康で長生きしてもらわねば。

「タケル……お主は陛下のことを思い、このような貴重な薬を託すのだな」

グランツ卿が感動しながら言ったけども、俺は再び鞄に手を突っ込む。

「それは陛下用。これは、グランツ卿用。これはグランツ卿が必要だと思った時用。硝子瓶は特注で今回間に合わなかったから、食材を保存する瓶に入れちゃったけど効果は同じ。落としても割れない魔法がかかっているから安心。賞味期限も特にないです。必要になったらいつでも渡すから言ってください」

「なっ、完全っ、回復薬が、こんな、こんなに、はあああ!?」

伝説の完全回復薬《リディアル》が俺の鞄には無限大にありましてね。てへ。

どれだけ貴重な薬だろうと、薬は薬だ。悪用されないように瓶に魔力を登録すれば良い。人が扱う魔力というのは、指紋のように独特の揺らぎがある。その揺らぎを登録すれば、登録された人しか瓶が開けられない。この魔力指定登録魔法は俺も使えたけど、ユグルのほうが上手。

北の大陸の守護神である古代竜リウドデイルスは、完全回復薬《リディアル》の使い道を制限しなかった。

俺もうかつにばら撒くような真似はしない。まずは蒼黒の団全員と相談し、ユグル族とも相談した。今回グランツ卿にも託そうと言いだしたのはクレイ。

グランツ卿ならむやみやたらと使用しないはずだと。

「使えるものは遠慮なく使う。それが、俺たち蒼黒の団の座右《ざゆう》の銘《めい》です」

それが貴重な薬だろうと。

国を陰《かげ》で支える大公閣下であろうと。
使えるものは使いますとも。

安心は、巡り巡って俺のため。

3

「ピュプゥ」

「ビー、引っ張ったら駄目っすよ。これはとても古い羊皮紙っすから、無理やり開こうとしたらちぎれるっす」

「ピュ！」

「綺麗な絵っすねえ。こんな綺麗なお姫様の絵、おいら初めて見たっす」

「ピュウゥ～」

書庫の中央にある机でスッスがビーと仲良く読書中。

読書というより絵本の挿絵を眺めているのだが、楽しそうだ。

あの本、アルツェルオ王国の創王《そうおう》、ホルブリック・シャナンが幼少期に愛読していた絵本だとか。数千年前に作られた本にしてはとても状態が良い。

表紙に黄金と宝石があしらわれたなんとも幼児には読みにくい本だが、ああいう本は乳母《うば》や侍女が読み聞かせるらしい。

こういう珍しい本もあるよ、読んでいいよと陛下に言われたスッスは恐縮しながら読むことにした。白い手袋をはめたスッスの手が僅かに震えているが、目は興味津々《きょうみしんしん》で輝いている。

「書庫にある本には全て状態維持の魔法がかけられておる。たとえ間違いを犯して本を傷つけようとも、瞬く間《またたくま》に元の状態に戻るのだ」

「ほえええぇぇ〜〜〜」

「間抜けな声を出すな馬鹿者」

「イダッ！　痛い！　古い魔法なのに綺麗に保たれているなって思ったんだ」

クレイに殴られた頭を擦《さす》りつつ、書庫全体にかけられている魔法の丁寧《ていねい》さに驚く。

陛下が自慢げに説明するのもわかる。この部屋そのものが古代遺物《アーティファクト》なのだろう。

俺は魔法の勉強をするようになってから、魔道具《マジックアイテム》にかけられた魔法の波のようなものが見えるようになった。

本来は意識を集中しないと見えないのだが、最近は無意識でも見たいと思えば見られるようになった。修業の成果なのか、これも異能《ギフト》の恩恵なのか。

書庫にかけられた状態維持の魔法は古さを感じられない。創王の時代からこの書庫があったとしたら、数千年前にかけられた魔法のはずだ。

状態維持と魔力吸収、それから盗難防止の魔法もかけられている。

「タケルは魔力が見えるのか？」

陛下に問われ、俺は頷く。

「魔力操作を学べば魔道具《マジックアイテム》にかけられた魔力の波が見えるようになります」

「ほう……宮廷魔導士でもそのような魔法は扱えぬ」

「これは魔法じゃなくて、なんですかね。えーっと、感覚で知ると言いますか、魔力の操作を頑張ると言いますか……申し訳ないです。俺は説明するのがとてもへたくそでして」

「ふふふふ。良い良い」

穏やかに話をしているが、陛下の立場ならば俺から魔力の波を見る術《すべ》を聞き出せる。たとえ強要されても俺は断ることができない。しかも、俺から魔力の波を見る術《すべ》を聞き出せたら、国の利益に繋がるのだ。

陛下はそれをしないもんだから、傍にいる執政官は渋い顔をしているし、グランツ卿は苦く笑っているし。

あえて俺に問いただささないようにしているのか、それとも天然でわかんないならいいやと思っているのか、読めない。

どちらにしろ庶民である俺を気遣ってくれる陛下だ。やはり、俺の平穏のために陛下には健康でいてもらわないと。

「シルトよ、確かあれは……黒《くろ》の手記《しゅき》だ。黒の手記はどこにやったか」

「陛下、わたくしがお取りします」

陛下が教えてくれた文献にはデルブロン金貨の貴重さがつらつらと書かれたもの、有翼人ってのがいるらしいけどどうだろねと書かれたもの、空飛ぶ島はあったのだ、どこに行ったか知らないけど、と書かれたものがあった。

どれも不確かな情報ばかりで、当てにはならない。

だが有翼人や浮遊都市の痕跡《こんせき》は確かに存在した。地上にある本に記されているということは、その昔は交流があった証拠でもある。

貿易とかはしていないようだけど、ふらりと来てはふらりと去るような種族なのだろうか。

「タケルよ、この本だ。我々は手記ではないかと思うておるのだが、どの言語学者に読ませても訳すことはできなんだ。しかし、描かれている人物の背に羽根が生えておるのだ」

陛下が示した本を執政官が取り出し、俺に渡す。

真っ黒な手帳に見えるそれは、持ち主が長らく愛用していたのか、革の表紙はかなりくたびれていた。状態維持の魔法のおかげで手帳は劣化せずに済んだのだろう。

白い手袋をはめてから本を受け取り、机の上にそっと置く。

言語学者が訳せない文字でも、俺の異能《ギフト》があれば……

「う」

ゆっくりと開いた表紙。

思わず漏れ出た声。

「ピュ？」

俺の背後に取り巻く面々に、なんて伝えたらいいのだろうか。

今にも崩れてしまいそうな状態の本であったのに、記された文字や絵は読み取れる。

だがこの絵というか、イラストというか……

なんだろうこの、幼稚園児が描くような味のあるお姫様のイラストは。

「独特な文様だな。これは何を記しているのだ？」

「人……なのか？　人にしては目が異常に大きいな。どのような種族なのか」

クレイとブロライトが食いついた。

「学者どももわからぬらしい。これは星を表しておるのか？　こちらはなんだ」

陛下が指さす先には、星のマーク。そして。

これは、きっと。

イラストの下に書かれた文字を指でなぞれば、なるほどなと笑う。

俺の世界言語の異能《ギフト》は、俺が読もうと思えば読めてしまう便利能力。だから気づかなかった。

ベルミナントの執務室で読んだ時も、王都の図書館に秘匿《ひとく》された蔵書室で見つけた時も。

随分《ずいぶん》とふざけた翻訳だなと思っていたが、きっと書き記した人の口調そのままだったのだろう。

余計な能力だ世界言語。

「タケル、なんて書いてあるのじゃ。早《はよ》う読め」

ブロライトに促《うなが》されるまま次の頁《ページ》を開くと、そこに書かれた名前があった。

「ポラ、ポーラ……」

「うん？　もう少し大きな声で」

これを読むのか。

まじでか。

読みたくないんだけど読むのか。

よし、お前ら覚悟しろよ。俺は読みたくないんだけど読むんだからな。

俺は覚悟を決めて息を吸い込んだ。

「ハァイ！　アタシ、ポラポーラだゾッ★　これは七番目のアタシの日記帳なんだゾッ★　まさかこんなに続けられるとは思っていなかったんだゾッ★　キャハッ★」

「…………」

「…………」

「…………ピュ」

ほんとごめん。

本来なら「私の名はポラポーラ、これは七番目の私の日記。これほど続けられるとは思わなかった」と読み上げればいいんだろうけども、すぐに読めと言われれば書いてある通りに読むしかなくて。

俺は恥を捨てて頁をめくる。きっと陛下が仰られた背に羽根の生えた人間の……これ人間か？

棒人間だな。棒人間に……羽根？　雲？　玉？　なんだこのぐにゃぐにゃしたやつ。それから女の子を描いたイラスト。たぶん女の子なんだろうけど、目が大きすぎて宇宙人みたいだ。

ポラポーラは絵心がまるでないということがよくわかった。表紙の絵はきっとお姫様なのかな。腐ったロールパンみたいなのが頭にひっついて、星のマークやらハートのマークが飛び散っていた。陛下や執政官はハートマークを知らないようだし、ハートマークのモチーフやデザインはマデウスでは見たことがない。だけど俺はハートマークを知っている。

それに、こんなイラストを描ける人はマデウスには存在しない。

イラストというか、アニメ絵というか。

もしかしたら、もしかすると。

背筋《せすじ》に嫌な汗が伝《つた》う。

もしかしたら、ポラポーラは地球からの転生者だったのではないだろうか。

独り静かに衝撃を受けていると、ふつふつと怒りが込み上げてきた。

オイコラ「青年」、俺の前にもマデウスに転生者がいたって教えておけよ。まさかキャハッ、の謎人物ポラポーラが転生者だとは思わないって。

どの時代のどの国からの転生者なのか気になるが、日記の日付は千年以上も昔の旧暦。きっともうポラポーラは没《ぼっ》した存在。今はそれを考えている場合ではない。

「ええと、ポラポーラさんは冒険者なのかな？　彼女？　彼かもしれないけど、この日記帳は七番目に書かれたものだった。えーとそれから、ああ、これだ。デイラサキオ高地の青い草原から眺めた天空都市は、とっても綺麗で幻想的、まるでアタシの思い描く理想のシンデレラ城……ここは飛ばして。えーっと、ここだ。ディアナーガの、住んでいるお城を呼ぶには招《まね》きの石《いし》が必要……」

「招きの石？」

「招きの石とはなんだ？」

俺も知らんがな。

クレイの質問に答える前に、頁をめくる。

そこには再び挿絵。さっきの棒人間クオリティとは違い、写実的な絵が描かれていた。この絵だけ額縁《がくぶち》に入れて飾ったら、芸術作品に化けるような。棒人間イラストもある意味で芸術的ではあるけども。

絵の下に古代エルフ語で署名が書かれているようだが、擦《かす》れてしまって読めない。

古代エルフ語で書かれているこの頁全体、ポラポーラが記したものではないのだろう。誰が書いたのかは知らないけど、ポラポーラとは違って良識のある文章を書ける人のようだ。

「ブロライト、読めるか？」

クレイに問われブロライトが答える。

「こちらが招きの石……ここには導きの、らしん、ばん、と記されておるようじゃ」

「らしん、ばん。羅針盤《らしんばん》すか？　船乗りが使うっていう、あの？」

「スッス、知っておるのか？」

「今は使っていないんすけど、昔の船乗りは方角を知るために羅針盤っていう装置を使っていたそうっす」

俺が知る羅針盤とは、つまりがコンパスであり、方位磁石《ほういじしゃく》のようなもの。

地球での羅針盤の起源は中国で使われていたものがヨーロッパに伝わったとかなんとか。諸説あり。

マデウスに方位磁石があるのかはわからないが、方向を指し示す装置であることは変わりなさそうだ。

「羅針盤の中央に魔石を置いて、つがいになる魔石を目的地に置けば、たとえ闇《やみ》の中でも羅針盤がつがいの魔石を目指してくれるんす」

おおっと磁石じゃなかった。

魔法の力だった。

「つがいの魔石とは何じゃ？」

「一つの魔石を魔法で割るみたいっす。船乗りなら皆知っている技術らしいっすけど、羅針盤は魔導士や錬金術師が作るんすかね？」

「魔石を割るのか？　なんとも奇怪《きかい》なことをするのじゃな」

スッスの説明にブロライトが首を傾《かし》げる。俺も同じく首を傾げてしまった。

魔石を割ってしまえば、魔石に籠《こも》る魔力が流れ出てしまう。欠けた魔石を使い続けるには常に魔力を注入しなければ力は失われてしまうのだ。

割った魔石は磁石のように引き合うのか。知らなかった。それとも、磁石のように引き合うような魔石を作り出す技術があったのだろうか。

そういえばユグル族には魔石を加工して宝石のような装飾品にする技術があったな。もしかして、あれの応用なのかな。

羅針盤の仕組みは置いておいて、羅針盤そのものはまだ残っているのだろうか。

「導きの羅針盤がなければキヴォトス・デルブロン王国には行けぬのか」

クレイが怖い顔をして唸《うな》る。

空飛ぶ島を目指すには、「招きの石」とも「導きの羅針盤」とも言われる道具が必要だという——そんなお約束は、マデウスでも変わらないようだ。親方よ、空から女の子が落っこちてこないことを祈る。ルカルゥは落っこちてきたけども。

「それなる羅針盤とやらは、どこにあるのか記されてはおらぬのか？」

執政官に促され椅子《いす》に腰を下ろした陛下が、ポラポーラの日記帳を覗《のぞ》き込む。

俺はそっと頁をめくり他にも何か記されていないか確認したが、他はポラポーラの旅日記だった。どこそこの屋台《やたい》のばばあがムカつくとか、某所商業ギルドの対応がムカつくとか、愚痴が多い。棒人間イラストがあちこちにあり、一体何を描きたいのかわからない絵が随所に。

「他には記されていないようです。デイラナントカ高地の青い……ここから眺めることができたと書かれてありましたが、今も同じ場所にあるかはわからないですね」

そもそも浮遊都市とは移動するのか？　風の向くままにふわふわ飛ぶのか？　それとも動力源は魔石なのか？　魔石だとすると、常に魔素を吸収する魔石？　それとももっと高度な文明によって作られた魔道具《マジックアイテム》なのだろうか。

俺たちが、デイラナントカという聞き慣れない地名に唸っていると、執政官がふと思い立ち胸元からメモ帳を取り出した。

あのメモ帳、トルミ村の雑貨屋で扱っている特製トルミメモ帳だ。誰があげたの？　まさか陛下が買ってあげたの？

「陛下、デイラサキオ高地というのは数百年前に失《うしな》われた地でございましょう？　今は名称を改めております。今はヘイオラキアではございませぬか？」

「うん？　ヘイオラキアは……大地が崩れた際に先々代が新たなる名を施した地であるな」

「ええ。先週から第二王太子殿下が学ばれているところでございます。大地が崩れた際というのは、アルツェリオ歴千八百三年の大地震動《だいちしんどう》による大災害でございます」

何それそんなことあったの？

俺はアルツェリオ王国の歴史をほとんど知らない。俺のマデウスの知識は歴代ルセウヴァッハ伯爵が収集した蔵書と、俺が趣味《しゅみ》で読んでいるモンスター図鑑や薬草図鑑など。

ちなみに地名もさっぱりわからないので、ここは冒険者の先輩であるクレイ頼み。

「ヘイ……ヘイ……なんとかってどこにあるのかな」

「ヘイオラキアだ」

「そうそれ。大地震動ってのも気になるけど、デイラサキオ高地だった場所は残っているんだろ？」

「マティアシュ領の外れにある地がヘイオラキア。領地の四分の一を失いはしたが、とても肥沃《ひよく》な地でもあるのだ。それ故に膨大な農作物を育てられるマティアシュは、国の食糧庫とも呼ばれておる」

なんですと。

どんな農作物の食糧庫なんだろう。

「ピュピュ」

ピーも気になるようだ。

「そこに行ってみるか。羅針盤の手がかりがあるかはわからないけど、行ってから決めよう」

「そうだな。何もなければそれで良し。何かあれば次へと進むことができよう」

俺の意見にクレイが頷き、ブロライトとスッスも頷いた。

現状、手がかりはこれだけ。

羅針盤の在処ではないが、目撃情報だけでもありがたい。数千年前の情報だけども。

ポラポーラは嘘を書かない。なんとなく、そう思う。

「マティアシュならば王都から数日で行けるな。あの素晴らしき馬車であるならば、もっと早くたどり着けるやもしれぬ」

グランツ卿が羨《うらや》む蒼黒の団専用馬車リベルアリナ号は、既に魔改造済みであるにもかかわらず、トルミ村で再び魔改造をされている。コポルタ達を連れてカニ狩りを行った際、乗り心地を聞かれたからだ。

特に変えなくても良いとは言っておいたが、屋根の細工が気になるとか幌《ほろ》の色が気になるとか。

「ヘイオラキアは断崖絶壁の地である故、立ち入りを禁じている場所もある。だがシルトよ」

「はい、陛下。マティアシュ領主、エステヴァン子爵に一筆認《したた》めましょう」

「ならば儂の名で蒼黒の団に指名依頼という形を取ろう。そうだな……バリエン……いや、ローグルで生息するハンマーアリクイを生きたまま捕獲せよ。つがいで数匹も得られれば宮廷大工が喜ぶであろう」

陛下の提案に執政官が頭を下げて了承し、グランツ卿が腹黒く笑って蒼黒の団に依頼。

ハンマーアリクイをつがいでということは、うんこをご希望ですね。ハンマーアリクイの糞《ふん》は建物の補強材に使用している、セメントやモルタルのようなもの。

そうか。宮廷大工がうんこを所望と。

だがしかし、簡単な依頼とは思えない。

「ハンマーアリクイって今まで見たことないんだけども」

うんこは大量に採取してきた。水辺の近くや大きな岩場の近くに点在する、白い卵のような石のような形をしたうんこ。ギルドでも定期的にうんこ採取依頼が出るため、冒険者らが好んで受注する。

しかし、ハンマーアリクイ自体を一度も見たことがなかった。

「俺もない」

「わたしもないのじゃ」

「ピュッピュ」

俺の呟《つぶや》きにクレイとブロライトとビーが挙手。

「文献ではあるのだが」

「生きたハンマーアリクイはありませんね」

「儂も生体はない」

陛下と執政官とグランツ卿も挙手。真面目な顔をして挙手しないで。

俺が笑いそうになっていると、スッスが右手を高々と掲げて挙手。

「兄貴、おいらも生きた個体は見たことがないんすけど、ハンマーアリクイは珍獣《ちんじゅう》指定されているっす。動きが素早くて擬態《ぎたい》がうまい生き物っす。一匹見つけたら五、六匹はいて、それは家族っす。家族と引き離すとハンマーアリクイは悲しくて死ぬらしいっす」

さすがギルド職員スッス。胸から取り出した愛用の手帳を開くと、俺も知らないハンマーアリクイの生態をすらすらと教えてくれた。

「これはランクＳに近い依頼になるっすよ。エウロパではこんな依頼出されたことがないっすから、具体的な報酬金額はわからないっすけど」

「おおー」

俺たちが感心しながら送る拍手に、スッスは両手で顔を隠して照れている。

報酬は、今回用意してもらえる領主への紹介状でじゅうぶん。ハンマーアリクイが捕獲可能で、なおかつ人の手で育てることができれば。

トルミ村でも育てられるじゃないか！

トルミ特区で建築ラッシュになるこれから、建材であるハンマーアリクイのうんこは必要不可欠。ギルドにうんこ採取依頼を出すよりも、家畜が生んで……排泄《はいせつ》してくれるのなら、そのほうが安価になる。

「ふひ……ふひひ、ふブッ！」

「陛下の御前《ごぜん》である。薄気味悪い笑いをやめい」

クレイに頭をどつかれたが、ハンマーアリクイ育成計画による利益を考えて俺の顔が歪《ゆが》む。もしかしたら生活環境や食事内容でうんこの質が変わるかもしれない。より良い建材になるかもしれないじゃないか。

ハンマーアリクイが人の手で育てられるのかはわからないが、せっかくのグランツ卿からの提案だ。ここは快く引き受けよう。

蒼黒の団は今回のランクアップ試験でランクS冒険者を二人も抱えたチームとなった。注目されているチームが所属ギルド以外の領地を訪れるのは目立つだろう。

しかし、懇意にしているグランツ卿からの依頼ならば大義名分になる。ある意味で無理難題な依頼だから、蒼黒の団が受注するのも不自然ではない。

マティアシュという領地には行ったことはないが、プニさんに頼めばご機嫌で馬車を進めてくれるだろう。ご機嫌を保つために空を飛ぶことも許す。

さてはて、ルカルゥの故郷を探すためにポラポーラの思わぬ正体を知り、浮遊都市を探すために特別な魔道具《マジックアイテム》が必要で、魔道具《マジックアイテム》の手がかりを得るためにハンマーアリクイを生きたまま捕らえる。

やることが減ったどころか増えた気はするが、やらねば先に進めない。

それならば確実に進めばいい。

そして、マティアシュ領の名物料理を食おう。

「穴に気をつけるが良い」

俺たちを見送ってくれたグランツ卿が残した言葉。

笑顔で手を振っていたから、穴って落とし穴？　なんて足元を確認してしまったんだけど。

まさかあんなことになるなんてね。

グランツ卿、怖い。

＋　＋　＋　＋　＋

マデウス四大陸の一つ、東の大陸グラン・リオ。

多種多様の種族が共存するアルツェリオ王国は、大陸の七割を統治する一大国家である。

国王を頂点に、大公家、五公爵家、八侯爵家、十六伯爵家、三十三子爵家、六十二男爵家、以下騎士家が存在する。騎士家は功績によって発言権が変わり、なかには侯爵家と同等の発言権を持つ者もいる。

大公家は国王の叔父であるグランツ卿ただ一人。

「大公」は世襲《せしゅうせい》制ではなく、現国王の兄弟、姉妹が継ぐ決まり。現王の兄弟姉妹はおらず、一人っ子。そのため叔父であるグランツ卿が大公になった。

現王が退位された場合、グランツ卿は大公ではなくなり、次期国王の代に王位継承者二位が大公を継ぐ。グランツ卿の場合、大公の地位がなくても絶大なる影響が残りそうだけども。

ちなみにグランツ卿のご長男は五公の筆頭であり、ご次男は八侯の一人。俺はまだお会いしたことはないのだけど、グランツ卿に似てお腹真っ黒らしいとはクレイの談。

貴族は全て領地を持つわけではなく、男爵家のなかには領地を持たず、功績や名声などで爵位を得た名誉爵がある。また、功績を認められ叙爵《じょしゃく》された大店《おおだな》の商会や、ランクSの冒険者などがいる。

陛下は半《なか》ば冗談でクレイに叙爵の話をしたが、断った。

クレイは貴族社会に興味はない、こりごりなのだと怖い顔をしていた。

ブロライトは不可侵のエルフ族のため、他種族が勝手に叙爵するのはご法度《はっと》。そもそもブロライトは現女王陛下の娘——息子だし。

俺たちが目指すマティアシュ領は、東の大陸グラン・リオのちょうど中央。迷《まよ》いの森《もり》と呼ばれる広大な樹海を有するガシュマト領がお隣さん。

お隣さんが領地の六割を樹海に占められているのに対し、マティアシュ領はレムロス・スミア・エステヴァン子爵が統治する風光明媚《ふうこうめいび》な農村地だ。琵琶湖《びわこ》のような巨大な湖を有していて、魚や貝の養殖も盛ん。

アルツェリオ王国の食糧庫と呼ばれる所以《ゆえん》は、なだらかな平野に様々な農作物を育てているから。関東平野みたいな感じかな。俺は茨城県《いばらきけん》を思い出した。田んぼがあって、キャベツや白菜やレタスが植わっていて、時々香る肥《こ》やし臭。筑波山《つくばさん》のような高い山は一つもない。

例えば辺境と呼ばれるルセウヴァッハ領やプニさんを崇《あが》めるアシュス村がある領には、深い森や山がある。日も差さぬ深い森というのは魔素が滞留《たいりゅう》する地でもあり、そういった森にはモンスターがいるのだ。

マティアシュ領には森がない。太陽の光が地面まで降り注ぐ穏やかな林のようなものが点在しているだけで、あとは見渡す限りの畑。

作物を荒らす野生生物は生息しているが、動くものを見境なく食い散らかす獰猛なモンスターは生息していないそうだ。

そんなわけで。

俺たちは今、マティアシュ領の広い街道を馬車で進んでいる。

王都からトルミ村に戻り、王都での出来事と新たなる情報、次の目的地をベルミナントに報告。ベルミナントは転移門《ゲート》を使って週に一度はトルミ村を訪れるようになり、トルミ特区の建設を指揮してくれている。村人と同じゆったりなシャツともんぺ姿をした御領主様の姿は見慣れてしまった。サンダル、お似合いです。

馬車リベルアリナ号の再改造には、エルフとユグルとドワーフと、コポルタたちや手伝える人が皆で手伝ったというが、それほど目立つ改造はされていなかった。

だが今回ルカルゥとザバも連れていくと言ったらば、ルカルゥ用の個室を新たに造ってくれたのだ。と言ってもルカルゥはスッスに懐《なつ》いているので、眠る時はスッスの部屋で眠る。ルカルゥ用の個室にはルカルゥの身体に合った木馬の玩具《がんぐ》や浮かぶソリ、浮かぶ座椅子が置いてある。いつでもこれで遊べと。至れり尽くせりだな。

ルカルゥとザバに来てもらったのは、少しでも故郷の浮遊都市の気配が探《さぐ》れないか、地形に見覚えがないか確認してもらうためだ。

マティアシュ領のどこかに転移門《ゲート》を設置すれば良いのかもしれないが、ヘイオラキアに行く話をルカルゥにしたら、ルカルゥ自身が一緒に行きたいと望んだのだ。

「ルカルゥ、ご覧なさい！　あんなに広い畑！　見たことないでございますこと！　まるまるとした葉っぱはいくつあるのでしょうでございますか！」

「ザバ、落ち着いて」

「葉っぱがぐるぐるしていますことで！　なんと！　なんとー！」

「落ち着け」

「ピューイッピュピュ〜」

ザバの興奮以上にルカルゥの目も驚きで輝いている。ビーはご機嫌で独特な旋律《せんりつ》で歌を歌っていた。

はしゃぐ三人を宥《なだ》めつつ、だけども俺自身もこの光景から目が離せないでいる。

一面の麦畑とキャベツっぽい畑。白菜、大根、ニンジン、玉ねぎ等々、前世で美味しく食べていた野菜に酷似したものがたくさん。ひょうたん型の実がなる木や、広大な葡萄棚《ぶどうだな》のようなところでムンクが描いた叫んでいる人っぽいものが鈴生《すずな》りに垂れ下がっている光景もあるけども。なにあれこわい。

ベルカイムやトルミ村にも広大な畑があるが、ここまで種類が豊富な野菜が植えられている景色は初めて見たかもしれない。

温室っぽい建物やビニールハウスっぽいものが随所にあり、季節外れの野菜もそこで育てている

のだと知って感動した。

「あの垂れ下がっている気持ち悪いものは何でございましょうね？　ルカルゥ、あそこに気持ち悪いものがございますこと！　おほーっ！」

ルカルゥの頭の上で落ち着きなくグネグネ蠢《うごめ》くザバは、ルカルゥの頭をてしてしと叩いて叫ぶ。

ほんと、あの気持ち悪いのは何でございましょう。野菜なの？　果物なの？

俺が訝《いぶか》しげな目で眺めていると、スッスが愛用の手帳を取り出して説明してくれた。

「あれはピレイオーネっていう野菜っすよ。マンドレイクに似ているから、偽《にせ》マンドレイクって呼ぶ人もいるっす。ベルカイムでも売っているっす」

「えっ」

「刻んで赤酢や青酢に漬け込んで売られているっすから、形はわからないんす」

もしかして酒の肴《さかな》によく食べる、しゃくしゃくとした歯ごたえが美味しいピクルスのことだろうか。あれ、凄く美味しいから俺の鞄の中にはたくさん常備してあるんだけど。

まさか原形があの気持ち悪いやつなのか。

「ネコミミシメジやキノコグミのような奇怪《きかい》な食い物は見当たらないのじゃな」

ブロライトがつまらなそうに言ったが、そういえば俺たちも奇怪な食い物を食っていたなと思い出す。眉毛とか、木の枝とか。そもそもカニだってゲテモノだし。

執政官パリュライ侯爵の名前でいただいた紹介状には、グラディリスミュール大公閣下が蒼黒の団に指名依頼を出したこと、その内容はマティアシュ領ローグル穀倉地での採取を許可していただきたいという――いや、格上の貴族から出された紹介状だ。紹介状というよりもほぼ命令書に近い。

蒼黒の団が採取するけど邪魔したら怒るでワシ、的なことは一切書いてはいないが、グランツ卿の立場とお名前はそれだけの圧力になってしまうのだ。

ローグル穀倉地を指名したのは、ヘイオラキアに隣接したマティアシュ領の首都であるラゾルドが近いため。そしてラゾルドには唯一の冒険者ギルド「パーリアク」があるから。

依頼内容はぶっちゃけなんでも良かったのだが、王宮の修繕でハンマーアリクイの糞が不足しているのは事実。大工《だいく》や生物学者がハンマーアリクイを生きたまま欲しがっているのは今に始まったことではない。

そもそもハンマーアリクイを生きたまま捕らえる依頼なんて、ランクS冒険者は受注しないんだと。面倒だし割に合わないし、緊急でもないし危険もない。

我ら蒼黒の団は装飾品や娯楽のための狩りは一切しないことを信条《しんじょう》とし、第一に美味しい食材、第二に野菜や家畜を狙う害獣駆除《がいじゅうくじょ》、第三に未知なる素材や食材の確保を目的としている。

無論《むろん》、危険なモンスターが迫っているような緊急時には肉が美味かろうが不味かろうが対処するが、基本的には食う・食えることが大切なのだ。

食にうるさい俺の影響なのだが、仲間たちが納得しているのだからそれで良い。

そんな変わったチームだからこそ、グランツ卿は指名依頼をしたというこじつけ。

今回の報酬を握り飯弁当五十個にしてもらったら、相変わらず欲がなさすぎて不安になると言われてしまった。王都で大流行している限定の弁当を予約なしで五十個だぞ？　恐ろしく贅沢《ぜいたく》じゃないか。

――なにかある

ふいに響く馬プニさんの声。

俺たちが馬車の御者台《ぎょしゃだい》に続く大きな窓から外を眺めると、街道の先に町が見えてきた。


【王国の食糧庫　ラヅルド・ランデ】

マティアシュ領の首都。

［領主］レムロス・スミア・エステヴァン子爵
グラン・リオ大陸の中東部に位置する四方を農地に囲まれた都市。

アルツェリオ王国にあるほぼ全ての野菜や果物がマティアシュで揃うと言われており、その種類と収穫量はアルツェリオ一。領内で収穫された農作物は全てラヅルドに集められる。

畜産業は小規模だが行われており、国内で唯一アロロザウルスの飼育許可を得ている。

人口は二万人。地方の田舎都市と揶揄《やゆ》されてはいるが、農作物を扱う商会の多くがラゾルドに拠点を構えている。貿易もしている。

名物料理は赤豚肉のソーセージ、穏やかなピレイオーネ、農作物全部。

新鮮野菜は食べなきゃ損。


野菜を食べろってことだね。食べますとも。

青い空と真っすぐに伸びる街道、風に揺れる小麦畑。大門の向こうにはタケノコのような特徴的な形をした家が連なる。

ルセウヴァッハ領とは趣《おもむき》がまったく異なり、まるで異国に来てしまったかのようだ。

大門は馬車のまま入れるが、内門から先は下車し入国審査ならぬ入領審査がある。

俺たちの馬車はかなり目立った。

馬車そのものはただの木製の箱型馬車なのだが、その質素な馬車を引いているのが純白の美しい馬。スラリとしたサラブレッドのような姿をしている馬は、プニさんだけ。

その美しさに売ってくれと言いそうだった商人風の男がいたが、プニさんの首にかけられている徽章《きしょう》を確認して慌てて逃げていく。

この徽章には国王陛下からいただいた称号、黄金竜《おうごんりゅう》が描かれている。

グランツ卿に忠告されてプニさんに装備してもらうようにしたのだが、早速《さっそく》効果があったようだ。

このまま馬車は貴族向けの警備がしっかりしたところに停めさせてもらう。プニさんは特別個室の馬房《ばぼう》に入れられるが、プニさんのことだから機会を見て人化するだろう。

ベルカイムやトルミ村と違って、屋台で黙《だま》って眺めていれば持っていきなよと食べ物を無料でもらえるわけじゃないからそういうことしちゃ駄目、とは言っている。

「ようこそ、ラゾルドへ。パリュライ侯爵閣下より先触《さきぶ》れをいただいております。私はエステヴァン家に勤めております侍従、セレウェと申します。どうぞお見知りおきを」

貴族向けの審査室に入った俺たちを待ち受けていたのは、お仕着《しき》せに身を包んだ青年。

侍従服の上から冒険者のようなフードローブを被っているのが不思議で、これがマティアシュ領の侍従の外出着なのかなと思う。

あまり人の顔をジロジロと眺める趣味はないが、ベルミナントより少し年上かな。表情は固いが、冷たい印象はない。

「出迎え有難《ありがた》い。俺は蒼黒の団、ギルディアス・クレイストン。彼らは我が仲間だ」

深々と頭を下げた青年セレウェにクレイが小さく頭を下げて自己紹介。ついでにギルドリングを提示し、水晶に翳《かざ》す。

町にギルドがあるからこの審査をするのかな。

ギルドリングは冒険者の証《あかし》であり、名前とランクと所属チームと拠点が記録されている。ついでに、問題児は赤色で警告され、問題がない場合は青色を示す。俺たちは全員青色の真っ当な冒険者チーム。

「タケルです」

「ブロライトと申す」

「スッスっす」

「ピューピ」

「こっちの子はルカルゥ。冒険者ではありませんが、蒼黒の団で預かっている子です。喋れないのでご容赦《ようしゃ》ください」

俺たちもギルドリングを提示して自己紹介をする。

それぞれファーストネームしか言わないのは、チームの代表であるクレイが自分のフルネームを告げたから。

チーム員は「その他」とされ、畏《かしこ》まった自己紹介は省略される。

俺のローブの下に隠れていたルカルゥは、セレウェに怯えながらも深々と頭を下げた。フードを目深《まぶか》に被ってもらっているため、ルカルゥの顔はわからない。

ルカルゥには軽い魔法をかけているため、子供がいるのは確かだけれど、特に興味は持てないようになる。認識阻害《アントゥレス》という魔法なのだが、この魔法の効果が詰め込まれた魔石をルカルゥの首に下げてもらっている。

トルミ村に住む大人たちは故郷に帰れないままのルカルゥを愁《うれ》い、誰もが我こそは保護者だと名乗りを上げ、ルカルゥを災厄《さいやく》から守る護符《ごふ》なんかを大量にこさえた。主にユグル族。本来ならユグルの王族が着用するであろう恐ろしい威力を誇る魔道具《マジックアイテム》を、あれやこれやと作りやがった。

認識阻害効果の首飾り、完全防寒のフードつきポンチョ、折れた羽根を収納できるベルトには疲労回復効果がついている。靴《くつ》には転倒、汚れ防止、腕には状態異常回避のアンクレット、髪を結ぶ革紐には防臭効果ってなんだそれ。

俺たちが傍にいるんだから、こんなに警戒して装備しなくてもと言ったんだけど。

ルカルゥを我が孫《まご》同然に可愛がっているネフェル爺《じい》さんは、俺を睨《にら》みつけて反論。

——悔《く》いて嘆くことは二度とせぬと我ら一同誓ったのだ。

そんなこと言われちゃったら俺はぐうの音《ね》も出せなくて。

後悔するならやっちゃえよ、と背中を押したら暴走してしまいましてね。

迷子《まいご》防止にルカルゥの居場所がわかる追尾《ついび》装置的なものも装備させられそうになり、それはさすがにやめなさいとクレイに叱られていた。プライベート、だいじ。

だが、セレウェはルカルゥの素性《すじょう》よりもふわふわ浮かぶビーの姿に夢中。

暢気に挨拶をしたビーをガン見し、わなわなと震える手を胸の前で組んで祈りの姿勢を取った。

「蒼黒の団にドラゴンの仔《こ》が同行されているとは耳にしておりましたが、まさか真実だとは思いませんでした……」

「ピューピュピュ」

「ありがたやー、ありがたやー……」

「ピュムム」

彼は「ドラゴン教」の人なのだろう。

マデウスには数々の宗教がある。日本で表現する八百万《やおよろず》という言葉が当てはまるほど、多種多様の神様が「実際に」存在する。

精霊という存在も神として崇めている種族がいるので、力の弱い精霊も神様のくくり。

マデウスにおいて最も多い信者は創世神エザフォルを崇める者だが、続いてドラゴンを神と崇める人たちが多い。

ドラゴンといっても幅広く、守護神である古代竜を筆頭に、飛竜や火竜《サラマンダー》といったドラゴンも等しく尊いものとされている。

王都の竜騎士たちは、このドラゴン教の熱心な信者でもある。

祈りを欠かさないだとか特定の何かを食べてはならないとか、そういう縛《しば》りはなく、竜種に日々感謝をする気持ちを忘れてはならないのが掟《おきて》。

ただし、野良《のら》飛竜はモンスター指定されているので、見つけたら倒す。そこらへんの境界線はふわっとしている。

「セレウェ殿、エステヴァン子爵に目通りは叶《かな》うであろうか」

止めなければ延々と拝《おが》んでいそうなセレウェを止めたクレイは、懐《ふところ》から手紙を取り出し、パリュライ侯爵の紋章が押された封蝋《ふうろう》をセレウェに見せる。

セレウェは慌てて姿勢を正し、頭を深く下げた。

「失礼致《いた》しました。ご当主はダルファーラの農場を視察しておりまして、夕刻にはお戻りになられるご予定でございます。恐れ入りますが、蒼黒の団の皆様にはご用意致しました宿屋にご逗留《とうりゅう》いただき、晩餐の会に館へとお招き致したいと申しておりました」

「ご多忙ななか時間を作っていただいたこと、感謝致す。我らはまずギルドにて滞在登録をし、それから紹介いただいた宿屋へと向かう所存」

「蒼黒の団の皆様に滞在登録をしていただくとは、有難いことでございます」

二人の会話を眺めていると、クレイが偉そうに思えてくる。

だがクレイはあえてこのような態度を取っているだけであり、黄金竜の称号を得た冒険者チームの所属、おまけに本人もランクSの冒険者ともなれば下手な対応をしたら舐められるのだ。

俺たちのなかで貴族の相手が慣れているのはクレイだけ。

クレイはストルファス帝国というでっかい国の王太子に仕えていた経歴がある。ある程度の宮廷作法は身につけているし、知識もある。威圧感があって見た目も怖いので、挨拶をしたり交渉したりするのはまずクレイ。細かい商談となったら俺が口出しするけど、今のところそこまで複雑かつ面倒な交渉事は蒼黒の団で経験していない。

ブロライトはこれでも一応王族。だがエルフのなかには貴族独特の作法のようなものは存在しないうえ、エルフは基本的に不可侵の種族。エルフに対して失礼な真似はしてはいけないという暗黙《あんもく》の了解がある。

スッスは俺と同じド庶民で、俺と同じく貴族独特の礼儀はさっぱりわからん。

「それではギルドへとご案内致します。何か他にご質問はございますか？」

質問することはないかなと考えていると、俺は肝心《かんじん》なことを聞かなければならないと思い出す。

「では中央通りから――」

「セレウェさん宜《よろ》しいでしょうか！」

審査室から外へ出ようとする最中、俺は真剣な顔をしてセレウェを呼び止める。

今まで黙っていた俺が突然発言したこと、そして何故かとても慌てていること。

部屋には緊張感が走った。

セレウェは戸惑いながらも頷く。

俺は恐る恐る問う。

何よりも大切なことを。

「その宿屋には……風呂《ふろ》はありますか？」

直後、クレイのゲンコツが俺の脳天に落ちた。


新たなる手がかりと、新天地。

4

蒼黒の団は、俺たちが思っている以上に注目されている冒険者チームだった。

ほら、王都ではなるべく目立ちたくないから隠匿《レアラル》の魔法をかけながら行動しているし、トルミ村ではチヤホヤしないでくれている。ベルカイムでも目立ってはいるが、悪目立ちすることはなくなった。皆が俺たちに慣れたとも言う。

ラゾルドのギルド「パーリアク」で俺たちの滞在登録をしたらば、受付したギルド職員は感動のあまり号泣するし、職員が号泣したことで他の冒険者に存在が公表されてしまうし、見ず知らずの冒険者から俺もチームに入れてけろ言われるし、クレイに決闘を申し込む馬鹿がいるしで大変だった。

一番目立つクレイを囮《おとり》にし、俺たちはこっそりこそこそ依頼書が張られた掲示板チェック。

モンスターの羽根や肉、橙《だいだい》キツネの毛皮、ドルドベアの歯なんてのもあった。

俺はベルカイムのギルドと王都のギルドくらいしか冒険者ギルドを知らないが、その土地ごとの特徴が依頼書に出ているのがわかる。

俺が知らない素材採取の依頼書がたくさん。聞いたことのない薬草や野草、知らない害獣の駆除、なかには畑の草むしりや水やりの依頼書もあった。

装飾品のための動物狩りや居間に剥製《はくせい》を飾るための無傷な状態での納品、こういうのには用はない。

エプララの葉っぱに月夜草《つくよぐさ》、茜《あかね》キノコや瑠璃《るり》キノコの採取。

これらの採取は需要があるのに人気がなさそうだ。依頼書が破れていたり汚れていたりしている。

土地柄や場所柄なのかな。開墾された畑にエプララの葉っぱは生えないし、月夜草は気まぐれに咲くから探すのが難しい。キノコは林や森がないと生えてこない。

鞄の中に在庫はたくさんあるので、すぐに納品できそうだ。

塩漬けにされている採取依頼を根こそぎ受注し、応接室に通してもらってから依頼書に書かれた素材たちを提出。一般受付ではなく、応接室に通してもらえるのはFBランクの特権。

ギルド職員は他にも俺が何か所持していないか、依頼書を山盛り抱えてやってきた。

塩漬け依頼の大多数が回復薬《ポーション》の原料となる薬草や、薬となる花や木の葉。なかには畑の肥やしに必要なモンスターの骨採取依頼もあった。

そもそも平地続きのマティアシュ領にモンスターが出現するのは稀《まれ》なことだし、依頼書にあるプルシャンダンドはここらへんに生息していない鳥。生息していない鳥の骨採取か。なかなかに鬼畜《きちく》。

鞄の中にあったかなあ……

俺の鞄の中に入っていないものは様子を見て受注することにし、ひとまず所持しているものだけ出したらこれも職員に泣かれた。

特に上位回復薬《ポーション》の材料になる月夜草やエプララの葉っぱは喜ばれ、どの町でも回復薬《ポーション》の材料は必要とされているのだと言われた。

俺の隣に座って大人しく温かなお茶を飲むルカルゥに焼き菓子を追加で出してやると、ルカルゥの首に巻かれている白い襟巻《えりまき》の先っちょがふわふわ揺れているのに気づく。ザバのやつ、腹が減っているのかな。

俺がFBランクだからといって職員に割増し報酬を出されそうになったが、適正価格でヨロシクと言ったらものすごく驚かれた。それよりも珍しい素材の情報をと頼んだら、さすがは素材採取家だと喜んでくれた。いえ、珍しい素材の採取は個人的趣味でもあるんです。

スッスとブロライトも気になる依頼書を手にし、応接室へと招かれた。受付でもみくちゃにされているだろうクレイのことが気になるが、まあなんとかしているはずだ。一発吠《ほ》えれば皆逃げるんじゃない？

報酬額の割増しといい丁寧な対応といい他の冒険者と明らかに対応だ違うが、黄金竜の称号とランクS冒険者が所属するチームに対してはこれが普通。王都のギルドなんて俺たちのことを貴族対応の応接室に通したことがあった。豪奢《ごうしゃ》すぎるきらびやかな部屋でものすごく落ち着かなかった。

「兄貴は何を受けたんすか？」

ルカルゥの隣に腰かけたスッスは、鞄から布巾《ふきん》を取り出してルカルゥの口回りを拭《ぬぐ》ってやった。

こういう気遣いができる男子がモテるんだろうなあ。

「ランクBの依頼。エレメンキノコの採取。幻惑術《げんわくじゅつ》を使う面倒な相手だけど、いい出汁が取れるんだよ。煮ても美味い」

「ピュ！」

「ははは っ！　タケルらしいな！」

焼いても美味いんだと言うビーに、ブロライトが笑う。

エレメンキノコは人の手が入った森や林にしか生えてこない、珍しいキノコなんだよな。

幻惑術といっても自らの姿を隠す程度で、俺には効かない。

トルミ村では滅多に食べられないから、この際味と形をしっかりと覚え、リベルアリナのキノコ帽子から生えてくるようにしたい。

「おいらはこれを受けたいっす。畑の害虫駆除をするため、フニカボンバの石が欲しいらしいっす」

「なんだろそれ」

スッスが受注したい依頼書にはランクBと書かれている。モンスター退治や食材集めではなく、石の採取？

俺とブロライトが何のことかわからないと首を傾げると。

「フニカボンバの石は瑠璃色の石なんすけど、粉にして他の素材と混ぜると虫が嫌がる水になると聞いたことがあるんすよ。寒いところにあるルセウヴァッハ領よりも大陸中央下にある石っす」

なるほど。

俺は基本的にベルカイムかトルミ村周辺で採取をしているから、寒いところ限定の採取が多かったのか。

そりゃご当地ならではのものもあるよな。なるほど、瑠璃色の石。

「ほう！　虫除《むしよ》けが作れるのじゃな？」

「そうっす。報酬は作り方にしてもらうんす。作り方を教えてもらえれば、リド村やトルミの村でも作れるっす」

そう言って屈託《くったく》なく笑うスッスを見て、俺は自分が恥ずかしくなる。

スッスは自身の報酬や名声よりも、情報を選んだ。しかも、今後必要となるだろう知識。

俺は個人的趣味を追求するため新たなる素材の情報が欲しい、なんて思ったのに。お恥ずかしい。

このままスッスは蒼黒の団の良心でいてくれ。

ギルド職員に出された温かいお茶を飲みつつ、ブロライトが依頼書を机に置いた。

「わたしはこれじゃな！　ランクAのオプニガン・エラフィの討伐じゃな」

「おぷにがん？」

「巨大な鹿じゃな。徒党を組んで行動する習性があり、討伐は難しいのじゃ。こやつは昼は暗がりを好んで生息するくせに、夜になると畑に出てきて農作物を狙うのじゃ。害獣指定されておる」

「お肉は美味しいのかな」

「美味い」

徒党を組んで行動するモンスター相手は慣れている。巨大な鹿だろ？　巨大なカニに比べれば可愛いものだ。

肉は俺たちも確保できるし、食堂なんかが常にお肉採取依頼書を出しているから一石二鳥《いっせきにちょう》。

「ブロライトさん、バリエンテってところにオプニガン・エラフィが生息しているかもしれないっす。あそこは、動物が生息しやすい大きな穴らしいんす。それに、オプニガン・エラフィの角《つの》は薬師《くすし》や錬金術師が欲しがるっすよ。角を粉にすれば痛み止めになるんす」

スッスは愛用の手帳を懐から取り出すと、ペラペラと頁をめくって鼻息荒く教えてくれた。

「おお！　ならば角を傷つけずに狩らねばならぬな」

ブロライトも気合十分《きあいじゅうぶん》。クレイには事後報告で良いだろう。きっと、俺たちが選んだ依頼に付き合ってくれるはずだ。

ギルド職員がスッスに何かを言いたそうにしていたが、結局何も言わなかったので追及することはしなかった。剥製《はくせい》にしてほしいと言われたら困るしな。

改めてスッスの知識に感謝しつつ、俺たちは三枚の依頼書を受注することとなった。

＋　＋　＋　＋　＋

「風呂が、なかった……」


町のなかでは上位の高級宿だというから期待をしたのに、風呂がなかった。

セレウェは「風呂のようなものはあります」と言ったから、五右衛門《ごえもん》風呂かな、それともシャワーのようなかけ流しの風呂なのかなと期待をした。

それなのに、宿屋に一つだけ設置されていたのはサウナのみ。

サウナは風呂ではないのに、この町ではサウナのことを風呂と呼ぶ。サウナを蒸し風呂とも呼ぶが、俺が想像した風呂とは違ったので残念だ。清潔魔法で泣く泣くスッキリ。

蒼黒の団一行が宿泊する宿には、一人一部屋が用意されていた。八畳くらいの広い部屋に、種族別のベッドと椅子と机。人化したプニさんはいつの間にかスッスの部屋に出没し、ルカルゥと一緒におやつを食っていた。馬房から馬が消えていても、賢い馬だから戻ってきます心配しないでねと言っておいたので大丈夫だろう。

クレイはリザードマン用の藁《わら》布団が特に気に入ったそうだ。クレイの背にはぼこぼこと角が生えているので、人間や獣人用の布団だと角を圧迫してしまう。角のでっぱりを藁の隙間《すきま》に入れて横になると、それはそれは寝心地が良いのだと感動していた。

気に入ったのならば藁を大量に購入し、馬車やトルミ村の蒼黒の団拠点にあるクレイの私室にでも使えば良い。

部屋の確認をしてから外に出て、夕方までそれぞれ別行動。各自情報収集をしつつ、夕飯が食える程度の買い食いも許可した。

俺とビーとルカルゥとザバ、ついでに小さくなったプニさんとで町の大通りをぶらり。

改めて隠匿《レアラル》の魔法を重ねてかけ、ルカルゥを肩車《かたぐるま》。

大通りに面した道には、生鮮食品を扱う商店が数えきれないほど軒《のき》を連ねていた。

見たことのない色とりどりの野菜。肉や卵も売られている。さっきのムンクの叫び野菜も売られていた。見た目は気持ち悪いのに、美味いんだよな。

魚は川魚《かわざかな》かな？　マティアシュ領には巨大な湖がある。大地震動でできた比較的新しい湖だそうだ。そこで採れた魚だろう。養殖もしていると言っていたから、養殖魚なのかもしれない。マグロみたいにでっかい魚が気になる。派手な虹色の鱗《うろこ》。美味いのかな。

ベルカイムも賑やかなところだけど、ラゾルドも負けてはいない。

領民や冒険者が元気で笑顔を振りまいているということは、領主が良い政《まつりごと》をしている証拠。大通りから裏通りに行く道にゴミも落ちていないし、浮浪者がうつろな目でこちらを見てくることもない。それに、臭《くさ》くもない！

あちこち飛んで回っているビーはとても注目された。

拝む人もいるし、驚き叫ぶ人もいる。だが、捕まえようとする人はいなかった。王都では警備の兵がいようがいまいが、平気で捕まえようとする輩《やから》がいるのに。

領民が潤《うるお》っていると、余裕が生まれる。余裕が生まれると他者へと目を向けられるようになる。見えるところに兵や騎士は見当たらないが、犯罪抑止の何かがあるのだろう。もしくは、人に迷惑をかけないようにしているとか。

どちらにしろ、マティアシュ領は富める良き領。

マティアシュ領でしか買えない野菜を買うためどこかの家を買って、蒼黒の団拠点という名の転移門《ゲート》を設置しても良いかもしれない。

「あまり大きな音を出さないように。姿は見えないけど、音は聞こえるからね」

ルカルゥは周りの景色に目移りしながらも、何度も頷いて答えてくれた。

プニさんは小さく変化し、俺の鞄の上に腰かけながらキノコグミを抱えて食っている。

「わたくしの声は聞かせたくない者に聞こえません。それよりも、このお喋り聖獣の口に紐でもくくりなさい」

「ピュ」

「あいややや っ！　ワタクシ、お喋りお化《ば》けとはよくよく言われることでございますが、場を弁《わきま》えることは容易《たやす》いことでございますこと！　静寂《せいじゃく》を好む場所では静寂を保つよう努力を致しましておりますことです！」

ザバはルカルゥの首元からにゅるりと飛び出し、誇らしげに胸を張る。そのもっちりしたところが胸なのか腹なのかはわからないけど、一応小声で話してくれているから大丈夫だろう。周りのほうが賑やかでうるさいことだし。

「ピュピューピュ、ピュイィ？」

「うん？　ギルドでの情報収集はスッスに任せたから、俺は図書館に行こうかと」

どこに行くのとビーに問われ、俺は宿屋の従業員にもらった地図を広げた。


ラゾルドの町はベルカイムと同じくらいの人口だと聞いていたが、ベルカイムよりも建物が密集しているから多少の閉塞感《へいそくかん》がある。だが、通りに面した店はとても賑やかだ。

独特のタケノコ型の建物は、白い壁に黒い屋根。イタリアのアルベロベッロを彷彿《ほうふつ》とさせる。

大通りを進み役所などがある行政通りになると、その様相はガラリと変わった。

王都エクサルで見た、ゴシック様式のようなバロック様式のような、詳しくはわからないけど石造りで重厚なゴテゴテした感じの建築物。

なかでも図書館は立派だった。劇場と間違えたくらい。

派手というか主張が激しいというか。幾重《いくえ》にも防御魔法や盗難防止魔法がかけられている。

失礼だが、子爵家が治める領地にしてはとても立派な図書館だ。

大公閣下の孫であるミュリテリアが嫁《とつ》いだルセウヴァッハ領が誇る図書館にも盗難防止の魔法が

あったが、建物全部を包むほどの規模ではなかった。こんな大規模な魔法を仕込むの、大変だったろう。

図書館の中に入るのも警備が厳重で、俺のギルドリングで身分証明ができなければ入れないくらい審査が厳しかった。ルカルゥとザバが入れるか不安だったが、特に何も言われなかったから良し。

本を閲覧《えつらん》しているのは身なりの良い人たちだけ。識字率の問題もあるだろうけど、この風景はベルカイムと変わらない。読書ができるのはごく一部の庶民と上流階級の人だけ。

シンとした静けさは大通りの喧騒《けんそう》を忘れさせてくれる。

すすけたような独特な本の匂い。

本棚に綺麗に並べられた本には、一つ一つに細い鎖《くさり》がつけられていた。鎖つき図書っていうやつ。

専門書や歴史書、全て手描きのフルカラー図鑑は珍しい。それから良い肥やしの作り方、農作物の育て方指南書《しなんしょ》のようなものがほとんど。大衆向けに書かれた小説は置いていない。

ベルカイムの図書館には冒険物語や恋愛小説まで置いてあった。あれは歴代領主の趣味だけども。

さすが王都の食糧庫。きっと農作物に関する蔵書数ならば、王都の図書館にも勝る。

農作物関係の本はあとで読ませてもらう。この知識は今後のルセウヴァッハ領で必要な知識となるはずだ。

「歴史書はこっちかな？」

「ピューイ」

「そっちかな？」

「ややや！　そちらに！」

「そちらかな」

ビーとザバに案内され、図書館の隅っこに並んでいた歴史書の棚へと向かう。

読む人の労力を考えていない大きくて重たい本がびっしり。しかも、こちらはどっしりとした重たい鎖がつけられていた。

アルツェリオ王国の本は古ければ古いほど巨大になる。当時の魔法技術が未発達だったらしく、保存魔法をかけるために編み出された魔法が本の装丁にびっちりと施されているのだ。

「マティアシュ領の起源……これかな、よいこらせ」

本棚の端に置かれた巨大な本を取り出し、鎖で机を傷つけないように気をつけながら本をゆっくりと開く。

もともとマティアシュ領にはリスティマという少数民族が住んでいた。

今のような平野ではなく、デイラサキオ高地と呼ばれる山と谷に囲まれた起伏《きふく》の激しい地であり、高地でしか栽培できない野菜や果物を作っていた。

だが大地震動という大地震があり、山と谷がぼっこりと失われ、大地に大穴ができて湖になり、どうにかこうにかして今の平地になったという。

大陸プレートだとか、他の場所はなんで無傷なんだとか、そういったことはあえて知らないままでいい。だってマデウスには魔素が漂い魔法が存在し、神様やらドラゴンやらが闊歩《かっぽ》しているのだから。一夜で山が平《たい》らになったところで、「神様の気まぐれ」と言われてしまったらば、へえそうなんだで解決してしまう世界。

国土のほとんどを失ったリスティマは高地から平地へと移り住み、慣れない地でもなんとか細々と暮らしていった。

だが、今まで高地で育ててきた作物が平地では一向に育たない。家畜もほとんどを失った。やべえどうしよう死んじゃうとなった時、助けてくれたのが大陸の大半を統《す》べていたアルツェリオ王国。無償で民族を救ってくれた当時の国王に感銘《かんめい》を受け、リスティマの族長はアルツェリオの属国になることを宣言。アルツェリオの王は失われたデイラサキオの地をヘイオラキアと新たに命名し、リスティマ族の地はマティアシュ領とした。

アルツェリオの農耕技術でマティアシュ領は平地での農業を学び、僅かな間でアルツェリオの食糧庫と呼ばれるまでの豊かな地にした。

「――マティアシュ領の領主はリスティマ族の末裔《まつえい》、ってことなのかな」

大地震動については神の怒り、気まぐれ、くしゃみ、寝返り等々、生活をがらりと変えなければならない大惨事《だいさんじ》だったというのに、全ては神の采配《さいはい》だから仕方がないよね、的なことでまとめられていた。俺の想像通り。原因究明はしなかったのだろうか。

高地が平地になるという訳のわからん現象があったというのに、亡《な》くなったり行方不明になったり怪我をしたりといった被害は一切なかったのだとか。

これもう、奇跡というよりかはアレだよな。神様的なアレな力だとしか思えない。

この歴史書に書かれていることが真実ならば、の話だけども。歴史って大体「諸説あり」って言われるものだから、全てが真実と思い込むのは宜しくない。

大地震動の原因だって、なんだかものすごい極限魔法をぶちこまれた結果かもしれないし。歴史書に書かれていないことなのだから、今の人が知る由《よし》もない。

「プニさんは何か知っている？」

答えてはくれないだろうなと思いつつも、ルカルゥの肩に乗ってルカルゥと共に絵本を眺めているプニさんに問う。

プニさんは視線をゆっくりと俺に向け、静かに頷いた。

「知ってはいます」

「……教えてくれたりは？」

「お前はそのうち知ります。お前自身の力で」

またそんな神様っぽいこと言って。

プニさんはつまらなそうに小さく欠伸《あくび》をすると、急にぼふんと音を立てて小さな天馬《てんま》に変化した。

――すこし　風に乗る
そんな言葉を残し、図書館の天窓から光になって消えてしまった。

こうやってしょっちゅう姿を消すプニさんだったが、俺の質問に答えづらかったとか、俺の質問に答えられない心苦しさだとか、そういったことは一切考えていないだろう。基本的に神様って気遣いという言葉を知らないから。

またお腹が減ったら勝手に戻るだろうと思い、歴史書を元の本棚に戻す。

プニさんは大地震動の理由を知っていそうだ。だけど、今は教えてくれない。

それは俺自身がどうにかして知らなくてはならないことで、そのうち知ることになる。だから安易に答えない、ということだろう。たぶんね。

読んで知るのか聞いて知るのかはわからないが、大地震動の原因を知る時が来るはずだ。

「タケル様タケル様、ルカルゥが以前に読んだ本を思い出しましたですこと。ワタクシも記憶の片隅にちょびっとだけありましてございます」

ヒソヒソとした小さな声でザバが俺の耳元で言う。ザバのふわっふわの毛が頬に当たってくすぐったい。

「それは浮遊都市《キヴォル》にいた時に読んだ本なのかな」

「はい、それはもう。ルカルゥの好きなことは知識を得ることでございますことで。蔵書室にある本はほとんど読んでしまいましたのこと！」

「凄いな。どんな言葉でも読めるのか？」

「わからない言葉も多ございますことですが、地の子《ちのこ》が使う言葉はルカルゥにもわかりますことです。天の子《あまこ》も今は地の子と同じ言葉を話しますです」

マデウスには世界共通言語、カルフェ語というものが存在する。基本的にこの言語さえ覚えておけば、他の大陸の種族とも話ができるのだ。

隔絶《かくぜつ》された地に住まう希少種族や、あえて共通言語を使わない種族もいる。

オゼリフ半島のオグル族は最近になってカルフェ語を学び始めた。オグル族独特の言語は「まっじー、やっだー、ちょーしんじられなぁーい」だ。あくまでも俺の異能《ギフト》がそう翻訳するだけ。

俺とビーは頷きながらザバの話を聞く。

「島では地の子と交流していた歴史がございますこと。確かなことはわかりませんことですが、そうでなければルカルゥは地の子の言葉はわからないままでございますことで」

「ああ……そうか。ずっと空を飛んでいたのなら、俺たちが使う言葉はわからないままということ？」

「はい左様でございますこと。ワタクシたちの伝統的な言語もございますれば。ですが今は地の子の言葉を使いますこと」

なるほどな。

地上と交流がなければ浮遊都市は独自の言語のままで過ごしていただろう。だけど、今は俺たちの言葉がわかる。

「なあザバ、聞いてもいいか？　浮遊都市はいつまで地上と交流していたんだ？」

俺は地上と浮遊都市は数百年前に交流が断絶されたものだと思い込んでいた。

何故そう思い込んだのだろう。ブロライトの兄であり、長命なエルフ族であるアーさんが「久しく姿を見ていない」と言ったから？

それはエルフ族が引きこもり種族だったから、浮遊都市までわざわざ会いに行こうとはしなかっただけではないのだろうか。

翼を持つ長命のユグル族も、長年アレコレと魔素騒動があって引きこもっていた。

もしも有翼人たちが交流する相手が限定されているとしたら。

俺はキョトンと目を瞬《またた》かせるザバに再度問う。

「ザバ、もしかしてキヴォルは……今でも地上のどこかと交流しているんじゃないか？」

「ピュッ？」

ビーの高い声が図書館の天井にこだまする。

ザバは小さな目を何度も瞬かせ、ルカルゥに視線を移した。

ルカルゥはザバの視線を受け、絵本を読むのをやめて顔を上げる。そしてじっとザバを見つめ、ルカルゥに視線だけで何かを伝えた。

ザバは机の上に乗ってぬるりと体勢を変えると、器用に正座。

小さな手をうごうごと蠢かしながら、ザバは目を瞑《つむ》って語る。

「ルカルゥが読んだ本にございますこと。キヴォルにはその昔、一つの家族がございました」

一つの家族……有翼人のなかにも貴族制度があるのだろうか。きっと、そういった一族の話だろうな。

その一族は、浮遊都市に住みながらも遥か眼下の地上に憧れていた。

地上では多種多様の作物を育てることができる。しかし、浮遊都市ではそれほど多くの作物は育てられない。

一族は地上に降りたいと大僧正《だいそうじょう》に願い出た。地上に降りて作物を育てたいと。

有翼人が崇める神様って誰だろう。空を飛ぶ神様なのかな。大僧正と呼ぶからには、神様に仕える人がいるということ。

それはともかく、有翼人にとって地上に降りることは禁忌《きんき》とされている。

何故禁忌とされているのかはわからないが、エルフ族のような種族なのだろうか。良い意味で孤高。悪い意味で他種族蔑視《べっし》主義。

しかし一族は地上への憧れを捨てきることができず、ある日脱走してしまった。

「脱走」

「左様でございますこと」

「なんて大胆なことするんだ」

「背に大きな翼を持つ種族でございます。逃げだそうと思えばいつでも逃げだすことができますことで。一族郎党赤子《あかご》に至るまでキヴォルを旅立ち、地に降りて作物を育てることに成功したと聞いておりますです」

「ほわー、住み慣れた生活を捨てて新天地に行くなんて。しかも赤ん坊を連れて？　それは随分と冒険心がある一族だな」

「狭き島に生まれ育った種族のなかでは、幾分変わっておられたのかと思われるでございますこと。我々は争いは好みません。競うこともあまり良しとはされておりません。己のやりたいことを主張する者は、皆揃って変わっていると言われてしまいますこと。ですが変わっているのはルカルゥも同じでございますのこと。ルカルゥ、一族の名は覚えておりますことで？　ワタクシは忘れてしまいました」

ザバが上半身だけにゅるりと振り向き背後のルカルゥに問うと、ルカルゥは何度も頷いた。

「あー！　はいはいはいはいはい、あー！　そうですねルカルゥ！　ワタクシもどこかで何か聞いた覚えがとんとこあったような気がしたのでございますこと！」

小さな手をてしてしと叩くザバは、興奮したまま俺の顔面に飛びついた。いやだもふもふ夢心地。

「ピュー！」

ビーのなにするやめろの叫び声と、ザバのもっふり腹毛。

「地に降りた天の子は、シャラルテフォニア・リスティマーヤ」

「ほわわ……ほふぉ！　うむむ、むむむむ、むむいむーむ」

「ピュイィィッ！　ピュピーピ！　ピピピピピ！」

「緑と大地に愛されしリステイマーヤは、翼を封じ地の子と共に生きたと聞き及んでおりますこと。ふぁー、タケル様の魔力はなんともかんとも素晴らしきこと……」

「ピュイィィーーーっ！　ピュイィ～～～ッ、ピュヒィィィ～～～」

やべ。

ビーが本格的に泣きだした。

俺の顔にへばりついたルカルゥは、ビーの力をもってしてもなかなか外れないようで。

そんなことよりも、衝撃的な事実を聞いてしまった。

顔面にまとわりつくもふもふと、それを泣き叫んで引き剝がそうとするビーの鳴き声のなか静かに考える。

マティアシュ領の原住民族リスティマは、浮遊都市から降りてきた有翼人だった。きっとリスティマ族の末裔が今もマティアシュ領で生きているのだろう。

招きの石、導きの羅針盤、ポラポーラが浮遊都市を眺めた地、大地震動の原因はよくわからないけど、知らない間に動く歩道に乗っていた気分だ。目的地が決まっている旅路。

都合の良い展開に「青年」を思い出す。

俺をマデウスに転生させた元凶《げんきょう》。

きっとアイツの掌《てのひら》の上で俺は見事な踊りを披露しているのだろう。ポラポーラの手記だって都合良すぎだ。俺が欲しいと望んだ情報が、欠片《かけら》でも見つかるのだから。

回り道しまくって目的地に着くよりも、とっとと最短距離を行くほうがいい。それはわかる。だけど、俺の行き先が決められているようで気持ちが悪い。まるで誘導されているようだ。実際に誘導されているのだろう。

ルカルゥとの出会い、浮遊都市への導き。それはきっと、俺自身の何かに関すること。

北の大陸に拉致され、ユグルと出会い、魔法の力を学ぶ術《すべ》を得た。死にそうになったけど、良い出会いはあった。

誰が糸を引いているのか知らないけど、壮大な年月をかけてうまいこと俺を誘導するよな。俺がマデウスに来る前から決めていたことなのか、それともどうにかこうにかして強引に持っていっているのか。

相手はマデウス創世神の、友人。宇宙の管理人。

「青年」は俺に好きに生きろと言った。

それなのに、俺に何かを求めているようで。

それがもし俺の成長だとして。

どうするつもりなんだかね。

ビーとザバの騒がしい声を放置した結果、俺は騒音の元凶として図書館から追い出されました。

無駄に考えることも、時には必要。

5

図書館で一通り文献をあさった俺たちは、宿屋へと戻る。

大通り食べ歩きツアーもしたかったが、夕飯は領主邸へと招かれているから我慢した。

マティアシュ領の郷土料理は食べられるだろうか。それとも王都で食べられるような貴族向けのコース料理？　新鮮な野菜が出ると嬉しい。

「マティアシュ領には、今も有翼人の末裔がいる」

俺がそう呟くと、クレイたちに緊張が走った。

どうしてこんな突拍子《とっぴょうし》もないことを考えたのか、マティアシュ領の歴史とザバの知識を照らし合わせ、もしかしてそうかもしれないよ、もしかしてだよ、たぶんだよ、という可能性を提案してみたのだ。

「リステイマは、リステイマーヤ……」

クレイがそう呟くと、ルカルゥの頭の上で胡坐《あぐら》をかいていたザバの尻尾がピンと立った。

「ルカルゥが読んだ本に書いてありましたこと。本に書かれてあることは脚色されたものも多ございますが、ルカルゥが読んだ本は有翼人の歴史書にも似た本でございますこと。まったくの嘘は書き記さないのではと思いますことです」

歴史書というものは真実が書かれてあるわけではない。

書いた人の主観もあるだろうし、記録を残せと命じた人の思惑もあるだろう。書いてはならない真実や、逆に書かなくてはいけないのにあえて書かないものもある。

「諸説あり」という言葉は本当に都合が良いと思う。

「おいらが調べてわかったのは、マティアシュ領主がとても慕われているってことっす」

スッスはギルドで情報収集をしたあと、井戸端《いどばた》会議に潜入取材をしたらしい。

大通りで店を構える人たちは他所者《よそもの》に領内の情報は話さない。話したとしても、当たり障《さわ》りのない内容。いくらか金銭を渡せば情報を得られるかもしれないが、その情報が正しいかはわからない。

俺たちが聞きたいのは、もう少し踏み込んだ内容。

さすがの情報屋・スッス。奥様方が集まる洗濯場に自分のシャツを洗濯するふりをして入り込んだ。

俺たちの衣服は馬車に入ったとたんに全てが清潔魔法で綺麗になるから、洗濯なんてしなくても良いのだ。それなのに自分のシャツをわざわざ汚して洗濯場に赴《おもむ》いたのだから、その機転たるや素晴らしい。

庶民の噂話は庶民の愚痴から始まる。情報屋の情報源はどの町も同じ。

スッスは自らの人畜無害《じんちくむがい》そうな顔、人柄の良さを遺憾《いかん》なく発揮し、奥様方から望む情報を得ることに成功した。すごい。

「マティアシュのご領主様は、代々病弱らしいっす。領民になかなか姿を見せないから、実はとても醜《みにく》い姿をしているんじゃないかって噂なんす。だけど、領民は飢えることなくつつがなく暮らせているっす。だから領主が病気だろうが醜かろうが、領民にとってはどうでもいいことなんす。ラゾルドには貧民街がないらしいっすよ？　凄いっすよね」

愛用の手帳をめくりながらスッスは続ける。

「初代様がデイラサキオ高地を開墾し、農作物が育つ地に変えたと言われているっす。大地震動は古代竜様の寝返りっていう伝説があるらしいっす」

井戸端の奥様方の愚痴は子供や旦那のこと、仕事がうまくいかないことや、洗濯物が多くて困ること。だけど、領主の治世に不満を持つ者はいなかった。

冒険者として様々な場所を旅したスッスが、「この領地は豊かで綺麗っすね。ご領主様はさぞかしご立派な方なんすね」と言ったら、奥様方が我先にとそうでしょうそうでしょう素晴らしいでしょうと誇らしげに自慢した。

病弱だとしても正しく領民を導いているし、農作物が不作の年には備蓄食糧を領民に開放する良き領主。嫌われる要因はない。

アルツェリオ王国の食糧庫番として歴代の国王から絶大なる信頼があるエステヴァン子爵には、幾度か功績を称えられ陞爵《しょうしゃく》の打診があったそうだ。子爵から伯爵になっちゃえよ、ってこと。

しかし、質素に慎《つつ》ましやかに生きろという祖先の言いつけを破るわけにはいかないと、それを断っている。

伯爵になればマティアシュ領は安泰《あんたい》。国から優遇もされるだろう。

井戸端の奥様方は領主の陞爵を歓迎しているのだが、先祖代々伝わる大切な言葉を無下《むげ》にしない領主の気持ちを尊重しているのだとか。

領民としては今の暮らしが維持されるのならば、爵位が上がるまいと気にしないってことかな。

貴族は上位貴族を目指すのが普通なのに、それを断る理由とは。

「年に一度、貴族は新年の儀に王宮へ行かねばならぬ。国王陛下の御座の前で挨拶をするのが習わし。だが、子爵以下は代理を立てれば王宮へ出向く義務はない」

「病弱な領主が王都まで出向くのはしんどいか。子爵は病弱なのを理由に、代理人を立てているわけだ」

「ふん。実際に病弱なのかはわからぬがな」

スッスの情報量の多さに感心しつつも不機嫌を隠さないクレイは、ギルドで俺たちがクレイを人《ひと》身御供《みごくう》にしたことを未だ怒っている。

ごめんて。

不可抗力《ふかこうりょく》だよ仕方がなかったんだよと言っても駄目だった。

腕試しをしたがる無謀《むぼう》な冒険者たちに詰め寄られ、ギルドもギルドで演習場貸しましょうか？

的なこと言ってくるで腹が立ったそうだ。

稽古《けいこ》をつけてほしいと懇願《こんがん》する騎士の願いは叶えても、腕試しだとか度胸《どきょう》試しだとか、そういった今の自分の力量を測れない連中の願いは断る。

本当に実力がある冒険者は、そもそもクレイの圧倒的な力を察知する。クレイが意図して出してはいない威圧を、肌で感じるのだとか。

俺としてはクレイの顔の怖さに臆《おく》せずよく話しかけられるなと感心したが、黙っておく。殴られそうだし。

「領主はどこぞの農場を視察できるだけの気力はあるのじゃろう？　病弱なのかは疑わしい」

ブロライトは領主が健勝であることをお姉さんたちから聞いたらしい。

お姉さんとはつまり、色街《いろまち》のお姉さんのことかな。肌着のような露出の激しいおなごに聞いたと笑顔で言われ、アンタなんてとこで情報収集してきたんだと叱りたくなった。

しかし、屋台で買い食いをしているブロライトに声をかけたのが、ちょうど休憩中だったお姉さん方だっただけと聞き、ほっとした。

薄着でうろつくと風邪《かぜ》をひくと忠告したブロライトに、お姉さん方はさぞ嬉々としただろう。ほら、見た目だけなら美形のエルフだから。あとで店に来てちょうだいと言われたらしいが、どの店なのか聞いておらんと笑顔で言ったブロライト。頼む、君はそのまま純粋でいてくれ。

ついでにブロライトは串焼きソーセージを買ってきてくれた。むしろこっちがメインだとばかりに胸を張って土産物を出してくれた。

黒コショウが練り込まれた真っ赤なソーセージ。懐かしのナポリタンに入っていそうな赤いソーセージがまとめて串に六本ブッ刺さった、見た目が面白く美味い屋台料理。

赤いのは赤豚《あかぶた》というモンスターの肉らしい。肉が真っ黒な黒豚《くろぶた》がいれば、肉が真っ赤な赤豚もいるのか。

このフォルムは楽しいからトルミ村でも作りたいな。黒豚ソーセージを全部タコさんの形にしてしまえば、更に面白くなるかもしれない。

領主の夕飯に招かれているのに屋台料理を食べて胃袋的に不安があるかないかで言えば、まったくない問題ない。むしろ物足りないから早く夕飯食べたいくらい。

そういえばプニさんは図書館から出ていったままだ。

プニさんのことだから腹が空いたら戻ってくると思っていたが、何しているんだろう。

俺が空を見上げていると、ビーが俺の頭をてんてんと叩く。

「ピュイ」

「うん？　まあ、放っておいても戻ってくるとは思うけど」

「ピュピューププ」

「嫌なこと言うなよ。マティアシュ領にはモンスターがいないんだ。美味しいから料理しろなんてモンスターを連れてこようものなら、相手がプニさんでも俺はグーで殴るぞ」

神だろうが尊い存在だろうが、皆が困るような真似はさせない。

それよりも今は、これから会う子爵のことが優先。

「子爵は俺たちと会うことを了承したんだ。会ってみてから判断するしかないな。会えるよな？」

「パリュライ侯の名を利用するようで心苦しいが、領主とはいえ執政の紹介を無視することはできぬ。病弱であれ健やかであれ、我らに会わねばならぬことは理解しておろう」

「ご領主様にご足労をおかけするんだから、手土産？　お土産？　ともかく、ネコミミシメジとキノコグミを渡そう」

紹介状を持っているとはいえ、庶民が貴族に謁見《えっけん》するのだ。俺たちに会うための時間をわざわざ作ってくれたのだから、何も持たずにノコノコ行くわけにはいくまい。

貴族は珍しいものを好むから、国王陛下にも献上したネコミミシメジとキノコグミは喜ばれるんじゃないかと思うんだけど。

鞄の中から取り出した巨大ネコミミシメジに、ベルカイムで売られていた真っ赤なリボンでちょうちょ結び。急な手土産に使えるよう、リボンは各種取り揃えております。

トルミ村で作ってもらったキノコグミの蔦《つた》で作られた籠《かご》に、キノコグミをこれでもかと盛り付ける。アクセントに王様の眉毛《ワサビ》を突っ込んだら鮮やかかな。

エルフの郷《さと》の近くにあるキエトの洞《ほら》で生えているネコミミシメジ。今でこそトルミ村でぼこぼこ生えるようになったが、キエトの洞とトルミ村の地下栽培所でしか採取できない貴重な品。

キノコグミはもっと貴重で、リザードマンら今は亡き数々の英雄らが眠る地下墳墓《カタコンベ》にしか生えていないのだ。これもトルミ村の地下栽培所でぼこぼこ生えているけども。

この二つだけでも、競売《きょうばい》にかければ高値で取引されるだろう。

エルフ族がトルミ村で販売を開始した木工細工も持っていこう。性別関係なく使えそうな小箱を二つ選んだ。箱に描かれたエルフ独特の文様を刻んだのは、コポルタ族の鋭い爪。

この木工細工の箱はベルミナントも気に入り、大切な印章をしまうほど愛用している。奥方様用に化粧箱を差し上げたら涙を流して喜んだらしく、奥方様のご友人に化粧箱を紹介したら、是非私《わたくし》にもと発注がかかったそうな。

皇后《こうごう》陛下や皇太后《こうたいごう》陛下からも発注があるらしいけど、人気が出たら良い収入源となりそうだ。

お子様はご子息がお二人、お嬢様がお一人。お子様には王都で人気の甘い焼き菓子と、ご子息用に木剣。お嬢様用にレインボーシープの毛で編んだぬいぐるみ。そしてルセウヴァッハ産の紅茶を用意した。

最後にトルミ産エペペンテッテを五十キロ。これはトルミ村で品種改良が続けられている特別なもの。王都で食べられているエペペ穀よりも粒が大きく、更に甘さともっちり感が増しているのだ。

そこそこ評価してもらえるだろう手土産は用意したが、他にも必要かな。

俺たちは包装された手土産を前にして思案。

そろそろ侍従が部屋に迎えに来る頃合いだ。

貴族であるベルミナントやグランツ卿は、俺たちが送るものは何でも驚き喜んで受け取ってくれる。

だがしかし、他の貴族はどうかと問われれば悩む。わかりやすく金銀財宝が喜ばれるかもしれないが、ネコミミシメジやキノコグミは見た目は珍妙だが価値があるものだ。

喜ばれると思うんだけどなあ。

「相手は領民に慕われている領主だ。我らが無礼《ぶれい》な真似をすれば、蒼黒の団は二度とラゾルドに来られぬであろう」

「えっ。困る。赤いソーセージ美味しいのに」

「阿呆《あほ》。そういう問題ではない」

「それじゃあ、カニ……いや、あれは人を選ぶからな。ごぼう……木の枝を寄越《よこ》すなと怒られたらどうしよう」

領主に差し上げる手土産が食材しか思いつかないのが俺というか蒼黒の団らしいが、俺たちは価値のあるもの＝《イコール》食材だと思う節《ふし》がある。

エルフの木工細工は貴重だから、これはきっと喜ばれるはず。

さて他に何を選ぶか。

じゃがバタ醤油も美味しい。だけど醤油はアシュス村の名産品。握り飯弁当。あれは王都名物と化している。

そうだ、北の大陸で拾った溶岩《ようがん》もつけよう。珍しい鉱石だからな。

そうして俺たちは侍従が迎えに来るまで、手土産についてああだこうだと話し合うのだった。

＋　＋　＋　＋　＋

穏やかに晴れていた空は夕暮れになると雲で隠され、日が落ちる前に雨が降りだした。

マデウスの住人は雨が降ると外出しない。傘をさして歩くことはせず、雨がやむまで家の中で静かに過ごす。

庶民は家で静かに内職をする人が多いそうだ。

小売店や商会から委託されたものを作ったり、越冬のための保存食を作ったり、家族のために編み物をしたりする。

なんせこの世界、娯楽が少ない。

ボードゲームのようなものや、トランプゲームのようなものはある。チェスのような将棋《しょうぎ》のような陣取り合戦をするゲームも。

しかし、誰もが持てるほど安価ではない。

トルミ村では内職をする家庭も多いが、娯楽も多い。

娯楽だらけの世界で生きていた元日本人が快適に過ごすため、子供たちにはあやとり、けん玉、福笑い、積み木、積み木のちっちゃいやつ、あみだくじ、おはじきなどの遊びを教えた。

大人たちには俺が知っているトランプを作ってもらった。七並べ、大富豪、神経衰弱、ババ抜き——と言おうとしたら宿屋の女将さんに睨まれたので、悪魔抜き、ついでにトランプタワーを伝授した。

トランプゲームは大人だけでなく子供にも人気らしい。

俺がこういうの作れない？　と提案し、エルフの木工職人たちに丸投げした。

トランプも木製。木目で柄がわからないように工夫するのが難しかったらしいが、とても興味深くトランプを作ってくれたそうだ。

トランプの柄は焼き印。焼き印はドワーフたち鍛冶職人が作ってくれた。

全ての玩具に破壊不能・清潔維持の魔法を付与してくれたのはユグル族。子供は玩具を口に入れたりするから、清潔なのはありがたい。

販路がどうの権利がどうのという話になったが、玩具らに収益が見込めるのならベルミナントへ任せ、職人への報酬とトルミ特区建設費用に回してもらう。

売れそうなものなら売ってもらい、儲《もう》けられそうなら儲けてもらう。全て丸投げ。

玩具は職人であれば誰でも作れる。ルセウヴァッハ領の他の町に住む職人たちに頼んでもいい。

さすがに全ての品に魔法付与はできないとは思うが、特注品としてお高く設定すれば貴族にも売れるだろう。そこも全て専門家に丸投げ。

異世界マデウスに日本古来の玩具が根付くかもしれない。そのうち竹トンボやコマ回しも流行《はや》らせよう。竹馬もあるよ。折り紙も教えたいな。まだまだ紙は貴重品なので、遊びに使うような真似はできないけども。俺は鶴《つる》とカタツムリが折れます。

「素晴らしい」

そんな雨の日の家での過ごし方に思いを馳せていると、ブロライトが領主邸のエントランスホールに飾られた巨大な絵画を眺めて感嘆の声を上げた。

エルフ族は美しいものが好きだ。特に、彼らの琴線《きんせん》に触れる芸術品には素直に賛辞《さんじ》を送る。

フードを外して素顔を見せているブロライトは、エルフの象徴である長い耳を晒《さら》していた。

ブロライトがエルフだとわかったセレウェは驚き、エントランスホールに並んだメイドや侍従たちは頬を赤らめていた。

ここは町の最奥《さいおう》にあるエステヴァン子爵の邸宅。

邸宅と言っても、強固な砦《とりで》のような石造りの城だ。

大きな石で組まれた城はイギリスのボディアム城のよう。正面から見て左右対称の造りであり、チェスの駒《こま》のような形をした塔が印象的。

石壁にはたくさんの蔦が生い茂り、ただの武骨《ぶこつ》な城を緑と蔦に咲いた白い花とで美しく彩《いろど》っている。

俺たちは夕暮れ前にエステヴァン子爵邸からの迎えの馬車に乗り、この城へと案内された。

ベルカイムでルセウヴァッハ邸に招かれた時も馬車が迎えに来たが、あの時の馬車に比べたら質素な感じは否《いな》めない。貴族が移動に使う豪奢な造りの馬車ではなく、とても機能的で広々としていた。調度品はシンプルながらも繊細な造りであり、腕の良い木工職人が馬車内部の装飾をしたのじゃなとブロライトは喜んでいた。

スッスは初めての貴族馬車ということで、緊張でガッチガチ。この馬車より凄い機能を備えたリベルアリナ号に乗っているのにと言ったらば、そういうこっちゃないっすよと言われてしまった。

貴族の馬車に乗っている自分自身が信じられないそうだ。良い経験をしたね。

クレイは図体《ずうたい》というか全体的に身体がでっかいので、一人だけ馬プニさんに跨《またが》っての登城。大通りを子爵家の馬車についていくのだから、クレイをはじめ蒼黒の団が子爵邸に招かれたのだと理解させる。そして、馬プニさんも蒼黒の団の持ち馬だと認識させる。

これで俺たちは領主の庇護下《ひごか》にあると思われるだろう。実際はただ夕ご飯に招かれただけなんだけど、町の人はそうは思わない。

「領主と面識がある冒険者チーム」になるわけだから、俺たちに失礼な真似はできなくなった。馬プニさん相手に買収目的で近づくことも、盗もうと考えることもできなくなった。ギルドで気安く声をかけてくる冒険者も減るだろう。

そもそも黄金竜の称号をもらった時点で蒼黒の団は国王陛下とも面識があるわけだが、地方の庶民はそんな事実知らない。

だがしかし、身近な貴族である領主と面識があるとなれば話は変わる。

庶民でも貴族に失礼な真似をしたらいけない、怒らせたら怖いことになるという、そういった最低限の常識はあるそうだ。

見晴らしの良い町の中央通りから馬車でがらがらと砂利道《じゃりみち》を進み、庶民町から富裕層が住んでいそうな町並みに変わると。

蔦にまみれた石のお城が現れたわけです。

ベルカイムの領主邸や王都のグランツ卿の屋敷は、外も中もきらびやかで豪華。ふかふかの絨毯《じゅうたん》が敷き詰められていたり、黄金のシャンデリアに光る魔石がこれでもかとついていたり。

だがエステヴァン子爵邸――いやもうこれ城なのだが、質素倹約というか、こだわるべきところにはとことんこだわり、他は体裁《ていさい》が整っていればいいよねという造りだった。

「素晴らしき絵であるな。さぞ名のある画家が描かれたのじゃろう」

エルフであるブロライトから褒《ほ》められたエントランスホールの巨大絵画には、美しい田園風景と青空が描かれていた。

どこかにあるような、どこにでもあるような風景。

俺は芸術には疎《うと》く、自分の好みであるかそうでないかで価値を見出すことしかできない。

緻密《ちみつ》な写実画でも構図や色が気に入らなければ俺にとって価値がないし、前衛的で何を表現しているのかわからないものでも、面白いと思えば俺にとって価値があるものとなる。

芸術って結局は好みだよね、なんて思っているのだけども。

侍従のセレウェが両手を握りしめながら震える。

「今は亡き七代目のご当主であらせられる、リュシマール様が描かれたものでございます」

どれだけ高価なものであろうとも、琴線に触れなければ目にも留めないことで有名なエルフ族。

逆にエルフ族に認められれば価値が跳ね上がるとも言われる。芸術、特に絵画や木工細工についての審美眼《しんびがん》は確かなものだ。たぶん。

褒めたのが芸術に疎いブロライトっていうのが不安だけど、セレウェは感動に打ちひしがれている。もう少しで泣いてしまいそうだ。

「ほう。とても良き腕前の御仁《ごじん》であったのじゃな。ご存命ならばわたしの兄上の肖像画《しょうぞうが》を描いていただきたかった」

「なんて光栄な……！　リュシマール様がお聞きになられたならば、どれほど喜ばれたことか！　嗚呼、ありがたやーありがたやー」

セレウェはブロライトに向かって拝みだした。

エントランスホールには俺たち以外にもメイドや侍従たちがいるのだけど、皆困ったように微笑《ほほえ》んでいる。セレウェの感動っぷりは日常茶飯事《さはんじ》なのかな。

他にも巨大絵画や美しい調度品が並んでいるが、ブロライトが気に入ったのはあの風景画だけ。

「セレウェや、そのようにお客様を困らせるものではありませんよ」

奥に続く廊下から姿を現したのは、フードを被った紳士。

そういえばセレウェもフードを被ったままだ。他のメイドや侍従はフードを被っていない。特別な役職に就いた人のみ着られる伝統衣装なのかな。

ブロライトの姿に浮《うわ》ついていたメイドの背筋がピンと伸びている。

エントランスホールが緊張感に包まれるのを見るに、彼はエステヴァン子爵家の執事。

「大切なお客人に対しいつまでもお待たせするのは無礼でしょう。大変申し訳ありません。お足元のお悪いなか、ようこそおいでくださいました。私はエステヴァン家に仕える執事、ナハルタと申します。以後、お見知りおきを」

深々と頭を下げた紳士は、やはり執事。見た目はセレウェと変わらなそうな年齢なのに、この若さで子爵家の執事とは。

「見事な調度品を拝見させていただいた。素晴らしき品だ」

クレイは頷くと、高い天井を眺めながら答える。

ナハルタは誇らしげに微笑んだ。

「当家の調度品は歴代の当主が収集されたものでございます。華美《かび》なものはございませんが、どれも思い入れのある貴重な品でございます」

「これなるブロライトはあちらの絵画が気に入ったようだ。元当主が描かれたものと伺《うかが》い、驚いた」

ナハルタの視線がブロライトに移ると、目を見開く。ブロライトは我関せず、ルカルゥを抱っこして巨大な壺を間近《まぢか》で見せてやっていた。

「それはそれは……！　セレウェの興奮がわかりました。のちほど絵画の間にご案内できるように致しましょう」

「ぬ？　他の絵もあるのか？　わたしは、リュシマール殿の絵が見たい」

「はい。それはもう。リュシマール様が描かれた下絵集も残っております。是非、是非ともご覧くださいませ」

「それは楽しみじゃ」

ブロライトが素直に褒めたからか、それともブロライトがエルフだからか。

おそらく後者だとは思うけど、亡くなられたとはいえ元当主を褒められたのは嬉しいようだ。

執事が現れた時の緊張感がほぐれ、エントランスホールはほっこりとした空気に包まれる。

なんというか、彼らは絶対に良い人たちなんだろうなと思う。

優秀な執事は優秀だからこそ、感情を顔に出さない。特に初対面の人には警戒を怠《おこた》らず、しかし柔和《にゅうわ》に微笑んでみせるのだ。

貴族に仕える者はたとえ末端であろうとも、主人の損失になることは絶対にしてはならない。どんな相手でも敬《うやま》い、あくまでも丁寧に接しなければならない。

ルセウヴァッハ伯爵に仕えている執事のレイモンド氏に聞いた話なんだけどもね。侍従やメイドの応対でその主人の程度が知れるらしい。無礼な態度で応対する侍従ならば、侍従のその態度を許している愚かな主人という評価に繋がる。

だけどな。

それはあくまでも貴族相手のことだろう。

俺たちは一介の冒険者。称号はあれど、ただの庶民だ。無表情のまま冷たく対応されるよりも、こうやって笑顔で話せる相手のほうがいい。

ナハルタとセレウェも仕事を忘れ微笑み続けていたが、クレイが一つ咳払《せきばら》いをすると同時に我に返り、姿勢を正す。

「失礼致しました。主の支度《したく》が整いました。こちらへ」

エントランスホールから真っすぐに延びる廊下を奥へと進み、広々とした階段を上《のぼ》り、時々壁に飾られた絵にブロライトが気を取られながらもなんとか引っ張り、緊張で右手と右足が同時に出てコケそうになるスッスをビーが宥めつつ、なんとか大広間へと案内された。

数々の調度品が出迎えたエントランスホールとは対照的に、大広間へと続く前の間は純白の石壁と彫刻が見事だった。

翼の生えた獅子の彫像がどかんと置かれ、天井に描かれた絵にはふるちんの……あれ、一応創世神《エザフォル》らしい。いろんな城やら屋敷やらでお目にかかる有名なモチーフ。なんだよ下穿《は》けよ。葉っぱで隠せよ。

この部屋の彫刻も見事だなと感心しつつ、大広間へと案内される。

夕食前の歓談用の席ってことかな？

晩餐の席は見当たらない。

大広間にはフードを被った侍従が数人と、同じくフードを被ったメイドが数人。

やはりフード姿は民族衣装で、子爵と近しい人だけが着られる特別なものなのだろう。この部屋にはエントランスホールで出迎えてくれた侍従やメイドたちはいない。

高い天井に美しい細工模様。柱の一つ一つ、窓の一つ一つが芸術品のようだ。

思わず口がぽっかり開きそうになるが、ここは堪える。スッスの口はビーが押さえてくれている。

俺が言うのも何なのだが、冒険者を城の大広間に案内してもよかったのかな。

いくらパリュライ侯爵の紹介状を持っているとはいえ、俺たちはただの庶民。

城の大広間は城の主が誇りにしている部屋であり、自慢をしたい部屋でもある。華美な調度品はないが、ブロライトの目が興味津々に輝いているということは、一つ一つが良質な品なのだろう。

俺たちが失礼な真似、つまり調度品を盗んだり壊したりすれば、それは紹介してくれたパリュライ侯爵の顔に泥《どろ》を塗りたくる行為になる。そんなこと絶対にしないけども。うっかりと壊さないように気をつけよう。

そう考えると俺たちって妙に信頼されているのな。

紹介してくれたパリュライ侯爵やグランツ卿の恥にならぬよう、俺たちは気を引き締めて子爵と会わなくてはならない。
ハンマーアリクイの捕獲、がんばろ。

芸術は、興味のあるなしで価値が変わる。

6

「おふっ」

子爵が、小さく咳をする。

風邪っぴきとは違う、独特の咳。しかも、ひとたび咳をしたらなかなか止まらない厄介なやつ。

ナハルタに紹介されたレムロス・スミア・エステヴァン子爵は、妙齢《みょうれい》の女性だった。

まさか当主が女性だとは思っていなかった俺たちは、失礼ながらも驚きを露《あらわ》にしてしまった。

だがエステヴァン子爵はそれを咎《とが》めることなく、にっこりと微笑むだけ。

ほっそりとして、小さな印象。俺たちはスッス以外平均以上に背が高いからそう見えるのかもしれないが、傍に控えているメイドの背と比べても小柄なほうだった。

目を引くような容姿というわけではないが、一目見て「この人優しそう」と思える柔和な微笑みが印象的。鮭皮亭のクミルさんを彷彿とさせる、穏やかな雰囲気。

もしもこれが芝居《しばい》だとして。

執事も従者も人の良さそうな芝居をしていたとして。

見抜けるわけないわー。俺はそんな人生経験豊富じゃないわー。

しかし、俺には異能《ギフト》、第六感というものがある。こんな感じかな、こうじゃないのかな、と思ったことが大体当たるのだ。

嫌な予感は微塵《みじん》もしないし、元ストルファス帝国で魑魅魍魎《ちみもうりょう》な貴族を相手にしてきたクレイが警戒していないのだ。きっと、優しそうな人という印象は間違っていない。

「ようこそおいでくださいました。わたくし、レムロス・スミア・エステヴァンと申しま、おふっ。どうぞレムロスとお呼びになって。あとからわたくしの夫も参りますので、どうぞ皆様の旅のお話を、おふっおふっ、お聞かせくだ、おふおふっ」

臙脂《えんじ》色のフードを頭からすっぽりかぶったエステヴァン子爵――レムロス夫人は、なんと自ら名乗ってくれたのだ。ものすごい咳交じりだったけども。

普通、貴族は庶民に名乗らない。身分が高い者が下の者に名乗る謂《いわ》れはないというか、名乗る必要もないというか。

それでもレムロス夫人は名乗ってくれた。微笑みながら。

「これはご丁寧に。蒼黒の団、ギルディアス・クレイストンと申す」

クレイが頭を下げると、レムロス夫人が小さく手を叩いた。

「わたくし、王都で噂の蒼黒の、おふっ、団にお会いできるとは、おも、おふっおふっ」

「ご当主よ、ご無理をなされるな。我らは出直す故、お身体を慈愛《じあい》なされると良い」

嬉しそうにクレイを眺めるレムロス夫人だったが、やはり咳き込むのは止められないようだ。

「おふっ、申し訳ありません。これは、そのう、癖、のようなものでして、おふっ」

「だが話をするのは聊《いささ》か苦しそうに思える。やはり日を改めて……」

「せっかく皆様とお会いできたのに、こんな機会、おふっおふっ」

「我らは暫《しばら》くラゾルドに滞在させていただく故、またの機会に」

「いいえ、お待ちになっ、おっふ。わたくし、蒼黒の団の、冒険のお話を、お聞きした、おふっ、おえぇ」

クレイが珍しく慌てている。

そりゃ慌てるよな。俺も内心どうしようと冷や汗ものだ。咳き込みすぎてえずいているじゃないか。

社交はクレイに任せて俺たちは余計なことを喋らないよう黙っている作戦だったが、こんなの黙っていられないじゃないか。

「クレイ、ご当主を座らせよう」

俺がセレウェに目配せをすると、彼は即座に動いて椅子を持ってきてくれた。

セレウェが動いたのを合図にしたかのように、フードローブ姿の侍従やメイドが一斉に動きだす。それぞれ机と椅子をどこからか運び、瞬く間にテーブルセッティング。

白いレース状のテーブルクロスに大輪《たいりん》のネブラリの花が飾られた花瓶、椅子用のクッション、鮮やかな青い磁器《じき》で作られた綺麗なティーセット。

大広間の真ん中に立派なお茶会の準備が完成。素早い。

椅子を引いたナハルタの手を借り、レムロス夫人はゆっくりと腰をかける。

俺は医者でも医療従事者でもないから、レムロス夫人の症状の原因がわからない。無断で調査先《スキャン》生にお伺いを立てるのも宜しくない。なんせ相手は貴族だし。

喘息《ぜんそく》なのかなと思ったが、喘息なら喋っている余裕はないはずだ。それに、些細《ささい》なことで発作《ほっさ》が出てしまうのなら農場の視察なんかできないだろう。いや、農場の視察が方便《ほうべん》だったら話は変わるけど。

レムロス夫人の咳には少しだけ心当たりがある。

前世の学生時代、クラスメイトが季節の変わり目にあんな咳をしていた。

花粉症の症状の一つで、咳アレルギーなのだと言っていた。

くしゃみや鼻水は出ないのに、何故か咳だけがやたらと出るのだと怒っていたっけ。何らかの花粉や胞子《ほうし》に反応しているのだろうと。

俺がマデウスに来てから出会った人たちのなかで、アレルギー症状で苦しんでいる人はいなかった。

食物アレルギーや花粉症すらなかった。ちなみに前世の俺はスギ花粉でした。

マデウスの人はアレルギーにならないものだと思っていたのに。

アレルギーを抑える薬はあるのかもしれないが、そういった薬を飲まないということは、飲めないか、もしくは飲まない選択をしているのか。

それはわからないけども。相手は貴族だし。

だがこの世界には、魔法がある。

アレルギーに対してアレルギー体質を根本的に治すことは、薬でも魔法でもできないかもしれない。生まれつきのホクロやイボが除去できないように、生まれつきの体質や味覚などは魔法や治癒薬でどうにかなるものではない。

しかし、症状を和《やわ》らげることはできるだろう。

咳が出てしまうアレルギーといえばハウスダストなどがあるが、このピカピカに磨かれた城の内部でハウスダストが舞っているとは思えない。貴族はきちんと風呂に入るし、清潔を心掛けているし。

俺はクレイとブロライトに目配せをし、ビーに緊張したままのスッスを託し、俺の手をぎゅっと握っていたルカルゥを安心させるように手を握り返す。

「エステヴァン子爵、俺は素材採取家のタケルと申します。ご無礼ではございますが、治癒術師か医師をお呼びになられたら如何でしょう」

椅子に座るエステヴァン子爵に深々と頭を下げると、エステヴァン子爵は微笑む。

「わたくしのことはレムロス、とお呼びになっ、タケルさっ、おふっ、お見苦しいかと思いますが、ご容赦を。これはうつる病ではございませんのでご安心なさって。わたくしのことはお気遣いなふっ、おふっ」

そんなわけにいくかよ。

目の前で苦しそうに呼吸を整えている人がいるのに、何もしないなんて。

エステヴァン子爵――レムロス夫人が治癒術師を拒む理由はわからないけど、そこはつっこまないでおく。しつこいようだが相手は貴族。言葉の言い間違いや態度で不敬《ふけい》と捉えてしまう人種。

さてどうするかなと考えていると。

ルカルゥが俺のローブの裾《すそ》をつんつんと引っ張った。

「タケル様、タケル様、ワタクシめが思いますに、あれなる症状は重篤《じゅうとく》な病ではございませんことで。確か、緑色の飴《あめ》がございますことでしょう？　タケル様がすーすーすると仰いました飴。グルサス様が間違えて舐めて吐き出した飴のことでございますこと」

ひそひそと話しかけてくるルカルゥの襟巻。

ルカルゥの声に耳を澄ましているように屈《かが》み、ザバのひそやかな声を聞く。

「何らかの原因で咳が出てしまうのはルカルゥも同じでございますこと。喉《のど》が痛くなる、喉が渇《かわ》く、と申すことがありましたのですこと」

「ワサビ飴？　あれを舐めさせるの？」

「左様でございますことで。ルカルゥはあの飴が好きでございますこと」

いやでもあれはワサビの風味と蜜の甘さを楽しむ、いわゆるネタ飴のようなものであって。

そうか。ワサビのすーすー成分がある、のど飴か。

ワサビを粉末にしてドリュアスの花の蜜と混ぜて飴にしたやつ。見た目は綺麗な翡翠《ひすい》色。

ドリュアスの花の蜜には疲労回復の効果もある。ワサビ飴は甘くてすーすーするので美味しい。

でもあの飴は恐ろしく人を選ぶ飴だ。飴といえば甘いという常識を覆《くつがえ》し、喉の炎症を和らげる目的で作ったもの。ベルカイムにあるムンス薬局のリベルアには好評だった。

トルミ村の一部のマニア、主にユグル族が気に入って食べているものだが、ワサビ飴も改良して販売にこぎつけると言っている。売れるかは微妙。

「タケル様。ワタクシめを信じてくださいませ。あの女主人、ワタクシめが思いますところ……」

「ごめんちょっと聞こえない」

「あの女主人、ワタクシめが思いますところ」

「うん」

「末裔でございますこと」

「うん」

「あはっ」

「うん？？」

そりゃエステヴァン子爵の末裔だろうよ。

何をそんな真剣な声で言っているのだと再度聞き返そうとしたらば。

「ご当主！」

クレイの焦った声が響いた。

俺はザバの声に耳を澄ませていたから、レムロス夫人が嗚咽《おえつ》するほど苦しんでいるとは思っていなかった。

こりゃ宜しくない。

咳も繰り返せばオエッとなると、かの級友は言っていた。

だからそういう時はまず喉を潤わせて。

「セレウェさん、ご当主に水をお願いします」

「は、はい！」

咳が止まらなくなってしまったレムロス夫人は、白いハンカチで口元を押さえながら呼吸を荒く繰り返す。

俺は鞄の中からガラス瓶を取り出し、蓋《ふた》を開いてクレイに差し出した。

「クレイ、一個食べて！」

「はあ？　お前、こんな時に何を」

「ブロライトも、スッスも、ビーも好きなの一個食べて！」

俺が差し出した緑の飴は、皆にも試食させたことがある。

甘くてワサビ味がする謎の飴だと不評ではあったけど、今はこれを食べてもらいたい。

「レムロス夫人、この飴は喉の炎症を、ええっと、咳が出るのを少し和らげてくれると思います。原料はワサビと花の蜜なので、ちょっと独特な味ですが一応甘いです。花の蜜には疲労回復の効果があります」

肩で呼吸を繰り返すレムロス夫人は、涙を流しながら俺が差し出した飴玉を見つめる。

「俺たちが食べて毒が入っていないことを証明します。不安なら、王都で仕入れた回復薬《ポーション》もあります。鑑定士《アバルスター》はおられますか？」

鞄の中から未開封の回復薬《ポーション》を取り出すと、レムロス夫人の目が大きくなった。

「わたくしは、鑑定眼《アバルス・アイ》を持って、おります！」

そう声をあげたのは、レムロス夫人の傍に控えていたナハルタ。冷静さを失って完全にうろたえている。

鑑定眼を持っているなんて、手の内を明かさなくても良かったのに。

通常、鑑定眼の持ち主は鑑定士を目指す。鑑定士は国家資格であり、厳しい試験を経てようやくなれる職業。鑑定士の資格があるからこそ鑑定を行えるものであり、鑑定したのが確かなものなのだという証明にもなる。

国家資格の持ち主は安定した収入を得られるため、大体はどこかの商会やギルドなどに所属している。鑑定はもちろん有料。

ベルカイムのギルドエウロパの事務主任である熊獣人のウェイドも鑑定眼の持ち主だったが、彼は鑑定士ではない。だが、ギルドを訪れる相手に対し鑑定眼を持っているのだと言うだけで牽制《けんせい》になるのだ。偽物を持ってきてもバレんぞ、と。

貴族に仕える執事が鑑定眼を持っているのは強みになる。だが、それは秘密にするべきだった。

無意識とはいえ、どんだけ俺たちのことを信頼するのよ。

わざわざ言わなくても良いことを言ってしまったようだが、ナハルタは気づいていない。

俺たちはそれぞれ飴を一つ取り、口に入れる。

鼻を抜けるワサビ味と、激甘《げきあま》な花の蜜が舌にまとわりつく。

リベルアリナが舌の上で踊っているような感覚になり、俺は飴をガリガリ噛んでしまう。味のバランスを何とかしたいので、ユグル族の品種改良チームには頑張っていただきたい。

「改めて食うと冷たく感じるのじゃな、この飴は」

ブロライトが飴をころころと舐めながら感想を言う。

「そう。喉がすっとするだろう？　咳をするのは喉が乾燥しているからです。水を飲んだら飴を舐めてみると良い。と、思います」

クレイはこの飴が苦手だから、怖い顔をしながらごくりと呑み込んでしまった。

スッスは飴を舐めたことで多少緊張が取れたようだ。味の微妙さに顔を顰《しか》めている。

ビーは三つ目を食べようとしていたのでやめさせた。食べすぎは宜しくない。

飴を凝視していたナハルタが深く頷く。

「レムロス様、飴に問題はありません。それどころか……古代狼の加護と緑の精霊王の加護が僅かにございます」

「おふっ！」

やっべ。

ワサビとリベルアリナの花の蜜を使ったせいか。作った時は加護なんてついていなかったはずなんだけど！

ナハルタが手を伸ばして飴を一つ摘むと、躊躇《ためら》いもなく自分の口の中に入れた。続いてセレウェも飴を舐める。

「！　これは……」

「ナハルタ様、この飴はとても美味しいです！　喉が、喉がすーっと、すーっと！」

美味しい……美味しいのか？

はしゃぐセレウェに二つ目の飴を勧め、セレウェは喜んで飴を取る。

レムロス夫人は飴の入った瓶をじっと見つめると、咳き込みながらも手を伸ばした。

「奥様、わたくしめがお取り致します」

懐から白いハンカチを取り出したナハルタが、飴をハンカチの上に乗せてレムロス夫人へと差し出す。

「あの、すーすーするんですけど、ちょっと人を選ぶ味といいますか、舌にまとわりつくような感じが気になるといいますか」

緑の飴を涙目で見つめるレムロス夫人に、俺は遅ればせながら忠告をした。

「ピュ」

再度飴を取ろうとしたビーが声を上げる。

レムロス夫人が飴を口の中に入れたのだ。

「んむっ、おふっ、おふっ……んむんむむ、んむ……」

毒でも食っているんじゃないかというほど顔を顰めていたレムロス夫人だったが、俺たちが黙って見守るなか、その顔が次第にほころんでいく。

「お湯に飴を溶かして飲むのも良いです。喉を乾燥させないように、ハンカチで鼻と口を覆《おお》うのも効果があるかと思います」

「そのような方法でレムロス様の咳が止まると？」

「もっと重篤な病を患《わずら》っていたら話は別なんですけどね。それは、調査《スキャン》……ええと、鑑定ではわからない身体の症状を知り得る治癒術師に相談されたほうが良いかと」

ぶっちゃけ俺に調査《スキャン》させてもらえば一発だけども、初対面の冒険者を信用するわけにはいかないだろうし。

口の中で飴をころころと転がしていたレムロス夫人は、しばらくすると目をカッと見開いた。

「ナハルタ、ナハルタ、わたくし、苦しくないわ。ああ、とても不思議。この飴は、もごもご、とても美味《びみ》ですわ！」

「奥様、咳が、咳が出ておりません！」

「あああっ、セレウェ、わたくし苦しくないのよ！　ほら、お話をしていても咳が出ないでしょう？」

まるで少女のようにはしゃぎ喜ぶレムロス夫人に、執事と従者が涙を流して喜ぶ。

固唾《かたず》を呑んで見守っていた周りの面々も、皆揃って感涙《かんるい》。

「蒼黒の団の皆様！　栄誉の竜王様！　わたくしの咳がこんなに早く止まるなんて、初めてのことなの！」

「レムロス夫人、落ち着きましょう。咳が止まっても、興奮するのは宜しくありません」

「まあ！　わたくしったら……はしたない真似を致しました。お許しくださいませ」

少女のように飛び跳ねて喜ぶレムロス夫人を落ち着かせ、俺たちはそれぞれ椅子に腰をかける。

メイドたちはそそそそと静かに動き、お茶を新しいものに変えてくれた。

青い茶器から真っ青なお茶が注がれる。

王都やベルカイムで飲み慣れている紅茶かと思っていたが、これは青いお茶だ。

「あら。レイラ、メルテポームの焼き菓子は？」

「奥様、夕餉《ゆうげ》前にございます」

「あらあら。それなら早く食堂にお通ししたほうが宜しいのではなくて？　皆さんをこんなにお待たせするなんて」

「旦那様のご支度がまだ」

「あらぁ。何をされていらっしゃるのかしら。ナハルタ？」

「湯殿《ゆどの》にて泥を落とされておられるかと」

「うふふふ。民と一緒に土仕事をしたのは楽しかったわね。ねえお客様、わたくしも作物の収穫をお手伝いしたかったのよ？　それなのに旦那様ったらわたくしの手を汚したくないと仰って……だけどわたくしだってピレイオーネの収穫はできましてよ？」

ええと。

にこやかにお話をしていただくのは嬉しいんですが、俺たちは何と答えれば良いのかわからない。

貴族対応に慣れているクレイすら、ちょっと唖然《あぜん》としている。

レムロス夫人が当主となると、旦那様はお婿《むこ》さんかな。

子爵家のお婿様が作物の収穫や土仕事をするのか？　ピレイオーネって、あのムンクな偽マンドレイクのことだろ？　あれもぎりたいの？　子爵本人が？

「奥様」

「あらいやだ。ごめんあそばせ。わたくし、こんなに長くお喋りできたのが初めてで！　嬉しくて！」

執事に咎められても喜びを隠そうとしないレムロス夫人が、ちょっと可愛らしく思えてきた。

フードに隠れてよく見えないが、俺が考えていたよりもお若いのかな。

「夕餉の支度は用意できていて？　そう、それなら食堂に参りましょう。ああ、お腹が空きましたわ。うふふっ、わたくしったらはしたない。咳が出ないだけでこんなにお腹が空くだなんて……」

レムロス夫人が椅子から立ち上がると、頭から被っていたフードがはらりと落ちた。

フードローブは俺が着ているような袖《そで》を通すものではなく、フードつきのポンチョのようなもの。胸の前で留めていた銀のブローチの留《と》め金《がね》が外れてしまったようだ。

「あ」

ナハルタが素《す》っ頓狂《とんきょう》な声を出す。

「ぶふっ」

クレイが口に含んだお茶を噴き出す。

「んぐっ！」

ブロライトが二つ目の飴玉を呑み込んでしまい。

「うえっ⁉」

スッスが驚きすぎて椅子から転がり落ちた。

「ピュ！」

ビーがレムロス夫人を指さすと。

「ですからワタクシが申しましたことでしょう？」

ザバがルカルゥの首から離れてテーブルの上で胸を張る。

「あらあらあらあらーっ！」

フードで隠されていた顔を全て晒してしまったレムロス夫人は。

背に生えた小さな翼を、激しく動かしていた。

＋　＋　＋　＋　＋

ザバが教えてくれた「末裔でございますこと」は、「エステヴァン子爵の末裔でございますこと」という意味ではなく、「有翼人の末裔でございますこと」という意味だったのだろう。

リスティマの末裔なんじゃないかとは思っていたが、まさか有翼人種そのものとは思わなかった。

「……エステヴァン子爵は、リステイマーヤの末裔」

青いお茶を一口飲んで、その味の美味さに驚く。甘いベリー系の紅茶を飲んでいるようだ。これ欲しい。

俺の呟きをレムロス夫人は聞き逃さず、嬉々としてお喋り開始。

「あらあらあら、リステイマーヤのことまでご存じなの？　素敵！　ご先祖様のことを知る方がいらっしゃるなんて！　きっと貴方ね？　小さな聖獣様！」

「ワタクシはポルフォリンク・ザヴァルトリ！　この子はオフス・ルカルゥ生誕六歳！　偉大なる

天《あま》の原《はら》、蒼海《そうかい》の楽園、我らがキヴォトス・デルブロン王国の西地区すみっこ丁目三番地に住んでいることですよう！」

「これはこれはご丁寧に！　ザヴァルトリ様と、ルカルゥ様？」

「ルカルゥはルカルゥでございますことですが、ワタクシはザバと呼んでいただきたいことです！　ザ、ヴァァ、ではなく、ザバでございますこと！」

「素敵！　ザバ様ね！」

「あはっ！」

仲が良いことで。

俺たちはただいま夕餉後の談話室で穏やかに団欒《だんらん》中。

談話室に通された俺たちは、是非とも今宵《こよい》はお泊まりくださいと懇願され、レムロス夫人の旦那様であるキタリス卿も紹介していただき、夕餉はそれはそれは盛り上がった。

妻がこんなに食べるのは初めてのことだとキタリス卿が泣きだすと、配膳をしてくれていた侍従たちも泣きだし、壁際で控えていたメイドも泣きだした。しかもガチ泣き。

そんなに泣くほど嬉しいのかと、俺たちはちょっと引く。いやだって、ご飯食べている最中ですよ？

見た目も味も素晴らしかった料理は、特に野菜の新鮮さに驚いた。

美しく盛られた新鮮野菜の前菜、野菜を使った冷製ポタージュ、メインの鶏肉とキノコの煮込み、ピレイオーネの姿焼きを添えて。

怨念を感じるムンクの叫び野菜にフォークが止まってしまったが、塩コショウだけのシンプルな味付けに削《けず》ったチーズをかけて食べると、シャキシャキとした歯ごたえに奥深い甘味と旨味《うまみ》を感じた。いや、グルメリポーターのようなコメントは言えないが、見た目がアレでもとても美味いのが驚いた。もうちょっと見た目に工夫していただきたい。

デザートは焼きバナナ。焼いて温めたバナナにバターとハチミツが垂らしてあった。ここにバニラアイスがあればなと思ってしまったが、バニラはまだ探したことがない。そのうち探そう。

派手さは決してない。王都のグランツ卿の館でいただいた料理の数々に比べたら、質素だと言える。

だが国の食糧庫と言われるだけあり、どれもこれも味がしっかりしていて美味しかった。甘味や苦味を確かに感じられるというか、素材の味を生かしている、なんて表現すればいいかな。

野菜は多種に富んでいて、俺が知らない野菜もたくさん出てきた。どれもこれも、新鮮で美味い。

一つ一つ種類を伺うと、キタリス卿は誇らしげに育て方を教えてくれた。

まず土が良くなければならない。土を作ることから始めるんだ。土というのはね、と教えてくれる姿は少年のようだった。農作業が好きなのかな。

夕餉は終始涙と笑いの穏やかな雰囲気に包まれていた。

キタリス卿も常に微笑みを絶やさない方のようで、お喋りを楽しむレムロス夫人をそれはそれは優しい目で見つめていたのが印象的。

談話室も暖かみのある調度品が品良く並べられていて、エステヴァン子爵夫婦の人の良さが現れているようだった。

俺が青いお茶を絶賛すると、メイドたちが嬉しそうにお茶のお代わりを注いでくれた。

この青いお茶、本当に美味しい。砂糖を入れていないのに少し甘く感じる。

町で売っているかな。まとめて買わせていただこう。

「レム、守護聖獣様とお話するのが楽しいのはわかるよ。だけどね、他のお客様をお待たせしていいのかい？」

キタリス卿が苦く微笑みながらレムロス夫人に声をかけてくれた。

「あら！　わたくし、守護聖獣《チャルタラ》とお会いするのが初めてで……ごめんあそばせ」

ザバのもっふり腹をわしゃわしゃと撫でていたレムロス夫人が、深々と頭を下げる。

「奥方、我々に頭を下げる必要は……」

クレイがレムロス夫人の行動を止めようとするが、レムロス夫人は頭を上げてくれない。

俺たちに頭を下げたことで、レムロス夫人の背に生えている小さな翼がよく見えてしまう。

空を飛ぶほどの力はないかもしれないが、確かに背中から翼が生えている。

純白のルカルゥの翼とは違い、鷹《たか》や鷲《わし》を彷彿とさせる茶色。

執事のナハルタは水色の翼。侍従のセレウェは薄い桃色の翼。この部屋にいる侍従やメイドたちも、色とりどりの小さな翼を持っていた。

キタリス卿は背に翼を持っていない。

「わたくし、命を贖《あがな》われたと思っております。たとえ本家のお力添えがあったとしても、わたくしは蒼黒の団の皆様に救われたのです。それだけはお認めくださいまし」

「そこまで言われるのならばこちらも受け止めよう」

「ありがとうございます」

クレイがレムロス夫人のお礼を受け取ったところで、これ以上の礼はいらぬとクレイが言ってくれた。

夫人が喉を潤すために青いお茶を一口飲むと、周りに控えていた侍従やメイドたちがそそそと部屋を出ていく。

キタリス卿とレムロス夫人の傍に、執事のナハルタと侍女のレイラだけが残った。

「こんなに楽しい時間を過ごしたのは初めてですわ。ですが、いつまでもわたくしの都合に皆様をお付き合いさせてはいけませんね」

レムロス夫人の視線の先には、スッスの膝に頭を預けて眠ってしまっているルカルゥとビーの姿。

二人は夕飯を腹いっぱいに食べたあと、眠ってしまったのだ。

ルカルゥはフードポンチョを被ってはいない。レムロス夫人たちが有翼人の末裔だと知るや否や、フードを脱いで背の大きな翼を披露してしまったのだ。

レムロス夫人の「ぎゃー！」という叫び声と、レムロス夫人の叫び声を聞きつけて頭にタオルを巻いたまま部屋に飛び込んだキタリス卿の、「なんとー！」という叫び声が印象的だった。

まさか地上に大きな翼を持つ純粋な有翼人がいるとは思わなかったらしく、レムロス夫人は混乱して叫び続けるし、叫び続けたせいで再び咳き込むしで、しばらく大混乱に陥った。

おかげで夕餉の時間が大幅に遅れ、食事を済ませて談話室に移動したのが夜の十時くらい。お子様は眠る時間です。

「本家に住まう方が落ちてしまうなんて……この翼、治して差し上げたいわ」

レムロス夫人が言う「本家」とは、キヴォトス・デルブロン王国のこと。

マティアシュ領に生存するレムロス夫人たち翼を持つ人々は、リステイマーヤ家の末裔として認知されている。大空を舞う術《すべ》は失われたが、背の翼は一族の誇りだとレムロス夫人は微笑んだ。

リステイマーヤの子孫を指していたリスティマという名称は、広義ではリステイマーヤ一族に仕える者たちも含む総称らしい。つまり、執事や側近の侍従やメイドたちもリスティマに含まれるようだ。

レムロス夫人をはじめエステヴァン家に仕える者全員がフードつきのローブを被るのが習わし。それは全部、小さくても背に翼が生えている者たちを守るため。

最近は背に翼を持たない者が生まれるようになったが、それでもリステイマーヤの一族は血を絶やさぬよう努力しているのだ。

かの幻の都市と言われていたキヴォトス・デルブロン王国。

俺の予想通り、現在でもこっそりこそこそ地上と貿易を続けていた。

以前調べた時は気づかなかったけど、調査先生《スキャン》が教えてくれたような。貿易をしていると。いや、そんなの気に留めないいって……

あくまでもリステイマーヤの末裔とだけの取引であり、マティアシュ領やアルツェリオ王国はそこに介入していない。

だがしかし、グランツ卿はこの事実を知っていたそうだ。

「大公閣下は古《いにしえ》の制約において、わたくしたちのことを誰にも話してはならないという呪《しゅ》に縛られておりますの。話したくても話せなかったのですわ」

そもそもトルミ村にルカルゥが落っこちてきた時点で、グランツ卿は即座にマティアシュ領ならばルカルゥたちを故郷に帰す手段があるのかもしれないと思いついた。

だが、リステイマーヤの末裔のことは話せない。

それならば陛下の名前を利用して俺たちを王都に呼び出し、ついでだからギルドアップ試験を受けさせ、ハンマーアリクイの捕獲依頼を出せば良い。マティアシュ領まで行ってしまえば、蒼黒の団だから何かしらの糸口《いとぐち》を掴むだろう――

そこまで考えていたのかはわからないけど、辻褄《つじつま》の合う話だからこわい。

もしかしたら国王陛下や執政のパリュライ侯爵も、ルカルゥの事情は知っていたのかもしれない。

ポラポーラの手記に書かれたことは偶然に過ぎないのだろう。そこんところは「青年」の掌の上で踊った結果ということで。

ルカルゥたちを故郷に帰すため、ここまでのことを国王と重鎮《じゅうちん》たちが協力してくれる。

完全回復薬《リディアル》を渡しておいてよかった。とりあえずはご協力いただいた恩は返せたと思いたい。ハンマーアリクイの一家まるごと捕獲できるよう頑張ろう。

キタリス卿はパリュライ侯爵からの紹介状を封筒にしまうと、グランツ卿が出した蒼黒の団への指名依頼書を机の上に広げる。

「大公閣下の指名依頼の件はご要望のままに。ローグルをご指定されたということは、大公閣下はダルファーラの農場の件をご存じなのかもしれない」

「まあ。さすが大公閣下ですわね。蒼黒の団の皆さんならバリエンテに挑んでくださると？」

「レム、それはいけない。それはあくまでも僕たちの問題だ。僕たちができることは、ハンマーアリクイの生息地を案内することじゃないか」

「ですが旦那様、わたくし以外には使えぬ魔道具《マジックアイテム》なのですよ？　バリエンテの魔道具《マジックアイテム》、あれがあれば皆様でも本家に行くことができます」

「それはそうだが……しかし」

そんな不穏《ふおん》な会話をしながらも、チラッチラッとこちらを伺い見る夫妻。

なんだろな。

俺はクレイに視線を向けるが、クレイも何のこっちゃと首を傾げる。

スッスは眠そうに船をこぎ、ブロライトは壁に飾られた絵画に夢中。

レムロス夫人が言ったバリエンテは知っている。スッス曰く、地面にぽっかり空いた穴のこと。

ダルファーラの農場っていうのはレムロス夫人が昼間視察していたところ。ローグルはグランツ卿が指定したハンマーアリクイ採取希望の場所。

さてさて。

ここまで情報を漏らす露骨《ろこつ》な会話は初めてだ。

貴族はもっと遠回しに、わかりにくく、何かに例えて話をするものなんだけども。

だがこうやって期待の目で俺たちを見ているということは、察しろとかじゃなくて早いところ情報を与えたい、ということなのだろう。

夫妻の会話を予測するに。

グランツ卿が指名依頼に指定した採取場所はローグルにある、もしくはローグルの近辺にあるダルファーラの農場。その農場の近くにバリエンテという穴がある。

もしかしたらダルファーラの農場っていう言葉自体が隠語《いんご》でバリエンテのことを言っているのかもしれないが、それはともかく。

レムロス夫人の言った「わたくし以外には使えぬ魔道具《マジックアイテム》」で「本家に行く」。本家とは、浮遊都市キヴォトス・デルブロン王国のこと。

わかった？　わかったかしら？　という眼差しをする子爵夫妻に、思わず笑いそうになった。が、懸命《けんめい》に堪える。

「招きの石……導きの羅針盤は、バリエンテに隠されているんですね？」

「なんと！」

「まあ！」

「その通りなんだよ！」

三者の声が見事に重なった。いやクレイ、夫妻が説明という会話をしてくれたじゃないか。

俺がじとりとクレイを睨むと、クレイは焦ってそうではないと反論した。

「俺が冒険者になりたての頃にバリエンテに赴いたことがあるのだ。いや、当時は『バリエンテの大穴』と呼ばれていた。その際は大規模なフォーンポルグの巣窟《そうくつ》になっていた故に、駆除を頼まれたのだ」

「フォーンポルグとはなにかな」

「フォーンスグラという小動物なのだが、魔素溜まりに巣を作るとモンスターと化す」

「お肉は」

「美味くはない」

それは残念。

クレイが過去にマティアシュ領を訪れていたことに驚いたが、その際ラゾルドは訪れず、直接バリエンテに向かったらしい。

そもそも「バリエンテの大穴」と呼ばれるようになったのは数十年前のことで、更に最近になって「バリエンテの迷宮」と呼ばれるようになったらしい。

「先代であったわたくしの父がよく仰っておりましたわ。バリエンテの監視を怠るなと……それなのにわたくしの代で獰猛なモンスターの巣窟にしてしまうなんて」

侍女がレムロス夫人を気遣うように白湯《さゆ》をカップに注ぐ。カップには砂糖の代わりにワサビ飴。ちなみにワサビ飴、瓶ごと差し上げました。

独特のワサビ臭と甘い蜜の香りが漂うと、クレイは神妙な顔をして夫妻に聞いた。

「封印は如何したのだ」

「封印て何の封印？」

夫妻が答える前に、俺がクレイに聞く。

「奥深き洞《ほら》は入口に封印を施さなければならぬ。魔素溜まりでモンスターが活性化するのはお前も知っているだろう」

「ああ、キエトの洞みたいな？　ナメクジ」

「そうだ。他にも様々な条件を有することで凶悪に進化するモンスターがいる。フォーンポルグはまだ弱い。しかし大ナメクジが進化し、ダークスラグのようなモンスターが生まれる可能性もあるのだ。そういったモンスターを生み出す前に洞を封じるのだが……ギルドは何をしておったのだ」

キエトの洞はブロライトの故郷であるエルフの隠れ郷、ヴィリオ・ラ・イの近くでもないけどその近辺にあった洞窟。

濃厚な魔素に晒された洞窟内ではモンスターが巨大化し、暴走し、大量に湧いていた。

なかでもダークスラグという名の巨大ナメクジには驚いた。なんやかんやと倒したけども。

封鎖された炭鉱や遺跡などにも魔素溜まりができないよう、内部から破壊してしまうのが封印らしいのだが。

洞窟の封印は冒険者ギルドが担当しているとのこと。

「封印は致しました。ですが……バリエンテには高価な魔道具《マジックアイテム》があると噂が流れまして」

レムロス夫人が肩を落としてつらそうに続ける。

「無法者たちが穴を掘ったのです。入口へと続く穴を」

「穴を、掘った？」

「はい。わたくしたちの知らぬ間に」

「なんて愚かな真似を……まさかそやつらは穴を放置したのか？　モンスターが生まれるやもしれぬ、恐ろしい穴を？」

「……はい」

「なんたることを！」

思わず怒りを露《あらわ》にしてしまったクレイに、いつの間にか俺の膝でとぐろを巻いていたザバがビクりと反応し、しかし何もないとわかると顔を隠して眠った。スッスも慌てて起きたが、膝でルカルゥが眠っていることに安心して再び目を閉じる。

「ピュ……？」

「大丈夫、眠っていいから」

「ピュ」

ビーも起きてしまったが、ポッコリ腹をトントンと優しく叩いていたらすぐに寝た。招かれた先で大の字を晒すドラゴンの仔。警戒心どうしたの。

夫妻はクレイの怒鳴り声ですっかり萎縮《いしゅく》してしまっていた。

そんなに怯えることもないんだけどと思ったが、笑って許せるほど簡単な問題ではないことは俺にもわかる。

マティアシュ領には深い森が存在しない。山もなければ谷もない。穏やかな平野と肥沃な大地で作物はすくすく育っている。

そんななか、モンスターが生まれるかもしれない、もしくは既にモンスターだらけの穴が放置されていたと知られたらどうなるか。

知らなかったでは済まされないのだ。

「クレイストン、過ぎたことじゃ」

ブロライトが絵画を眺めながら声をかけると、クレイは渋々と椅子に腰かける。

クレイの怒りはもっともだが、今は過去に怒りを向けている場合ではない。

「バリエンテは封鎖しておりますが、蒼黒の団の皆様にだけ解放致します。正直に申します。嘘はつきませぬ。バリエンテにはキヴォルをこの地に呼ぶ魔道具《マジックアイテム》を隠しておりました」

涙を流しながら必死に訴えてくれたレムロス夫人。

初代当主、シャラルテフォニア・リステイマーヤの遺言《ゆいごん》によると、いつか故郷に帰るため、導きの羅針盤を遺《のこ》した。

なお、招きの石と導きの羅針盤は同じものではなく、まったくの別物だったらしい。

二つとも浮遊都市を見つけるための魔道具《マジックアイテム》なのだが、招きの石は浮遊都市を呼び寄せるものであり、導きの羅針盤は浮遊都市へ案内するものだった。

ここらへんの事情はエステヴァン子爵家内部だけに留まっており、さすがのグランツ卿でも知らないそうだ。ポラポーラの手記に書かれていた内容は完全に初見だったようだ。

歴代当主だけが動かせる招きの石は、月に一度、新月《しんげつ》の夜にだけ使える特殊な魔道具《マジックアイテム》。

マティアシュ領で収穫された大量の農作物を浮遊都市へと送る準備ができましたよ、という合図にもなっているらしい。

導きの羅針盤は、その名の通り浮遊都市へと導くもの。一定の魔力があれば誰でも使えてしまうらしい。

招きの石だけでは浮遊都市に行くことは叶わず、農作物や金銭の授受などは全て「光の道」で行われる。なにそれ初めて聞いた。

レムロス夫人もキタリス卿も、有翼人と直接会って取引をしているわけではないそうだ。

初代当主であるシャラルテフォニア・リステイマーヤは浮遊都市の存在を隠したかった。

地上の民として暮らした彼ら一族は、どんな気持ちで導きの羅針盤を隠したのだろう。

地上の作物に憧れていたとはいえ、慣れない生活だ。ホームシックにはならなかったのだろうか。

「妻の咳を止めてくれた君たちに厚かましい頼みをしてしまう。導きの羅針盤は蒼黒の団に託す。だがしかし、バリエンテを――バリエンテの迷宮を、なんとかしてくれないか」

涙を流すレムロス夫人につられ、侍女も侍従も、キタリス卿も涙を流している。

涙脆《もろ》い一族なんだなと思いつつ、俺はクレイの顔を伺う。クレイは難しいことを考えていそうな怖い顔をしているが、仕方がないと肩を落としていた。あれは既に腹を決めているな。

続いてブロライト。ブロライトは絵画を眺めながら俺にサムズアップ。

「わたぐじだじの、でぎる、ごどならばぁぁ」

ちょ。

涙と鼻水にまみれた子爵家当主の顔なんて見たくなかったんだけども！　お化粧《けしょう》が剥《は》がれて酷いことになっている。

「なんでも、なんでも、ずびっ、ううううっ、なんでも言ってくれ！　望むものを与えよう！リュシマールの絵画がお望みならば、全て、全て差し上げよう」

キタリス卿も豪快に泣いちゃって。

マティアス領には動物が巣食い、魔素の影響でモンスターに変化してしまう危険な穴が存在していた。

——穴に気をつけるが良い
グランツ卿が思わせぶりに言っていた穴って、バリエンテのことを言っていたのか！

そうなるとつまり、グランツ卿はエステヴァン子爵がバリエンテの対処に困っていることも知っていて、それでいて遠回しに俺たちに依頼を出したってこと？　やだ本気で怖い。グランツ卿が怖い。

さすが王国の腹黒《はらぐろ》。いや、影の支配者。いやいや、支配はしていないけど使えるものは上手に誘導して結果グランツ卿の思い通りにする力が怖い。

エステヴァン子爵の嘆きを聞いてしまった俺たちには、逃げるという選択肢はない。断るつもりもない。嘆かれたから仕方なく思っているわけでもなくて。

俺たちの腹は決まっている。

そもそも導きの羅針盤を探してこの地に来たんだ。目的のものが早々に見つかって、場所すら教えてもらっちゃって良かったとすら思う。

もっと難問が待ち構えていると覚悟していた。ここから南の大陸に行ってダンジョンの一つや二つ攻略したあとにやっとこさ次の手がかりが見つかる、みたいな。俺たちと同じ目的の謎の軍団が先回りしていて、導きの羅針盤を奪い合う――みたいな壮大な冒険が始まらなくて良かった。本当に良かった。

「ビーとスッスは俺たちの頼みを聞いてくれるよ。クレイは？」

「バリエンテの迷宮に興味が湧いた。深部には強きモンスターが生まれておるやもしれぬからな。駆除をせねばならぬであろう」

「ブロライト」

「リュシマールの絵はこの城にあるからこそ美しいのじゃ。わたしは絵なぞ望まぬ。久々の洞窟での戦いじゃ。わたしの技を見せる良い機会と言えよう。タケルは何を望むのじゃ」

「俺は青いお茶と、悲鳴をあげそうな気持ち悪い野菜が欲しい」

「タケル……お前というやつは。もっとこう、他にあるだろう」

「だって無償っていうと怪しさが増すだろう？　グランツ卿にも相応の対価は求めろって忠告されているし。でも金はいらないよな？　それならこのお茶の茶葉。これ美味しい。気持ち悪い野菜はトルミ村でも育ててみたい」

「ははははっ、タケルらしいではないか！　わたしも青い茶は気に入ったのじゃ。兄上らに差し上げたい」

「そうだろう？　それともエステヴァン家御用達《ごようたし》の石鹸《せっけん》にしとく？　五十個くらい買いたい」

蒼黒の団は正義の味方というわけではない。

慈善団体でもない。

相応の対価は求めるし、無謀な真似はしない。

エステヴァン子爵からギルドに非公開で指名依頼を出してもらおう。バリエンテの迷宮内部掃除を目的とした採取及び魔素溜まりの解消、なんて依頼はどうでしょう。作りますよ、巨大ミラーボール型魔素吸収装置。ついでに導きの羅針盤をお借りする。

心優しい領主夫妻の訴えを、退《しりぞ》けるほど俺は図太《ずぶと》くない。

あの時ああしておけば、なんて後悔はしたくないし、トルミ村の子供たちに顔向けできないような真似はしない。

困っていたから助ける。

ついでに欲しいものを買わせてもらうのは良いよな？


できることを、ただやるだけ。

7

「…………でかいっすね」

「ピュイィ……」

「この穴のどこかに導きの羅針盤があるんすね」

「ピュイ～～」

「どこにあるんすかね……」

穏やかな風に靡《なび》く牧草。

まだら模様の山羊《やぎ》が、もっしゃりもっしゃり草を食む。

見渡す限り青々とした大地の真ん中に、ぽっかりと開いた大きな穴。

太陽が燦々《さんさん》と輝く日中にもかかわらず、数メートル先が真っ暗闇で何も見えない。

入口は富岳風穴《ふがくふうけつ》のような急勾配《きゅうこうばい》になっている。嫌な空気に混じるケモノ臭。くっさ。

濃い魔素の環境はエルフの隠れ郷で経験済み。薄い魔素の環境は北の大陸にあるユグルの生活圏で経験済み。

魔素の薄いや濃いなんかは肌でわかるようになったが、底の見えない大穴には魔素が溜まっているようには思えない。

下りるための階段なんか設置されていないから、つるつるの斜面を滑って下りるのか。いや、ここは浮遊の魔法でゆっくりと下りよう。滑って転んで頭強打したら痛い。

「やはりモンスターの巣窟になっているようじゃな」

洞窟の先を睨みながらブロライトが袖で鼻と口を塞ぐ。臭かろうが汚れようが気にしないブロライトが、悪臭に嫌悪を露《あらわ》にするのは珍しい。

「洞というのは野生動物が巣食うには都合の良い場所だ。雨風を凌《しの》げるだけではなく、外敵から身を守る術《すべ》にもなる」

「そこに魔素溜まりができていたら、その影響で動物がモンスターに化けるわけか」

「左様」

クレイの冒険者知識に感心しつつ、俺はルカルゥが座る浮遊座椅子の安全確認をした。

俺たちはバリエンテの迷宮前に来ている。

レムロス夫人はエステヴァン子爵として緊急指名依頼をギルドにて発行。

蒼黒の団がバリエンテの迷宮内調査をし、生息しているかもしれないモンスターの討伐をすることになった。よって、早朝からバリエンテの迷宮は封鎖。何人《なんぴと》たりとも蒼黒の団の邪魔をしてはならない。邪魔したら処罰したる。

というお触れをギルドに提示してくれた。

職権乱用だとか横暴《おうぼう》だとか、文句が出るかと思った。今まで封鎖されていた洞窟に蒼黒の団だけが入ることを許されたのだから。

しかし、蒼黒の団がギルドパーリアクで領主からの指名依頼を受注した、という実績のほうが重要らしくて。

黄金竜を授与された名誉ある冒険者チーム。ランクSの冒険者が二人も在籍。素材採取家としては王国で一人のオールラウンダー冒険者。巨人族《タイタン》を倒したランクBの小人族が在籍。

そんな注目されている冒険者チームが、片田舎のギルドに来てくれた。ひゃっふー、こりゃ宣伝になるぜー、てなことらしい。

他の冒険者から見学の希望が殺到したが、ぶっちゃけ俺たちの仕事内容を披露するわけにはいかない。

目的のものを探査《サーチ》するだろ？　採取したらなんでもいくらでも入れられる鞄にバカスカ入れまくるだろう？　大量の食糧を持っていけるから何日でも遠征できるし、荷物量を気にしないでいいから倒したモンスターまるごと持って帰れる。清潔魔法でいつでも快適。ご飯は常に温かく美味しい。元気を出すためにカニも出そう。ついでに場所によっては馬車も出せるから、ふかふか布団で眠れます。

うん。

なんか、ずるいと言われても仕方がないな。

だがしかし、使えるものを使って何が悪いって話。いらぬ苦労はしなくてよいのだ。

「きつくない？」

「ちょうど良いと思いますこと！　ルカルゥ、勝手に動くのは禁止でございますことですよ？　皆様の申すことを聞き逃してはなりませんこと」

ザバはルカルゥの頭の上で飛び跳ねて答えてくれる。ルカルゥの髪の毛がぐしゃぐしゃになるので、ザバを持ち上げてルカルゥの首元に移動。ザバはぬるりとルカルゥの首回りに巻き付き、もふもふ襟巻に擬態した。

ルカルゥ用の小さな浮遊座椅子に即席のシートベルトをつけ、ルカルゥの身体を固定する。ルカルゥ自身にも最強防御魔道具《マジックアイテム》が装備されているが、念には念を入れ、ミスリル魔鉱石で作った結界《バリア》魔石首飾りを起動させる。

浮遊座椅子に乗っているルカルゥを引っ張るのは俺。

先頭にビーとスッス、次にブロライト、その次に俺とルカルゥ、殿《しんがり》はクレイ。プニさんは早朝に出かけてしまったまま。どこで何してんだか。

本来ならばルカルゥとザバは留守番をしてほしかった。

レムロス夫人が嬉々として二人を預かると言ってくれたのだが、ルカルゥがそれを頑《かたく》なに拒否。絶対に俺たちと一緒に行くでございますことですぅ、とザバに訴えられたわけでして。

バリエンテの迷宮付近には規制線が張られ、完全に俺たちの貸切。規制線の向こうで子爵家から派遣された騎士たちが警戒している最中、大量の見学者がこちらを見ている。気にしたら負け。

俺たちは周りの視線を気にせず、それぞれ準備を整える。

食糧は腹八分目を心掛ければ十人が二年は食えるだけの量がある。カニもあるから、テンションを上げるために美味しく食べる予定。もしも内部で離れ離れになったとしても、全員に魔法の巾着袋と通信石を持たせているからなんとかなる。

迷ったらクレイに天井をブチ抜いてもらうという手もあるが、それはあくまでも最終手段。落盤《らくばん》したら怖いしね。

キタリス卿から大量の新鮮野菜と果物、レムロス夫人からはお薦めの焼き菓子をいただいた。

青いお茶の茶葉は貴重なので量があまりない。なので、数日中には揃えられるよう用意しておくから無事に帰ってきてほしい。決して無理をしないで。

そんな涙ながらに俺たちを見送ってくれたレムロス夫人の咳は、すっかりと出なくなった。ワサビ飴、凄いな。

レムロス夫人から信頼を得て、キタリス卿に頼まれてレムロス夫人の状態を調査《スキャン》先生に診てもらったらば、肺炎や喘息といった重い病気ではないことがわかった。

特定の穀物によるアレルギー反応がレムロス夫人の咳の正体だった。

俺がマデウスに来てから初めてアレルギー持ちの人に出会ったわけだが、レムロス夫人以外に咳が止まらなくなったりくしゃみや鼻水が止まらなくなったりするような症状の人はいなかった。もちろん、執事ナハルタや待従セレウェなどの小さな翼の有翼人たちも。

こうした疾病には回復薬《ポーション》は効かないらしい。

レムロス夫人は咳が出てしまう奇病に生まれつき悩んでいて、様々な薬師や錬金術師に頼んで薬を作ってもらった。しかし、何一つ効かない。

アレルギー用の薬はアルツェリオ王国には存在しないだろう。アレルギー症状を持つ人がレムロス夫人以外にいないから、どう薬を作れば良いのかわからないのだ。

一時的に咳は止まっても、持続性がないものばかり。

俺が趣味で作ったワサビ飴が唯一効いたらしい。そりゃ咳が止まったと泣くほど喜ばれるわけだ。

なお、レムロス夫人には俺たちが戻るまで外出は控えてもらうように言った。

どうしても外出しないといけない場合は口と鼻を布で覆い、帰宅時に必ず風呂に入り着替えることを約束。基本的な花粉症対策を伝授。

清潔魔石《クリーン》を渡せばいいのかもしれないが、あれは一時的なものだからな。一時的にアレルギー物質を消したとしても、そこらに漂っているものだからすぐに吸ってしまうだろう。貴族の嗜《たしな》みである化粧や香水なども「汚れ」と判断され消えてしまうことだし。

空気清浄機的なものを置けば城内では快適に過ごせるかもしれないが、俺もボランティアでは動きません。相手は有翼人の末裔だろうとアルツェリオ王国の貴族なのだから、無償でホイホイと望みに応えるわけにはいかないのだ。

グランツ卿に相談しよう。あの腹黒爺様なら、きっと良いように考えてくれるはず。

「最短を目指すか？　クレイストン」

「いや、様子を見ながら進もう。タケルは採取に夢中になると道を外れる場合がある。よう注意してやれ」

「応《おう》」

準備体操をしながらブロライトとクレイが笑う。

「俺は子供じゃないんだから、初めての場所では警戒するって」

プニさんじゃあるまいし。

「ピュピュピュ」

不貞腐《ふてくさ》れて言い返すと、ビーがその通りじゃないかと笑った。

「ビーは先行して警戒を頼む。スッスはあまり気負うな。ビーの警告を聞き逃さず、まず己の身を守る行動を取れ。我らは強い。それを、決して忘れるな」

「は、はいっす！　頑張るっす！」

「ピューイ」

緊張で顔が強張《こわば》っているスッスだが、気合は満タン。ビーはスッスの頭の上に乗り、両手を上げて良いお返事。

カニ狩りのような混沌とした戦闘にはならないと思うが、洞窟は何があるかわからないからな。

俺も巨大虫を見て叫ばないように気をつけよう。自信はないけども。

「お邪魔虫にならないよう、壊滅的危機に陥った場合ワタクシは捨て置いてください……ワタクシ、食べるところは少ないかもしれませぬが……ルカルゥを、ルカルゥをお救いくださいませのこと」

「捨て置かないから。そんな目に遭わせないようにするから」

ルカルゥの顔面に張り付きながら覚悟を決めるザバだったが、そんなザバを無理やり引き離してルカルゥの首に戻してやる。

「ルカルゥも、怖いと思ったら目を瞑っていること。もういいよって言ったら開けていいからね」

怖がっているような様子ではないルカルゥは、視線を合わせて腰を下ろした俺に何度も頷いてくれた。良い子。

浮遊座椅子を引っ張る革ベルトを確認し、俺の腰に巻く。いざとなったら浮遊座椅子ごとルカルゥを抱えて逃げる。よしよし。

「タケル、準備はよいか」

「ちょいお待ち」

鞄の中から魔石を二つ取り出す。

転移門《ゲート》でさくさく出たいので支点魔石《フィク》を設置して固定。それから洞窟への入口を結界魔石《バリア》で入れないようにする。

規制線が張られようが騎士が出入りを監視しようが、意地汚い真似をするやつは現れるだろう。

俺たちのおこぼれにあずかろうとあとを付け回したり、倒したモンスターをネコババしたり。金に困った冒険者ってのは、平気で無謀な真似をするからな。

俺たちの邪魔をしなければ好きにすればいいと言いたいが、モンスターが生まれているかもしれない洞窟内で勝手な真似をされたら困る。勝手に死ぬような目に遭って助けてくれーと言われたら助けに行かないとならないじゃないか。


「よし、完了」

結界魔石《バリア》を起動させると、シャボン玉のような虹色《にじいろ》の膜が入口全体を包む。

魔力操作を学んだあとに集中して作った魔石だから、俺の魔力を超えるような極大魔法でもぶつけられない限り大丈夫だろう。

光も届かない深い深い穴の底。

どうせなら美味しく食べられるモンスターが出てくることを祈りつつ。

俺は掌の中に小さな五つの灯光《ライト》を作り出し、洞窟の中に放り投げた。

＋　＋　＋　＋　＋

「くさっ……」

それは誰が言ったのか。

誰が言ったにしろ、この臭《にお》いは酷い。

しばらく風呂に入れていない犬の臭いというか、独特のケモノ臭が鼻を襲う。

時々何かしらの排泄物《はいせつぶつ》の臭いと、腐った何かしらの何かの臭いと、ともかく眩暈《めまい》がしそうなほどの臭いが漂っていた。

バリエンテの迷宮に入ってから既に三時間は歩いているが、こんな悪臭の洞窟は初めてだ。

「くりぇい、こりは、がまんにゃらにゃいんらけど」

俺は鼻を摘みながら訴える。

「うむ。何故ここまでの……ゴホッ」

辺りを警戒していたクレイが集中力を欠くほどの臭いということは、俺だけが臭いを気にしているわけではないということだ。

「ピュイィィ？」

ビーはケロッとしているが、スッスは両鼻に何らかの豆を突っ込んでいる。ソラマメかな？

「さすがにこの臭いは酷い！　タケル、清潔《クリーン》を叩き込むのじゃ！」

人間よりも五感が優れているエルフにとって、この臭いはきついだろう。涙目になって必死に俺の肩を叩くものだから、めっちゃ痛い。

俺は鞄の中からユグドラシルの枝を取り出す。

洞窟がどこまで続いているかはわからないが、魔法の範囲を広めに意識。貴重な動物の骨や羽根、糞など全てを消さないよう調整。この酷い臭いだけが消え去るように。

清潔魔法よりも消臭魔法かな。

「ゆぐどりゃしりゅてんきゃい、消臭《ポルザーレ》、てんきゃい」

この魔法は清潔《クリーン》より扱いが難しく、俺はまだ簡単には使えない。

清潔《クリーン》は汚れの根本を失くす、つまり微生物や菌《きん》なども消してしまう魔法。

消臭《ポルザーレ》は微生物や菌などはそのままに、臭いと病原菌などを取り除く魔法。

消臭魔法を思いついたのは、第一にビーの口の臭いを消すためと、土に良い微生物や菌などを消してしまわないようにするため。

肥やしを集めた堆肥《たいひ》小屋などに消臭魔法は重宝《ちょうほう》する。

これからトルミ特区を作るにあたり、常に肥やしの臭いが漂うのは俺が嫌だったのだ。それはそれで風情とかあるのかもしれないが、臭《くさ》いものは臭いわけで。

だったら堆肥に消臭魔法。土に良い微生物は消えないが、臭いは消える。万々歳。

こんな訳のわからない魔法を思いつくのは俺だけらしいよ。ユグル族に褒められました。

消臭《ポルザーレ》の範囲がゆっくりと広がる。最奥までは届かなかったようだが、しばらくは臭いを気にせず進められるだろう範囲は賄《まかな》えた。

魔法の広がりを読むに、やはり穴を掘る動物かモンスターがいるのか、複雑に入り組んだ道が続いているようだ。

大柄なクレイの動きに支障《ししょう》が出ないよう、広い道を選んで。

ちなみにこれは探査魔法の応用でもある。広範囲に届く魔法に探査魔法を乗せ、頭の中で地図を描くのだ。地図があればもっと早く魔法が届くのだが、バリエンテの迷宮は前人未到《ぜんじんみとう》の地。贅沢は言うまい。

俺を中心に魔法は洞窟の奥底まで一気に広がる。

「はわわ……やっぱり兄貴の魔法は凄いんすねえ。もう臭くないっすよ」

「ピュイ！」

鼻から豆を取り除いたスッスは、真っ先に洞窟内の臭いを確認した。

俺も鼻を摘む指を放し、恐る恐る臭いの確認。よし、成功したようだ。

近くに落ちていた動物の死骸《しがい》はそのまま。何かしらの糞のようなものもそのまま。

魔力操作を学んだおかげで、痒《かゆ》いところにも手が届くような繊細な魔法を扱えるようになった。

セローム先生、ありがとうございます。

「うむ。これなら集中できるのじゃ！　おっ、光る石があるぞ？　スッス見つけたぞ！　これがフニカボンバじゃなかろうか！」

深く深呼吸したブロライトは、早速瑠璃色の石を見つけた。

スッスがギルドで受注した依頼の品なのだが、スッスはランクBの依頼を受けていたはず。

こんなに簡単ににランクBの品が落ちているものだろうか。

「凄いっすブロライトさん！　それはきっとフニカ……」

「ピュイッ！」

「何か来るっすよ！」

スッスが喜びブロライトに駆け寄ろうとすると、ビーが警戒警報を発令。コンマ数秒遅れでスッスが背負っていた出刃包丁を抜いた。

俺たちは一瞬で戦闘態勢に入り、ザバは俺のローブの下に潜り込み、俺はルカルゥを浮遊座椅子ごと抱えて杖《つえ》を構えた。

ビーの警戒警報は誰よりも早い。数キロ先の生体反応を感知してしまうほどの精度がある。俺たちに近寄る反応にだけ臨機応変に対応してくれたのだろうが、ビーの反応とほぼ同時にスッスも気配を察した。

古代竜であるビーとコンマ数秒の差で反応できるスッスが凄い。

クレイとブロライトは見合って、これなら大丈夫だと笑った。

「タケル！」

「はいさ！　探査《サーチ》、展開！」

俺たちの周辺五十メートルに絞り、敵意を露《あらわ》にした対象を探す。脳内で作る地図とは違い、生きていようが死んでいようが、動くものを意識。ゾンビだろうが幽霊《ゆうれい》だろうが見つけてみせましょう。

おうおう、数えるのが面倒になるほどいる。動きにも見覚えが。

「えーと、蛇《へび》っぽいのが四！　これは……ああやだ、これ泥《どろ》カエルだ。これはなんだろな……この動きはクラゲ？　やだぁ、子供連れぇ」

「ぼやくな馬鹿者」

「カエル三！　クラゲが、でっかいの七！　ちっちゃいのはたくさん！」

クレイのゲンコツをすんでのところでかわし、クレイの位置と俺の位置を換える。

俺は殿《しんがり》の位置でルカルゥを守り、補助魔法の展開準備。

灯光《ライト》を天井に張り付かせ、洞窟内を更に明るく。クレイの尻尾アタックが炸裂しても壁や天井が壊れないようにして。

蛇っぽいのは蛇ではない。タオグミルという節足動物っぽい動物だ。だが足がなくて、でも蛇でもなくて、だけど動きが蛇みたいに素早いから蛇っぽい。肉には毒があるので食べられない。残念。

泥カエルは臭い泥を吐き出す。悪臭の原因はこいつのせいか。楽器になるらしいが、あまり需要はない。残念。

クラゲはアームジェルという動物で、スライムっぽい見た目に触手が数えきれないほどくっついているから俺はクラゲと呼んでいる。触手は伸縮自在であり、先端部分がトゲトゲしていて神経毒を持っている。毒抜きがやたらと面倒らしく、こちらも食用ではない。とても、残念。

これらは全て、動物。

これでもモンスターではないのだ。ただただ獰猛なだけの、動くものならなんでも食っちゃう系動物。ヒグマとかトラとかライオンと同じ扱い。

暗く湿った場所を好むため、いつの間にか洞窟や岩穴などに生息してしまう危険生物。

「来るぞ！」

「ピューイッ！」

クレイの合図と共にビーの超音波振動《ドラゴファウスト》が轟く。

ビーの超音波振動《ドラゴファウスト》は生きているもの全てが対象。耳があろうがなかろうが聞こえようが聞こえまいが、細胞レベルで揺さぶる。対象が大きければ大きいほど効果があり、酷い時には見た目は何ともないのに臓器ぐっちゃぐちゃ、なんてこともあるのだ。

成長したビーはそこらへんの調整が上手になり、今では対象の中枢神経だけに作用し、酩酊《めいてい》状態にするに留めてくれる。

暗がりから飛びかかってきたのは、泥にまみれた泥カエル。

カエルはビーの攻撃で酔《よ》わされたのか、明後日《あさって》のほうに飛び跳ねた。悪臭を放つ泥がそこらに飛び散るもんだから、再び酷い臭いまみれに。また消臭魔法ぶちこまないと。

「ええいお前か！　お前のせいで臭いのじゃな！」

ブロライトが先陣切ってカエルを斬りつける。

巨大な三体の泥カエルは瞬時に細切《こまぎ》れに。修業のおかげで素早い動きに磨きがかかり、ブロライトは血肉を浴びることはなくなった。だけど細切れにすることないのに。グロい。

「ほわちゃー！」

奇妙な雄叫《おたけ》びを上げながら、スッスはクラゲの触手を素早く斬り落とす。

カニ狩りの時も思ったが、身の丈ほどの巨大出刃包丁をあんなに軽々と扱う姿は見事。ビーはスッスの背中に張り付いてキャッキャ笑っている。可愛い。

クラゲは触手を落とされても新たな触手を即座に生やす。

ぶよぶよの本体は刃が通りにくいので、ここは魔法の出番。周りに影響が出ないように、空を飛ぶクラゲだけを対象に。

「氷結《グラキ》、展開！」

瞬時に凍ったクラゲたちをスッスは全て一刀両断。心臓部分の核を破壊するとクラゲは破裂して死ぬ。だが氷漬けのため、クラゲは破裂せずこのまま溶けるまで放置。あとは水となって消えてくれる。

修業する前まではそこら一帯を氷漬け、もしくは対象の数倍大きな氷の塊《かたまり》にしてしまっていたが、クラゲは身体の周りだけ数センチ凍っている状態。よしよし。我ながらうまくいった。

「ふひひ」

「だから、その笑いを、やめいと言っておる！」

クレイは残りの蛇っぽいやつをゲンコツだけで鎮《しず》めてしまった。あのゲンコツ恐ろしすぎる。

天井やら壁やら縦横無尽《じゅうおうむじん》に徘徊《はいかい》する蛇っぽいやつを、一匹残らず張り付けに。内臓もろとも伸《の》してしまったので、かなりグロい。

戦闘が始まってからこの間数分。

いや、一分にもならないかもしれない。

探査《サーチ》に引っかかった対象は全て沈黙。百メートルくらい先にまたぽちぽちと反応があるが、距離があるから警戒は解いても良い。

俺はスッスの素早さについていくのが精いっぱいだった。

行動停滞《ストップモーション》の魔法を放つ必要もない。皆素早い動きであっという間に倒してしまうものだから、行動停滞《ストップモーション》の魔法をすっかり忘れていたともいう。

俺は脇に抱えていたルカルゥを降ろすと、怪我の確認。臭い泥のひとハネも許さん。

「ルカルゥ、ザバ、怪我はないか？　臭くない？」

「タケル様たちの戦いっぷりはお見事のことでございますで！　ワタクシ、手に汗握る思いで見守らせていただきましたこと、ルカルゥも感動で叫びたいとのこと！」

「怪我がないなら良いんだ。ルカルゥ、怖くなかったか？」

ザバを俺の頭にまとわりつかせたまま、ルカルゥに尋ねる。

ルカルゥは目をキラッキラに輝かせて幾度も頷いた。

浮遊都市がどんな場所でどんな環境なのかはわからないが、ルカルゥたち有翼人らは争いとは無縁だとザバが言っていた。

動物だろうがモンスターだろうが、殺すことに変わりはない。生きていたものが死んでしまうのを間近で見るのは、情操教育《じょうそう》としては宜しくないのだが。

「ルカルゥは冒険物語が大好きでございますこと。なかには血なまぐさい戦争の物語もございました。タケル様、ルカルゥはお子様ではございますが、慌てふためいて泣いて叫ぶだけのお子様とは違いますこと。生きることと死ぬこと、それは弁えておりますことで。あはっ」

ザバはそう言って笑ったが、本当に大丈夫だろうな。

心的外傷《トラウマ》になったり、夜尿症《やにょうしょう》になったり、情緒不安定になったり、いろいろと不安はあるが、ともかく本人がキラキラした目をしているので大丈夫だろう。

「ピューイ？」

「いや、蛇っぽいやつは食べない。皮もなあ……装備に利用するには手間がかかりすぎる。泥カエルは穴掘って埋めよう」

蛇っぽいやつを装備に使うなら、本当の蛇のほうが良い。弾力があるし、初歩的な魔法を弾き返す効果もある。ただ、全長二十メートルくらいの森ヘビに限るけども。

クラゲは自然解凍で溶けるとして、泥カエルは埋めなければ遺体も臭くなる。

俺が鞄からシャベルを取り出すと、皆もそれぞれに渡していた魔法の巾着袋からそれぞれの身体に合ったオーダーシャベルを取り出す。これはトルミ村に移住してきたドワーフ族たちに作ってもらった。材料は、鉄鉱石とイルドライトとちょっぴりの魔素水。

特製シャベルは硬い岩盤でもプリンのようにさっくりと掘れる。そのうちトルミ特区限定で販売予定。

「旦那、旦那。おかしいっす。おいらが受けた依頼はフニカボンバの採取っすけど、フニカボンバは水気のあるところにある石っす。こんな、水もなんもないところに落ちているはずがないんすよ」

スッスが拾った瑠璃色の石をクレイに見せると、クレイは眉根を寄せた怖い顔をして唸る。

「うむ。スッスよ、拾った時はどうであった？」

「拾った時……あっ、するっと取れたっす！　固くなかったっす！」

「そうすると、もしかしてこれは」

何よ。

二人で話を進めて盛り上がって。

俺とビーとブロライトは顔を見合わせ、首を傾げる。

「あのう、クレイストン様。もしかしてとは……如何《いか》ようなことでございますこと？　無知なワタクシめにも教えていただけると嬉しいのですこと」

ルカルゥの襟元からにゅるりと飛び出したザバが、遠慮がちにクレイに問う。

俺たちも同じことを聞きたかったから、うんうんと頷いてしまった。

泥カエルを全て埋めてしまい、再度消臭魔法を展開してから俺たちは歩を進める。

「フニカボンバの石は水辺にあるものだ。石と呼ばれてはおるが、フニカフニという魚の鱗なのだ」

「ふにかふに」

「そうだ。フニカフニは瑠璃色の美しい川魚であるが、警戒心が強く人前には姿を現さぬ」

魚の鱗というのなら、川辺にないとおかしいわけか。

魚が二足歩行で歩かない限り、川の流れていない洞窟に落ちているようなものではないのだろう。

スッスは愛用の手帳をすちゃっと取り出し、いつものように頁をめくって教えてくれた。

「フニカフニの生息する川には虫が近寄らないのが特徴なんす。おいらには理由はわからないんすけど、だからフニカボンバは虫除けに使われるのかもしれないっすね。フニカボンバは水につけっぱなしだと次第に溶けるんす。水にちょっと溶けたフニカボンバはそこらの石とくっついて、なかなか外れないんす。だから……」

「するっと取れたのは、おかしい」

「そうっす」

そもそもこんな場所にあるはずのないものが、これみよがしに置いてあった。

スッスが手にしている瑠璃色の鱗は、泥汚れ一つない綺麗な状態。

確かに人為的なものを感じる。

「クレイ、洞窟封鎖を出したのは昨夜遅くだったよな？　もしかして、封鎖される前に誰かが入った、とか」

「入ったとして如何する。モンスターが跋扈《ばっこ》するやもしれぬ危険な洞窟だ」

「入った理由は知らないけど、誰かが落としたとか」

「このような貴重なものをうかつに落とすものか？」

フニカボンバの採取はランクBの依頼だっけ。

俺だったら落とさないな。絶対に。

採取したらすぐに鞄に入れるし、片手に持って歩くこともしない。

もし落としたとしたら、そいつは素材採取家ではないのだろう。

とにもかくにも後ろ向きなことばかり考えてはいられない。

何らかの組織的な何かが導きの羅針盤を狙って俺たちの先回りをした、という考えがふとよぎったが、何らかの組織的な何かって何だよ、と一人でつっこんで考えるのをやめた。

フニカボンバの石が誰かの落とし物だったとしても、誰かがわざと落としたものだったとしても。

俺たちは先に進まなければならないのだから。

＋　＋　＋　＋　＋

「美味いっすーーーっ！」

「ピュッピュピューイ！」

「これはっ！　うまっ、うまうまうま！　ルカルゥ、んぐ、落ち着いて食べることですよ！」

悪臭が酷かった場所での戦闘のあと、次第にモンスターの姿も現れるようになった。

野ネズミのほうが可愛げがあるのじゃとブロライトが愚痴った巨大ネズミモンスターの出現には辟易《へきえき》したけども。

巨大ネズミを調査《スキャン》したらば、病原菌まみれだった。蛇っぽいやつの毒のほうがまだマシなほどの、出血病とかいう病気の菌を持っていたのだ。

出血病というのはいわゆるエボラ出血熱とか、マールブルグ病とか、出血を伴う大腸菌感染症とか、そういうやばいやつ。ヒト‐ヒト感染や空気感染はしないようだが、こんなネズミが洞窟を抜け出したら大変だ。マティアシュ領の新鮮お野菜が食べられなくなる。

面倒な生物も清潔《クリーン》で綺麗にして、まだまだ出てくる泥カエルに消臭《ボルザーレ》ぶちこんで。穴掘って埋めて、穴掘って埋めて。

ところどころ目印《めじるし》のように置いてあるフニカボンバがとても気になったが、フニカボンバのおかげで虫が出てこないのには助かった。

俺の体内時計で更に二時間歩いたところで休憩。

無理をしたところで意味はない。適度に休んでもりもり働くのが蒼黒の団。

急ぐ必要もないので、ちょっと大きめな広間で結界《バリア》魔石を配置。

洞窟の中で焚火をするのはご法度なので、温かなカニ雑炊《ぞうすい》がたっぷり入った巨大鍋を取り出す。

昼も夜もわからない閉鎖的な空間で長時間動き続けるのは精神的に疲れる。

松明《たいまつ》ではない魔法の灯りがあるとはいえ、基本的には暗闇。暖かい太陽の光と臭くない風が懐かしく感じてしまう。

そんな時には野菜とキノコたっぷりのカニ雑炊。

雑炊の米はトルミ産で改良中の大粒のやつ。

おかずに焼き鳥の串焼きと、みんな大好きじゃがバタ醤油。深皿いっぱいの野菜盛りに果物を刻んだものを入れ、飲み物にリザードマン特製潤酒《うるみしゅ》と王都で買った蒸留酒。お酒が苦手なスッスとビー、ルカルゥとザバにはエルフの郷で汲《く》ませてもらった清流水。食後のお茶もあります。

「兄貴たちは、もぐもぐ、いつもこんなに豪華な飯を、もぐもぐごくん、食っていたんすか？」

頬にめいっぱい雑炊を詰め込んだスッスが感動しながら話す。

「カニ雑炊は特別な。いつもはすいとんとか、焼肉とか、カツ丼、海鮮丼、寄せ鍋。しゃぶしゃぶも美味いよ」

「しゃぶしゃぶってなんすか」

「薄く切ったお肉を熱い出汁にしゃぶしゃぶっとくぐらせて食う飯」

「しゃぶしゃぶっ……」

どちらにしろ、冒険者が野外で食べる飯ではないかもしれない。

普通の冒険者は水、または酸っぱい葡萄酒。かったい干し肉か、かったい携行食をもそもそと食べるものだ。

商人の護衛依頼などでは温かな飯を食べられるらしいけども、それでもかったいパンと汁物程度。

「遠慮なんかするなよ。腹いっぱい食べな。ごぼう天ぷら食べる人～」

「ピュイ！」

「はーい！」

「貰《もら》おう」

「食べるっす！」

「いただけるのならばワタクシめにも！　ルカルゥも食べますか？　そうですか！　ルカルゥも食べますとのことで！」

揚げたてサックサクのごぼう天ぷらは、塩気が強くそのまま食べられる。野営時でも片手間に食べられるよう改良した、一口ごぼ天。これを、篭にめいっぱい出した。

俺たちは皆魔力が多いので、魔素たっぷりのごぼうを食べている。

クレイとスッスは修業を経て魔力が大幅にパワーアップしたのだ。ごぼうで失われた魔力を手軽に補給できるのはとても良い。

魔力回復薬もあるにはあるらしいのだが、効果は薄いし腐った卵の臭いがするし味は酷いし、という評判。俺は飲んだことがない。

そもそも魔力は精神力と体力に繋がっている。身体や心が疲弊すれば、魔法の操作が困難になるのだ。

魔導士は剣士や戦士などの前衛職に守られる後衛職と言われてはいるが、ひ弱ではなれない職業。相当な体力が必要になり、魔法を扱う精神力が欠かせなくなる。

俺に言わせてみれば剣士も魔導士も立派な冒険者。そこに優劣をつけるのは愚かなことだと思う。長距離を歩けるだけのスタミナ、野山を走り回る強靭《きょうじん》な足腰、切り傷擦《す》り傷当たり前、連日風呂に入れないことに耐え、汗臭い装備にも耐え、昼も夜も危険な野生動物やモンスターの影に警戒し続ける。

そりゃ職業によって向き不向きはあるだろうけど、どの職業も楽ではない。

素材採取家だって知識と経験と体力と運ともろもろ、いろいろ頑張ってなれる職業なんだからな。ちょっと文字が読める、本が読める程度でなれる職業じゃないんだからな！

――と、豪語していたベルカイムの素材採取家、ワイムス君を思い出した。彼は元気に喧嘩を売っているだろうか。

「ベルカイムのムンス薬局で魔力特化型ごぼう天ぷらを作ってもらっているんだ。クソ不味いと噂の魔力回復薬を飲むよりも、美味しいごぼうを食ったほうがいいよな」

ごぼうというよりエラエルム・ランドの枝が材料なわけだから、枝の魔力を抽出してなんとかかんとか錠剤とかにできれば良いのだが、俺としてはごぼ天を食うことを勧めたい。お腹にも優しいしね。

「うむ。今現在魔力回復薬をこさえている者に、エラエルム・ランドを教えてやるのじゃな？」

「そう。なんでもかんでもルセウヴァッハ領で独占販売するのは怖いから、ユグル族の収益としてごぼうは全国展開する予定」

「良いことじゃ」

温かな食事を食べ、キリリと冷えた清潔な飲料水を飲み、ほっと一息。

俺たちだけを包む結界の外では泥カエルの吐き出した泥まみれ。

遮音《しゃおん》しているからぐちゃぐちゃどろどろとした音は一切聞こえない。だが、この中で飯を食うのはなかなかの苦行《くぎょう》ではある。食うけど。

魔法で灯した光に集まってきたモンスターたちが結界の外に集まっているのだろう。この光景はキエトの洞で経験済みだったが、スッスとルカルゥたちは初めてだったらしく。

「気になるか？」

クレイに問われ、スッスは正直に頷いた。

「おいら、こんなに深い洞窟の中でご飯を食うのは初めてなんす。とっても貴重な経験をさせてもらっているんすから、忘れないようにしたいんす」

「勤勉じゃな。もそっと気を抜けい。タケルなんぞ、夕飯は何を食おうか考えておるのじゃぞ」

何故バレたし。

ブロライトが意地悪そうに笑うと、俺はフンと顔を逸らす。図星《ずぼし》ですとも。

臭くて暗くてジメッとした場所で過ごしているんだぞ？　テンション上げるために飯を楽しみにするのは大切なことだ。

ルカルゥは不思議と怯えは見せていない。ザバは興味深そうに落ち着きなく辺りをふわふわ飛んでいる。

「冒険物語にも書いておりましたことですが、読むものと実際に経験することはここまで違うのかと驚きでございますこと。ルカルゥ、決して忘れてはなりませんことです。ワタクシたちは、有翼人が生涯できないだろう経験をしているのでございますこと」

争いとは無縁の種族だというのに、二人とも肝《きも》が据《す》わっているな。

俺なんて巨大蜘蛛モンスターでキャーキャー叫んでいたのに。

「あのさザバ、ちょっと聞いてもいい？　答えられないなら答えなくてもいいから」

俺が声をかけると、ザバはピュッと空を飛んで俺の顔面に張り付こうとする。

それを片手で制してもっふり胴長を掴むと、ザバをルカルゥの膝の上に乗せた。

対抗意識なのか敵視なのか、ビーは俺の頭の上に陣取り威嚇《いかく》態勢。

「有翼人ってなんで地上に降りちゃ駄目なの？」

リステイマーヤの一族は地上に降りることを望んだが、有翼人が地上に降りることは禁忌とされていた。

俺の質問にザバは小さな目をきょとりと瞬かせる。

「希少種族だから目立つのはわかるんだけど、地上は危険だから降りちゃ駄目とか？」

「ワタクシは詳しいことはわかりませんこと。ルカルゥもわかりませんこと。ですが、ワタクシが思いますに地の子と触れ合うことは禁忌とされる理由、それは……」

「ぷしっ！」

ザバの言葉を遮《さえぎ》るように、ルカルゥが可愛いくしゃみをした。

「寒いか？」

クレイが声をかけたが、ルカルゥは保温効果のあるポンチョを着ている。

そうじゃないと首を振るルカルゥは。

「へぷし！」

再びくしゃみをした。

「ぷしっ！　へぷっ、へっ……へぷしっ！」

「あああ、申し訳ありませんルカルゥ、ワタクシの力が失われつつあるのでございますこと！　ルカルゥをお守りする力が足りませんこと！」

なにそれ。

ザバの話の続きより、ルカルゥの突然のくしゃみ連発が気になる。

「ルカルゥは何かの病を患っておったのか？　タケル、完全回復薬《リディアル》を！」

焦ったクレイは俺に必死の形相で言ったが、くしゃみで完全回復薬《リディアル》を使う必要はない。回復薬《ポーション》でじゅうぶんのはずだが、くしゃみを止めるために回復薬《ポーション》を使うには、まず治癒術師や医師、薬師に診せるのが先。見てわかる傷などに回復薬《ポーション》は有効だが、内臓や気管支などの病気に回復薬《ポーション》を使うのはもっと慎重にならないと。

そのためには調査《スキャン》先生に聞かないとならない。

ルカルゥの病状を。

「ザバ、ルカルゥは病気なのか？」

「いいえいいいえ、違いますこと。ルカルゥはたまにこんな症状が出ますのですこと。これは有翼人の特徴でありまして、ワタクシは浮遊都市の風土病だとばかり思っておりましたことです」

「風土病？　有翼人はルカルゥのように突然くしゃみをするのか？」

「なかには熱を出したり咳をしたり、酷いものだと苦しみだす者もおりますこと」

うーん。

それってやっぱりアレルギー？

レムロス夫人の咳アレルギーといいルカルゥのくしゃみといい、共通するのは二人に有翼人の血が流れているということ。

俺も前世では花粉症だった。

点鼻薬で治まる程度だったのだが、同僚が重度の花粉症で、春と秋には必ず苦しんでいた。スギ花粉とブタクサと、何らかの花粉のせいだと嘆いていたっけ。

注射を打って予防して、鼻炎薬で鼻水を止めてと対策を欠かさなかった。目玉と鼻を取って冷たい水で死ぬほど洗いたいと真剣な顔をして言われた時は、本当にしんどいのだろうなと思ったものだ。

「ザバ、有翼人のなかには目が赤くて涙が止まらないって言っていた人もいる？」

「ややや……なにゆえタケル様は見てきたかのように仰るのでございますこと」

やっぱりアレルギー症状かな。

だけど調査《スキャン》先生に尋ねないと怖い。俺が知らない病気が原因だったら、逆に悪化してしまう場合もあるのだ。

「へっ、ぷし！」

ひとたびアレルギーの症状が出てしまうと、なかなか止めることができない。

さてどうするか。

「ルカルゥ、まずちーんして。できる？」

ブロライトの鼻水を拭く用に大量に持っていた布を鞄から取り出し、ルカルゥの鼻に当てる。

ルカルゥは涙目で俺を見つめると、小さく頷いて必死に鼻をかんだ。

続いてレインボーシープの毛で編んでもらったタオルを取り出すと、タオルにお湯をかけて少し冷ます。

「ルカルゥ、口でゆっくり息を繰り返して」

「はーっ、はーっ」

「口と鼻に温かいタオル……この白いふわふわした布をかぶせるけど、息は止めないで。そう、ゆっくり」

俺の応急処置が正しいかはわからないが、くしゃみが酷かった同僚はこうしていた。

あと確か、湯気《ゆげ》を吸うのもよいと言っていた。

「ルカルゥ、ザバ、もしかしたらルカルゥのくしゃみが止められるかもしれない」

「まことで！」

「俺は医者じゃないから、俺が知っている対処法が正しいのかわからない。そのためにはルカルゥを魔法で調べないとならないんだ」

「調べるとは！」

「ええっと、どうしてくしゃみが出るのか調べることができます」

「なんとー！　ワタクシ、そんな魔法は見たことも聞いたこともございませんこと！」

「ちょっと鑑定魔法に似ている感じ」

「ふぇっ」

だから大丈夫だと言いたかったのだが、ザバが黙ってしまった。

ルカルゥは涙目のまま必死に呼吸を繰り返す。

温かいタオルのおかげか蒸気で鼻粘膜の血流が良くなったのか、くしゃみは止まったようだ。

「ルカルゥが嫌がることは調べない。病状だけ調べるように調整する」

もしもルカルゥが精霊でしたと言われても、ぶっちゃけ驚きはしない。実は俺たちを出し抜こうと画策《かくさく》していた謎の組織の親玉だったら驚くかもしれないが、そんなわけはないだろう。

「タケル様の素晴らしい魔法は知っておりますこと。ルカルゥは何の力も持たないお子様ではございますが、タケル様たちを信頼する心は誰よりも強いと言えますですこと！」

「お、おう」

「ですからですから、ワタクシの！　貧弱な加護に代わり！　タケル様の！　強き心地の良い魔力を！　是非とも！　是非ともー！　ルカルブッ」

「つまりはルカルゥの今の状態を調べてもいいってことかな？」

「ぶぶぶぶぶぶ！」

大げさに叫ぶザバの口を指で挟んで黙らせると、ルカルゥに向き合う。

タオルを鼻と口にかぶせていたままのルカルゥだったが、涙を流しながら必死に頷いていた。

クレイたちが見守るなか、俺は片手をルカルゥの頭に乗せて心の中で問う。

そこまで詳しくは知らなくて良い。

ルカルゥの症状と、その対処法を知っていたら教えてください。

俺が知っている対処法で正しいのなら、正しいと教えてくれるだけでいいです。

調査《スキャン》先生、お願いします。

【オフス・ルカルゥ】
有翼人
ルジェラディ・マスフトスの宿命
土過敏症
［症状］くしゃみ・鼻水・鼻づまり・時々涙。
［対処法］花粉症と同じで宜しい。
カロッカの実は炎症を抑える成分が含まれている。
古代狼の加護があるワサビを摂取するのも良い。

「土過敏症？」

調査《スキャン》先生に対するお伺いは成功したようだが、ちょっと情報が少なかったかもしれない。

だが、俺が知っている花粉症の対策法で間違ってはいないようだ。

「兄貴、どうっすか？　兄貴の魔法は、なんて教えてくれたんすか？」

スッスが心配でたまらないといった顔で聞いてくる。俺は鞄の中から深めの皿を取り出し、粉ワサビを少量入れてからお湯を注ぐ。

病状を説明する前に、ひとまず蒸気を吸い込ませて症状を落ち着かせよう。

「ルカルゥ、タオルを取るぞ？　今度はこのお湯……白い湯気が出ているだろう？　この湯気をゆっくりと吸ってくれ。できるか？」

ルカルゥは必死に頷く。

特製ワサビ湯が入った皿をスッスに持たせると、スッスは皿をルカルゥの鼻に近づけた。

蒸気を吸い込んでもらっている間に、俺はのど飴の作製。

ワサビ飴は全部レムロス夫人に渡してしまったので、ルカルゥ用に新たに作らなければ。

「タケル、手伝えることはあるか？」

「わたしも手伝うぞ。何でも言うてくれ」

クレイとブロライトにももちろん手伝ってもらう。

「クレイは薄荷《はっか》の葉っぱをすりこぎで擦ってくれ。汁が出る程度でいい。ブロライトはこの、カロッカの実から種を取ってくれ。実と果汁を使いたい。柔らかい実だから握り潰さないように」

「承知」

「任せるのじゃ！」

俺はお湯にドリュアスの花の蜜を垂らし、粉ワサビを混ぜてから煮ていく。

薬を作るわけではない。鼻の通りを良くするようなのど飴を作るのだ。

飴は庶民の家庭でも気軽に作られる菓子であり、専門知識がなければ作れないものではない。

カロッカの実は炎症を抑える効果があるのは知っていた。回復薬《ポーション》が使えない文無し冒険者御用達の傷薬として使われている。

無駄にいろいろな素材を鞄に詰め込んでいて良かった。在庫が少なくなるとすぐに追加していた俺を褒めてやりたい。無駄なことも時には必要なんだね。

導きの羅針盤が手に入ったら、浮遊都市に行く前にベルカイムだ。ムンス薬局の薬師であるリベルアさんに、特製のど飴を作ってもらわないと。俺が作る素人《しろうと》のど飴よりよっぽど効果があるだろう。

ところで土過敏症とは何ぞや。

アルコール消毒や柔軟剤に対する化学物質過敏症は知っているが、土過敏症？

土の成分に対してアレルギー症状が出るということだろうか。アレルギー症状は免疫異常であり、人体の免疫力がすっごく頑張るせいで様々な症状が引き起こされる……んだっけ？

クレイたちに免疫異常がどうのと言って、彼らを納得させるだけの説明はできない。

俺は素人だから詳しい知識はないし、再度調査《スキャン》して理解できるか自信もない。今の俺の魔力操作能力でうかつに調査《スキャン》先生に聞いたらば、専門用語の羅列が出てきそうで怖いのだ。

ルカルゥの身体は土に反応した。

いや、土なんてどこにでもある。それこそ、浮遊都市にだってあるはずだ。

「ルカルゥ、ルカルゥ、こんなに早く落ち着くのは初めてのことでございますこと。苦しくはございませんことです？」

ザバの心配を他所に、ルカルゥは蒸気を吸い込みながらサムズアップ。その親指上げる仕草《しぐさ》、ブロライトの真似をしたな。

はてさて事情聴取の続きだ。

ドリュアスの花の蜜入り水を低温調理ができるように作った魔石つきの鍋に入れかえて、ゆっくりとかき混ぜる。

「なあザバ、さっきの話の続き。有翼人が地上に降りることを禁止されているのって、ルカルゥみたいな症状が出るせい？」

「なんとまあ……タケル様は博識《はくしき》でございますこと。ワタクシは詳しいことはわかりません。ですが、有翼人は地《ち》の地《ち》が合わないと聞き及んでおりますことで」

「ちのち」

「地の地でございますこと」

「ちのち……」

なんのこっちゃと思っていると、ブロライトがカロッカの実を握り潰して挙手。あんにゃろ、潰すなと言ったのに。おまけに頭から汁をかぶりおって。

「有翼人にとって、この大地が合わぬということなのではないか？　地の地。つまり、ザバが言う地の子が住まう地、ということじゃろう？」

「ああ、そういうわけか。だから土過敏症……有翼人の身体にとっては毒になる成分がこの土に含まれているのかもしれないのか」

そういうことならルカルゥのアレルギー症状にも納得する。

トルミ村に落ちてから今まで、守護聖獣であるザバがルカルゥの症状を抑えていたのだろう。ザバが力がどうのと嘆いていたから、ザバの本来の力が失われつつあるのかもしれない。

クレイがすりこぎで潰してくれた薄荷汁を蜜を煮込んだ鍋に投入。ブロライトが潰したカロッカの実と合わせ、果肉と果汁を布巾に入れて絞り、濾《こ》したものを調整しながら少量ずつ回し入れる。

最後に粉ワサビを振りかけ、しばらく煮込む。

ドリュアスの花の恩恵かオーゼリフの加護つきの粉ワサビのせいか、適当に材料をぶちこんでも最後は美味しくでき上がる不思議。

再び鍋を入れ換え、ゆっくりと冷やしながら飴状になった蜜を保温機能がついた小さな壺に小分けする。全部で七壺ぶんできた。

飴にするには棒状に延ばして一口サイズに細かく切る作業が必要だが、今回は水飴として舐めてもらおう。洞窟内で飴を作るってのもアレだし。

色は何故か蛍光黄色というトンデモ色になってしまったのだが、効果はばつぐんだ。

【薄荷とワサビとカロッカの蜜飴　ランクA＋】

古代狼の加護があるワサビとリベルアリナの愛が含まれた内服用抗炎症剤。

喉の痛みを抑え、鼻の通りを良くする。解熱鎮静《げねつちんせい》作用もあるので、食べたあとは激しい運動を控えましょう。子供は眠くなります。

起きた時と眠る前、子供用木匙《さじ》大盛り一杯を食べること。

食べすぎるとお腹がゆるくなるので注意。


まるで理想の鼻炎薬ができてしまった。リベルアリナの愛ってなんぞや。

完成した蜜飴を少しだけ舐めると、鼻を突き抜ける清涼感と舌に優しく広がる甘味に驚いた。ワサビ飴よりもよっぽど美味しくできたぞ、これ。

ワサビそのものに加護はついていなかったはずだが、相手は神様《オーゼリフ》だからな。ちょいちょいっと気まぐれに加護を与えてくれたのだろう。リド村に行ったらお礼にワサビ醤油で食べるローストビーフをご馳走しよう。

「ん。味見」

ルカルゥ用の蜜飴壺と別に、食いしん坊軍団用の蜜飴壺をそれぞれに差し出す。一人一壺。

「ワサビか……」

ルカルゥに食べさせる前に、蒼黒の団で毒見というか味見。

クレイはワサビ飴が苦手だから渋い顔をしているが、ビーとスッスとブロライトは興味津々で壺を覗いている。

「一回ひと舐めでじゅうぶんだから、食べすぎには注意。副作用は少し眠くなるのと、お腹がゆるくなります」

あまりにも美味しい蜜飴だから俺の忠告を無視するビーとかビーがいるかもしれないが、そこは自己責任にしてもらおう。俺は忠告したからな。

「ピュィィ～」

「食べすぎ注意」

「ピュッ」

壺を傾けて大口で食べようとしていたビーを注意し、ほぼ同時に蜜飴を口に入れた面々を見守る。

「これは美味いな」

「ふおおぉっ……喉が、すーってするっす！　鼻が！　鼻が大きくなった気がするっすよ！」

「あまりワサビの匂いはせぬのじゃな。これならば兄上やリュティカラでも食べられるやもしれぬ」

「ピュイッ！　ピュピュピュ！」

どうやら蜜飴は好評のようだ。鼻は同じ大きさだよ、スッス。

カロッカの実を入れたことで、薄荷とワサビのツンとした突き抜ける辛味《からみ》を和らげてくれた。

ワサビ飴が苦手なクレイが美味いと言ったのだから、きっと万人受けするだろう。

ワサビ飴は大人向けの味だが、この蜜飴は小さなお子さんも食べられそうだ。

だがしかし、俺の知り合いにアレルギー症状を持つ人は一人もいない。

マデウスにおいてアレルギーを発症するのが有翼人だけなのかはわからないが、しばらくはルカルゥ用に在庫を切らさないように気をつけよう。

この蜜飴だったら咳アレルギーにも効くはずだ。レムロス夫人にもおすそ分けしないと。

「ルカルゥ、どうだ？」

「！　！　！」

蜜飴を一口食べたルカルゥは、目を見開いて驚いているようだ。

そして目を瞑ってゆっくりと鼻で深呼吸。おお。鼻水フィーバーだったルカルゥの鼻の通りが良くなったようだ。凄いな、蜜飴。超即効性。

「素晴らしきことで！　タケル様、タケル様、タケル様は薬師の知識もございますことで？」

ザバも少しだけ蜜飴を舐めて興奮している。いや、この蜜飴には鎮静作用があるはずなんだけども。

「そうじゃないんだ。でも、俺の故郷で喉の痛みや鼻の通りを良くする薬っていうのはあったんだ」

「よもやのまさか……タケル様は、実は実は有翼人の末裔……でございますことで？」

「いいや、違う。だけど、ルカルゥやレムロス夫人のような症状が出てしまう病気を知っていたんだよ」

「この、この不可思議かつ面倒な病のことをご存じのことで？」

俺は興奮するザバの胴体を掴み、ルカルゥの膝の上に乗せてやる。ルカルゥもザバの質問が気になるのか、俺に期待の眼差しを向けていた。

「俺も詳しくはわからない。だけど、地上には空に住む有翼人にとって良くないものがあるんだ。だからきっと、地上に降りるのは禁忌とされていたんじゃないかな」

ルカルゥの身体は地上にある土の何かに反応してしまった。土の微生物か細菌が原因なのかはわからないが、浮遊都市にはない物質なのだろう。

「しかし、ルカルゥは時折この症状が出るのであろう？　それは浮遊都市にいた頃より変わらぬのではないか？」

クレイの素朴《そぼく》な疑問に頷く。

「浮遊都市はマティアシュ領と貿易をしている。マティアシュ領からは月に一度、新月の夜に大量の食材を送ると言っていた」

どんな食材を送っているのかはわからないが、マティアシュ領自慢の農作物が含まれているはずだ。

「ルカルゥは土でくしゃみが出る。となると、だ」

「あっ……野菜っす。野菜には、土がついているっす」

「ピュピューゥ……」

スッスが見事に俺の言いたいことを言い当て、ビーが感心して拍手を送った。

「野菜を一つ一つ洗っていたらその可能性も消えるんだけど、ラゾルドの大通りでは土つきの野菜が売られていたんだよ」

地上の土がついたままの野菜が浮遊都市に行っていたとしたら。

ザバは俺たちの話を聞き、衝撃を受けたまま固まっている。ルカルゥは壺を大切そうに抱いたまま船をこぎ始めていた。

蜜飴の副作用は眠気。どの程度の眠気なのかはわからないが、お子様は夜更かしをしてはなりません。

俺は鞄の中から馬車を取り出し、結界内に設置。泥カエルの大群に囲まれた素敵な環境だが、贅沢は言うまい。

今日は早いけど、このまま野営だ。

炎は出さないが疑似炎に見える光を出す魔石を取り出し、馬車の側に配置。

馬車の中に入ってしまえば結界の効果に守られるため見張りなどはいらないのだが、もしも馬車がない場合を想定してスッスが夜の見張りを買って出た。

俺としては見張りをしないで眠っていたいのだが、スッスのやる気を無下にしたくはない。野営時の見張りは二時間交代。まずはスッス、続いて俺、ブロライト、クレイの順番になった。

可能性に過ぎないことを考え続けるよりも、今はルカルゥのくしゃみが止まって良かったと考えよう。

前世でも、この飴欲しかった。

8

翌朝。

真っ暗闇に毒々しい色をした泥カエルたちに迎えられた朝だが、馬車内部は快適無敵。ぐっすり眠れたし、ゆっくりと過ごすことができた。

馬車に一歩足を踏み入れた時点で清潔《クリーン》の魔法が発動するため、俺たちは全身綺麗な状態。

土の微細物が身体に付着していたとしても、ひとまずリセットはされただろう。洞窟内の土に対してルカルゥの身体がどう反応するのかはわからないが、寝起きに蜜飴を舐めさせてから様子見だな。

「朝からできたての肉パンッ……！」

感動に震えているスッスはともかく、これから再び暗くて狭いなか攻撃的な臭いモンスターの相手をするのだから、しっかり食べなくてはならない。

朝食はベルカイムの屋台村で販売中のサンドイッチ。

冒険者向けの硬い保存食パンではなく、賞味期限半日の柔らかいパンだ。

柔らかいパンはもともと存在していて、野球のグローブくらいの大きさがあるロールパン。味もそれほど甘味は感じられないもののロールパンそのもの。

朝焼いたものは昼過ぎには硬くなってしまうため、朝食用、昼食用、夕食用と一日三回焼かれる評判のパンだ。

俺の鞄は時間の経過が一切ない。そのため朝焼いたほかほかの柔らかいパンはそのままに、新鮮な野菜、甘辛く味付けた焼肉とチーズが挟んである。気持ち悪い野菜のピクルスを刻んだソースがとても美味しい。

野菜たっぷりのミネストローネはルセウヴァッハ領主公認。朝から温かで栄養たっぷりのスープは活力になる。

「あそこにもフニカボンバが落ちておるな」

結界の向こう側、泥カエルやら蛇っぽいのやら、ヤモリっぽいのもいる。飽きもせず俺たちを食おうとしている連中の隙間、瑠璃色に光る石が点在して見えた。

「……あれ、昨日の夜あった？　俺は気づかなかった」

馬車を出せるほどの空間だが、とんでもなく広いというわけではない。

野営をする前にクレイが下見《したみ》をしてくれたし、もしもフニカボンバがあったら既に拾っているはずだ。

俺の問いに皆が顔を左右に振る。

「えっ。なにそれ。誰かがあそこに置いたってこと？」

「ピュ」

しかもこの空間から先へと繋がる通路に置いてある。これみよがしに。

嫌なことを呟いてしまい、背筋がぞっとした。

ビーは俺のローブの下に潜り込んで怯えている。いや待て、お前最強の竜だろう。

「誰かとは誰じゃ。我ら以外の冒険者が潜り込んでおるのか？」

「それはないだろうブロライト。もしも冒険者だとしたならば、既に我らの前に出ているはずだ。我らはこのような食事をしておるのだから」

ブロライトの考えを否定したクレイは、その理由を語る。

腹が減らない種族がこの世にいるのならば話は別だが、どんな屈強な冒険者であっても腹は減る。しかも、ここは先の見えない洞窟内。水と食糧は限られているものだ。それなのに俺たちは惜しみなくガツガツ食いまくっている。余裕があるならばご相伴《しょうばん》にあずかりたいなと思うのが冒険者。もしくは、奪って殺して俺たちのものにするんだぜヒャッハー。みたいな。

「埋葬されないで非業《ひごう》の死を遂げた誰かさんのゾンビ的な幽霊的なやつ？」

「それも可能性としてはあるが、血肉を持たぬ者が何故フニカボンバだけ置いていくのだ」

不思議だね。

結局のところフニカボンバの謎はわからないまま朝食を終え、俺たちは洞窟の奥へと進んだ。

道は更に複雑に滑りやすくなっていき、垂直に降りなければならない場所も多くなってきた。足場はごつごつとした岩にまみれ、ところどころ湿っているからとても歩きにくい。

クレイは疲れを見せない足取り。ブロライトは相変わらずひょいひょいと軽やかに岩場を飛び、スッスも小柄な身体ながら懸命に歩き続けた。

蒼黒の団で一番貧弱なのは俺だろう。体力面はともかく、精神面が強くない。恐怖耐性が異能《ギフト》にあるとはいえ、疲れた・しんどい・面倒くさいといったごくごく普通の感情を消すことができない。コントロールはできるけども。

入口から考えて数キロくらいは地下に降りた感覚なのだが、どこまで続くんだろうか。

目的地がわからないまま歩くというのは、どうにもこうにも不安になる。冒険者歴が一番長いクレイすらも、こんなにも奥深い洞は初めてだと言いだした。

「確かに。キエトの洞よりも深い。既に倍以上は進んでおるやもしれぬ」

キエトの洞で武者修行《むしゃしゅぎょう》をしていたブロライトは、日々入口から最奥のダークスラグ討伐跡地まで全力疾走を繰り返していたらしい。毎日洞窟内を走るってとんでもないな。

洞窟内ならば大体の距離がわかるようになったのじゃと胸を張っていたブロライトが、キエトの洞よりも深いとな。

「クレイが以前に来た時は、こんなに深くはなかった？」

「洞とも言えぬただの穴であった。ならず者に穴を掘られたとはいえ、それはきっかけに過ぎぬ。

封印のない穴など、野生動物らの巣窟となるだけだ」

それにしても数年でこの深さだろう？　どんな野生動物が穴を掘ったというのか。

「ならば導きの羅針盤はどこに行ったのじゃ」

それな。

俺もすぐに見つかると思ったんだ。導きの羅針盤は祭壇《さいだん》を設けて祀《まつ》っていたとレムロス夫人は言った。ここまでの道程で祭壇は見つからなかった。祭壇を壊された跡もなかった。

ごつごつとした岩壁に触れていたスッスは、はっと目を見開き愛用の手帳を取り出す。

よし、困った時のスッス知識が聞けるぞ。

「等間隔の隆起《りゅうき》、湿った土、天井はぬるりと滑らかで、だけど足場は大きな岩が行く手を阻《はば》む……これはもしかしたら、コルドモールの道かもしれないっす」

また聞いたことのない名前が出てきた。

「コルドモールか。しかし、ここ何十年も目撃情報がないモンスターであるぞ」

「おいらも見たことはないんすけど、ジュランテ領では今でも討伐依頼があるらしいんす。少し前、エイデンさんが討伐隊に加わった話を聞いたっす」

「エイデンか。彼奴《きゃつ》のランクは確かA。討伐隊ということは、コルドモールは成体であったのか？」

「違うっす。まだ幼体だったんすけど、亜種だったらしいっす」

「それで討伐隊が組まれたのか……面倒な相手だ」

俺とブロライトは顔を見上げ、互いに首を傾げる。

またスッスとクレイだけで話が盛り上がっていたが、再びザバが口を開こうとしたところで地面が微かに揺れた。

地震大国に住んでいた俺なら大体の震度《しんど》が予想できる。今のは震度2くらい。

東の大陸の守護神であるボルさんがくしゃみでもしたのかな、なんて暢気に思っていると。

「ピュイッ！」

ビーの警戒警報発令。

俺たちは瞬時に戦闘態勢に入り、それぞれ武器を構える。俺はルカルゥを背に探査《サーチ》を展開。

数百メートル先だが、地中を蠢く何かを見つけた。

独特の動きで岩盤をものともせず突き進んでくる何か。

「ちょっと先だけど、何か蛇っぽいもの……いや、これは蛇じゃないな。フォレストワーム？　でもウネウネしていない」

蛇っぽいやつじゃなくて蛇でもなくて、かといって巨大ミミズであるフォレストワームでもない。

「クレイ、地中を進む何かがこっちに向かっている」

「やはりコルドモールか」

「なにそれ」

こんな悠長に話をしている場合ではないが、かといって向かってくる相手を知らなくては対処のしようがない。

クレイは視線をスッスに向けると、スッスは承知したとばかりに頷き手帳を取り出す。

スッスは片手に出刃包丁、片手に手帳という出《い》で立《た》ちで教えてくれた。

「コルドモールは黒土竜《もぐら》っす。ルセウヴァッハ領ではほとんど出ないんす。でも、ジュランテ領に小さなやつがたくさんいるっす。土地が豊かな証拠でもあるんすけど、農作物を荒らす害獣に指定されているっす」

黒土竜も温暖な地を好む生き物であり、雑食。益虫と呼ばれる虫も食べてしまうため、農家では駆除対象に指定されている。

深い森の奥では魔素の影響で小さな土竜が巨大な土竜に成長し、コルドモールと呼ばれる狂暴なモンスターに変化するのだ。

「んんん？　つまり、穴を掘っているのはコルドモール？」

「左様。逆さまになって穴を掘る習性がある故に、天井は滑らかで足元は岩だらけになる」

なるほど天井はつるつるだ。

クレイとスッスが思うに、コルドモールがバリエンテの穴を見つけた。快適な空間を作るべく穴を掘り進めていったら、まるで迷宮のような深い洞窟になってしまった。

コルドモールは目が退化《たいか》しているが、何故か輝くものや光るものを集める習性がある。

スッスの知るランクAの冒険者はコルドモール亜種の討伐隊に加わり、コルドモールが集めた収集物の一割を報酬にした。

ということはつまり。

「導きの羅針盤はコルドモールの収集品になったとか」

「……コルドモールは収集物を命をかけて守る。故に、面倒な相手なのだ」

「つまりコルドモールを倒さないと導きの羅針盤は手に入らないと？」

クレイとスッスが同時に頷く。

うへえ。そりゃ面倒だな。

できれば導きの羅針盤だけを手に入れたいが、バリエンテを封印するにはコルドモールを討伐しないとならない。

もしもコルドモールを放置すれば入口を封印したところで奥はどんどん深まり、別の場所に通じる穴が作られればそこからモンスターが這い出てしまう。

蒼黒の団やることリストがどんどん増えていくが、これでも確かに前進はしているのだ。

「ピュー？」

とりあえずコルドモールは去ったらしい。

俺はひと息つき、今後についての考えを巡らす。

ひとまず当面の目標は、土竜モンスターを倒して導きの羅針盤を探すこと。

ポラポーラの手記に描かれていた導きの羅針盤は、細かい装飾が施された円盤状の魔道具《マジックアイテム》だった。

「ピュ～ピュ」

「ややや？　ビー様、何をなされておりますことで？」

珍しい金属で作られているのか、それともきらびやかな宝石が飾られているのか。

コルドモールの収集品の一部になっていると決めつけるのも早計《そうけい》かもしれないが、そうであったほうがこちらとて都合がいい。

導きの羅針盤に導いてくれる魔道具《マジックアイテム》があればいいんだけども、特定の魔道具《マジックアイテム》を探す魔道具《マジックアイテム》なんて面倒なもの存在しないからなあ。自然に生えているものは別だが、俺が目で見て触れたものしか探査《サーチ》先生は場所を教えてくれない。使えるものなら使いたいが、何でもかんでも魔法に頼るのは宜しくない。俺が何の学習も勉強もしない駄目人間になってしまう。やはり情報を探し、人に聞き、時には誰かを頼り、最終確認として魔法を使う。そうして目的のものを探すのが素材採取家の醍醐《だいご》味《み》ってものだろう。うん。きっとそうだ。

「ピュッピュ」

「何かあるんすか？」

「ビー様が何かを見つけましたこと」

「何を見つけたのじゃ？」

「ビー、下手に顔を突っ込むでない。お前が怪我を負えばタケルが怒る……何だそれは」

俺が一人で思案しているというのに、皆壁に向かって何やってんのさ。

ビーが壁際で何かを見つけたらしく、それを取ろうと穴に顔を突っ込んでいるという状況。

「何をやっているんだビー」

「ピュブブッ、ピュッッ……！」

「ちっちゃい何か？　ちっちゃい何かがどうした。フニカボンバなら無理に採らなくていいぞ」

洞窟内に落ちていたフニカボンバは全て拾ってきた。スッスが受注した依頼された品数は揃ったし、リド村とトルミ村で使うぶんを分けてもまだ余るほど。

これみよがしに置いてあったのは気になるが、調査《スキャン》したら良質なフニカボンバだったわけで。状態が良ければ利用させていただきますよ。

「ピュッピュプー」

顔やら身体やらを全部泥だらけにして、ビーが何かを掴んだようだ。

振り返ったビーは掴んだものを見せてくれたのだが。

「………なにこれ帽子？」

「帽子か？　木の実の蔕《へた》ではないのか？」

ビーの掌にあったものは、木の実の蔕にしては大きなもの。どんぐりの殻斗《かくと》に似ているのだが、これは何かの糸で編まれた加工品。ビーが汚れた手で掴んだせいでドロドロになってしまったが、黄色の鮮やかな帽子に見える。

「わたしも帽子に見える。何じゃこれは。どうしてこのようなものがあるのじゃ？」

ブロライトに問われたビーが、先ほどまで顔を突っ込んでいた壁の隙間を指さす。

「ピュピュ、ピュイィ〜」

ビー曰く、甘い香りがしたそうだ。

こんな洞窟内に似つかわしくない、何らかの果物の匂い。匂いの先を追ってみたら壁があって、邪魔だなと思っていたらこの帽子を見つけたらしい。

「見つけるのはいいけど、無理して掴む前に教えてくれ。もしもあれが何かの罠だったらどうするんだ」

「ピュプゥ」

「わからないぞ。これを掴んだら大きな岩が落ちてきたかもしれないんだからな」

「ピュープ！」

「そんなわけないってどうしてわかる。岩じゃなくても水攻めとか。虫がうじゃうじゃ出てきたら俺は叫ぶからな」

「ピュ！　ピィイ、ピュピュー」

「あのう」

「皆のことも考えないとな。これからは、何か見つけたら教えてくれよ」

「あのですねぇ」

「ピュイ！　ピュ？」

「もしもーし。これでも、せいいっぱい声を出してるんですけどもー」

元気の良いビーのお返事に頷いていると、誰かが小さな声で話に割り込む。

今はビーに団体行動の大切さを説いているのに、誰だ邪魔をするのは。

「あのう、わたしの帽子を、かえしてくださーい」

ビーの背後の壁。

その隙間から声がする。

俺たちは互いに顔を見合わせ、それぞれにごくりと喉を鳴らす。

壁の隙間から声がする理由とは。

「まさかゆうれっ」

「すみません、ゆうれいではありませーん」

幽霊ではない。

それでは、何？

声がするほうへと身体を向け、全員で壁の隙間を覗き込む。

「小さい灯光《ライト》」

指先から極小の光を作り出すと、眩《まぶ》しくないように調整。そのまますするすると壁の隙間に光を入れると。

「わっ、明るい！　すごいわ！　まほうね！」

そこには小さな小さな——

うさぎがいた。

うさぎ。

コポルタ族よりも更に小さい、コタロの半分くらいの身長の極小うさぎ。

ロップイヤー種っていうんだっけ。大きな垂れ耳が膝まである。

イギリスの有名な絵本に出てくるうさぎみたいに、ベストとエプロンを着ていた。

「ピュ……」

好奇心旺盛なビーが怯え、俺のローブの下へと隠れる。

その代わりにザバが俺の頭上からぬるりと這い出てきた。何かお喋りをすると面倒なので、ザバが口を開いたのと同時に指で口を挟む。怯えさせないように。

「わたしはアルナブ族のファティマ・ゴロリの娘、ユムナ・ゴロリといいます。平和がすきなおとなしいうさぎです」

そう言ってうさぎの人？　は、大きな垂れ耳を両手で掴んでカーテシーのようなお辞儀《じぎ》をしてくれた。女性かな。

「旅人さん。たくさん？」

うさぎのユムナは大きな黒い目をぱちぱちと瞬かせると、鼻をひくひくさせ小さな指で俺たちを指す。

「あらら、人種《ひとしゅ》以外のひとを見たのははじめて。大きな大きな旅人さん、あなたはだあれ？」

垂れ耳を掴んでクレイを指すと、ユムナは答えを待つ。

「お、俺か？」

「優しく丁寧に自己紹介」

俺がクレイの背を叩きながらコソリと言うと、クレイは腰を屈めて膝をつき、ユムナに頭を下げた。

「俺の名はギルディアス・クレイストン。リザードマンの亜種であり、ドラゴニュートの末裔」

「あらら、おっきなお口。でもとっても紳士ね。ありがとう。わたしはユムナ。ユムナってよんでちょうだい」

コロコロと微笑むユムナは、あのクレイの顔を怖がらない。

何故か子供と赤ん坊には怖がられないクレイなのだが、ユムナも見た目ではわからないが幼いのだろうか。

「わたしはエルフ族じゃ。知っておるか？」

クレイの隣で腰を下ろしたブロライトが、驚かせないよう気をつけながらユムナに問う。

ユムナは垂れ耳を掴みながらぶんぶんと回すと、飛び上がってから深々とお辞儀。

「エルフさま。森の狩人《かりうど》さま。わたし、知っているわ。とても動きが速くて、とてもお美しいの。わたしはユムナ。あなたはだあれ？」

「わたしはヴェルヴァレータブロライト。ブロライトと仲間は呼ぶ」

「ご丁寧に嬉しいわ」

ブロライトが右手人差し指を差し出すと、ユムナはもふもふの垂れ耳ごとブロライトの指を掴んで再度お辞儀。

「あなたはだあれ？　人種《ひとしゅ》よりもちいさいけれど、わたしよりはおおきいわ。あなたはだあれ？　わたしはユムナ」

アルナブ族というのは初めて出会う種族だが、とても礼儀正しい種族なようだ。

スッスは覆面を取って素顔を見せると、ブロライトの横で跪座《きざ》。

「ユムナさんこんにちはっす。おいらはグラン・リオ・リルウェ族のスッス・ペンテーゼっす。小人族、とも呼ばれているっすよ」

「まあ、リルウェ！　リルウェ！　わたし知っているわ。小さい人種《ひとしゅ》。だけど、とても勇敢な人種《ひとしゅ》」

「勇敢……それは、とても嬉しいっす」

「うふふ、うふふふ、わたしも嬉しい」

可愛い。

見た目は垂れ耳のうさぎが二足歩行して飛び跳ねているのだ。垂れ耳を掴んだままぶんぶんと振り回し、大きなリスのような尻尾をわっさわっさと振っている。

こんな臭くて狭い洞窟よりも、野山と明るい日差しの下が似合いそうなのに。

なんで壁の隙間にいるんだろう。

「もっと小さな子、あなたはだあれ？　わたしはユムナ。怖くないわ。わたしはあなたよりもお姉さんなのよ？」

俺の背中に隠れていたルカルゥが、そっと顔を出してすぐに隠れる。

「ももももぅ、ももーももも！」

「あ、忘れてた。ごめん」

「ぷっはぁ！　タケル様、ワタクシ今にも気を失いそうでございましたのこと！　ワタクシはいくらお喋りお化けでも場を弁えずにぺらぺらとお喋りするほどもももももも」

「お喋りじゃなくて、自己紹介。ルカルゥのぶんも。頼めるか？」

「ぷっはぁ！　これは失礼！　ワタクシはポルフォリンク・ザヴァルトリ！　この子はオフス・ルカルゥ生誕六歳！　偉大なるあもっ」

そこまで喋らなくていいだろうと、再びザバの口を手で塞ぐ。

「驚かしたらごめん。俺はタケル。ご覧の通り、人種《ひとしゅ》だ。それでこっちは相棒のビー。ブラック・ドラゴンの子供……子供だな？」

「ピュイ？」

「でも見た目は子供だから」

「ピュピュープゥ」

ザバの勢いに圧倒されていたユムナだったが、俺がビーを紹介するとその場で深々と頭を下げた。垂れ耳で顔を隠してしまうと、少しだけ震えながらチラリと俺を見る。

「わたし知っているの。ドラゴンはとても神聖ないきもの。わたし、あなたのこと素敵におもうけど、すこし怖いわ」

「ビーは言葉がわかるんだ。だから、怯えられると悲しい」

「ピュー……」

見た目は小さなうさぎに怖がられ、ビーは案《あん》の定《じょう》傷ついてしまった。

村の子供たちに大人気のビーちゃんは崇められても嫌われることはない。見た目が可愛いし、仕草が可愛いし、声が可愛いし、怖がるところは一つもないんだけど！

「ピュプィ……」

ほら泣いちゃった。

ガサツで大雑把《おおざっぱ》だけど繊細なんだからな、ビーは。

さてさて、このままビーを泣かせたままではいけない。

さてどうするかとビーの涙を指で拭ってやると、ビーが握り締めていた帽子に気づく。

俺はビーごと清潔《クリーン》をかけてやると、薄汚れてしわしわになっていた黄色の帽子が綺麗になった。

「ユムナ、俺たちは冒険者なんだ。ユムナの仲間や家族に酷いことはしない。このまま洞窟の先に行かせてくれるかな」

小さな帽子を指先にはめて怯えるユムナに差し出すと、ユムナは恐る恐る帽子を受け取る。

そして帽子が綺麗になっていることに気づき、帽子を裏返し、かぶり、外し、再度かぶりを繰り返し。

尻尾をぶわりと膨らませると、目を見開いて飛び跳ねた。

「あらら、きれい！　これ、わたしの帽子ですか？　あらあらきれい！　すごいわ！　すごいの！　おかあさんが編んでくれた帽子なの！　ずっとずっと、くたびれてしまっていたのだけど、あなたがきれいにしてくれたのね？　嬉しいわ。とても、とても嬉しいわ」

「それは良かった」

ユムナは全身で喜びを表現すると、俺の前に来て座った。

うさぎって正座ができるのか、なんて暢気なことを考えていると。

「わたしはユムナ。大きいけれど人種《ひとしゅ》のひと、わたしはあなたを知っている」

小さな手を俺の膝に乗せ、とても嬉しそうに微笑んだ。

「俺のことを知っているの？」

「ええそうよ。わたしはあなたを知っているの」

「どこでお会いしたのかな」

「わたしを、わたしたちを助けてくれる人なの」

ユムナは大粒の涙を目に溜め、泣くまいと懸命に我慢している。

「お願いよ。わたしたちを助けてくれる旅人さん。あなたたちが頼りなの」

小さな垂れ耳のアルナブ《うさぎ》族。

これもまた「青年」の陰謀か、導きの羅針盤を手に入れるための試練か。

ともかくその長い垂れ耳のふわふわわっぷりが気になります。

＋＋＋＋＋

俺がマデウスに来てから既に一年以上が経過している。

どれだけ長くトルミ村に滞在しても、毎朝起きるたびにテーマパークのような光景だなと思ってしまう。

現実の世界で生きているというのに、未だに非現実的な世界のような感覚が付きまとう。どこかで夢じゃないのかと考える自分が存在するのだ。

それは前世で日本人だった俺の記憶が色濃く残っており、消えたり薄まったりすることが決してないから。

二十八歳まで日本人として生きてきた経験と、記憶。

マデウスに来てからの素材採取家としての経験と、記憶。

経験と記憶は俺を殺伐《さつばつ》とした世界で生かしてくれる。

知らないから不安になり、知らないからこそ興味が湧く。

見るもの嗅ぐもの全て初めてのものばかりで、一体どこで前世の記憶が役に立つのかと問われれば、そりゃ美味い飯を食っていた経験だろうと答える。

結局のところ、美味い飯は正義なのだ。

そして今。

ぽっかりと開いた巨大な地下空間に、ひっそりと隠れ住むアルナブ族の集落。

シダ類の植物が生い茂り、オレンジ色のキノコ屋根がぽつぽつと見え隠れしている。

ぼんやりと光る小さなつくしを街灯にしているのか、キノコ屋根の家の側に等間隔に生えていた。

地底湖とまでは言わないけど、綺麗な水が流れる小川もある。小川の側には瑠璃色の石が点在。

もしかしてあれか。フニカボンバか。

まるで幻想的な絵本の中の世界。

俺たちが巨人族《タイタン》にでもなったかのような気にさせられる。

大きな垂れ耳のうさぎたちが、騒《ざわ》めきながら俺たちを遠巻きに見て警戒していた。


【グラン・リオ・アルナブ族の集落】

流浪の民アルナブ族は安息の地を探している。

迷いの森から追い出され、たまたま見つけたバリエンテの穴に居を構えたが、モンスターの発生により外に出られない状態。

新鮮な野草や野菜が大好きなのだが、洞窟内では苦いシダ植物しかないのが悲しい。

平和を愛する種族のため、大きな声や大きな動作は怯えられるので注意。

［備考］アルナブ族はうさぎ獣人の始祖。柔らかな毛並みが自慢。


「……うさぎ村」

「ピュウーイ……」

アルナブ族のユムナの案内で、俺たちは彼女の村に行くことになった。

どうしても仲間たちに紹介したい、お願いだからとうるうるの目で懇願され、断るという選択肢は俺たちにはなかった。相手が愛くるしい小動物だからというわけじゃないぞ。

「このような光も差さぬ地でようも暮らしていられる……アルナブ族は目が悪いのか？」

クレイが愕然《がくぜん》とした顔で呟いた。

「さっきは小さな灯光《ライト》に喜んでいたから、おそらくたぶん目は悪くない。それからちょっと調べたけど、アルナブ族は大きな声や大きな動きが怖いそうだ。俺たちはただでさえ大きく見えるから、そこんところ注意しよう」

集落というかシダ植物のなかに生えるキノコ群にしか見えないのだが、あそこはアルナブ族のテリトリー。ユムナに案内されたとはいえ、俺たちは招かれざる客。

「そうじゃな。ザバよ、お主が一番のお喋りじゃ。ようよう気をつけるのじゃぞ」

俺のローブの下に隠れるルカルゥの襟巻と化していたザバは、ブロライトに反論しようと口を開いたが、その口をルカルゥが塞いだ。ナイス。

「旅人さんたち、旅人さんたち、だいじょうぶよ、怖くないわ安心して。わたしたちはあなたたちを歓迎するわ」

数人のうさぎ……アルナブ族を引き連れたユムナが、気遣うように声をかけてくれた。

怖がらせないように遠巻きにしていたんだが、俺たちが怖がっているように見えたのか。

ユムナのような大きくて長い垂れ耳を手で持ちながら、うさぎさんが近づいてくる。それぞれどんぐり帽子のようなカラフルな毛糸の帽子を被っていて、大きな垂れ耳が動くたびに帽子がもこもこと動いている。

男性はベストとニッカポッカみたいなズボン。女性はユムナのようにベストとエプロンドレスを着ている。

大きな尻尾だけがリスっぽいのだが、あとは全部うさぎ。もこもこの、うさぎ。なんともかんともファンタジー。

「長老さま、旅人さんたちをお連れしたわ。いちばん大きな旅人さんと、次に大きな旅人さんと、きれいな旅人さんと、わたしたちより大きいけど小さな旅人さんと、白い襟巻さんと、白い子と、黒トカゲ」

「ピュイッ！」

いや雑だな紹介。

ビーに至っては黒トカゲ。それは酷いぞ。

ユムナが誇らしげに俺たちを紹介したが、ユムナに長老さまと呼ばれた杖をついたうさぎがコホンと咳払い。

「失礼をしました。わしの名前はウマル。この郷の長《おさ》をしております」

「これはご丁寧に。俺の名前はタケルといいます」

「タケルさん。申し訳ありません、ユムナはまだ幼いのです。人の名前を覚えるのがとても苦手でして」

俺は正座をして背を屈め、長老に頭を下げる。

長老も俺の前で正座をしようとするが、俺はそれを止める。杖をついているということは、足を悪くしているのだろう。

鞄の中から木製の深皿を取り出して裏返す。長老にはちょうど良い椅子になるはずだ。

「長老さま、どうぞこちらに」

「おやまあ、タケルさんはアルナブの椅子をお持ちなのですか？」

やれやれどっこいしょと椅子に座った長老だったが、座り心地が気に入ったのか深皿を叩いて感触を確かめている。大きな尻尾が右に左にと揺れるたび、ビーが触りたくなる手を伸ばしたり引っ込めたりしているのが可愛い。

「すみません、それは椅子ではないのですが」

「そうなのですか？　とても質の良い、素晴らしい椅子だ」

でかい串焼き肉とか食べる時に重宝している皿なのだが、そんなに座り心地がいいのかな。

長老以外にもユムナをはじめ数人のアルナブ族たちが深皿を叩いている。

「長老さま、素敵な椅子ね。お足も少しはらくになるかしら」

「ありがとう、シファー。わしだけ贅沢をしてはなるまいよ。ほれ、皆も座ってごらんなさい」

いやそれ、深皿なんだけども。

決して椅子なんかではないし、エルフ族の子供たちが手習いに作ったものでしてね。

ちなみに、一つの皿を製作するのに子供たちは五分もかかりません。オノやらノミやら木槌《きづち》やらを使い分け、高速でゴリゴリゴリ削る様《さま》は見事としか言えない。しかも雑談しながら余所見《よそみ》してやるもんだから、見学している身としては怪我をしないか冷や冷やものだ。

丸太やら木片やらをくり抜いて作っているうえ、表面はさらさらすべすべ。王都の商店で扱われてもおかしくない逸品だというのに、子供たちが作った皿は売買が禁止されている。

未熟な腕で作った品で対価を得ることは、エルフの掟に反するとかなんちゃら。

そんなわけで子供たちが作った未熟品はトルミ村で使わせてもらい、お駄賃《だちん》という名目でリベルアリナの花蜜《かみつ》で作った焼き菓子を渡している。これが好評すぎて皿だけでも数百枚も持っているんです、俺。

そんな皿たちを鞄から出すと、隠れていたアルナブ族たちが次々と姿を現してくれた。

皆椅子に腰かけたいのか、俺の前に行儀《ぎょうぎ》良く整列を始める。

見た目はうさぎさんに皿を手渡す俺。なんてメルヘン。

「郷に椅子はないのか？」

クレイが唖然としながら長老に聞くと、長老は哀しそうに垂れ耳をぎゅっと握る。

「着の身着のままで森を追い出されたわしらには、椅子の一つもないのです。石は冷たくて尖《とが》っていて痛い……」

「ぼくたちはこの地に追いやられ、もうずっとここに閉じ込められています。毎日助けを呼びに行きました。怖いのに」

「魚のうろこが綺麗だから、目印にたくさん置きました。だけど、だれも気づいてくれない」

「ぼくたちは力がないから、大岩をうごかせないの。だから助けてほしいの！」

「ダメよファジュル、いっぽうてきなお願いはいけないわ。わたしたちにできることをしないと」

「でも大きな旅人さんも小さくても大きい旅人さんも、みんなつよそう！」

「ほかの旅人さんもつよそうだったけど……今まで迷い込んできた旅人さんたちは、みんな食べられちゃったの」

おおっと。

肩を落とす長老に代わり、若者たちが我先にと今の生活を教えてくれる。

ユムナの食べられちゃったの言葉にゾッとしたが、そりゃあの泥カエル集団に囲まれたら冒険者はひとたまりもないよなと納得。

「魚のうろこ……もしかして、これっすか？」

「それだよ！　ぼくが置いたうろこ！」

「気づいてくれたんだね？　すごいや！」

スッスが鞄から取り出したフニカボンバを見ると、アルナブ族たちが喜びに沸いた。

フニカボンバを各所に置いていたのは、アルナブ族だったのか。ゾンビの仕業《しわざ》じゃなくて良かった。

瑠璃色をしたフニカボンバは確かに洞窟内では異質だった。だけど、それをたどって洞窟の奥を目指すのは危険だ。ヘンゼルとグレーテルみたいにフニカボンバを拾いつつアルナブ族の集落へ、なんてことはしないだろう。

迷い込んできた旅人。俺たちが思う旅人というのは、ギルドに属していない、何らかの理由があって属さない人のこと。

旅をするなら各種ギルドに加入していたほうが良い。

中くらいの都市には必ずギルドの支店がある。ギルド銀行が使えるし、冒険者ギルドや商業ギルドといった隔《へだ》たりなく素材の売買ができる。ご当地情報やお薦めの宿屋や食事処なんかも教えてくれるのだ。王都のギルドでは宿屋も経営している。

ギルドに所属していない人にも情報は教えてくれるが、基本的に使用料が発生する。銀行も使えない。素材の売買は手数料が上乗せされ、税金も多く支払うことになる。

旅をするならギルドに所属しないと損となるのだが、誰でも所属できるわけではない。

犯罪者はもとより、前科者、指名手配犯、精神鑑定で赤色が出た者は駄目。貴族や商会などの跡取りも駄目。危険な目に遭わせて命を落とされでもしたら、ギルドは責任を持てないからだ。

しかし、バリエンテの入口は長いこと封鎖されていたはず。

野生生物の巣窟になろうと、内部でモンスターが発生しようとも、入口の封印がある限り入ることができない。騎士の見張りも立っていた。

旅人がバリエンテの迷宮に入り、何人も命を落とした。

ユムナたちが言う「旅人さん」が冒険者ならばともかく、バリエンテにあると噂された魔道具《マジックアイテム》を諦めていない連中がまだいたとしたら。

「ユムナ、聞いてもいいかな」

「なにかしら。わたしに答えられるかしら」

「ユムナが言う旅人さんは、今までどのくらい来たの？」

「二十七人よ。何かを探していて、何かから逃げていて、わたしの声を聞いてはくれなかったのよ。

わたし、いっしょうけんめいお話ししようとしたのに」

「二十七……その旅人さんは、最近も来ているの？」

「えぇ。四つ前の日にも来たわ。三人よ。でも食べられちゃった。おおきな、とってもおおきな黒いのに」

垂れ耳を掴んでぶんぶん振り回し、ユムナは怒りを露《あらわ》にする。

とっても大きな黒いのが気になるが、それはともかく今の話。

俺はクレイに視線を向けると、クレイは眉間に皺を寄せて深く頷く。その顔怖いよ。

「四日前にもバリエンテに来た者がいる。だがしかし、如何してこの洞へと入れたのだ。入口には騎士。ギルドの封印も強固なものであった」

そうだよな。クレイの言う通りなんだよ。

バリエンテの封印は代理当主であるキタリス卿の指示の下、ギルドパーリアクのギルドマスターが封印を解いた。そして、俺たちが洞窟に入ったことを確認したその場で再度封印をしていた。

「四日前にこの場所にいたということは、わたしたちのように二日は夜を越したのじゃろ？　ともすれば、もっと以前に洞に入ったということじゃ」

ブロライトは真剣に言ったが、頭にうさぎが乗っている。肩にもうさぎ。胡坐をかいた上にもうさぎ。

気づけば俺たちの周りをたくさんのアルナブ族が取り囲んでいた。

いやもっと警戒しなさいよ。俺たちを信頼するのが早いのよ。そんな小さくて可愛らしくてふわふわしているんだから、乱獲されたらどうするの。

スッスなんて更に小さな子供たちに囲まれている。なにあの小ささ。普通のうさぎくらいの大きさはあるけど、二足歩行の大人たちに比べたら半分以下の身長しかない。

「ブロライトさん、おいらたちの移動速度は尋常じゃないっすよ。快適な馬車での寝起きができるから、ここまで二日足らずで来られたんす。普通の冒険者だったら……おいらだったらきっと五日はかかるっす」

スッスは既に普通の冒険者ではないのだが、スッスが言いたいのはそういうことではないだろう。普通の装備で来たとしたら、の話だ。

いや、そもそも普通の装備で七日近くも洞窟探査ができるのか？

「スッスなら何日が限界だと思う？」

「今のおいらなら洞窟探査用装備で来ても三日が限界っす」

まじか。

忍者スッスでも三日が限界となると、旅人さんたちがここまで来るのは不可能。それならどうやって。

「ルカルゥ、聞きました？　スッス様たちは恐ろしく優秀なようでございますこと」

「そんなことないっす。おいらはついていくのが精いっぱいっす」

「いえいえご謙遜《けんそん》を。ワタクシは冒険者のお仕事というものを知りませんが、強く、賢く、逞しく、そしてご飯をたっぷりと食べるお仕事ということがわかりましたでございますこと」

ルカルゥとザバは楽しそうに何度も頷く。言っていることは間違っていないが、ちょっと面映《おもは》ゆい。

今回の洞窟探査に二人がついてきたのは、冒険者の仕事が知りたかったからだろう。

それよりも何よりも大切なことをしないと。

さっきから聞こえてくるくるる、くぅぅ、というささやかな音は、お腹が減っている音。

洞窟内に閉じ込められて、誰でもいいからと助けを求めて、危険を承知で洞窟内で目印という名のフニカボンバを置いた。だけど希望は儚《はかな》く消えていった。

どうやって彼らが洞窟内に住むことになったのか、俺たち以外の旅人さんはどうやってアルナブ族の集落近くに来られたのか。聞きたいことは山ほどある。

だけど今はその腹の虫を黙らせないとならない。

空腹は、考えることを放棄させる。そうなると、明日のことが考えられなくなり、希望も捨ててしまうものだ。

アルナブ族たちはまだ大丈夫。まだ笑えている。お腹は空いているだろうけど、希望は捨てていない。

俺たちに、助けを求めてくれた。

生きようとする人たちの手伝いをするのは、蒼黒の団の得意技。

「よし」

俺は数えきれないほどエルフの未熟皿をアルナブ族たちに渡し終えると、次に取り出したのは大きな白菜。トルミ産の朝採れ。ここに苦いシダ植物しかないのなら、甘くてシャキシャキした野菜を食べないと。

俺の鞄には到底入りきらない大きさの白菜が出てきたものだから、アルナブ族たちは一斉に尻尾を膨らませて白菜に集中。鞄の不思議さよりも、白菜のほうが魅力なのだろう。

見た目がうさぎで実は肉食ってことあるのかな。ベルカイムのギルドエウロパの受付嬢、兎《うさぎ》獣人のアリアンナは分厚《ぶあつ》い焼肉が大好物。

俺が何も言わなくても、スッスは自分の巾着袋からまな板と包丁と大きな深鉢を取り出した。俺の意図を理解してくれる料理上手がいるって、最高。

スッスは白菜を素早い手つきで一口サイズに切ると、深鉢に入れていく。俺は隣で新鮮なレタスを取り出し、これも一口サイズにちぎって深鉢へ。

俺たちの考えていることがわかったのか、クレイとブロライトがそれぞれの巾着袋から飲料水が入った樽を取り出した。

蒼黒の団お馴染みの、「まずは胃袋から掴もう作戦」開始だ。

「旅人さん、タケルさん、これは、これは？　お野菜よ？」

「ユムナ、腹は減っているか？　俺たちはぺこぺこなんだ。だから、俺たちの昼飯に皆で付き合ってくれると嬉しい」

「でも、でも、とてもきれいなお野菜よ？　だめよ、あなたたちのお野菜、わたしたちが食べてしまったら」

「俺たちの鞄にはなんでも入るんだ。俺たちが食べきれないくらいいろいろなものが入っているから安心してほしい。白菜だろ？　レタス、キャベツ、ルッコラもある。ニンジン、大根、それからジャガイモをふかしたやつは好き？　サツマイモは？」

エステヴァン子爵家から託されたというか、お願いだから持っていってくださいと懇願された新鮮野菜もたっぷり。気持ちの悪い野菜、ピレイオーネも。

「肉は食べられる？」

「肉は好きじゃない。ぼくたちはお野菜が好きだよ。草も大好き！」

「それじゃあ米も食べられるかな。どう？」

「「エペペンテッテ！」」

俺が鞄から精米されていない青いエペペ穀を取り出すと、ちっちゃな子供たちが歓声をあげた。

尻尾をふりふり垂れ耳をぶんぶん、もう我慢してなるものかとエペペ穀に飛びつく。

「こら！　なんて真似をするのだ！　わしらは野うさぎとは違うのだぞ！」

まさに今食べようと口を開いた子供たちに、長老が立ち上がって声をあげる。

子供たちは一斉にスッスの背後へと避難。

「だけど長老さま、おなかがすいたの」

「こんなきれいなエペペンテッテははじめて食べるわ。ひとくち食べたらだめ？」

「ぎざぎざの葉っぱはもういやだよ！」

嘆く子供たちの勢いに押されながらも、長老は杖を地面につき背筋を伸ばした。

「我らアルナブの民は野うさぎではない。その違いを知っているだろう」

長い垂れ耳かな？　ふわふわした大きな尻尾？　服を着ていることかな。

「どろぼうは、しない」

「ありがとうっていう」

「ちがうよ、あいさつだよ」

「お野菜は、かってにたべたらだめー！」

「それだ！」

「それだね！」

わいわいと話し合う子供たちを温かな眼差しで大人たちが見守る。

長老はやれやれと深皿に座り直すと、俺に向かって頭を下げた。

「旅人さん、わしらにはなんにもありません。あるとすれば、自慢の毛皮と我が身のみ」

「ふわふわの毛皮ですね。素晴らしいです」

「はい。毛づくろいだけは欠かしたことがないのです。ですが子供たちの毛はまだ柔らかい。すこし刈りづらいと思うのです」

「うん？」

「ですからわしら大人の……老体の毛でもかまいませんか？」

何を言いだすのかと思いきや、毛刈り？

そんなぷるぷる震えながら潤《うる》んだ目で言われても困る。

大人たちは互いに顔を見合わせ、うんうんと頷き合って一歩を踏み出した。そんな死地に向かうような顔して来ないで。

背に奥さんを守りながら旦那さんが腕を差し出してくる。

いやいや、毛はいらんて。

洞窟に閉じ込められてしまったのなら、アルナブ族は俺たちに支払える対価はないのだろう。いや、対価なんて求めていないんだけどもね。

ザバは自分の腹の毛を掴み、俺の顔を見、再度腹肉を掴み、しわしわした顔して俺を哀しげに見つめている。

やめろ。俺はそんな非道な真似しない。ザバやめろ、その顔。

ルカルゥは不安になりすぎて俺の腕を掴むし。

「大切な毛なんでしょう？　ダメです。風邪ひいちゃう」

「ですが、わしらにはこれしか差し上げられません……」

うーん。タダでご飯を食わせてくれるなんて、やっぱり胡散臭《うさん》いよなあ。

俺だって腹が減って仕方なくて行き倒れていて、突然見ず知らずの人に無償でカニしゃぶご馳走されたら怪しむ。

「さて、どうしよう？」

俺は昼食の支度を続けるスッスに問うと、スッスは苦く笑う。

「おいらも蒼黒の団に助けてもらったんす。腹が減ってひもじかった時に、旦那たちが来てくれたんす。助かったって思えたっす。だけど、それはおいらがギルド職員だからっす。グリットさんがおいらのことを心配してくれて、蒼黒の団に依頼を出してくれたからおいらたちは助かったんす」

「俺たちじゃなかったら怪しまれていた？」

「そうっすね。ググさんに追いかけ回されて、村から追い出されていたかもしれないっす」

なにそれ怖い。

でも想像できる。オグル族は小人族を守るためならば何でもするだろうからな。

スッスは何かもらうのも気が引けるんすけどね、と言いながらスルスルとジャガイモの皮剥き。

やっぱり何かしらの大義名分というか、対価を請求するべき？　いやでも洞窟の中に何があるよ。

フニカボンバはたくさんもらったけど、それで納得してくれるかな。だからといって毛刈りはしたくない。アルナブ族の毛を刈るだなんて、コポルタ族の毛を刈るのと同じこと。毛を刈ったら寒いだろう。

言葉を理解する種族は、たとえ見た目が動物だったとしても人として扱われる。獣人族然《しか》り、コポルタ族然り。

獣人の毛を刈って売買するのは禁止されているというか、人間の皮を売買するのと同じ感覚になる。つまりは残酷《ざんこく》な行いとされるのだ。もしもレインボーシープが喋りだしたら毛を刈るのは禁止とされる。

そんなわけで、アルナブ族の毛は刈れない。人道的にアレだし、外道《げどう》の極み。

「タケルよ、あの植物は何かに利用できぬのか？」

俺が悶々《もんもん》と考えていると、クレイがふと指さす。

壁際の端っこ、アルナブ族の集落がこぢんまりと密集している地帯。集落地帯の周辺の壁と地面にはみっしりとしたシダ植物。

森でよく見かける植物に見えるが、どうだろうか。

「でもあれはアルナブ族の食事なのじゃろう？　苦いとは言うておったが」

ブロライトが不安そうに言うと、クレイは不敵な笑みをもらす。

「だからこそ対価になるのではないか？　彼らの唯一の食糧ならば、これ以上ないほどの貴重品となろう」

「なるほどな」

貴重な食糧の対価が食糧。

ちょっと苦しい理由づけではあるが、納得してもらうしかない。

俺は未だ毛を刈られる覚悟をして震えている長老の背を撫で、提案をした。

「長老さん、あの植物ってもらえます？」

洞窟の最奥、うさぎに誘われて。

9

垂れ耳うさぎのアルナブ族は、特にものすごく飢えていたというわけではなかった。
しかし太陽の光を浴びた野に生えている草が一番の好物らしく、湿った暗いところで生えるシダ植物は苦くて美味しくはないらしい。
アルナブ族にとっては苦いかもしれないが、もしかしたら食べられる苦さかもしれないと調査先生《スキャンせんせい》に聞こうとしたところ。

「ビュエェェ……」

ビーが食べてしまった。

「いくら毒草を食べても平気な身体だからといって、確認もせずに食べるんじゃない」

「ビュエェ、ビュエェ、ベェェ」

舌を緑色にさせて泣きわめくビーだったが、こんなことで回復術や回復薬《ポーション》を使うわけにはいかない。俺は鞄からビー用の水筒を取り出し、ひとまず口を漱《すす》がせる。
これでも成人した古代竜なのだが、ビーの精神年齢はまだまだ幼いままのようだ。
俺は泣き続けるビーを抱っこしながらシダ植物に向かって調査《スキャン》開始。

【ポリョン・クック】

水と空気と僅かな魔素があれば、どこにでも育つ。

成長した葉は苦味があるため食用は不可。食べるのなら新芽。ほろ苦さは大人の味。

天ぷらを勧めます。


「天ぷら」

「タケル、なんと出たのじゃ」

「植物の名前はポリョン・クック。きっと俺たちもよく見る植物と同じだ。葉っぱは苦くて食べられないけど、新芽は食べられるって」

「ほう？　新芽とは……この、くるくるした得体の知れないものか？」

ブロライトの例えは酷いが、俺はこういったくるくるっとした山菜を知っている。

茎《くき》はアスパラの味がする見た目はゼンマイそっくりの山菜や、ワラビに味も形も似た山菜もマデウスには存在する。

この植物の新芽はコゴミに似ているな。

長老にあの葉っぱの新芽を採取させてくれと頼み、その代わりに野菜を提供すると言ったら喜んでくれた。毛を刈らずに済んで本当に良かった。

小柄なスッスでも小さな集落に入るのは躊躇《ためら》われたため、アルナブ族たちにくるくるっとした新芽だけを摘んでもらえるよう頼んだ。

ユムナは心配そうに「そんな苦いものを食べるだなんて」と言っていたが、調査《スキャン》先生が新芽の天ぷらを勧めるのならば天ぷらで食べればよいのだ。

新芽をたくさん摘んでもらい、ほくほく顔で鞄に収納。落ち着いたら天ぷらにして皆で食べよう。味が気に入れば森に入って摘むことにする。

刻んだ野菜たちは大皿に小分けして、好きなように食べてもらう。

「おいしいね、おいしいね」

「ちょっと甘すぎる気もするけど、わたしは好き」

「この葉っぱ美味しいよ！　ぼくはこれが好きかなあ」

アルナブ族たちはそれぞれ気に入ったらしい深皿を椅子にして、お上品に野菜サラダをもりもり食べている。

今まで大食いか、もしくはすっごいたくさん食べる種族にしか会っていなかったため、白菜の葉っぱ一枚でお腹がいっぱいだと長老に言われた時は驚いてしまった。年齢のせいか？　もしかしたらどこか悪くしているのかと心配になったが、もともとアルナブ族は一度にたくさんは食べられないらしい。

だが、一日に五回は食べる。朝起きて食べて、昼前に食べて、昼に食べて、おやつに食べて、夜に食べる。

それでも俺が一食で消費する量の五分の一以下がアルナブ族成人男性一日の消費量というのだから、アルナブ族の燃費のよさに感心してしまった。アルナブ族に似た大きさのビーちゃんは、俺の三倍は食べるのです。

「タケルさん、ありがとう。こんなに美味しい葉っぱを食べたのは久しぶりよ」

スッスが作ってくれた豚汁を食べる俺の横で、ユムナがキュウリを薄く切ったものをポリポリと食べている。

胡坐をかいた俺の膝の上には、子供たちが食事中。思わず撫でたくなる衝動を必死に堪え、ニンジンの葉っぱを食べさせてあげた。

アルナブ族は葉っぱに対するこだわりがあり、野に生えている草が一番のご馳走で、葉野菜や根菜などの人の手がかかったものはそれほど好みではないらしい。

なかでも青いエペペンテッテが好物。精米した米よりも、トルミ村で鋭意栽培中の品種改良されたものよりも、そこらへんに生えているエペペ穀が好き。

完全な草食であり、肉は食べない。豚汁も食べない。調味料も好きではない。たまに木の実も食べるが、やはり野に生えている草がいいとのこと。

ふと考えてみる。

彼らがトルミ村に来てくれたら、畑の雑草抜きが捗《はかど》るんじゃないか？　その場で食べてもいいし、

収穫して保存しておいてもいい。やだすごいこと思いついた俺。

俺の考えが顔に出ていたのか野生の勘なのか、クレイが豚汁を喉に詰まらせていた。

これは勧誘せねば！　トルミ特区では多種多様な種族を歓迎しております！　居心地の良い住居を提供します！　お仕事と報酬もあります！　豆柴とうさぎが飛び跳ね合って遊ぶ姿が見たいとかヨコシマなことは思っておりません！

「長老さん、聞いてもいいですか」

焦る気持ちを抑えつつ、スッスが用意した白湯を飲んで心底ほっとした顔をしている長老に声をかけると、長老はとろりとした幸せそうな顔をして頷いた。

「なんでも。なんでも聞いてくだされ。こんな満たされた気持ちになるのは久しぶりです」

「それはよかった。アルナブ族たちが洞窟に閉じ込められてから、どのくらいになるかわかります？」

「ううむ……ここはお日様の光が差さない暗闇ですからな。ですが一番下の子、アミーナがこの地で生まれてから半年は経っていると思います」

「半年」

「ええ。アルナブ族の子は生まれてから半年で乳歯が抜けるのです」

「半年もこの中に？　危険だとは思うけど、バリエンテの入口までどうにか出ようとは……」

「ばりえんて……？　いいえ、ここはガシュマト領の外れにある迷いの森です」

「えっ」

えっ。

えっ？

俺はクレイたちと顔を見合わせ、長老に再度問う。

「マティアシュ領ではないのですか？　ガシュマト領？」

「マティアシュは隣の領ですな。わしらはガシュマトの森に住んでおりました」

まさかの事実。

洞窟の中を進んで、進んで、お隣の領に来てしまっていた。歩いてお隣の領に行けてしまうなんて。

そういえばマティアシュ領は大地震動のせいで湖ができたけど、領地は減ってしまったと聞いた。アルツェリオ王国内でも一番小さな領。北端のルセウヴァッハ領の五分の一くらいしかない。

「ガシュマトの森に住んでいて、どうしてこの洞窟に？」

「森の開発だそうです。新たなる町を作るための木を伐採しておりました。我々の住処が失われると訴えたのですが……けだものの言うことなど放っておけと」

「ピュイ！」

「なんすかそれはー！」

「ピューピュピュピュ！　ピュプピー!!」

「ええ！　ええ！　許せませんよワタクシも！　知性ある種族に対し、なんて無礼な真似をすることでございますこと！」

「誰っすか！　そんなこと言ったの誰っすか！」

ビーとスッスとザバの勢いに長老は驚いていたが、すぐに笑ってくれた。

「会うたばかりのわしらを思ってくださる。ありがとう。わしらは本当に良い出会いをした。わしらは森を追われ、森の端にある穴に移り住みました」

そうして数年はそこで暮らしていたら、ある日穴の奥がぽっかりと開いた。雨露《あめつゆ》が凌げると奥へと入ったら、この巨大な空間を見つけた。ほどよく植物（クック草）も生えている。安息の地とは言えないが、ひとまずここを拠点としよう。

そうしてまた数年暮らしていたら、穴を掘るモンスターが現れ、外へと出る入口が塞がってしまった。

閉じ込められて半年。助けを求めて洞窟内を彷徨《さまよ》いつつ、なんとか生きようと努力をした。努力をしてくれていた。

俺こそアルナブ族たちと素晴らしい出会いをした。

もしもこれが「青年」の掌の上での誘導だとしても、俺は感謝をしよう。

確認するまでもないが、俺は仲間たちに視線を合わせる。

「クレイ」

「是非とも。彼らの安息の地になれるかはわからぬが、トルミは心地の良い場所だ」

「ブロライト」

「ヴィリオ・ラ・イを紹介しても良いぞ。あそこは深き森ではあるが、開けた場所もある。野の草もたくさんある」

「スッス」

「リド村でもいいっすよ！　みんなは歓迎してくれるっす！」

「ピュピュ！」

でもやっぱりトルミ村が良いとビーが両手を挙げると、ルカルゥも両手を挙げた。

「浮遊都市《キヴォル》に招くことは叶いませぬが、トルミはとてもとても素晴らしい地でございますこと。ルカルゥはあの優しい村に来てほしいと申しておりますです」

必死に頷くルカルゥの頭を撫でると、ザバが俺の腕に絡まってくる。ふわふわ。

アルナブ族の人生を変えるかもしれない選択を迫るのだ。ここは慎重にならないと。

「長老さん、皆さん、お話が――」

あるんですけど、と。

トルミ村の魅力プレゼンテーションを開始しようとしたらば、突然揺らぐ大地。

「きゃあ！」

「みんな、隠れるんだ！」

「岩が降ってくるよ！　かくれて！」

不規則な揺れは地震ではない。

何か大きなものが動いているような気がする。

アルナブ族たちは一斉に散らばり、各々避難。ほとんどが壁際の僅かな隙間でおしくらまんじゅう。コポルタ族と同じように俊敏で、せっかく隠れたのに尻尾を隠さないところも同じ。

ルカルゥとザバは俺のローブの下に隠れてくれた。ルカルゥの浮遊座椅子ごとだから完全に隠れてはいないのだけども、結界《バリア》の魔道具《マジックアイテム》が作動しているから安心無敵。

「旅人さんたち！　早くかくれて！　黒い、黒くて大きなのが来るわ！」

ユムナがクレイの尻尾の下から叫ぶ。いやそこ、何人隠れてるの。

二十数人の旅人が来て食われてしまったという、黒くて大きいの。

さてはて、一体何が蠢いているのでしょうか。

「スッス、結界《バリア》魔石を隅に頼む」

「任せるっす！」

クレイは結界《バリア》魔石の配置をスッスに頼むと、スッスは素早い動きでアルナブ族の集落全部を包むように魔石を置く。

「起動《スタート》！」

四隅に置いた魔石の中央でスッスが起動させると、しゃぼん玉のような七色に輝く結界が半円状に広がった。結界に守られた部分には天井から落ちてきた石や塵《ちり》などが弾かれている。

「さあ結界内に、あの膜の内側に入るのじゃ！」

ブロライトが壁の隙間に挟まっていたアルナブ族たちに結界を指さして教えると、アルナブ族たちは互いに顔を見合わせ、一目散に結界の中へ。

一人残らず結界内に入れたことを確認し、俺は鞄からユグドラシルの枝を取り出す。

「ユグドラシル覚醒。探査《サーチ》、展開」

この場所からは離れているが、比較的近い場所を何かが移動しているのはわかる。

それが何なのか。それ以外の脅威《きょうい》はあるのか。

探査《サーチ》の範囲を絞り、集中。

アルナブ族の集落から約三百メートル先を蠢く巨体。歩いているのか這っているのか、動きが速い。

途中で出会う何かを食っているのかな？　いくつかの反応があったのに、対象が接触すると消えていく。

もっと集中して調査《スキャン》先生を展開。

【グローク・コルドモール　亜種　S＋】
闇土竜が高濃度の魔素を取り込み、数々のモンスターを食べたことで進化。

目は退化しているが、嗅覚と聴覚に優れている。岩盤を掘り進むことができる爪の硬さは、コポルタ族の爪に匹敵するので注意。

爪は魔素水で浄化可能。細かく砕けば果樹等の肥料に使える。甘くなるよ。

腹に収集物を溜め込んでいる。


果樹の肥料……甘くなる……

ベルカイムの果樹園担当であり屋台村で焼きリンゴを売っているアリベロ爺さんは、酸っぱくない果樹を作るのが野望。果樹を加工せずにそのまま売ることができれば、もっと価格を抑えられるのだと。

トルミ村のコフィーさんは土壌のせいなのか品種のせいかはわからないけど、真っ赤なオレンジが苦くて食べられない、だけどせっかくなら食べたいとジャムにしていた。

ジャムにするには大量の砂糖が必要になるから、加工せずにそのまま食べられれば子供たちのおやつになるのにと言っていた。

肥料があれば。

「爪か」

「ピュイ？」

「対象はグローク・コルドモール。亜種に進化していてランクはS以上。爪は砕いて肥料になる。

果物が甘くなります」

「何と」

「何じゃと」

「葡萄が甘くなるんすか？」

警戒態勢を取りながらそれぞれが反応する。

俺はルカルゥを安心させるように頭を撫でつつ、壁の向こうを動き回るコルドモールに目印《マーク》をつける。これで探査《サーチ》や調査《スキャン》を切っても自動追尾が可能。その名も追尾魔法。

「何じゃ？　何かが赤く光っておるぞ？」

ブロライトが真っ先に追尾魔法に気づき、壁に沿って仄かに赤く点滅している箇所を指さす。

「探査《サーチ》の応用で、特定の対象にだけ目印をつけたんだ。これで皆にもコルドモールの居場所が共有できるだろう」

「なんとも便利な魔法を思いつくのじゃな！」

これはエルフの狩猟部隊からユグルへと相談され、ユグルのネフェル爺さんから共同開発をしようと俺に話を持ちかけられたのがきっかけ。

エルフの若手狩猟部隊はたまに獲物を手負いのまま逃がしてしまうことがある。命をいただくための狩りをしているのに、怪我を負わせ苦しませ、ひっそりと死なせてしまう行為はエルフにとって最大の禁忌。

腕が上がればそんな失敗もなくなるのだが、それまでに失われる命が少しでも減ることを願って。矢じりに追跡装置でも埋め込めば良いんだろうけど、いちいち魔道具《マジックアイテム》を仕込むのも面倒。面倒というか、矢じり一本に極小とはいえ魔石をつけるのはもったいない。矢じりに付与魔法をかければ良いのだとネフェル爺さんが提案し、それなら探査《サーチ》の応用で追尾魔法が使えればなと俺が呟いたらば、ユグルたちに何それどうやるの教えなよ教えろと詰め寄られてしまい、まずは探査魔法を教えた。

追尾魔法はアレだよ。前世でよく見たスパイ映画。発信機を対象にくっつけて、ＧＰＳを使って追っかけるっていうやつ。

魔法を教えるというよりも、理屈を教えればあとはユグル族が独自開発してくれる。つまりは鑑定魔法の範囲を広げたようなやつ、と言ったらすぐに会得してくれたのが凄い。

探査魔法を覚えたユグル族は、試行錯誤の末、追尾魔法を開発。何をどうやって開発したのかわからないけど、ほら、そこは魔法だし。

魔法は思いつきと思い込みと強い願いが必要。

追尾魔法を付与された矢じりで狩りを開始したエルフたちは、これで獲物に傷を負わせて逃がすことはなくなり、止《とど》めをさして命をいただけると喜んだ。

使い道を誤ると危険な魔法でもある。暗殺対象を追尾するとか、恋焦がれるあの子の生活を陰から見守るとか。ストーカーは犯罪です。

魔法なんて全て使い方次第。開発した魔法は全て門外不出。ユグル族の秘伝となった。

この追尾魔法のせいでルカルゥに追尾魔道具《マジックアイテム》をつけられそうになったのだが、全力で阻止してくれたクレイを褒めたわけです。

「近いな」

クレイが警戒態勢を取りながら対象の場所を示す赤色の点を睨む。

俺は同時に探査《サーチ》を展開しつつ、どんな動きをしているのか観察。

「歩きながら何か食っている反応がある。何を食っているのかはわからないけど、相手は間違いなくモンスター」

「泥カエルだのクラゲだのと、食えるものならば何でも食うのだろう。悪食《あくじき》のモンスターは育つのが早い」

「カエル食うの？　うわぁ臭そう……ちょっと待て、反応が近づいて……あれ？　モンスターじゃないな。動物？」

「タケル、調べられぬのか？」

「ちょいとお待ち。探査魔法と調査魔法と追尾魔法を同時展開するのって、ちょっとめんどくさ……」

多重魔法の展開は以前よりずっと使いやすくなったのだが、簡単にホイホイできるものではない。

広範囲に探査《サーチ》を展開しつつ、コルドモールの追尾魔法を絶やさぬよう、新たなる対象物へと調査《スキャン》。

コルドモールの数十メートル先を逃げる対象は。


【ユゴルスギルド所属の盗掘者二人】

強盗・盗掘・詐欺《さぎ》の前科あり。名前を覚える必要はありません。

ガシュマト領サングに潜伏。エントル商会長ドンドヴァーラに雇われ、エステヴァン子爵の家宝を狙っている。

［備考］ユゴルスギルドは王国非公認の犯罪者ギルド。

賞金がかけられた指名手配犯が所属しているので、殺害するよりも生きたまま捕獲をすればより多くの賞金が得られます。


ほう？

盗掘者とな。

つまりは、ユムナが教えてくれた旅人さんだろうか。

犯罪者が所属するギルドなんて存在するのか。いわゆる闇《やみ》ギルドってやつ？　闇ギルドを利用するやつも等しく犯罪者となるというのに、エントル商会長ってのは馬鹿なのかな。

エステヴァン子爵の家宝を狙っているということは、導きの羅針盤を狙っているのか。なるほどな。

バリエンテの穴の封印を破り、モンスターや野生生物が巣食う洞窟にしてしまった連中の意図がわかった。

盗掘者たちはあちらから来てこちらに逃げている。アルナブ族の集落から北東の方角に行けば、ガシュマト領の森に出られるのだろう。

バリエンテの迷宮入口に向かうよりは、ガシュマト領に出たほうが早い。その前に転移門《ゲート》で逃げるという手もあるが、俺たちの目的は導きの羅針盤。

「あっ」

「ピュ？」

さっきコルドモールを調査《スキャン》した時、先生は何て教えてくれた？

「腹に収集物を溜め込む……」

「ピュピ？」

嫌な予感。

調査《スキャン》先生、まさかのよもや、コルドモールが導きの羅針盤を呑み込んで腹に入れているなんてことあるはずがないですよね。やっだー。

【グローク・コルドモール　亜種　S＋】
導きの羅針盤の他に各種魔石、鉱石を呑み込んでいます。

胃袋が五つあり、そのうちの一つは胃酸が出ず貯蔵庫にできます。

しかし、臭い。


あー。

嫌な予感的中しちゃったー。

俺は両手で顔を覆い、これからやらねばならないことを整理する。

第一にアルナブ族の保護。

直接トルミ村に避難してもいいのだが、何の説明もなく見知らぬ場所、しかも多種多様の種族がたくさんいる場所に連れていったら混乱するだろう。これは最終手段にして、ひとまず馬車の中にでも避難してもらうかな。馬車の中なら全員を余裕で避難させられるし、清潔で安全。早くプニさん戻ってこい。アルナブ族たちが安全なら、俺たちは本気を出すことができる。

次に導きの羅針盤を手に入れるんだが、コルドモールが食べちゃっているのならコルドモールを討伐し、腹を裂かねばならない。消臭魔法がんばろう。

コルドモールを討伐するにはコルドモールが獲物と定めた旅人さん（盗掘目的の犯罪者）が邪魔だから捕まえないと。賞金もらえるし。

「ピューィ？」

しばらく黙って頭の中でやることリストを整理していると、ビーが心配して俺の頭を撫でてくれた。ルカルゥとザバも不安そうな顔で俺を見ている。

そうだよな。心配させたらいけない。

俺が不安な顔――というより面倒くさいことやらなきゃならんのかと思っている顔をしたら駄目だ。

俺一人ならば面倒なことも、頼りになる仲間たちがいる。

大丈夫。

きっとなんとかなる。

俺がなんとかなると思ったことは、大抵はなんとかなるものだ。

「導きの羅針盤を見つけた！　コルドモールの腹の中！　コルドモールが追っているのは盗掘者！闇ギルド所属の犯罪者！」

俺は意を決して声高に叫ぶと、仲間たちは一斉に「ウエッ」と顔を顰めた。

ですよねー。

コルドモールが臭いカエルを食っているのなら、腹の中だって臭いのだ。臓物《ぞうもつ》特有の臭いで更に酷いこと間違いなし。

しかも、厄介なことに盗掘者まで出てきた。犯罪者を殺さないように捕縛して役所に突き出すのは冒険者の義務なのだが、ぶっちゃけ面倒っちゃ面倒。主に手続き。

だけどすぐに皆は笑ってくれた。面倒なことも全て承知の上ということだろう。頼りになる仲間たちだ。
眩《まばゆ》い太陽と乾いた風。何の不安もない穏やかな日常を、アルナブ族に。
焦らずに着実に。
歩みを止めなければ前に進める。
為せば成る。
成したあとはカニ鍋を食おう。

目的地は遠くても、目の前の目的から一つずつ。

番外編

受付嬢の朝のこと

MATERIAL COLLECTOR'S
ANOTHER WORLD TRAVELS

皆さんこんにちは。

あたしの名前はランテル・アリアンナ。

アルツェリオ王国ルセウヴァッハ領ベルカイム内にあるギルド、「エウロパ」の受付をしています。

ギルドの受付のお仕事というのは、冒険者の入退会の手続き、依頼受注と完了の手続き、お手紙や役所に提出する書類の代筆、お喋り好きな方のお相手、ギルド内のお掃除もありますし、それからたまにモンスター討伐の後方支援。貧民街の炊き出しのお手伝いもします。

あたしは臆病な兎獣人だから、大きな人や大きな音はとても苦手。

だけど、冒険者のほとんどの人が大きくて大きな声を出す人だから、一年も仕事を続けていれば慣れちゃいます。

冒険者はとても危険なお仕事です。安全な町から外に出て、依頼された仕事をこなさなくてはならない。

お土産をくれた冒険者が死んじゃったこともあります。優しかった冒険者が大怪我をして、腕が片方取れちゃった人もいます。

あたしはギルドに入った頃、何度も辞めたいって思ったの。だって怖いもの。顔見知りがつらい思いをしたら、悲しいもの。

血だって苦手。臭いも嫌い。お風呂に入っていない冒険者の臭いも嫌い。

だけど、あたしはギルド職員を続けている。

「おはよう、アリアンナ」

「おはよう、エルナ。今日は早ぃのね？」

ギルドにお休みはありません。基本的に一日中、一年中開いています。

職員は朝番と夜番に分かれて仕事をします。あたしは猫獣人のエルナと同じ、朝番。

獣人は夜が強いんだけど、あたしは静かな夜に眠りたいから朝番にしてもらっているの。

エルナはいつも九の鐘《かね》が鳴る頃に来るんだけど、今朝はまだ七の時。

「ふあぁぁぁ……眠いわよ。だけど今日はビーちゃんが来るかもしれないでしょう？　寝ていられないわ」

目を擦りながら大きな欠伸をしたエルナは、長い尻尾を揺らめかせた。

「蒼黒の団に依頼していたエプララの葉の依頼だっけ？」

「何言ってんのよ。エプララの大量発注ごときで蒼黒の団に依頼が出るわけないじゃない。グリットさんが言うには、珍しい鉱石の緊急依頼よ」

エルナに言われてああそうかと気づく。エプララの葉はものによるけど、ランクF冒険者でも受けられる依頼だった。

王様から称号をもらった蒼黒の団は、今や冒険者チームの頂点と言っても間違いじゃない。ただ、とーっても気まぐれに依頼を受けるものだから、指名依頼もままならないんですって。

ギルドとしてはランクの高い難しい依頼をたくさん受けてほしいんだけど、蒼黒の団は長期間音信不通になったり、かといえばとっても珍しい素材を提出したり、その活動はとっても気まぐれ。翼の生えた恐ろしい悪魔を匿《かくま》っている、なんて噂もあるの。

噂はしょせん噂なんだけど、あの蒼黒の団ですものね。

ランクAの冒険者が二人所属していて、ランクFBの採取家もいる。それにそれに、とってもとーっても綺麗な女性もいるの！　彼女――プニさんは冒険者としての登録はしていないんだけど、蒼黒の団の仲間なんですって。ベルカイムに住む女性の憧れなんだから。

最近ではギルド職員だったスッスも蒼黒の団に入ったわ。

ギルドの同僚たちは皆スッスを羨ましいって言っていたけれど、あたしは町の外に出るのは怖いから羨ましいとは思わなかった。ただ、ギルドで働いている時よりも逞しくなったスッスが羨ましいとは思ったけどね。

「珍しい鉱石……イルドライトじゃなくて？」

ギルド内が冒険者で混み合う前に、あたしたちは掃除を始める。あたしは机の水拭きと、花瓶の水を替える仕事。エルナは床の掃き掃除と、依頼書の張り付け。だけど、眠そうに目を擦るだけのエルナは椅子に座ったまま。

「イルドライトは珍しい鉱石じゃなくなったでしょう？　まだ値は張るけどね」

「それじゃあミスリルとか？」

「ミスリルも珍しいけど、皆が知っているじゃない。そういうのじゃなくて、今まで噂に上がらなかった鉱石、っていう無理な注文らしいわ」

「なあに、それ。そんな依頼、エウロパに出したの？」

「それがね、ヴァンダービルドのギルドから流れてきたらしいわよ」

「はあ？　どうして都会領からわざわざ！」

そろそろ目が覚めてきたのか、エルナの尻尾がふわふわと大きく揺れだした。

エルナが聞いた話によると蒼黒の団に依頼を出したのは、王都に近いヴァンダービルド領の貴族みたい。王都に隣接した領のことを、あたしたち庶民は「都会領」って呼んでいるの。

王都の晩餐会だかお茶会だかで、とある貴族が綺麗な琥珀《こはく》を見せびらかしたんですって。そのとある貴族の好敵手《こうてきしゅ》だったヴァンダービルドのお嬢様が、そんなよくある石よりももっと珍しい石を持っているんだって言っちゃったんですって。持っていやしないのに。馬鹿な子よね。

「そんな馬鹿な見栄《みえ》のためにギルドに依頼を出したの？　やだ、いくら貴族だって手数料は支払うし、税だって取られるでしょう？」

「ランクはA。鉱石学者は存在を知っていても実物はない、そういう石を探せですって」

「……依頼品の名前がなくて、探索する場所の指定もない。少なく見積もっても五万レイブの報酬を支払わないと」

「相手はヴァンダービルド子爵のお嬢様よ？　依頼料は百万レイブ」

「ひゃっ、ひゃっ、くまっ！」

なにそれ無駄！

と、叫んでしまった。

希少な薬草やモンスターの飾り羽根ならともかく、よくわからない石っころに百万レイブ！

「見栄のために百万レイブも支払えるなんて、ヴァンダービルド子爵って凄いわね」

「さあてね。依頼主は子爵じゃなくて、お嬢様のアケイア様。つまり、お嬢様のお小遣いで石っころを買うのよ」

「ひえええええっ……お小遣いで百万レイブ……ッ」

貴族の金銭感覚はよくわからない。

百万レイブなんて、あたしの半年分の給料よ？

あたしはこれでも字は書けるし読める。冒険者専用の用語だって多少わかるし、鑑定魔道具《アバルスマジックアイテム》だって扱える。ギルドの受付としてはお給料をたくさんいただいているほう。

ベルカイムの一般庶民の月収は、大体十万レイブ。質素な生活とたまの贅沢で、じゅうぶん食べていける。

冒険者の稼ぎは最低が百レイブで、最高額は五百万レイブかしらね。エウロパで受注できる依頼額は五百万レイブが上限。王都に行けば上限がなくなるから、数千万レイブの報酬もごろごろあるとか。想像もつかないわ。

ベルカイムは王都からかなり離れた辺境だから、物価は安いんですって。だから、依頼報酬も安くなるの。

屋台村の安くて美味しくてお腹いっぱい食べられる料理は、ベルカイムの自慢の一つ。

あたしのお気に入りは、一つ三百レイブで食べられる肉はさみパン。名前の通り、パンに分厚いお肉とお野菜が挟まれた食べ物なんだけど、この料理の考案者は素材採取家のタケルさん。タケルさんはお料理が好きで、いろいろな美味しい料理を屋台村に広めてくれるの。しかも、無償よ？普通なら考案者として毎月考案料が支払われるんだけど、タケルさんはそれを断ったの。だけどその代わり、いろんな料理を考案するからたくさんの人に広めてくれ、ですって。

タケルさんの考案した料理は、肉はさみパン、じゃがばたそうゆー、握り飯、干物を焼いたやつ、肉どんぶり、焼いたうどん、焼きそばっぽいやつ……数えたらきりがないんだけど、タケルさんの名付けってちょっと変よね。

領主煮も好きだわ。料理に「領主」が名付けられるのは、領主様が今一番のお気に入りな料理っていう証拠。最新の「領主」料理は赤い領主汁。とっても具だくさんで美味しいんだから！

ルセウヴァッハ領は代々とっても人道的な領主様が治めてくださっているから、あたしたちにとって貴族というのはお優しい領主様だけ。

領主様はギルドに無理難題は決して言わないし、税だって厳しく取り立てることはしない。だから貴族ってそういう人が多いのかなって思っていた。

領主様と同じ料理を庶民が食べられるなんて、アルツェリオ王国内ではベルカイムだけですって。

「グリットさん、人がいいから。ヴァンダービルド子爵の侍従と知り合いで、どうすればいいんだって泣きつかれたらしいわよ。それで、そういう無理な依頼でもなんとかしてくれそうなタケルさん――蒼黒の団に依頼を出したらどうかって提案したんですって」

「へえぇ……グリットさん優しいわね」

「あら。何を言っているのよアリアンナ。蒼黒の団に指名依頼って指定したのはグリットさんよ？今をときめく蒼黒の団に指名依頼をするだなんて、注目の的《まと》になること間違いなし」

「そりゃそうよね？　王様から称号をいただいたんですもの」

「そうよ。王様に認められたチームに勝手な指名依頼をしたのよ？　依頼主はどう思われるかしらね」

「あっ」

それは、とっても、注目されてしまうわね。

しかも、緊急指名依頼。指名依頼だけならまだしも、緊急。

「エルナ、もしかして百万レイブって最低報酬なの？」

「んっふふふ、正解。アリアンナも金勘定《かんじょう》ができるようになってきたじゃない」

「それじゃあ、それじゃあ、依頼が成功してもしなくても、蒼黒の団には百万レイブが入るってこと？」

「そうね。実際に蒼黒の団は鉱石を探す旅に出たわ。場所は秘匿されていたけど、確かに珍しい鉱石を手に入れたって通信石で報告があったみたいよ。グリットさんは安心していたわ」

「成功報酬は？」

「緊急依頼と指名依頼、基本報酬と成功報酬を入れるわよ」

「う、うん」

「黄金竜の称号をいただいた冒険者チームを百万レイブぽっちで働かせられるわけないでしょう？だから、少なく見積もっても……」

「ピュイ」

エルナと二人してこそこそと話していたら、あたしたちの背中から聞き慣れた可愛い声。

「きゃっ、ビーちゃん！」

「ピュイ！」

蒼黒の団の一員、ブラック・ドラゴンの幼竜であるビーちゃんが両手を上げて挨拶をしてくれた。相変わらず可愛い声、可愛い顔、鋭い爪はちょっとだけ怖いけど、ビーちゃんの爪はあたしたちを傷つけたことは一度もない。

悪だくみをしていたわけじゃないんだけど、エルナは過剰なくらい慌てて椅子から飛び上がった。エルナの尻尾がぶわって膨らんでいる。

「おおお、おはようビーちゃん！　やだ、ビックリしちゃった」

「ピュイー」

「おはよう！　あら？　ビーちゃん一人？　タケルさんはどこにいるの？」

「ピュイ、ピュピューィ、ピュップ」

「うん？　ごめんなさいねビーちゃん、あたしたちビーちゃんの言葉は……」

「ピュピュピュ、ピューゥ」

エルナが必死にビーちゃんの気持ちを汲もうとするんだけど、ビーちゃんはギルドの入口を指さすだけ。

ビーちゃんはあたしたちの言葉がわかるけど、あたしたちはビーちゃんの言葉がわからないの。タケルさんはビーちゃんの使役主だから言葉はわかるらしいけど、タケルさんが言うにはビーちゃんを使役してはいないって。

子供といってもブラック・ドラゴンの子供よ？　ドラゴンは理性のないモンスターとは違う生き物なのはわかっているけど、それでもあたしたちの言葉がわかるのは凄いことよね。

「エルナ、もしかしてビーちゃんはタケルさんが遅れて来るって言いたいのかしら」

「えっ？　どうしてわかるのよアリアンナ！」

「だって入口のほうを指さしているし、ビーちゃんとタケルさんはいつも一緒でしょう？　タケルさんがいないとなると、きっと遅れて……」

ビーちゃん大好きなエルナが怒る前に宥めようと、ギルドの入口を指させば。

「ビー殿、先に行かれてしまっては困る」

「ピュ？」

開け放たれた扉の向こう、朝日を背負いながらゆっくりと入ってきた大きな姿。

その背には畳まれているけど真っ黒なドラゴンのような翼があって。

エルフ族みたいな尖った耳をしているけど、エルフ族ではないのがわかった。見たこともない種族。

それから、白い角。鹿獣人より太く、牛獣人よりは小ぶりだけど、綺麗な白い角が頭に生えている。

そして、そして。

とっても綺麗な顔。

「ピュピュイ、ピュピュー」

「タケル殿の言伝《ことづて》を忘れたのか？」

「ピュ」

「我は其方《そなた》の案内がなければ右も左もわからぬのだ」

「ピュ！　ピュウ……」

「ふふ。よい。我も今日という日を楽しみにしていた」

「ピュッピュピュ～」

「ははは」

ビーちゃんと仲良く話をしているということは、ビーちゃんの知り合い。いえ、知り合いだけじゃないわね。初対面の相手にはとっても警戒するビーちゃんですもの。きっと、仲の良い間柄なんだわ。

翼が生えた青年は、ただただ呆《ほう》けて口をぱっかりと開いているあたしたちに一礼した。

青年は片手を胸に当てたまま、あたしたちに敬意を払ってくれる。ただのギルド職員でしかない、あたしたちに。

「失礼、我はパゴニ・サマク・ユグルの者だ。こちらはギルド『エウロパ』で間違いはなかろうか」

「ぱご……」

なんて丁寧に話してくれるのかしら。こんな紳士的に挨拶をされるだなんて、初めて。まるであたし、貴族のお嬢様にでもなったかのよう。

あたしたちは必死に頷くしかできない。

「蒼黒の団にて頼まれ事をした。受付主任のグリット殿に取次を願いたい」

「そ……」

呆けたままのエルナは口をぱくぱくと開いている。

どれだけ強面の冒険者に凄《すご》まれても負けないエルナなのに、新人職員みたいに慌てちゃって。

あたしたち獣人族は人族のように顔色は変わらない。顔が真っ赤になったり白くなったりしないの。

その代わり、尻尾や耳に感情が出てしまう。いつでも冷静にいられるよう、尻尾や耳を動かさない訓練をする冒険者はいるけどね。

エルナの尻尾はピンととんがって、ぶわりと膨らんだまま。あれは、混乱して警戒して、でも恥ずかしくてどうしよう、って感情ね。

だけどさすがは肝の据わったエルナ。素早く我に返ると、あたしの背中をばしんばしんと叩きながら言葉を絞り出す。

「蒼黒の、団、ですね。はい、担当のグリットを、今、お呼びします」

「いたっ、痛いわよエルナ！」

「あたしはグリットさんを呼んでくるから！　お客様のお相手をよろしくね！」

「えええっ？　あ、あたし？」

「ピューィ」

ビーちゃん、暢気に手なんて振らなくていいから！　エルナはあたしを置いて逃げたのよ！

ぽちぽちとギルドに入ってくる冒険者たちの視線をものともせず、翼の青年は肩にビーちゃんを乗せた。

「ビーちゃんだ……」

「タケルが来ているのか？」

「栄誉の旦那は？　帰ったのか？」

「あれは誰だ」

「翼？　有翼人か？」

「有翼人のわけないだろう。あれはお伽噺だ」

冒険者たちは基本的に遠慮を知らない。遠慮しようとすれば、他の冒険者に出し抜かれてしまうから。

高位ランクの冒険者なら場の空気を読んだり遠慮を知っていたり、そういう礼儀があるんだけど、今入ってきたのはCランクの冒険者チーム。素行《そこう》は悪くはないけど、声が大きいのが嫌。なかなかお風呂に入ってくれないから、かなり臭うし。

翼の青年は彼らの邪魔にならないよう、壁際に寄って姿勢良く立っている。立っているだけでも素敵ね。品の良さが滲《にじ》み出ているわ。

冒険者たちに遠慮なくじろじろと見られているのに、彼は涼しい顔のまま。

しばらくするとあたしより先に出勤していたグリットさんが来て、ビーちゃんと挨拶をして翼の青年と挨拶をし、そのまま応接室に通したの。

一連の動作を黙って見守っていたあたしは、我に返って受付へと戻る。

彼がどんな素性なのかは知らないけど、ビーちゃんが一緒なら大丈夫。蒼黒の団の紹介なら、あたしは無条件に信じるって決めているんだから。

「なあ、アリアンナ！　さっきの美形、誰よ」

「知らない。パゴニ……って言っていたから、外の国の人よ」

「パゴニ？　それって、北の大陸パゴニ・サマクのことか？　大陸名と種族を名乗ったってことなら、外の国の種族に間違いない。珍しいな、こんな辺境のギルドに来るなんて」

顔見知りの冒険者たちは受付へと群《むら》がり、さっきの青年について考証を始める。

辺境のギルドって、失礼ね。エウロパは王国内でも人気の冒険者ギルド支店なんだから。

それに、蒼黒の団がルセウヴァッハ領北端の村に拠点を造ってくれたおかげで、あの村は物凄い勢いで栄えているって聞いているわ。温泉施設があるんですって。あたしもいつか行ってみたいな。

しばらくすると廊下の奥からグリットさんと翼の青年が来たわ。グリットさんの優しい雰囲気につられたのか、青年もさっきより穏やかな表情になっている。

エルナは廊下で突っ立ったまま。あの子、お茶を持っていったのかしら。お盆を抱き締めたまま呆然としているわ。まったく。

「わざわざのご足労、ありがとうございます。蒼黒の団の皆様には宜しくお伝えください」

「いや、こちらこそ。美味い茶を馳走になった。感謝する」

「ピュピューィ」

グリットさんがギルドの出口までわざわざ見送るということは、彼は蒼黒の団並みの待遇ってことね。きっとこのあと、職員たちに説明があるはず。

いつもは誰彼構わず話しかけている冒険者たちも、彼の颯爽《さっそう》と歩く姿に見惚《みと》れている。あたしもちょっと見惚れちゃった。

ビーちゃんがバイバイをしてくれたから、皆一斉に手を振り返しちゃった。今日も可愛かったな、ビーちゃん。

白昼夢《はくちゅうむ》を見ているような顔のまま、エルナがお盆を抱えてふらふら歩いてきた。

「ちょっとエルナ、あたしのこと置いていったのは許さないから」

「もう、凄い素敵……あのね、あたしちょっとしか話を聞けなかったんだけど、とってもいい匂いがしたの……」

「はあ？」

「甘い、花の香り……」

ぼんやりしているエルナの頭を何度か軽く叩いて現実の世界に戻ってもらう。たまにエルナは素敵な男性に見惚れちゃうと、しばらく仕事ができなくなるのよ。失敗ばかりするようになるから、面倒。

「大丈夫？　仕事は始まったばかりよ？　使い物にならなかったら、ウェイドさんに報告させてもらいますからね」

「待って待って待って、大丈夫！　しゃんとするから！　それよりも、蒼黒の団が依頼達成よ！

貴族様からの指名依頼！」

「えっ？　さっき話していた緊急依頼のこと？」

　エルナはあたしを受付の隅に押しやると、耳元でコッソリと教えてくれた。

「さっきの人が依頼の品を納品していたの。あたし、あんな石初めて見たわ。ごつごつしていて、穴だらけ。ふふふふっ」

「なによ、ちょっと笑ってないで教えて」

「アリアンナ、これが笑わないでいられないのよ。いい？　蒼黒の団に依頼された内容を覚えているでしょう？」

　確か珍しい鉱石を探すこと。

　エルナの問いに頷くと、エルナは笑いださないように口を押さえて続ける。

「貴族様のお嬢様は綺麗な宝石を想像していたと思うの。だけどね、蒼黒の団が出したのはごつごつした石！　綺麗でもなんでもない、確かに珍しいけど赤茶色の石よ？　これがどういうことかわかる？」

「ええっと、飾りにはできないわね？」

「それだけじゃないわよ。珍しい鉱石ならお父上様に取り上げられるでしょうね。子供が我が物顔で自慢するような石じゃないって。まずはヴァンダービルド子爵の懇意にしている上位貴族に報告が行って、鉱石学者にも報告が行って、もしかしたら国王陛下に献上されるかもしれないわよ」

意地悪く微笑んだエルナの意図はともかく、蒼黒の団はお望みの品を納めたのだから誰も文句は言えないわね。

たとえ思っているような宝石じゃなくても、鉱石学者が喜ぶならいいじゃない。

「それにね、グリットさんたら張りきったわよ。鉱石採取の成功報酬額、エウロパの報酬最高額を更新したわ」

「ええっ！　それじゃあ、もしかしてっ……！」


そののち、グリットさんからあたしたちギルド職員に通達があった。

蒼黒の団はあっちこっちに飛び回っているから、依頼の品は代理人に託すことにする。

代理人はユグル族。ユグル族っていうのは、北の大陸に住んでいる珍しい種族のこと。

蒼黒の団の拠点がある村に移住しているんですって。あんな綺麗な顔の人たちが他にもいるってこと？

ああもう！　蒼黒の団の拠点ってどんなところよ！

ユグル族は礼節を重んじる種族であり、無礼な真似は決して許さないと念を押され、グリットさんはエルナを睨んでいた。あの子、応接間でお茶でもこぼしたのかしらね。

代理人を立てるということは蒼黒の団があまりエウロパに来なくなるってことだけど、蒼黒の団はあちこち飛び回っているほうが似合うわ。

そうしてたまに顔を出してくれたらいいな。
タケルさんのギルド職員へのお土産、楽しみにしているから。
これだからギルドの職員は辞められないのよね。

SOZAISAISYUKA NO ISEKAI RYOKOUKI
素材採取家の
異世界旅行記
1~5
原作 木乃子増緒
漫画 ともぞ
シリーズ累計87万部突破!!(電子含む)
可愛い相棒《ドラゴン》と共にレア素材だらけの――
異世界大探索へ
神様によって死んだことにされ、剣と魔法の世界「マデウス」に転生したごく普通のサラリーマン・神城《かみしろ》タケル。新たな人生のスタートにあたり彼が与えられたのは、身体能力強化にトンデモ魔力、そして、価値のあるものを見つけ出せる『探査《サーチ》』――
可愛い相棒《ドラゴン》と共に、チート異能を駆使したタケルの異世界大旅行が幕を開ける!!大人気ほのぼの素材採取ファンタジー、待望のコミカライズ
◎B6判 ◎各定価:748円(10%税込)
素材採取家の異世界旅行記 5
大好評発売中!
ともぞ
猛毒に侵された命を救うため
黄金に光る花を求めて
魔王と一緒に採取旅
87万部突破!
Webにて好評連載中! アルファポリス 漫画 検索

趣味を極めて
自由に生きろ!
12
ただし、
神々は愛し子に
異世界改革を
お望みです
紫南 Shinan
趣味にしては凝り性すぎる
モノ作りで
異世界ライフを
楽しもう!

趣味を極めて
自由に生きろ!
2
ただし、
神々は愛し子に
異世界改革を
お望みです
紫南 Shinan
神の愛し子が作ったのは
はたらく万能クマ!

不死王はスローライフを希望します
FUSHIOU WA SLOW LIFE WO KIBOU SHIMASU
1~4
小狐丸
Kogitsunemaru
待望のコミカライズ
好評発売中!
1~4巻
好評発売中!
最底辺の魔物・ゴーストとして異世界転生したシグムンド。彼は次々と魔物を倒して進化を重ね、やがて「不死王」と呼ばれる最強のバンパイアへと成り上がる。強大な力を手に入れたシグムンドは辺境の森に拠点を構え、魔物の従者やエルフの子供たちと共に、自給自足のスローライフを実現していく——!
●各定価:1320円(10%税込)
●Illustration:高瀬コウ
●定価:748円(10%税込)
●漫画:小滝カイ ●B6判

異世界の路地裏で育った僕、
いせかいのろじうらで
そだったぼく、
しょうかいをせつりつして
しあわせをとどけます
商会を設立して幸せを届けます
1・2
Author
mizuno sei
その日暮らしだった僕だけど……授けられたのは創造神の加護!?
異世界のはじっこで
陽だまりの街作ります!
異世界の路地裏で生まれ育った、心優しい少年ルート。その日暮らしではあるけれど、明るくたくましく暮らしている。やがて10歳の誕生日を迎え、ルートは教会を訪れた。仕事に就く際に必要な『技能スキル』を得るべく、特別な儀式に臨むためだ。そこでルートは、衝撃の事実を知る。なんと彼は転生者で、神様の手違いにより貧困街に生まれてしまったらしい。お詫びとして最強のスキルを授けられたルートは、路地裏で暮らす人々に幸せを届けようと決意して——天才少年のほのぼの街づくりファンタジー!
お宝眠るダンジョンで
わくわくキャンプ!
◉各定価:1320円(10%税込)　◉illustration:キャナリーヌ

新しい人生は
すくすく生きたい
不治の病で
部屋から出たことがない僕は、
回復術師を極めて
自由に生きる
土偶の友
Dogu no Tomo
Presents
心優しい少年の
やり直しファンタジー、開幕！
生まれてから一度も部屋の外に出たことがないバルトラン男爵家、次男のエミリオ。彼の体は不治の病に侵され、一流の回復術師でも治療は不可能だった。外で元気に走り回る兄や妹の姿を見つめては、もし自分が元気だったらと想像する毎日。だがエミリオはある日、とある回復術師と出会ったことをきっかけに自分に魔法の才能があることを知る。想像したことが現実になる魔法は、病身だからこそ想像力が極端に高い彼と相性が良かったのだ。秘められた才能に気付いたエミリオは回復魔法を極めて、自分自身で不治の病を治すことを決意する――！
●定価：1320円（10%税込）　●ISBN 978-4-434-31011-9　●illustration：フェルネモ
不治の病で
部屋から
出たことがない僕は、
回復術師を極めて
自由に生きる
土偶の友
新しい人生は
すくすく生きたい
自分の病気を治すんだ！

見捨てられた
万能者は、
やがてどん底から
成り上がる
[著]グリゴリ
人外な仲間達と楽しく
やり直したい!

見捨てられた
万能者は、
やがてどん底から
成り上がる
[著]グリゴリ
どん底冒険者なんてもうたくさん!
人外な仲間達と楽しく
やり直したい!
王国最強パーティを追われた元荷物持ちの、成り上がり大冒険!
アルファポリス

この作品に対する皆様のご意見・ご感想をお待ちしております。

おハガキ・お手紙は以下の宛先にお送りください。

【宛先】

〒150-6008 東京都渋谷区恵比寿4-20-3 恵比寿ｶﾞｰﾃﾞﾝﾌﾟﾚｲｽﾀﾜｰ 8F
（株）アルファポリス　書籍感想係

メールフォームでのご意見・ご感想は右のＱＲコードから、
あるいは以下のワードで検索をかけてください。

アルファポリス　書籍の感想　検索

ご感想はこちらから

本書はWebサイト「アルファポリス」（https://www.alphapolis.co.jp/）に投稿されたものを、改稿、加筆のうえ、書籍化したものです。

素材《そざい》採取家《さいしゅか》の異世界《いせかい》旅行記《りょこうき》 13

木乃子増緒（きのこますお）

2023年 1月31日初版発行

編集－芦田尚
編集長－太田鉄平
発行者－梶本雄介
発行所－株式会社アルファポリス
〒150-6008 東京都渋谷区恵比寿4-20-3 恵比寿ｶﾞｰﾃﾞﾝﾌﾟﾚｲｽﾀﾜｰ8F
TEL 03-6277-1601（営業） 03-6277-1602（編集）
URL https://www.alphapolis.co.jp/
発売元－株式会社星雲社（共同出版社・流通責任出版社）
〒112-0005 東京都文京区水道1-3-30
TEL 03-3868-3275
装丁・本文イラスト－黒井ススム
装丁デザイン－AFTERGLOW
印刷－中央精版印刷株式会社

価格はカバーに表示されてあります。

落丁乱丁の場合はアルファポリスまでご連絡ください。

送料は小社負担でお取り替えします。


ISBN978-4-434-31505-3 C0093

「せんせい」
リーフェに祈りの歌や踊りを
教えてくれた女性。
エナ
ラ＝メウの神子。
生真面目で、責任感が強す
ぎるところがある。
アミア
ラ＝メウでリーフェの
側仕えになった少女。
ハリド
サディルの腹心。
軽いところもあるが、
確かな実力の持ち主。
レイラ
リーフェの双子の妹であり、
エンリエ教主国の姫神子
として崇められている。

第一章　間違えられた忌神子《いみみこ》

聞こえてくるのは大歓声。

宮殿のバルコニーに立ったリーフェは、はじめて自分の祈りが価値のあるものだと実感した。

姫神子《ひめみこ》を讃《たた》える民の声を直接耳にし、胸がいっぱいになって、泣きたい気持ちになる。

彼女の顔は白のベールで覆《おお》われていて、視界だってはっきりしていない。けれども布越しに見えるこの光景を、リーフェは永遠に忘れないよう胸に刻んだ。

銀糸《ぎんし》のように艶《つや》やかな白銀の髪が風に揺れる。

日焼けをしていない真っ白い肌に細身の肢体《したい》。この国で最も清らかで美しいと称される乙女の姿に人々は熱狂する。いくらベールで顔が隠れていようと誰も気にしない。

なぜなら、今、目の前で起きた奇跡は本物だったから。

それを起こした彼女自身が姫神子《ひめみこ》であることを疑うはずもない。

リーフェは、大地に祈りを捧げるのがちょっとだけ得意な女の子だった。

彼女の祈りは大地を潤《うるお》す。リーフェの祈りに応えるように、周囲の緑は目に見えて鮮やかに色づいていく。

宮殿前の泉には清らかな水が湧き出し、きらきらと輝く。雨は降っていないにもかかわらず、空に大きな虹がかかり、彼女の存在を祝福した。

その神秘的な変化に誰もが目を輝かせた。

「姫神子《ひめみこ》さま、万歳！」

「レイラさま、万歳！」

――この国、エンリエ教主国の教主にはたったひとりの娘がいる。人々は彼女のことを稀代《きたい》の神子《みこ》・姫神子《ひめみこ》として崇《あが》め奉《たてまつ》った。

姫神子《ひめみこ》レイラといえば、艶《つや》めく白銀の長い髪に白い肌。さらにこの国で唯一、水晶のように輝く紫色の瞳を持つ麗《うるわ》しの乙女だ。

誰よりも清らかな心を持つ彼女は、大地に――そして、神に愛されている。彼女が存在するかぎり、エンリエ教主国の繁栄は永遠に続くとさえ言われていた。

そしてこの日は、そんな姫神子《ひめみこ》が成人を迎える特別な祝祭であった。

普段、彼女の祈りは、神子《みこ》の塔の最上階から捧げられる。しかし、彼女の起こす大奇跡を直接目にしたい。そう民が強く望んだ結果、この儀式は執《と》りおこなわれた。

民に愛されし姫神子《ひめみこ》は、民に応えるように皆の前で祈りを捧げた。そして後ろ髪を引かれる思いでバルコニーを後にして――

「――勘違いしないでよね、忌神子《いみみこ》の分際で。民の歓声もなにもかも、あなたに向けられたものじゃない。わかっているのかしら？」

同じ白い神子《みこ》装束、そして白いベールを纏《まと》った同じ背丈の娘に手を引かれる。窓すらない控えの間に連れていかれ、ふたりきりになった瞬間、どんっと突き飛ばされた。

冷たい床に身体を打ちつけ、リーフェはハッと顔を上げる。

リーフェを見下ろす娘は、他に誰もいないことを確認してから、忌《い》ま忌《い》ましげに自身のベールを取り払った。水晶のような美しい紫の瞳が、リーフェを射貫《いぬ》くように見下ろしている。

姫神子《ひめみこ》レイラ。今、目の前に立っている彼女こそが、この国の教主のひとり娘であり、稀代《きたい》の神子姫《みこひめ》である。

「汚らわしい目でわたくしを見ないでちょうだい」

強く咎《とが》められ、リーフェはびくりと身体を震わせた。

「わたくしが民の関心を集めてきたのは、あなたのためなんかじゃないの！　それを、あなたが。こんなかたちで……っ！」

リーフェは彼女の言葉を、ただただ受けとめることしか許されない。

本来、あのバルコニーで民の歓声を浴びるのは姫神子《ひめみこ》であるレイラのはずだった。

「一生に一度のわたくしの成人祝いだったのに。忌子《いみご》のあなたなんかが、こんな……っ！」

そう。今日はレイラの誕生日。でも――

（わたしの誕生日でもあるのよ、レイラ？）

この国、エンリエ教主国の教主には娘がひとりいると言われている。――表向きには。

同じ年、同じ日、同じ腹から生まれた娘は本当はもうひとりいるのだ。ただ、その存在をなかっ

たものにされているだけで。

リーフェ。姓など持たない。彼女はただのリーフェだ。

この国の教主の娘として生まれたはずなのに、存在すら認めてもらえなかった双子の姉は、姫神子《みこ》の影として生きてきた。黒い瞳——すなわち、禁忌《きんき》の瞳を持って生まれた者として。

忌神子《いみみこ》。彼女のことを知る者たちは、リーフェのことをそう呼んだ。

双子の片割れは忌《い》むべき存在。そのような伝承がこの国では連綿と伝えられてきた。そしてこのエンリエ教主国では、黒こそ忌《い》むべき色だともされていた。

教主の子としてたいそう期待されて生まれたはずだったのに、妻から出てきた子供はまさかの双子。ふたりのうち、いずれかが忌子《いみご》であると、教主家に激震が走った。

ただ、どちらが忌子《いみご》かと問われると、彼らの結論は早かった。その片割れが黒い瞳を持って生まれたからだ。

そのような忌子《いみご》だ。リーフェはその場で殺されていてもおかしくなかった。

しかし彼女は生かされた。幸か不幸か、リーフェが生まれ持った神力があまりに強かったためである。

それでも、教主の子に忌子《いみご》がいるなど許されるはずがない。だからリーフェの存在は生まれた瞬間からなかったものとされた。

とはいえ、リーフェの強すぎる神力を教主家は惜しんだ。ゆえに、一度忌子《いみご》と定めたものの、彼女は生かされた。有《あ》り体《てい》に言えば利用されるためだけに殺されなかったのだ。

「もう、用は済んだでしょう？　目障りよ。はやくあの塔へ戻りなさい」

「……っ」

「今すぐ！」

部屋の出口を指さされ、リーフェはのろのろと身体を起こす。レイラの指示により、リーフェは罪人よろしく、かの塔へ戻ることとなった。

リーフェの暮らす塔のことを、人々は神子《みこ》の塔と呼ぶ。城の北側に立つ高い塔だった。長く続く螺旋《らせん》階段を上った先に、姫神子《ひめみこ》レイラが暮らすと言われる部屋がある。――実際は、リーフェを閉じ込めるための檻《おり》でしかないのだけれど。

そこでリーフェは祈りを捧げ続けるのだ。外に出ることすらかなわず、ただひとつ存在する窓から見える景色に思いを馳《は》せながら、狭い部屋でただひとり。

緑よ増えよ。

水よ潤《うるお》せ。

大地よ富めよ栄えよ――と、踊り、歌い続けるしかなかった。

その部屋から国中へ広がる祝福に、外の人々は感謝をし続けたけれど、部屋の主がリーフェであることは誰も知らない。

リーフェはレイラの代わりでしかない。これから先もずっとそう。あの狭い部屋でリーフェは、レイラの振りをして祈り続ける。

だからこそ彼女は、この日浴びた外の空気を一生胸に刻んで生きていこうと決めていた。

どんなにレイラに罵《ののし》られようと、この日はリーフェにとっても特別な日だったのだ。

(外の世界は素晴らしかった)

いまだ興奮冷めやらず。リーフェは神子《みこ》の塔の最上階に戻ってからも、ずっとうっとりしていた。

全身に浴びる風の爽《さわ》やかさよ。宮殿の中だってはじめて歩いた。あんなにも広い空間が全部建物の中だなんて、不思議な感覚しかしなかった。

踏みしめる土の心地よさ。眩《まぶ》しいほどの陽射し。直接届く人々の声。本の中でしか知ることのなかった外の世界を、全身で知ることができた。

(駄目ね。――なんだかもう寂しくなっちゃう)

一度でいい。外の世界に出られたなら、その思い出を胸に秘めてこの塔の中で生きていこう。そう決めていたけれど。

(また、いつか。外に出られるかしら。……いつも想像しているみたいに)

でも、そんな未来はけっしてないだろう。この国、エンリエ教主国の者たちはリーフェを絶対に外に出さない。神子《みこ》の塔にリーフェを一生閉じ込めたまま、その神力を酷使《こくし》し続ける。それがリーフェの役割らしいから。

(でも、妄想するだけなら自由じゃない)

想像の翼を羽ばたかせ、どこへだって旅できる。

そうしなければ、塔の中でひとりで生きる不安に押しつぶされてしまいそうだから。

(わたしをさらいに来てくれるなら、どんな人がいいかしら)

いまだに鳴り響く楽器の演奏に耳を傾けながら、リーフェは考える。窓から見える景色を、ただぼんやりと見つめながら。

優しい月明かりが印象的な夜だった。

夜風がさらりとリーフェの白銀色の髪を揺らす。

髪の色はレイラと同じなのに。顔立ちだってうりふたつだ。同じ日、同じ時間、同じ腹から生まれた子供なのに。片方は華やかな音色のもとで祝福を受け、もう片方はこの狭い部屋でひとり――

(――なんてね。卑屈《ひくつ》になっちゃ駄目よ、リーフェ。ふふっ、嫉妬《しっと》したって無駄なのにね)

いくらレイラを羨《うらや》もうが、この先もリーフェが報われることなんてない。

だったら苛立つだけ無駄。いろんなことを諦めて妄想していたほうが、きっと楽しいはず。だからリーフェは、こんな日でも妄想を膨《ふく》らませる。

(祭りの賑《にぎ》やかさの陰に隠れて、素敵な男性がこの塔に忍びこんでくる――とか、どうかな)

誰かがさらいにきてくれる妄想をするのは得意だ。だって、それが一番の夢だから。

今回の相手はどのような人がいいだろう。

物語の騎士さまのような精悍《せいかん》な男性がいいだろうか。それとも敵役として描かれるような影のある男性？

こんな高い塔だ。窓から人が忍びこむのが不可能なことくらい、リーフェもわかっている。それでも、この窓から誰か素敵な男性がさらいに来てくれるのを、リーフェは妄想し続ける。

そのときだった。

突然、強風が吹いた。長い髪が風にさらわれ、リーフェは驚いて手で押さえる。

ふと窓の外に目を向けると、暗い影が落ちてきて、瞬く。

この部屋にたったひとつ存在する窓。その枠に足をかけて部屋をのぞき込む男の影が見え、呼吸を忘れた。

褐色の肌に映える華やかな金の髪。そして意志の強そうな赤い瞳が真っ直ぐリーフェを射貫《いぬ》いている。

ものを知らぬリーフェは、目の前の人物を物語の登場人物になぞらえることしかできない。

だから、あえて称するならば、異国の戦士。

鼻筋の通ったはっきりとした顔立ちに薄い唇。切れ長の瞳に長い睫毛。非常に整った容貌の美しい男だった。長身の身体にはしなやかな筋肉がついていて、すらりとしている。

年は二十代後半だろうか。リーフェよりもかなり年上で、彼の纏《まと》う堂々とした空気はそれなりの地位と経験を持つ男のものに感じられた。

実際、一般人というのはありえないだろう。

マントを羽織《はお》ってはいるものの、隙間から見える服装はこの国のものではない。黒く染められた薄絹は南の地方のものだろうし、なんと言っても金糸《きんし》による刺繍《ししゅう》が美しい。植物を思わせる豪奢《ごうしゃ》な意匠《いしょう》は、リーフェの知らない文化のものだ。

「美しい銀髪にその顔立ち。間違いないな。――祭りの日の夜にもこんな塔に引き籠《こ》もってるのは意外だったが、会えて嬉しいぜ、姫さん」

どうやってここまで登ってきたのかは、わからない。しかし、男が窓の外からやってきたのは事実だ。

少し荒っぽい口調と、その低い声がリーフェの耳の奥に響く。それだけで腰が砕けてしまいそうなほどの衝撃だった。

男はひょいと窓から部屋の中へ降り立った。すぐそばにいたリーフェの腰を片腕で抱き寄せ、顎《あご》に手をかける。

顔が近い。リーフェの視界には男の顔しか映らなくなって、馬鹿みたいにぽかんと口を開けたまま、呆けてしまう。

「突然で悪いが、アンタは俺が頂くことにする。だから大人しく俺にさらわれてくれ」

リーフェは息を呑んだ。

そう。リーフェにはささやかな夢があったのだ。

いつか、この高い塔の上まで誰かが自分をさらいに来てくれたら。

手慰《てなぐさ》みとして与えられた本に書かれたような、物語みたいな出来事が起こればいいのに。

(さらいに来てくれた。本当に、わたしを?)

相手は想像もしていなかったような、荒々しくて逞《たくま》しい異国の男性だけれども。

この日、この瞬間、リーフェはたちまち目の前の男性に恋をした。

「なぁ？　レイラ姫？」

——相手は、どうやら人違いをしているようだけれど。

男は返事など待たなかった。強引にリーフェを抱き上げ、再び窓枠に足をかける。

「振り落とされて死にたくなけりゃあ、しっかり掴まってるんだぜ？　姫さん」

次の瞬間、男はあの高い塔の上からリーフェを連れて飛び降りた。

「っ、きゃあああーっ⁉」

「ハハハ！　可愛い声で叫びやがる。——が、少し静かにしてくれな？　見つかったら厄介だ」

はじめての浮遊感に震えていた。けれど、ぱっと男と目が合った瞬間、恐怖なんて感情はどこかへ行ってしまった。

「心配はするな。これくらいなら俺の魔法でどうにでもなる」

魔法。——その言葉にリーフェは目を見開いた。

あっという間に地上に到達するも、衝撃ひとつない。むしろ羽根のように軽いくらいだ。

彼は暗い森の奥を睨《にら》みつけたかと思うと、トン！　とものすごい速さで跳躍し、駆けていった。

（まさか。これ、魔法？）

リーフェ自身、神力という特別な力を持ちながら、魔法というものにはまったく接したことがなかった。

女性には神力が宿り、男性には魔力が宿るといわれている。神力が自然を潤《うるお》す力だとすれば、魔力は自然から力を引き出す力だ。

（わたし、魔法使いにさらわれてるんだ）

その体格からして、魔法使いというよりも戦士や傭兵といったほうがしっくりくるけれども。

「舌を噛みたくなけりゃあ、口、閉じてろよ」

驚くほどの速さで周囲の景色が変化していく。

(外だ)

あんなにも憧れた外の世界に、リーフェはいる。

昼間のように顔を隠すためのベールもない。直接、この目で世界を見つめている。

宮殿の周囲は深い森。真っ暗なはずなのに、男はいとも簡単にそこを抜け、夜の街を駆けてゆく。

風の魔法による効果か、周辺をじっくり見ることなど到底不可能な速度で、彼は首都を抜けてしまう。リーフェを閉じ込めていた塔など、とうの昔に見えなくなってしまった。というか、そうこうしているうちに、広い草原を駆け抜け、あっという間に隣町だ。

(なんて能力なの……?)

男の魔力は相当なものに違いない。

彼と出会ってからあまりにも多くのことが起こりすぎて、理解が追いつかない。

リーフェは驚いたまま、ぎゅっと男にしがみつくことしかできなかった。だから彼の間違いを正すことすら、かなわない。

自分は、彼が求めている妹のレイラではない。姫神子《ひめみこ》などではなく、双子の片割れの忌神子《いみみこ》なのだと、はやく伝えるべきなのだろう。

だって、この逞《たくま》しい男性はレイラをさらいに来たのだ。

誰かが自分をさらいに来てくれるという夢のような状況に心を蕩《とろ》かせてしまったけれど、いずれ彼が落胆することになるのは目に見えている。よりにもよって、姫神子《ひめみこ》と忌神子《いみみこ》と間違えてしまうだなんて。

——混乱しているうちに、男は目的地に辿り着いたらしい。

そこは街外れの小さな一軒家だった。木造のこぢんまりとした家は、目の前の男とまったく馴染まない。

ただ、男は躊躇《ちゅうちょ》する様子もなく、がちゃりと玄関のドアを開けた。

そして男が家の中に入るなり、何名かの男たちが明るく迎えてくれる。

「おっ、サディル様！　お帰りなさいませ！　うまくいったようですね！」

「おひとりで行くとおっしゃったときは、さすがに心配でしたけど——さすがサディル様だ！」

彼の部下らしい男たちは、口々に讃《たた》えた。

どうやらリーフェをさらったこの男の名は、サディルというらしい。

（……って、サディル？）

どこかで聞いたことのある名前である。

リーフェは世の中のことに詳しくはないが、それでも一般教養程度の知識は与えられている。その狭い知識の中でも聞いたことのある名前とはこれいかに。

周囲の男たちも、異国風の装いをしているように思われることからも、エンリエ教主国の人ではないのかもしれない。

「テメエらもあまり騒ぐな。いくら隠れ家つっても、賑《にぎ》やかにしてこの国のヤツらに嗅《か》ぎつけられたらコトだ」

サディルは皆にそう言い聞かせ、ちらっとリーフェを見た。

「都はすぐに騒ぎになるだろう。とっととコイツを頂いちまって、すぐに出発だ。いつでも出られるようにしておけ」

頂いちまう、というのはどういう意味だろう。

理解が追いつかず、ぱちぱちと瞬く。するとサディルはなんともばつの悪そうな顔をし、目を逸らした。

「あーあ、はじめてなのに。かわいそ。サディル様、せめて優しくしてあげてくださいね」

「そうですよ。姫さま、さっきから怖がって一言もしゃべってないじゃないですか。抵抗できないくらい怯えてるんですから、あまり乱暴なことは」

「テメエら、俺の敵か味方か、どっちなんだ」

サディルは、はあああと大きくため息をつく。それから強くリーフェを睨《にら》みつけ、言い放った。

「姫さん。悪いが、今すぐ俺のものになってもらう」

そうして、サディルは賑《にぎ》やかな部下たちを一階に置いたまま、大股で階段を上っていく。

連れていかれたのは二階奥の部屋だった。リーフェの塔の部屋よりも狭い空間には、簡素なベッドが置いてあるだけ。

ここまで来ると、リーフェもさすがに彼がなにをしようとしているのか理解できてしまった。

「余裕があれば、じっくり可愛がってやるところなんだが――」

サディルはリーフェをベッドに寝かせてから、適当に己のマントを投げ捨てる。異国の装束に身を包んだ彼は、目をぎらりと光らせてリーフェを組み敷いた。

「今は時間がない。姫さん、もうわかるな？　――アンタは、俺が頂く」

「え……」

「俺の妃《きさき》になってもらう。この砂の王サディルの」

「砂の……王……？」

ああそうだと、リーフェは理解する。

どこかで聞いた名前だと思っていた。エンリエ教主国の南に位置する、砂漠が広がる国――砂の国ラ＝メウの王が、そのような名前だったはず。

「もしかして、盗賊王？　本物の……？」

「ハハ、これは光栄なことだ！　姫神子《ひめみこ》ともあろうお方に、この名を知ってもらえていたか！」

皮肉めいた言い回しをしながら、サディルは口の端を上げた。

砂の王、またの名を盗賊王サディル。それはまだまだ歴史の浅い、砂の国ラ＝メウの成り立ちから来ている特別な名だ。

元々この大陸には砂の国なんて国は存在しなかった。そこはかつて南の国が見捨てた土地でしかなかった。

神子《みこ》の神力を費《つい》やすにはもったいない、緑が豊かになる見込みがない痩《や》せた大地。南の国に見放され、神子《みこ》たちによる神力の供給がなくなった。

結果、大地はさらに枯れ果て、なにを生み出すこともできない死の砂漠となった。

わずかに点在するオアシスがかろうじて生物を生かしていたものの、人が住めるような土地ではなくなってしまったのだ。

それでも、見捨てられたその土地に住む人間はゼロではなかった。取り残された人々は枯れ果てた砂漠でも生きていかないといけない。

それを束ねたのが、初代国王となる砂の王サディルだ。

サディルは砂漠に残された民を導き、砂の大地を独立させた。

人々を導く彼のことを、彼についていった民たちが王としてまつりあげたのだ。

とはいえ、王を擁《よう》したとて、砂の大地は依然なにも生み出せない。物資は外から持ってこなくてはいけない。しかし、砂の国の貧しい人々に物資を購入するすべなどなかった。

結果、彼らがとった手段が強奪だった。

かつて自分たちを見捨てた南の国から強奪行為を続ける。

まさに無法地帯。それを都合がいいと考える商人や、他国から逃亡してきた罪人なども集まり、結果的に国としての体《てい》を成してしまった特殊な国。サディルはそんな無頼《ぶらい》の徒をまとめる王だということだ。

「――悪いな。盗みは俺たちの十八番《おはこ》でよ。アンタも俺が頂く。――俺の国のためにな」

リーフェは息を呑んだ。

神子《みこ》の処女は絶対だ。

神力を司る神子《みこ》は、一生のうち、愛する男性はただひとりでなければいけない。複数の男を受け入れた瞬間、神の機嫌を損ねるせいか、たちまち神力を失ってしまうからだ。

ゆえに、神子《みこ》は処女を捧げた相手のものになるという決まりがある。

つまりサディルは、リーフェの意思に関係なく処女を奪い、リーフェを自分のものにしようとしているらしい。神子《みこ》のいない砂の国に、強引に連れ帰るために。

「っ……！」

「暴れるんじゃねえ。どんなに嫌がっても、アンタは絶対に頂く」

「きゃっ……！」

組み敷かれ、身体が跳ねた。

サディルの大きな手がリーフェの身体に触れる。ただ、彼の目はひどく冷めたまま。そこには甘さもなにもない。

「チィ！　――やっぱ、こういうのは趣味じゃねぇな」

サディル自身、義務感しかないのだろう。つまらなさそうに吐き捨てつつも、その手は止めない。

ブツブツ呟きながら、リーフェの白い装束をたくし上げようとする。

はじめての事態に、リーフェの頭は真っ白になった。

怖いからじゃない。自分に都合がよすぎるからだ。

だって、このまま彼に抱かれたら、リーフェは彼のものになれる。

人違いであることを隠し、すべてが終わってから種明かしをすればいい。そうしたら、リーフェは望み通り、サディルと結婚することができるのだ。

だからこそ胸の奥がひどく痛んだ。

確かにリーフェは強い神子《みこ》の力を持っている。けれども、彼が望んでいるのはリーフェではない。レイラだ。こんな忌子《いみご》で、なり損ないのハズレ神子《みこ》でいいはずがない。

きっと彼は落胆するだろう。輿が乗らぬまま、嫌々組み敷いてまで手に入れた娘が、目的の人物ではないなど。

そして、処女を捧げるということは、彼自身がどんなに不本意でもリーフェを手にしなければいけなくなるということだ。それは彼にとっての幸福とかけ離れた結果になるのではないだろうか。

「待って！」

「抵抗しても無駄だ。アンタは、俺が頂く」

「っ、違うの……！」

「この一度きりだ。我慢しろ。俺のものになりさえすれば、その先は無理強いなどしない」

驚いて、顔を上げる。

あまりに真摯《しんし》な言葉だった。

「国には来てもらうがな。――まだまだ貧しい国だが、アンタには不自由させねえ。できるかぎりの便宜《べんぎ》をはかると約束する。だから形だけでいい。俺のものになれ」

彼の目的は理解した。本来ならば姫神子《ひめみこ》レイラに、砂の国ラ＝メウの土地を癒《い》やす神子《みこ》になってほしいということなのだろう。そのためにはサディル本人も手段を選ばないと。

彼の強い意志に、リーフェの心は大きく揺さぶられる。

リーフェをさらい、あの塔から連れ出してくれたこの人は、正しく盗賊王だ。そして彼は民のために生きる覚悟がある。

楽しい妄想で誤魔化しながら、ぼんやり生きているリーフェとは大違いの立派な人。尊敬できる相手だからこそ、あまりに苦しかった。

（駄目……っ！）

ちゃんと伝えなければ。リーフェはレイラではないと。

間に合わなくなるその前に――

「お願い、待って！」

「アンタがどんだけ嫌がろうが、俺は――」

焦りと緊張でどうにかなってしまいそうだけれど、リーフェは必死で主張した。

「違う！　だから、間違いなの！」

「暴れたところで――」

「わたしは！　レイラじゃ！　ない!!」

そう伝えた瞬間、彼の動きがピタリと止まった。

「………は？」

サディルは、リーフェの言葉を理解するのに時間がかかっているようだった。ひとしきりその意味を考え、もう一度呟く。

「……え、いや………は？」

リーフェは一度深呼吸し、サディルに向きなおる。

「わたしは、姫神子《ひめみこ》レイラじゃ、ありません」

一度声を出すと、幾分《いくぶん》か言葉が出やすくなるらしい。

少し冷静になって、態度を改める。上半身を起こしてから、ゆっくり首を横に振った。

呆けたままのサディルの胸元に手を置き、改めて彼の顔をのぞき込む。すると燃えるような赤い瞳が、不思議そうにリーフェを見つめ返してきた。

「だって。アンタ、どう見ても。姫神子《ひめみこ》レイラにしか……」

「似ているのは当たり前だと思います。だって、わたしは――」

真実を口にするのは怖い。誰かに自己を紹介したことなど、今まで一度もなかったのだから。

表向きには、リーフェは存在しない人間。それでも話さなければとリーフェは思う。

「レイラの双子の姉。忌《い》むべき片割れですから」

「……双子？ 嘘を言って誤魔化そうとしても、そうは――」

「証拠ならあります。――気づいてはいらっしゃらないみたいですけれど」

「え？」

「瞳の色。レイラの瞳の色は有名ですから、ご存じなのでは？」

「だから紫、じゃ――」

サディルは、信じられないと両目を大きく見開いた。

「ねえ、だと……？」

きっと、あの塔に訪れた時間が悪かった。

妹レイラの瞳は、国で唯一の美しい紫であると有名だ。でも、夜の薄暗い時間に、その紫色を正しく認識するのは難しいだろう。

光の当たり具合で瞳の色は見え方が異なる。夜の時間ならばレイラの瞳も、かなり深く暗い色に見えるだろうから。――黒に見えても違和感がないほどに。

「黒い瞳――」

ぐいっと、サディルの親指がリーフェの下瞼《したまぶた》を引っ張った。そうして凝視するように瞳をのぞき込み、嘘だろと唸《うな》る。

いくらのぞき込んでも、光の当たる角度を変えても、リーフェの瞳は暗い色彩をたたえるだけ。レイラの水晶のような瞳と違い、色の変化は見られない。

「マジで言っているのか」

強引にリーフェを捕らえていた力強い手が、戸惑うように宙をさまよう。

「そう、か。……悪かった。この通りだ」

そして彼は、深々と頭を下げた。

それがリーフェには信じられなかった。だって、リーフェよりもいくつも年上の――いくら盗賊とはいえ王とも呼ばれる人間が、こんな忌子《いみご》に頭を下げるだなんて。

なんと潔《いさぎよ》い人なのだろうか。あっさりと自分の非を受け入れ、謝罪してくれるとは。

こんなこと、今までのリーフェの人生ではありえないことだった。

（……素敵な人）

胸の奥で、彼に対する好意が膨《ふく》らむ。

だからこそ悔しくもあった。もし自分がレイラであったのなら、それだけで彼のものになれていたはずなのに。

どうせリーフェはいらない存在だ。押しつけられても困るような、忌《い》むべき神子《みこ》でしかないのだから。

「――悪かった。送っていく」

「え？」

「アンタをさらう気なんかなかったんだ。送っていくのが筋ってモンだろう？」

そう言いながら、彼はマントを拾い上げ、くるりと巻き付けた。

「ですが、危険なのでは……？」

「あのなあ。――どう考えても間違えた俺が悪いじゃねえか。責任をとるっつってるんだ」

城はもう騒ぎになっているだろうか。

リーフェは忌子《いみご》。存在を隠さなければいけないという意味でも、レイラの影という意味でも、エンリエ教主国はリーフェを確保したがるだろう。そんな存在を連れてのこのこ戻るとなると、いくらサディルでも骨が折れるのではないだろうか。

「――って、くれませんか？」

声が震えた。よく聞こえなかったようで、サディルが片眉を上げる。

「だから、あの――」

リーフェのために、危険を冒《おか》してまで帰してくれようとする彼のことが気になって仕方ない。このまま彼に身を委《ゆだ》ねて都に帰るのは、気持ちの上では楽なのかもしれない。でも、今を逃せばリーフェは一生、籠《かご》の中の鳥だ。

だからリーフェは、なけなしの勇気を絞り出す。

「あのっ！　わたしの処女を！　もらってはくれませんか⁉」

「はあ⁉」

自分でもびっくりするくらい大きな声が出た。一度伝えると決めたらもう止まらない。

「わたしでは駄目ですか⁉　わたしでは、砂の国ラ＝メウの神子《みこ》の代わりを果たせませんか⁉」

「ちょ、声！　声がでけえ！」

「わた……っ、す、すみませんっ」

こんなに大きな声を出したのは、人生ではじめてだった。

でも、今伝えないと。リーフェはきっと一生後悔する。

ひとりあの塔に戻ったとしても、もう、以前と同じように妄想に耽《ふけ》ることなどできそうもない。

リーフェの心にはサディルの存在が刻まれてしまっている。同じ妄想をしようとしても、思い描くのはきっとサディルの姿だけになるだろう。

そしてなによりも、夢を叶えたいのなら、ここで引いてはいけないことだけは確かだ。

「ちっとは落ち着け、な？　なんだってそんな、いきなり」

「確かにわたしは間違えられて。しかも忌神子《いみみこ》です。でも、わたしだって！　役に立てると思います！」

「役に立てる？」

「神力、それなりにあります。土地を潤《うるお》すことだって、得意だと思います。そもそもこの国の大地を癒《い》やしているのは、わたしですし」

「は？」

サディルは口をぽかんと開けて、固まった。

「レイラの代わりなんです、わたし。だからわたしは、あの塔で隠れて大地に祈りを捧げて。――それがレイラが祈った成果だと、世間には知られていて」

サディルが信じられないと目を剥いた。

「嘘だろ？」

「嘘じゃないです。あの塔の最上階。そこに住む神子《みこ》が祈りを捧げてるのは有名なのですよね？」

「でも実際にいたのは、アンタだった」

「はい。わたしは毎日あそこから祈りを捧げて。でも、それがレイラがやっていることになっていました」

神子《みこ》の塔。あの塔の最上階から、祈りは大地に広がっていく。

祈りを踊りに込めて。あるいは歌に乗せて。

国民の誰もがその事実を知っている。

実際は、それらの歌も祈りも、すべてリーフェによるものだけれど。

あの塔は神子《みこ》の塔。確かにレイラも神子《みこ》としての力は皆無ではないし、あの塔で暮らしている。

でも彼女が生活しているのは、地上に出やすい低層階だ。

人々は、あの塔の最上階に住んでいるのがレイラではなく、幽閉されたリーフェであったことを知らないのだ。

「それは、本当なのか」

「っ、はい」

「アンタには、俺の国の大地を潤《うるお》すだけの力があるっていうのか」

「レイラを連れていくよりは、力になれると思います」

「……っ」

真っ直ぐに彼を見つめると、サディルはくしゃりと眉根を寄せた。

大きな手で額を押さえ、噛みしめるようにして唸《うな》り声を上げる。

「ただ、忌子《いみご》というのは本当なので、それでもよければですが」

「いいに決まっているだろう！」

「っ⁉」

がしりと、両肩を掴まれる。

サディルの顔が近づき、真剣な眼差しが真っ直ぐにリーフェを射貫《いぬ》く。

「忌子《いみご》だなんだの、そんなものは迷信だ！　気にするような臆病者、俺の国にはいない！　アンタが来てくれるなら、こんなにも心強いことはない！」

「……信じてくれるんですか？」

リーフェはぽろりと口にする。

彼の言葉が嬉しくて。本当に夢みたいだと思って、確かめたくて。

「あの塔の最上階の住人が、この国を潤《うるお》しているのは事実だろう？」

「ええ。レイラではありませんけれど」

「それにあの塔の警備の数は確かに異常だった。——それこそ、国にとって最も大切な宝物を護っていると言われても頷けるほどに」

「でも、あなたはひとりでそれを突破できたんですよね？」

「そりゃあそうだろ。俺を誰だと思っているんだ？」

その答えは、簡単に口にできる。

「盗賊王」

「ご名答。——取り消しはナシだからな？　泣いて嫌がっても、俺は絶対アンタを連れていく」

ぎゅっと、胸の前で手を握りしめる。

真っ直ぐサディルを見つめると、彼は自信たっぷりに口の端を上げた。

「アンタは俺の宝だ。わかっているのか？　俺は一度手にした宝は、絶対に手放さないぞ？」

「望むところです」

大きく頷き、リーフェはサディルの胸に飛び込んだ。

彼の胸板は逞《たくま》しくて、リーフェがしがみついてもビクともしない。リーフェは彼のものになれるのだと、喜びが溢れる。

「そうと決まれば、とっととこの国からずらかるぞ。まあ、心配はしなくていい。すべて手はずは整えている」

「っ、はい」

リーフェはこくこくと頷く。――が、そういえばと、はたと気がついた。

「あの……ひとつお伺いしたいのですが」

「なんだ？」

「処女は奪ってくださらないのですか？」

「ぶふっ⁉」

おかしい。なぜ、噴き出すのだろう。

サディルは目を剥いて、リーフェの顔を二度見くらいしている。

「……なぜそうなる？」

「わたしが忌神子《いみみこ》だとわかったうえで、わたしを宝にしてくださるって、いま……！」

「宝とは言ったが！　アンタは、自分の意志で俺たちについてきてくれるんだろう？　処女を奪う必要なんか、どこにも……！」

「で、でもっ！」

「抱かれなくて済むなら、それに越したことねえだろ⁉　――俺が言えることじゃあないが、俺は強引に女を連れ去って犯そうとする頭のイカレた男だぞ⁉」

「わたしはむしろ、あなたがいいのですが！」

「はあ⁉　――はあああああ⁉」

サディルの頬が引きつっている。

心底理解できないと言うかのごとく、両目をひん剥いていた。

「あ、あー、あー……」

それから、両腕をがっちり組んで、俯《うつむ》いたり、のけ反ったり、頭をぶんぶん振りながらしばしなにかを考えている。

心底理解できないと言うかのように、うんうん唸《うな》りながら考えた結果。

「いや、さすがにないだろう」

はっきりと、この一声である。

リーフェの夢は一瞬のうちに粉々に砕かれ、打ちひしがれるしかなかった。

「いやいや姫さんよ。落ち着け。あのな？　アンタ、さらわれたせいで精神が昂《たか》ぶってるだけだって。ヤらなくて済んで、互いによかったってことにしとこうや。な？」

「でも」

「別に処女なんざもらわなくても、さっきの約束はたがえない。アンタは俺の宝だ。できるかぎり便宜《べんぎ》ははかるし、苦労はさせねえ。――ひとまずそれで手を打っちゃくれないか？」

リーフェは目を伏せた。

もちろん、リーフェだって無理強いするつもりなんかない。

でも勇気を出して言ったのに、受け入れてもらえなかった。落胆する気持ちを抱えつつも、こくりと首を縦に振ることしかできない。

「っし。理解してくれて嬉しい。えーっと……」

ふとなにかに気がついたかのように、彼が漏らす。

「そういえば、まだ名前を聞いていなかった」

「え？」

「そうだろ？　忌神子《いみみこ》ってのも俺の国に来たら違うしな。アンタのこと、なんて呼べばいい？」

「あ…………」

リーフェ。そのたった一言を、すぐには口にできなかった。

存在こそないものとされているけれど、名前くらいは与えられている。

けれどもリーフェは忌子《いみご》。その名前を呼ぶと不幸になると、世話係にすら思われていたから。だから誰も、彼女の名前を発音することはなかった。

「どうした？」

「……その。わたしの、名前は」

今日一日でたちまち好きになってしまった人を、不幸になどしたくない。だから、名前を教えるべきではないのだろう。

一度くらい誰かに呼んでほしいという気持ちとない交ぜになり、気持ちが萎《しぼ》んでいく。

「呼ぶと、不幸になりますから……」

俯《うつむ》き、ぎゅっと拳を握りしめるリーフェを見て、サディルはくいっと片眉を上げた。

「おいおい、ナメてくれるなよ。俺を誰だと思ってんだ？」

がしがしと、先ほどよりもずっと強く頭を撫《な》でられ、リーフェは顔を上げる。

目の前では、サディルがニィと濃い笑みを浮かべている。そして彼は、片方の手を握りしめ、親指を突きたて、とんとんと己の胸を叩いてみせた。

「盗賊王」

「正解。ま、盗賊ってつくのがイマイチかっこつかねえが」

「でしたら、砂の王？」

「気取った言い方だとそうだな。今まで、散々罪を犯してきたんだ。罰が当たるならとっくに当たってる。そんな俺が、今さらアンタの名前を呼んだくらいで不幸になると思うか？」

そうは思えないと、リーフェは素直に首を横に振る。

「だろう？　だから、そう怖がるな」

こくりと頷くと、サディルも満足そうに笑う。

「わかりました。――――わたし、リーフェといいます」

「そっか。リーフェ、これからよろしくな」

「はい。っ、――はい」

深く、あったかく響いた彼の声に、もうリーフェの心は限界だった。

だって、全部がはじめてだ。

こうして宮殿の外に出たのもそう。

強く抱きしめられ、頭を撫《な》でられたのもそう。

気易く話しかけてもらえたのも、未来の約束をくれたのも。

リーフェ。この名前を呼んでくれたのも。

「……っ」

ぼろっと、大粒の涙がこぼれ落ち、頬を伝っていく。

一度堰《せき》を切ると、もう止めようもない。ぼろぼろととめどなく溢れる涙に、リーフェ自身どうしたらいいのかわからなくなった。

「おい!?　ちょ、どうした!?」

「ちがっ、これは……」

どうしようもなかった。目元を擦って止めようとするも、思うようにはいかない。

「違うんです、……わたし……っ」

人前で泣くことすらはじめてで、どうしたらいいのかわからない。うろたえるリーフェを前にして、サディルはガシガシと己の頭を掻いた。

「あ。あー……くっそ、待ってくれ。俺、こういうのは慣れて……ああー、もう！」

かと思うと、突然がばっと抱き寄せられ、目を見開く。

彼の肩口に顔を埋める形になり、その温もりにますます涙が止まらなくなった。

「わかった。泣け泣け。好きなだけ泣いてくれ。アンタのことは俺がちゃんと幸せにするから」

もちろん、「幸せにする」に深い意味は含まれない。それはわかっているけれど、それでも、彼のくれる約束が嬉しくて、胸に深く響く。

「涙、俺の服で拭《ぬぐ》っとけ。あんまり上等な布じゃねえのは悪いがな」

とんとんと、背中を叩く彼の手が優しい。

冗談交じりの彼の言葉が胸に沁《し》み、ますます涙が止まらなくなる。

本当はすぐに出発したほうがいいのだろう。

けれどもこのとき、彼は本当に、リーフェが落ち着くまでたっぷり泣かせてくれた。


「――泣くと、わりと体力使うだろ？」

そう言いながら、サディルは自分のマントでリーフェの身体を包んで、抱き上げる。

目が痛くなるまでわんわん泣いたせいで、リーフェ自身、ぐったりしてしまっていた。

疲労で涙が出なくなるまで泣いたこともはじめてで、サディルと出会ってからはじめてだらけだ。

きっとこれからも、はじめてなことがたくさん増えていくのだろう。

サディルに大切に抱き上げられ、ふたりして二階の寝室を出た。

階段を下りる音が響いたからか、コトが終わったことを、彼の部下たちも悟ったらしい。

一階で談笑していた彼らがぴたっと会話を止め、こちらを振り向く。

皆が皆、なんと声をかけたらいいのかわからない様子で、困ったように苦笑いを浮かべていた。

「あー……えっと。お疲れさまです。って、うっわ!? ちょ、サディル様、なにしてくれちゃってるんですか!?」

一階にたむろしていたのは全部で四人。その中でも、一番年上らしき青年が声をかけてくる。

サディルと同じ褐色の肌に、赤い髪。くりっとしたヘーゼルアイが印象的な、気さくな雰囲気の男性だ。小柄でバンダナを巻いた彼は、リーフェの顔を見るなりギョッとする。

「アナタ鬼畜ですか!? 優しくしてあげてって言ったじゃないですか!?」

泣きすぎてすっかり目が腫《は》れていたせいで、誤解されてしまったようである。

「そうですよ！ 一体どんな乱暴をしたら——」

「おい、思い出させてあげるなよ。姫さんが可哀相すぎるだろっ」

「っ、そ、そうだな。せめて俺たちは、優しく——」

「——だよ……が怖がらせた分、俺たちは——……」

大騒ぎだった彼らも、なぜか唐突に小声になっていく。部屋の片隅に集まって、ひそひそとなにかの作戦会議を始める始末。

「おい、テメエら」

と、そこでサディルがつっこんだ。

「言っておくが、ヤってねえからな！」

「えっ」

全員がぴたっと一瞬固まってから、また小声でなにかの会議が始まった。

「……なんだよその反応は」

「や、だって。ヤる気満々だって言ってたじゃないですか。さらいに行く前は」

「コイツの前で、俺がサルみたいな言い方するなよ」

「違うんですか？」

「違うわ‼　国のためだろ⁉」

どうやらサディルの部下たちは、彼に遠慮がないらしい。やいのやいのとからかってくる部下に、サディルのほうがたじたじになっている。

それがおかしくて、リーフェはくすくすと声に出して笑った。

「姫さんが、笑った……？」

「えっ、あ、ごめんなさいっ」

せっかく楽しそうに会話をしていたのに、止めてしまって申し訳ない。わたわたしながら両手を振ってみると、なんだか皆がぽかんとした目でこちらを見てきた。

「か、かわいい」

「サディル様、本当にその子とヤってないんですか？　逆に、正気？」

「テメエら、俺にヤらせたいのか、優しくさせたいのかどっちなんだ……」

はあぁと大きなため息をつきながら、サディルは皆の前に歩いていく。

「まあいい。今ははやくこの町を出るぞ。――コイツにゃ国まで同行してもらう約束だ。俺たちの宝だ。丁重に扱えよ」

「アナタが一番、優しくしてやってくださいよ」

「わかってるよ。——ほら、リーフェ。自己紹介」

あえてリーフェと呼ばれたことで、再び皆きょとんとする。

一斉に注目を浴び、緊張で背筋が伸びた。黙ったままではいけないと、リーフェは頭を下げる。

「忌神子《いみみこ》の、リーフェです」

「忌神子《いみみこ》じゃなくてラ＝メウの神子《みこ》な」

「ラ＝メウの神子《みこ》、になります。リーフェです。姫神子《ひめみこ》レイラの双子の姉で。その——よろしくお願いしますっ！」

ちょっと情報量が多かったらしい。

皆、ぴしりと固まって、リーフェの自己紹介を反芻《はんすう》している。

たっぷり考えてから、皆が皆、揃って「ええ〜っ!?」と叫んだのだった。


「——ったく。あんときゃ煩《うるさ》かったのなんのって。見つかるかと思ったわ」

「ふふっ」

首都を遠く離れた街を歩きながら、サディルはぼやく。

確かに、あれはとても賑《にぎ》やかな夜だった。

あの日の夜、善は急げとサディルに抱き上げられたまま移動した。

一緒だった彼の臣下たちは皆、サディルの信頼する優秀な戦士らしく、全員が魔法を使えるのだという。

ラ＝メウは神子《みこ》はほとんど存在しないけれど、魔法使いは極端な能力を持つ者がぽつぽつ生まれる土地柄なのだとか。だから皆で風魔法をかけて、なるべく首都から遠くに離れた。

その次の日からは、旅商人に変装しての旅となった。

エンリエ教主国はかなりいろんな人種の入り交じった土地であることを、外を旅してはじめて実感した。だからサディルのような異国人らしい人が歩いていても、違和感はない。

エンリエ教主国に来たのだからついでにと、彼はいろんなものの買い付けをしている。

砂の国ラ＝メウではなかなか手に入らない保存食や調味料、衣類、それから装飾品までいろいろ見繕い、手配しているようだった。

サディルの堂々とした出で立ちや振る舞いから、街の商人たちもすっかり彼を大物商人かなにかと勘違いしたらしい。高額な取り引きがどんどん決まっていく。そのやりとりに、リーフェはすっかり圧倒されてしまった。

(盗賊の頭みたいな存在だって聞いていたけど、商業の取り引きも慣れてる。普段から、こうして外国とやりとりしてるのかしら)

驚いたのは、彼の臣下が誰ひとりとしてリーフェのことを疎《うと》まなかったことだ。

本当はレイラを求めていたはずだし、なによりも忌神子《いみみこ》だ。だから忌避《きひ》されても仕方がないと思っていたのに、そんな様子はない。

「俺たち、サディル様を信じてるんで。サディル様の宝であるあなたを受け入れない理由なんてないですよ」

そう言ってくれたのは、彼の一番の臣下らしい赤髪のハリドという青年だった。

人なつっこい性格らしく、はじめて出会ったときからなにかと世話を焼いてくれる。ものを知らないリーフェに、見るもの、聞くこと、なにを訊ねても優しく教えてくれる、教師みたいなことをしてくれていた。

あと、旅をする上で予想外だったのは、いまだに追っ手のひとつもないことだろうか。どの街も平和そのもので、首都で誘拐事件があった、という噂も流れてこない。

考えてみれば当然のことなのかもしれない。リーフェは元々いない存在なのだから。

姫神子《ひめみこ》とうりふたつの娘がいなくなったなど騒ぎ立てれば、教主家が忌子《いみご》を隠していたというよろしくない事実が広がりかねない。

結果的に、レイラでなくリーフェをさらったことこそが、サディルたちにとって都合のいい方向に動いている。

ただ、ひとつうまくいかないことといえば、サディルに恋愛対象として見てもらえていないことなのだけれど。

(まるで、保護者みたいなのよね)

存外世話焼きなところもあるのだが、完全に子供扱いされている気がする。

彼は魅力的な男性ではあるけれども、リーフェが物語の中で読んだヒーローのような、甘い態度など示してくれない。当たり前だとわかっているけれども、それが正直少し――いや、とても残念だったりもする。逆に気易くもあって、リーフェはすっかり彼のそばに馴染むことができたけれど。

どんな態度をとっても彼はカラッと笑ってくれる。だからリーフェは、彼と砕けた言葉で自然に話せるようになっていた。

「お。ほら、見えてきた――リーフェ。あれが、国境の街シ=ウォロだ」

すっかり商人様ご一行となっていた集団が辿り着いたのは、ラ=メウの国境にあたる街だった。

エンリエ教主国を抜けると、自然環境がまるで異なってくる。ずいぶんと乾燥してきたし、土が乾いてカチカチになっている。生えている植物の種類も異なり、気候もかなり暑く感じた。

「あの街の裏側から景色が変わる。――アンタにとっては、きっと珍しかろう」

「もしかして、砂漠?」

「そうだ。――さあ、行くか」

そう言われて彼らと一緒に街の中に入り、真っ直ぐ南へ突っ切ると――

「わあああ……!」

街の裏側。サディルがわざわざ珍しいと言った意味を理解する。

その変化は、本当に唐突に訪れた。

まるで一本線を入れたかのような、鮮やかな変化。街の中はカチカチと硬くも、まだ植物の生える乾いた大地だったのに、唐突になにもない砂の大地が広がっている。

どこまでも続く黄金色の地。太陽がギラギラと輝き、大地に反射して眩《まぶ》しい。

「すごい、こんなに綺麗なんて……！」

「ハハハ！　ありがとよ。住んでりゃなかなか厄介な砂漠だが、褒めてもらえるのは悪い気分じゃねえな」

目をきらきらさせながら興奮すると、サディルが満足そうに大きな口を開けて笑った。

だから自分の言葉にハッとする。

そうだった。この砂漠は、サディルにとっては悩みの種でもあるのだ。

(神子《みこ》の祈りがまったく届けられていないってこと？　だから、こんなに急激に……？)

線引きしたかのような土地の変化は、つまりそういうことなのだろう。サディルの抱える事情に今さら理解が及び、自分の無神経な言葉にしゅんとする。

「ま、どんなに綺麗だろうと、安易に踏み込むのは馬鹿のすることだ。アンタも絶対にひとりで行こうとするなよ？」

「しないよ」

「そりゃあ頼もしい返事だ」

なんて話題を変えながら、がしがしと頭を撫《な》でてくれるところ、優しいと思う。

「——出発は明後日だ。それまではこの街で、砂漠を越える準備だな。寝泊まりする場所は確保してある。アンタも今のうちに体力溜め込んでな」

そう言われ、リーフェは今度こそと、使命感に満ちた目でこくりと頷いた。

リーフェは本当に体力が足りなくて、ここに来るまでも周囲にとことん世話を焼いてもらった。

ここから先は苛酷な砂漠だ。だから無理せずついていけるように、自分の体調を整える。それがリーフェの役割である。

(でも――)

どこまでも広がる砂の大地を見つめ、リーフェは考えた。

「ねえ、サディルさま。この砂の大地を、いつか緑にしたいの?」

「ん。そうだな。それが俺の夢だ」

「夢……」

もう、リーフェの夢は叶えてもらえた。

いつかあの塔に、誰かが自分をさらいに来てくれたら――

何年も何年も、心の中にふわふわと思い描き続けた夢を、サディルが実現してくれた。

(だったら、わたしもサディルさまの夢を叶えたい)

緑の大地のイメージは、いくらでも膨《ふく》らませることができる。

神子《みこ》の塔の最上階。たったひとつの窓から見える世界は美しい緑に溢れていた。

ああいう景色をサディルは見たいと望んでいるのか。

そう思うと、むくむくとやる気が湧いてくる。

「わかった。わたし、頑張るね」

「ん。期待しとく」

「ええ」

いつかのサディルを見習って、とんとんと自分の胸のあたりを親指で叩いてみせる。

「ったく、頼もしいことだな」

「ふふ！」

得意げに笑ってみせると、サディルは「ガキかよ！」と言いながらカラカラと笑った。

――できれば子供扱いは早々に卒業させてもらいたいのだけれど。

第二章　神子《みこ》の祈り

砂の国ラ＝メウに入ったことで、サディルは商人の看板をあっさり下げてしまった。

「我が王！　よくぞおいでくださいました。さあ、どうぞ。今夜は宴《うたげ》を用意いたしましたので、ゆっくりとお寛《くつろ》ぎください」

「ん。世話になる、ウカム」

年配の領主らしき男の名はウカムと言うらしい。細身ではあるものの、日に焼けた肌には年齢にそぐわぬほどしっかり筋肉がついていて、カラカラと笑う迫力のある男だった。

彼は、もちろんサディルの正体を知っているらしく、上機嫌で出迎えてくれる。ラ＝メウの都シ＝メウワーンに向けて出発するまで、この領主の邸宅に宿泊する手はずになっているらしい。

「いや、しかし。実にめでたいことですな。――そちらが例の」

と、サディルの横に並んでいるリーフェに視線を向けてくる。

少し緊張して背筋を伸ばすと、ウカムは目を細めて満足げに頷いた。

「奥方ですな」

「ぶっ……！」

……どうも、サディルの当初の目的を知っていたからこそ、勘違いをしているらしい。

サディルが噴き出しているけれど、リーフェとしては少し嬉しい勘違いだ。頬を緩めると、彼は好々爺然《こうこうやぜん》として相好を崩す。

「いささか乱暴な作戦ではあったようですが、なかなかどうして。すっかり仲がよろしいようだ」

「いや。それなんだが……ウカム」

ごほごほと、サディルがまだ咳《せき》をしている。

「詳しくは後で説明するが、彼女は当初の予定とは別人でな。リーフェという。神子《みこ》として強い能力を持った娘だ。――当然、嫁などではない」

「なんと！　それは残念なことで」

「なんでだよ」

「このように美しく、楚楚《そそ》とした女性が、我が王にふさわしいと思ったからこそ」

（美しい……？）

そのようなこと言われ慣れていないため、どう反応していいのかわからない。

ただ、サディルと似合いだと思ってもらえるのはやぶさかではなかった。ついはにかんでしまうと、ウカムがにっこりと微笑みかけてくれる。

「ったく、冗談言わないでくれ。――まあ、嫁ではないが、大事な神子《みこ》だ。しっかり面倒見てやってくれ」

「心得ておりますぞ」

その後部屋に案内されながら、話を聞く。

この街の領主ウカムは、平民であったサディルを王に立てるため尽力してくれた腹心らしい。

元々は南の国の高官だったらしく、サディルに政治のことを教えたのも彼だったのだとか。いわば教師のような人間なのだろう。

そしてこの砂の国ラ＝メウが国として成立してしばらく後、重要な拠点となるこの街を任せることになった。

どう見てもただ者ではないわけだが、ウカムはよほどサディルのことを認めているらしい。だから、この邸宅に到着してから、リーフェ自身も大いに歓迎された。

その後、リーフェには色とりどりのタイルの壁が印象的な、開放的な部屋が与えられた。

ラ＝メウはもっと貧しい国なのかと思っていたけれど、この街を見るかぎり、考えを改めたほうがよさそうだ。エンリエ教主国に近いというのもあるのだろうが、ここはぎりぎり神子《みこ》の祈りも届いているように見えた。それに、商人が行き交うためか活気がある。

邸宅では、本来は姫神子《ひめみこ》レイラの機嫌をとるためにと、入念に部屋の準備がされていたようだ。

貴重な水をたっぷり使った湯殿まで用意されていて、ゆっくりと湯浴みさせてもらえた。

湯殿といえば、今までは、たまに神子《みこ》の塔の下層階にあるものの使用が許されるくらいで、それ以外は運び込まれた水を使い、自分で身体を拭くくらいだった。まさかラ＝メウで贅沢《ぜいたく》な入浴が許されるだなんて想像だにしていなくて、どうも落ち着かない。

……いや、落ち着かないのは、侍女らしき女性が、リーフェの全身をくまなく磨いているからかもしれない。

誰かにお世話をしてもらう経験自体が乏《とぼ》しくて、裸を見られることも恥ずかしい。そのうえ、手入れのために直接触れられるものだから、もっとそわそわしてしまう。

たっぷり香油を塗り込んでもらったころには、気持ちがいっぱいになってぐったりしてしまった。

でも、髪はさらさらになったし、お肌はつやつや。それに全身甘くていい匂いがする。

それから用意されたのは、ラ＝メウの民族衣装だった。

さらさらとした手触りが心地いい。淡いブルーから白へ、大胆なグラデーションに染められた生地は美しく、はじめて見る意匠《いしょう》だ。

ただ、透け感のある薄絹はどうも露出が多く、落ち着かない。大事な部分はかろうじて隠れているけれど、大きなスリットが入っているせいで太腿までしっかり見えるし、胸元も大胆に開いている。

とはいえ、心は浮き立っている。

じゃらじゃらした黄金の装飾は、想像以上に重たいけれど美しい。連なるチェーンが歩くたびにちゃらちゃらと音を立てるのはお気に入りだ。

それにこの衣装、くるりとその場で回ったときに、薄手の生地がふわりと揺れるのが素晴らしかった。この衣装で踊れば、さぞ楽しいだろう。

着慣れるまで落ち着かない気持ちもあったけれど、くるくると回って遊んでいるうちに、だんだん馴染んでいく。新しい自分に出会えた心地がして、リーフェはふふっと笑顔を浮かべる。

そうして案内されたのは、邸宅の中でも、一番広い部屋だった。

部屋に入るなり、開けた空間が広がっていて、リーフェはぱちぱちと瞬く。

白とターコイズブルーのタイルが敷きつめられた美しい壁に、見たことがないほど大きく立派な絨毯《じゅうたん》。そしてそこには大きなクッションがいくつも据えられている。

男性陣は胡座《あぐら》をかき、思い思いに寛《くつろ》ぎながら、すでに談笑を始めているようだった。

部屋の奥で会話しているサディルとウカムの姿を見つけ、侍女たちに目配せする。彼女たちに促されてサディルたちのほうに歩いていくと、サディルが真っ先にリーフェの存在に気がついた。

「…………」

目をまん丸にして、こちらを見つめている。

しばらくサディルは沈黙したままだった。彼らしくもなく、呆然とした様子で固まっている。

「サディルさま？」

「……っ、あ。いや、来たのか」

声をかけると、弾かれるようにしてサディルが頷いた。軽く咳払《せきばら》いをした後、くいくいと人差し指を動かし、近くに座るよう誘ってくれる。

慣れない衣装を見られてどきどきしながらも、リーフェは彼の隣に腰かけた。

「いやあ！　元々お美しい方でしたが、見違えましたな、リーフェ様」

真っ先に褒めてくれたのは、ウカムのほうだった。両腕を大きく開き、大げさなくらいに称賛してくれる。

「あの。素敵な衣装、ありがとうございます」

「いやいや、愛らしいお嬢さんに身につけてもらえて、その衣装も喜んでいることでしょう――ほら、我が王」

サディルが脇腹を小突かれている。

「……我が王」

「いや。だから、俺は別に」

サディルは視線を逸らすも、ウカムにじいっと見られて、居心地が悪そうだ。あー、と呻《うめ》いて、大きく息を吐く。それから、ぼそぼそと早口で告げた。

「……似合ってると、思う。別嬪《べっぴん》に磨きがかかったな」

リーフェとしては、まさかの言葉を告げられたものだから大変だ。

（別嬪《べっぴん》！）

ドキン、と心臓が大きく高鳴った。

（サディルさまに、褒められた……！）

気持ちが高揚《こうよう》する。きらきらと目を輝かせてサディルを見ると、彼は困ったように笑いながら、がしがし頭を撫《な》でてくる。どうやらまだ照れているらしい。

なるほど、サディルは困るとリーフェの頭を撫《な》でる癖があるのだと理解した。

「これこれ、我が王。そうもリーフェ様を撫《な》でられると、せっかくの御髪《おぐし》が乱れてしまいますぞ」

「……るせえ」

「まったく。まだまだ青いですな、我が主は」

「んでだよ。クソ。リーフェみたいなガキは扱い慣れてねえだけだ」

「心にもないことを」

ふぁっふぁっふぁ、と上機嫌に笑いながら、ウカムが手を叩く。それが合図となり、今宵《こよい》の宴《うたげ》が始まった。

——それはリーフェが想像していた以上に盛大で、賑《にぎ》やかな場だった。

華やかな音楽が響きわたる。そして、色とりどりの大皿に、見たこともないような料理が次々と運ばれてきた。

男たちはそれを、豪快に食らいながら談笑しているのだ。ただ食べているだけなのに迫力があるとはこれいかに。

「ほれ、リーフェ様。このじいが取り分けてしんぜよう」

リーフェが身支度をしている間、サディルから事情を聞いたのか、ウカムがかなり気を遣ってくれているのがわかる。サディルを挟みつつ、彼が皿に取り分けた料理を手渡してくれて、リーフェは遠慮なくそれを頂くことにした。

なんと華やかな席だろう。女たちも色とりどりの衣装を身に纏《まと》い、食事の配膳をしたり、酒を注いだりと忙しい。

「リーフェ様。王に注いで差しあげてくださいませ」

先ほどまでリーフェの身支度を手伝ってくれた女性が近くに来て、酒瓶を差し出してきたので、大きく頷く。

「サディルさま、いかがですか？」

なんて、ちょっと改まった感じで聞いてみる。

「ん、あ、そうだな。おう、もらう」

……なんだか歯切れが悪い。

どんなときだって堂々としている人なのに、どういうことなのだろうか。

心配になって上目遣いでのぞき込むと、ようやく彼と目が合った。

彼は一瞬困ったような目を向けたけれど、それもわずかの間。すぐにいつもの調子に戻り、頭をくしゃくしゃと撫《な》でてくれる。今日はいつもより撫《な》でられる回数が異様に多い気がする。

今宵《こよい》のサディルは白地のゆったりとしたシャツに、臙脂《えんじ》の羽織《はおり》を肩にかけている。旅装束とは雰囲気ががらっと変わって、とても素敵だ。

緊張しつつ、彼の持つ杯《さかずき》に酒を注ぐ。他の女たちの見よう見まねではあるけれど、これもはじめての経験でどきどきしっぱなしだ。

宴《うたげ》の音楽が優雅に鳴り響いている。

男たちが大小様々な楽器をかき鳴らし、皆が取り囲む部屋の中央で女たちが舞う。

そういえば、自分以外の人が舞っている様を見るのは何年ぶりだろうか。物珍しさと、見たことのない振り付けに、リーフェは目をきらきらさせながら夢中になった。

「そういえばリーフェ様は神子《みこ》。舞にも興味がおありですかな？」

「はい。すごく華やかで、素敵……！」

一曲終わったところで、ぱちぱちと手を叩きながらリーフェは答えた。

ここでようやく、サディルがなにかに気がついたように、そうかと漏らす。

「アンタも舞えるのか」

とても当たり前のことをしみじみ言われ、首を傾げる。

リーフェは忌子《いみご》といえども神子《みこ》だ。毎日のように祈りを捧げてきた。踊れないはずがない。

「もちろん。わたしにはそれしかなかったから」

神子《みこ》の祈りは、唄や踊りに乗せて届けられるのが基本だった。

緑に祈る唄、太陽を讃《たた》える唄、大地に願う唄、水を求む唄――神子《みこ》のために、いくつもの唄が存在するのだ。

二日に一度はあの塔の最上階まで、専属の楽士が楽器を持って上がってくる。

なにも会話することはない。ただ淡々と音楽が奏でられ、リーフェは舞っていた。

もちろん、普段から手持ちぶさたなリーフェは、音楽がなかろうと一人でステップを踏んでいたけれど。

「そういやアンタ、踊りはどうやって覚えたんだ？　あまり人と会うこともなかったのだろう？」

当然出てくる疑問をぶつけられ、リーフェは息を呑んだ。

ぱち。ぱち。ぱちりと。――ゆっくりと、瞬く。

それからぎゅっと唇を引き結び、目を伏せて、呟いた。

「………教師《せんせい》が、いたの。とうに、来てくれなくなっちゃったけど……」

記憶の蓋《ふた》が、ことりと音を立てた。

でも。駄目。この思い出は。しまっておく。

「――そうか」

なにかを察してくれたのだろう。くしゃくしゃと頭を撫《な》でる手つきが、いつもより強い。

「ああ、そうだ。どうでしょう、我が王。この場でリーフェ様に舞っていただくというのは？」

空気を変えるためにか、ウカムがぱっと明るい声で提案してくれる。

リーフェも弾かれるようにして顔を上げた。だって、この場で舞ってもいいということは、ここにいる楽士たちの演奏にあわせていいということだ。

普段リーフェの部屋にやってきてくれる楽士は専属の一名だけだ。彼が抱えてくる小さな弦楽器の音色に合わせるだけ。だから華やかな音の中で舞ったのは、先日の姫神子《ひめみこ》の祝祭がはじめてだったのだ。

レイラの代わりとはいえ、あの日は本当に心が躍った。

贅沢《ぜいたく》に重なる様々な音色に合わせてステップを踏むのは、これ以上ない幸福だ。

今、目の前で奏でられている音楽は、リーフェに馴染みのないもの。でも、神子《みこ》の唄の音色は、古来より万国共通のはず。こちらの国の楽器で演奏されると、どのような音となって響くのか、わくわくが止まらない。

リーフェの目が輝いていることに気がついたのだろう。サディルが面食らったように目を見開き、すぐにカラッと笑ってみせてくれた。

「ハハハ！　アンタ、本当にわかりやすいな。じゃあ、頼めるか？」

断る理由などない。むしろ、踊りを誰かに見てもらえるだなんて、嬉しくて胸がどきどきする。

大きく頷いてから、リーフェは導かれるまま、部屋の中央へ歩いていく。

楽士と曲を確認し合い、目を伏せた。

――静かな、鈴の音が聞こえる。

しゃらん、しゃらんと囀《さえず》るような音は、リーフェの中にも繊細に響く。

（水を、求む唄……）

せっかくラ＝メウの街に辿り着いたのだ。雨を乞う唄か、緑に祈る唄か迷ったけれども、このオアシスの街にはそれが似つかわしいと思った。

胸元に両手を重ねる。頭を下げて、蹲《うずくま》り、目を閉じたまま静かに時を待つ。

しゃらん、しゃららんと鈴の音が高らかに鳴り響き、やがて弦が弾かれる。

知っているメロディだ。

大きく天に両手を伸ばし――さあ、舞え！

「！」

わっ、と周囲の歓声が聞こえる。

でもそれは、ほんの最初だけ。すぐにリーフェの耳には届かなくなってしまった。

リーフェはどんどんと音楽だけにのめり込んでいく。

踊りを舞うときはいつもこう。身体を動かしている間は、踊りにだけ集中していればいいから。

意識は指先。それから重心と爪先だ。

身体の芯はブレさせない。それから点と点を結ぶように丁寧に弧《こ》を描き、花開くように魅《み》せればいい。

『――様、いいですか。大事なのは弧《こ》の動き。そして、止めた瞬間の身体の表情ですよ』

遠い記憶の中で、せんせいの声が響いてくる。

『気持ちを乗せるだけなんて通用しません。自然とは、気持ちだけでは対話できませんから』

リーフェの身体はしなやかに動き、くるり、くるりと円を描く。

『入り口はあなたの身体が、そして唄が描くカタチ。あなた自身の器《うつわ》からなのですよ。それがなければ自然は心をひらいてはくれません』

そう。大切なのはカタチからだ。

美しい踊りを舞わなければ、自然は対話に応えてくれない。

いつもと感覚が多少違うのは、纏《まと》っている衣《ころも》が異なるせいか。

リーフェが身体をひねり、手を伸ばすたびに、淡い薄絹がひらりと宙を舞う。

身支度をしたとき、どのような動きをするのかひとりで試して遊んでいたけれど、まさかこんなにもはやく役に立つなんて。

いつもよりも少し腕を大きく振るのがいいかもしれない。きっとそのほうが美しい。先ほどのラ＝メウの女性も、そのように踊っていた。きっとこの衣《ころも》を生かす動きなのだろう。

とんっ、と軽くステップを踏む。音楽はますます華やぎ、リーフェの意識も己のカタチが完成していくごとに、どんどん深いところへ落ちていく。

（これは、水の調べ……）

大地の奥深くまで。そうすることで、眠る水脈と会話ができるような心地がするのだ。

祈りとは、対話である。

己の器《うつわ》と神力を通して、土と、空と、緑と、水と――対話する。

言葉よりも踊りや唄が好まれるのは、自然がそれらの手段を好むからだ。

対話するための入り口。だから、リーフェは舞う。

（水よ。水脈よ。わたしの声が届いてる――？）

――トォン、と。暗がりの中から、意志だけが返ってきた。

目を開ける。音楽はまだ鳴り響いている。

深い地底奥深くから意識が浮上し、ここでようやくリーフェは外界に目を向ける。

ピタリと、音に合わせてひと呼吸。身体を止めた瞬間――

――赤い瞳と目が合った。

カラン、と、なにかの音が聞こえた気がした。

でもまだ音楽は続いている。ならばリーフェは舞うだけだ。

水と対話をした後だからか、彼らの声が届いてきて、リーフェもそれに応えていく。祈るように、慈《いつく》しむように祈りを捧げ続けるうちに、いつの間にか唄は終わっていたらしい。

タン！　と最後のステップを踏み、ポーズを決めたまま、リーフェはじっと動けずにいた。

楽器の音もピタリと止まり、周囲に静寂が訪れる。

誰もが、言葉ひとつ発することができなかった。リーフェの姿を目に焼き付け、ゆる、ゆる、ゆると、これが現実だと理解する。瞬間、わっと周囲に歓声が沸き起こった。

「素晴らしい！　なんて美しい舞だ！」

「このような乙女が、ラ＝メウの神子《みこ》になられるとは‼」

パチパチパチと強く手を鳴らす音が聞こえ、大騒ぎだ。

ここでようやく顔を上げると、皆の喜ぶ笑顔が目に飛び込んでくる。

無意識にいつもより張り切ってしまっていたからか、少しだけ呼吸が荒い。何度か大きく呼吸して整えた後、ふと、サディルの反応が気になった。

彼は喜んでくれただろうか。少しでもリーフェの踊りを気に入ってくれたらいい。

そう思い、ぱっと彼のほうを向く。

サディルは、目を見開いたまま、ずっとリーフェのことを見ていた。

微動だにせず。胡座《あぐら》をかきながら、杯《さかずき》を持っていたはずの手を、宙にかざしたまま。

ただその手には、あるはずの杯《さかずき》がない。

ころころと、彼の手前に転がる銀の杯《さかずき》が目に映った。その杯《さかずき》からこぼれ落ちたのか、すっかり酒が絨毯《じゅうたん》を汚してしまっている。

「サディルさま?」

返事はなかった。彼は真正面を見つめたまま固まっている。

「なにか変だった……?」

「……──っ、あ! いや! そうじゃなく、だな」

弾かれたように、彼は後ろにのけ反る。

リーフェから顔を背け、大きな手で口元を覆《おお》ってしばらく。観念したように声を絞り出した。

「……驚いた。想像以上に、すごいものなのだと」

真っ直ぐに称賛の声をもらえて、リーフェは花のような笑顔を見せた。

皆に喜んでもらえたことも嬉しいけれど、サディルに喜んでもらえるのがいっとう嬉しい。

口々にリーフェと彼女を連れてきた王、そして砂の国ラ=メウを讃《たた》える声が上がり、宴《うたげ》はますます盛り上がっていく。

サディルが手招きしてくれるものだから、リーフェもにこにこと彼のもとへ戻っていく。

それからサディルへ目を向けると、彼は困り果てた様子でため息をついていた。

「お前、なんて格好してるんだよ……」

「え?」

……あまりに今さらである。

リーフェはこれでも、他の女性と比べるとまだ露出はましなほうだと思っていたけれども。

(って、お前……?)

そんな呼ばれ方をするのもはじめてだ。

彼の言葉の意図がわからなくて首を傾げるも、サディルはますますため息を深くするばかり。

「ふぉっふぉっふぉ! これは苦難ですなあ、我が王」

「るせえ。なんもねえわ」

ウカムにはサディルの言葉の意図が読めているらしいけれど、教えてくれる様子はない。

きょとんとするリーフェのことを、サディルが恨めしそうに見るものだから、なにか悪いことでもしたのかと不安になってくる。

「ほれ、我が王。あなた様がそのような態度ですから、リーフェ様が不安なご様子ですぞ」

「………いや、お前が不安に思うことなんか、なんもなく、だな。あー……」

最後にもう一度、特大のため息をついてから、サディルはのたまった。

「ちょっと、できすぎだ。あー……これは、見張りを強化しねえとなあ」

「?」

「……いや、こっちの話。ま、いいモン見させてもらったわ。よくやった!」

ようやくカラッと笑ってもらえて、リーフェも胸を撫《な》で下ろす。

だって、リーフェは彼のこの顔が大好きなのだ。彼が喜んでくれるなら、いつでも何度でも舞える。そして、彼の隣を許してもらえる今の立場が嬉しかった。

「ふふっ、喜んでもらえて嬉しい」

「おう。つうか、やりすぎなくらいだ」

なんてがしがしと頭を撫《な》でられたそのとき――

「た、た、た、大変ですーっ!!」

外から、どたどたと大声を出しながら男が伝令に駆けつけてきた。

「オアシスが！　水位が減っていた、あのオアシスから！　水が！　水が……!!」

しーんと、沈黙が流れる。

耳を澄ませてみると、遠くからざあああと水音が聞こえる。おそらく、この邸宅が面しているオアシスからだろう。

「あー………」

なるほど、とサディルがひとりごちる。

「マジで、やりすぎだったな」

「えーっと」

いや。リーフェも驚いてはいるのだけれど。

違うのだ。そこまでするつもりは、全然、まったくもって、なかったのだ。

なんだったら神力も、ほとんど使っていなかったのに。

「……わたしの、祈りのせいだよね」

「じゃなかったらなんだってんだよ」

「う……」

困惑してみせると、サディルは肩をすくめながらも、頬を綻《ほころ》ばせる。

「いや。俺の言い方が悪かったか。すまん。……あのな。全然、落ちこむことじゃなくて。やっぱお前は得がたい宝だったたってのを実感させられただけだ。――これでもかってくらいにな」

などと、彼はしみじみと呟いたのだった。


リーフェの祈りは、地中深くの水脈まで届いたらしい。

今も街の中央にあるオアシスから、噴水みたいに水がごぽごぽと噴き出している。

水位が低かったオアシスがどんどんと清らかな水で満ちていき、人々はその奇跡に息を呑んだ。

すっかり夜も更けているのに、この奇跡をひと目見ようと、街の人たちがオアシスを取り囲むように詰めかけている。

月明かりが水面に反射してきらきらと輝き、揺れている。その光景に、皆大いに喜び、喝采した。

一体なにが起こったのか、なにが原因かと、誰もが口々に呟いている。

ただ、サディルはリーフェの存在のことを、まだ大きく広めるつもりはないらしく、じっとその光景を見守っているだけだった。

宴《うたげ》もそこそこに、領主の邸宅から皆外に出て、庭からオアシスの眺めを楽しんで――

――そうして宴《うたげ》がお開きになっても、サディルはじっとオアシスを見つめたままだった。庭に置かれた長椅子に腰かけ、ひとり、手酌で酒を呑みながら。

さすがにもう、水が湧き出ることはない。オアシスに水がたっぷりと満ちたところで、水脈も動きを止めたらしい。

それでもサディルは、月明かりをたたえた静かなオアシスを前に、動かなかった。

「綺麗だったね」

そんな彼のそばに歩いていき、リーフェはそっと呟いてみる。

リーフェ自身も、まだ興奮冷めやらずといったところだ。だって、今日のような光景を目にすることなんて、今までなかったのだから。

ずっと住み続けた神子《みこ》の塔。リーフェはあの窓から世界を見下ろすことしかできなかった。

だからこうして、自分の祈りに自然が反応してくれるのを目の前で見ることも新鮮だ。それだけではなく、人々の役に立てたことを強く実感し、気持ちが高揚《こうよう》していた。

そろそろ部屋に戻らなきゃと思うのに、なかなか興奮が冷めなくて、こうして夜風にあたりたい気分だった。

「……ん。そうだな。綺麗だ」

リーフェが宴《うたげ》で舞を披露《ひろう》してからというもの、サディルはどこか口数が少ない。いつもはもっとギラギラした目をしているのに、今日はなにか考えごとをするかのように、ぼんやりとしているようだった。

サディルの横に並ぶと、彼がすっと、こちらを見上げてきた。手を引かれ、彼の隣に腰かける。

昼間と違って気温が低い。外で過ごすには薄着だっただろうか。宴《うたげ》のときと同じ薄手の衣装に身を包んだままだから、少し肌寒い。ぶるりと大きく震えたところで、肩にふわりと厚手の衣《ころも》が掛けられる。

「サディルさま？」

「すぐに砂漠の旅が始まる。体調を崩すなよ」

「うん、ありがと。……ふふ、あったかい」

臙脂《えんじ》の上着は、宴《うたげ》の間、彼が羽織《はお》っていたものだ。香油と酒と煙草の香りが混じった複雑な匂いが漂う。

ああ、サディルの香りだなと思って、袖を手に取りくんくんと嗅《か》いでみた。

「……なんで嗅《か》ぐんだよ」

「え？　だって、サディルさまの香りだなって思って」

「よくわからんが、そーかよ。……いろいろ染みついてるだろうから、ほどほどにな」

「ふふっ」

「なんで嬉しそうな顔すんだよ」

はああああ、と彼は大げさにため息をついていた。

手に持った杯《さかずき》の中身を一気にあおり、もう一度、すっかりと静かになったオアシスの向こうを見つめている。

「疲れてはいないか？」

「ええ、大丈夫」

「そうか。すごいモンだな」

「え？」

「お前の力だよ。恐れ入った」

もう、今日は何度目かわからないくらいに称賛されっぱなしだ。

（サディルさま、酔ってる？）

彼はどこかぼんやりとしていて。こんな彼の表情を見るのは、今日がはじめてだった。

丁度宴《うたげ》が始まったころからだろうか。なんだか、彼との距離が遠く感じる。少しだけ寂しくなって、リーフェは思い切って訊ねてみることにした。

「わたし、役に立てそうかな？」

あなたのそばにいさせてくれますか、とは言いにくい。だから少し遠回しになってしまった。

「そうだな。期待以上にずっと」

「そっか。よかった」

ちゃんとほしい返事をくれて、胸を撫《な》で下ろす。

今は、その言葉だけでいい。なにも持たなかったリーフェには、十分だ。

「――マジで、いろいろ、考えねえとな」

ふと、サディルがしみじみと呟いた。

「いろいろ？」

「ん。想像以上に、お前が大きな力を持っていたからな。影響力が強すぎる」

「迷惑だった？」

「いいや。なわけあるかよ。むしろ、やりがいがあって身震いするくらいだ」

やりがい。確かに、そうかもしれない。

「サディルさまの国が祈りで満ちるといいな」

「俺の国ではあるが、これからはお前の国でもあるんだぞ？」

「そっか。うん。わたしの国。ふふっ……そっか。わたしの国かあ」

自分がなにに所属しているとか、どんな社会集団であるとか、そういった感覚など持ちあわせていなかった。でも、リーフェの国だと意識すると、とても誇らしい気持ちになる。

嬉しくてにまにましながらオアシスを見つめていると、また、ぐしゃぐしゃと頭を撫《な》でられる。

「お子様はそろそろ寝る時間だ。体力もないんだから、しっかり休んどけ」

「……成人してるんだけど」

「俺からすりゃあガキだ」

……まだまだ子供扱いは変わらないらしい。ラ＝メウの色気のある衣装を身につけて、少しは大人として見てもらえたかなと思ったけれど、難しそうだ。

唇をすぼめながら、少しだけ拗《す》ねてみる。するとサディルが、カラカラと声に出して笑った。

「そういうところがガキなんだよ。ほれ。上着、貸しといてやるからそのまま部屋に入れ。——な？」

「サディルさまは？」

「俺ぁ………もう少し、のんでく」

「わかった」

ひとりになりたい。そう言われた気がした。

少しだけ落胆しつつも、リーフェは大人しく言うことを聞くことにした。

邸宅の中に入りながら、何度も何度も振り返る。

彼はずっと、オアシスを見つめたままだった。

◇◇◇

リーフェを部屋に戻した後も、サディルはひとり水の満ちたオアシスを見つめていた。

(ずいぶん酒が回ってきたな。だからか？)

頭がまともに働いていない。そのせいだ。きっと。

——でも、どうしても。あの光景が忘れられない。

オアシスに水が溢れる瞬間？ ——いや。

人々の活気溢れる歓声？ ——いや。

(……んだよ、あの顔は。反則だろ。あんなの)

目が合った。水に祈りを捧げながら、踊りに没頭していた彼女と。

それは一瞬の交わりだった。

けれども強烈な印象を持って、サディルの脳裏に焼き付いて離れない。

風雅な舞であったはずなのに、彼女の表情は戦女神《いくさめがみ》のそれだった。

人にあらずと言われても、頷けるほどに——ただ、純粋な願いのことしか頭にないとでもいうかのように、彼女の意識は遥か遠い場所にある。

手を伸ばさなければと思った。

そうでないと、彼女は神に愛されて、そのまま連れ去られてしまいそうだったからだ。

——もちろん、そのようなことはありえないと、すぐに理性が働いたけれど。

普段のぽややんとしたリーフェからは想像もつかないほどの、圧倒的な存在感。ガキだガキだと思ってきたけれど、それはあくまで、彼女の表面上に纏《まと》う雰囲気によるものでしかなかった。

なにもわかっていなかった。彼女の本質を垣間見て、ぞっとする。

ぱん、と両手で顔を覆《おお》う。そのままずるずると頭を抱え、蹲《うずくま》ることしかできない。

神子《みこ》とはよく言ったものだ。

神子《みこ》は生涯、ひとりの男性としか身体を交えることを許されない。それが破られた瞬間に力を失う。その理由を実感できてしまった。

つまり、神の子だからだ。

神が己の娘として認めているからこそ、不義を許さない。

純真であれ、誠実であれと、娘たちに課しているのだろう。

「……はぁ」

都に戻れば、彼女にふさわしい、誠実で若い男をあてがおうと思っていた。

つまり、彼女をラ＝メウに繋ぎ止めるための体《てい》のいい首輪を用意するつもりだったわけだが。

ふるふると頭を横に振る。何名か候補を考えていたはずなのに、今ではどいつも、彼女にはふさわしくないとすら思えてきている。

ある男はリーフェを護るには多少腕が足りないし、もうひとりは誠実ではあるが魔力がない。他の男も、実力が足りない部分があると、ぽろぽろ思いあたってしまう。

つまり、リーフェを託せるほどの信用が持てない。

皆、優秀な臣下であったはずなのに、粗《あら》が見えてくるのはどういうことだろうか。

……いや。サディルだって鈍《にぶ》くはない。

ちらと嫌な解釈が胸によぎるが、あえて見て見ぬ振りをする。

(ったく、なに考えてるんだ、俺は。相手は成人したてのガキだぞ？)

目元を押さえ、大きくため息をつく。

(ねーわ。うん、ねえ。ありえねえ)

彼女のことを宝と言ったが、それはあくまで神子《みこ》として国に必要な存在だという表現でしかない。

それ以上にするつもりなどない。――絶対に。

「はあ……」

上着をリーフェに貸したからか、夜の水辺は肌寒い。だが今は、それをありがたくすら感じた。

酒で火照《ほて》った身体には、これくらいが丁度いい。

「――ああ、サディル様。まだここにいらっしゃったのですね」

ひとり頭を冷やしていたところ、声をかけられて振り返る。そこには腹心のハリドが、少し困ったような顔をして立っていた。

「どうした？」

「またです。本日なんと三組目。これで記念すべき通算十組目。大人気ですよ、あの方」

瞬間、血が沸騰《ふっとう》するような心地がした。ギンッ、と目を見開き殺気を放つと、咄嗟《とっさ》にハリドが両手を上げた。

「おー、怖っ。スミマセン、オレに当たるのは勘弁してもらえますか」

指摘されて、ぐっと息を呑む。自分で自分を落ち着けるように大きく息を吐いたところで、ハリドが肩をすくめながらも話を続ける。

「まったく。報告、続けますよ？　――最初の二組は、サディル様が彼女を抱き上げてこの邸宅に入っていくのを見て、邪推したようですね。身代金目的で誘拐しようとした馬鹿が一組。もう一組は当ててきてます。彼女が神子《みこ》ではないかと」

「……そうか」

「で、三組目というか、おひとり様なんですけど。その男は純粋に、彼女の容姿に惚れちゃったみたいですね。さすがラ＝メウの男。行動力があって大胆――」

「そいつの股間、不要だな」

「……えー…………………あー、はい。そのように、いたします」

ああ、苛立ちが収まらない。

この国境の街シ＝ウォロの街に来るまでも、散々横槍が入ってきたのだ。どいつもこいつも小物ばかりだったが、リーフェの寝室に忍びこもうとする阿呆が後を絶たない。

なにしろ、あの顔だ。サディルの好みでこそないものの、見る者を魅了してやまない、神に愛されし風貌だ。

瞳の色を隠すために、エンリエ国内ではフードを目深《まぶか》に被らせていたけれど、それでもあの美貌は隠しきれない。

本人が無自覚なだけ、表情豊かなのも厄介だ。声を弾ませると小鳥の囀《さえず》りのようで、ころころと笑う声は鈴のようで。日焼けを知らない白い肌に、ほっそりとしたしなやかな身体つき。さぞ多くの男を魅了したのだろう。

サディルがわざわざ彼女を抱き上げて、顔をあまり見せないように移動してもこれなのだ。

「さすがですよね。領主の館にまで忍びこもうってタマを一気に三組。彼女、ヤバいですね」

「…………そうだな」

エンリエ教主国でも十分目を引いていたが、この国に足を踏み入れてからはもっとだ。

昼間も、彼女の姿を目で追う野郎がひっきりなしだった。

それもそのはず。砂の国ラ＝メウに入ってから、彼女にフードをとっていいと告げたからだ。

(黒い瞳を隠す必要がないってこと、はやめに教えてやりたかっただけなんだがなあ……)

ままならないものである。

彼女の望むような感情は返してやれないが、この国に来て力を貸してくれる彼女には、健やかに過ごしてもらうべき。それが仁義というものだろうと、サディルは考えている。

エンリエ教主国では黒は忌《い》むべき色だと言われているようだが、それはあくまで、かの国での教えでしかない。そもそも南の国には黒い瞳を持つ人間が、それなりに存在するのである。

焦げ茶や深いグリーンのように、黒に近い深い目の色をした人間だって多いために、彼女の瞳に違和感を持たない者がほとんどだ。

本人が気にしているほど、彼女の瞳はこちらの国で忌避《きひ》されるものではない。だから堂々としていていいのだと、教えたい気持ちが仇《あだ》となっている。

わかっている。矛盾しているのだ。

彼女には、顔を上げて、背筋を伸ばして歩いてもらって然るべきなのに。

すべての馬鹿な野郎どもから、彼女の姿を隠したい。汚い目に触れさせて、汚させてなるものかと思う自分がいる。

「ふー……」

サディルはゆらりと立ち上がった。

駄目だ、すっかり酔いが回っている。酒には強い自信はあったが、正直今日は呑みすぎた。というより、呑んで紛らわせたかった。いろんなことを。

彼女が起こした奇跡は本物だ。

まるで棍棒で頭を殴りつけられるような衝撃で、強引に理解させせられた。

手にした宝の本当の価値を目にして――いや、価値などという言葉だけでは正しくない――あの娘の本質を見て、自分でもはじめての感情に打ちのめされたのだ。

彼女を自分だけのものにしたい。だが、清らかすぎるあの娘を、自分が汚していいはずがないと。

ぶんぶんとサディルは首を横に振る。

自分に彼女は似つかわしくない。年だってかなり離れている。なにより、自分は彼女を強引にさらい、目的のためだけに処女を奪って自分のものにしようとした悪辣《あくらつ》な人間だ。

王とはいうものの、その実体は最底辺から運良くのし上がっただけの盗賊の頭だ。あんなにも神に愛されている娘に、ふさわしいはずがない。

（なんて。阿呆らし……）

自分に言い聞かせ、頭を切り換える。

そもそも、彼女は趣味じゃない。ああ、何度でも言う。自分の趣味などではないはずなのだ。

（せいぜい保護者だ。いや、宝を護る護人がいいとこか）

彼女の存在は確実にこの国のためになる。今日それを確信した。

だから四六時中厄介な男から護るために、やらねばならないこともある。

酒瓶も杯《さかずき》もそのままに、サディルはふらりと建物の中に入ろうとする。

「あー……サディル様、酔いすぎでは？　さすがに今夜は別の護衛を」

「いや、いい」

「ですが」

「いい。俺がやる」

ぴしゃりと言い放ち、中に入る。

リーフェは宝だ。いくら周囲の男たちを信用しているとはいえ、一番の宝は自分が管理する。それだけである。だからサディルはふらふらしつつも、リーフェにあてがわれた部屋へ向かう。

廊下で、にこにこと上機嫌なウカムとすれ違った。

嫌な予感がする。この男のこの顔は、サディルをからかおうとしているときの顔だ。

昔からウカムには、王としての心構えをあれやこれやと教えられてきた。恥ずかしくなるくらいひよっこで、小物でしかなかった盗賊時代のサディルを認め、導いてくれた男なのだ。

ある程度成長したといっても、すべて見透かされているようで居心地が悪い。

「おや、そちらの先は」

ほら。わかっていてこれである。

「護衛だ。――あんな騒ぎを起こしたんだ。野心だらけのこの国の男が、目をつけねえ理由がねえだろう？」

「王自ら護衛とは」

「仕方ねえだろ。俺より強い野郎が他にいねえんだから」

「ずいぶんと酒気を帯びているようですが、それでまともに護衛などできるおつもりで？」

……ハリドと同じつっこみを入れてくる。

わかっている。今夜のサディルでは多少、心許《こころもと》ないことくらい。――それでも。

「他の男に、任せられるか」

目を据わらせて、はっきりと言い放った。

「ふぉっふぉっふぉ」

ウカムは声を出して笑った。上機嫌な様子で、こちらに歩み寄ってきて――瞬間。

「！」

――殺気が走る。

どこから取り出したのか、鋭利なナイフを一閃。サディルの頬をかすめるかかすめないかの位置で、ピタリと止まる。

もちろんサディルだって遅れは取らない。

相手の突きを受け流すように左腕で払い、相手の首元に同じように短刀を突きつける。

「…………ふむ。まあ、よいでしょう」

「ったく。油断も隙もあったモンじゃねえ」

「ふぉっふぉっふぉ！　油断していてもなお、じいの攻撃程度は受けとめてくださらないと」

「よく言うよ。いくつになっても一向に衰《おとろ》えねえくせに」

「ふぉっふぉっ！」

昔からいつもこうだ。

この砂の国で成り上がるために、必要な技術と心構えを身体に叩き込まれた。こうして王になった後も、この男はお構いなしだ。

互いに刃を突きつけたまま、じっとにらみ合う。そのおかげか酔いはかなり醒《さ》めたらしく、頭がすっきりしてきた。

「お忘れなさいますな、我が王よ。あなた様はどう足掻《あが》いても血筋だけでは足りず、盗むことを生業にした盗賊の王。——されば こそ、それを誇りに思いなされ。泥臭い方法で国を興し、のし上がってきた自分を。そしてその手段を」

ウカムの目が、ぎらりと光る。

「他の男に手を出されるのが嫌なら、とっととご自分のものになさるのがよかろう。今さら、外《と》つ国の倫理や道理を気にするような御身《おんみ》でもありますまい。あなた様の行動こそが道理となる。あなた様が歩まれているのは、そういう道であることをお忘れなさいますな」

——この男にはやはり、すべてお見通しなのだろう。


ウカムの忠告を受け、サディルはより重たい気持ちになりながら目的の部屋へ向かう。そこにはサディルが不在の間、警護を任せていた臣下たちが扉の前に立っていた。

「ご苦労」

手をひらひらと振りながら、彼らを左右に押しやる。それから部屋の中へ、サディルはひとり足を踏み入れた。

内鍵を閉め、部屋の中を見渡す。

サディルに与えられた一等広い部屋と比べるとやや劣るが、それでも十二分に素晴らしい部屋だ。今宵《こよい》は月が明るくて、窓から差し込む灯りが色とりどりのタイルを照らす。趣向を凝《こ》らした模様の壁に大きな絨毯《じゅうたん》。そして部屋の奥には、薄絹の天蓋に隠された寝台がある。

（ふあ……俺も、もう眠いな……）

大あくびをしながら、サディルは遠慮をすることなく、かかっている紗《しゃ》をそっとめくり上げる。

そこには寝台の主が身体を横にして、すうすうと眠っていた。

白銀の髪が月明かりに照らされ、きらきら輝く。

日焼けを知らない白い肌。長い睫毛に、形のいい唇。静かに目を閉じていると、いつもよりもずっと大人っぽく見える神秘的な娘だ。

ただ奇妙なのは、先ほど貸した上着を彼女が抱きしめながら眠っていたことだ。以前ならばガキだと笑えた行為のはずが、今夜に至っては難しい。

『他の男に手を出されるのが嫌なら、とっとどご自分のものになさるのがよかろう』

先ほどのウカムの囁《ささや》きが蘇る。

まったくもって自分の好みではない。成人したてでまだまだガキの細っこい娘。

そう思っていたけれど、この顔を見るたびに思い出す。あのゾクゾクするような戦女神《いくさめがみ》の瞳を。

確かにサディルはこの国の王。いまだに新興で、法の整備も秩序もなにもかもが追いついていない、成り上がりの国の。だからサディルが望めば、それがまかり通る。

（……なんてな。なにその気になってんだ、俺）

自分がこんなに乗せられやすい男だとは知らなかった。

まだまだウカムの手のひらの上だと鼻で笑いながら、目を閉じる。大きく息を吐きながら、意識を集中した。

ふわりと。夜風と月明かり、それから水の力を意識して手のひらに集める。そうして集まった淡い輝きに息を吹きかけると、それらの光はくるくるとリーフェを包み込んでいく。

これは眠りの魔法。毎日、毎晩、彼女にかけ続けている、夜にしか使えないおまじないである。

(今日は夜風が弱い。それに、俺も……クソ、やっぱ呑みすぎたか)

いまいち効いている気がしない。

だが、自然が応えてくれないことには魔法にだって効果に限界があるのだ。

(ま、大丈夫か。今日は疲れてるみたいだし、朝までぐっすりだろう)

この魔法を毎晩かけ続け、リーフェにはしっかり眠ってもらっている。

隣でサディルが寝ていても、けっして目を覚まさないように。

そして、夜中にどんな刺客が襲ってこようと、彼女が安心して眠り続けられるように。

(実際はショボい夜這い野郎しかこなかったがな)

これまでの来客はサディルが出る幕もないほどのショボさで、彼女の隣に男がいると気がついただけで退散しようとした野郎ばかりだった。もちろん、とっ捕まえてしっかりシメたが。

サディルがしているのは、あくまで護衛だ。

だが、部屋の外にひと晩立ってる趣味はない。なにかあったら気配で起きる。だから効率を考えて、サディルは毎晩こうしてリーフェの横で眠ることにした。

彼女が寝入ってからそばで横になり、朝は彼女が起きる前に退散する。もちろん彼女に手を出すつもりはない。……そろそろ苦しい言い訳だという自覚もひょっこり芽生えてきたけれど。

ころんと寝返りを打つ彼女の姿を見るなり、ずくりと胸が大きく鼓動する。

（……寝るか）

静かにため息をつきながら、サディルは己の前髪を掻き上げる。己の上着を彼女から引っ剥がし、それの代わりにでもなるかのように、静かに寝台の上に忍びこんだ。

この感情は突き詰めてはいけないのだ。

彼女はあまりに清らかすぎたから。汚れた自分の手にはありあまる。

（せめて、コイツの踊りを見る前に、奪っちまってたらなあ）

なんて、都合のいい『もしも』を夢想する。

それなら、欲のままに彼女を貪《むさぼ》れただろうに。

だが、もはやそのようなことは無理だ。彼女の踊りを知る前には、もう戻れない。

この先きっと、サディルはこの苦い感情を胸に秘めて生きなければいけないのだろう。

◇◇◇

翌朝、リーフェが目覚めたとき、なにかいつもとは違う気配がした。

ふわりと寝具に残る香り。あ、そうだ――昨夜はサディルの上着を抱きしめながら寝たのだと思い出す。

でも、肝心のその上着がすぐに見あたらなくて、きょろきょろする。そして広い寝台の端っこに、その大事な上着がのけられているのを発見した。

どうやらリーフェは眠っている最中に、その上着を遠くに追いやってしまったらしい。

(嘘でしょ。わたし、こんなに寝相悪かったの……？)

あまり嬉しくない一面を見つけてしまった。

あの神子《みこ》の塔から解放されて、無意識に気が緩んでいるのかもしれない。

ただ、不思議だなと思うのは、昨夜よりもサディルの移り香を濃く感じることだった。上着だけに留まらず、まるで彼自身が隣で眠ってくれていたみたいに。

(なんてね。ふふっ、そんなことあるはずないのに)

でも、妄想が得意なリーフェは、もしそうであったら素敵だなあとふわふわ夢想する。

あの塔を連れ出されてから、毎日、毎晩、とてもぐっすり眠れるのは、ずっと彼に護られているような安心感があるからだろう。

「では我が王、またお会いしましょう。――リーフェ様も、健やかにお過ごしくださいませ」

旅立ちの朝。今日から砂漠に入るからと、まだ太陽も顔を出していない早朝に、街の南の出口で挨拶をする。

ウカムは邸宅からここまで、わざわざ見送りにきてくれたのだ。

リーフェはとことことウカムのそばまで歩いていき、少し迷った末に、きゅっと彼に抱きついた。

その微笑ましさに、わっと小さな歓声が上がる。

気恥ずかしいけれど、とてもよくしてもらえて嬉しかった。その感謝の気持ちを伝えたかっただけなのだ。

「ふぁっふぁ、この老いぼれに、よき思い出をくださるか」

自分なんかに抱きつかれて、逆に迷惑なのでは――なんて考えもよぎったけれど、勇気を出してよかった。

卑屈《ひくつ》になるのはやめないといけない。それがサディルと一緒にいる中で、リーフェが学んでいることだ。

リーフェは忌神子《いみみこ》などではなく、この砂の国ラ＝メウの神子《みこ》になる。だから、レイラみたいに胸を張って生きていこうと、自分なりの目標を立てている最中なのだ。

「我が王よ。この街に神子《みこ》の祈りが満ちた礼は、追々」

「ああ。それは俺ではなく、リーフェ宛にな。せっかくだ、派手にしてやってくれ」

「畏まりまして」

ウカムは深々と頭を下げる。それにサディルは満足そうに頷いてから、リーフェを旅の仲間たちのもとへ導いた。

「砂漠ではコイツに乗って旅をする」

サディルが触れたのは、彼よりもずっと大きな生き物だった。

黄土色の毛が綺麗に刈り揃えられ、すっきりしているからこそ、その奇妙な形がはっきりとわかる。大きなこぶがふたつ背につき、図体のわりに脚は細い、なんともアンバランスな動物だった。

ただ、そのこぶがふたつ背につき、そのこぶの間に濃い赤の刺繍《ししゅう》たっぷりの布がかけられ、おしゃれをさせてもらっているのが愛らしい。背には大きな鞍《くら》も置かれていて、あそこに乗るのかとわくわくする。さらに、大きく黒いお目々に見つめられると、リーフェの中にむくむくと親近感が湧き出してきた。

「目の色、わたしとお揃いだね」

「ハハ！　まあ、そうだな」

サディルが大きく口を開けて笑うと、その動物も、べぇええええと喉の奥から鳴き声を出す。なんだか一緒に笑ってくれたような気がして、リーフェはたちまちその子を好きになった。

「コイツは駱駝《らくだ》という」

「駱駝《らくだ》――そっか、この子が。本で読んだことがあるよ」

「知っていたか。補給の難しい砂漠では、コイツが実に頼りになる。いじめてやるなよ？」

「いじめないよ」

いじめるどころか、仲良くなりたい。

触れても？　とサディルに訊ねると、彼はもちろんと頷いてくれる。

駱駝《らくだ》もリーフェに興味をもったのか、ふんふんと鼻を近づけてくる。頭に触れると、綺麗な瞳をゆっくりと細めるところに愛嬌《あいきょう》を感じた。

どうやらこのまま撫《な》でることを許してくれたらしい。頭から首にかけてゆっくりと撫《な》でると、思った以上に弾力がある。

おっかなびっくりながらも撫《な》で続ける。長い睫毛を震わせながら、口元をもごもご動かしている姿がひょうきんで、だんだん可愛く思えてきた。

一方、サディルたちは最後の準備を進めているようだった。荷物の積み上げも終わっているようだし、もう出立するだけだと思っていたけれど、まだやることがあるらしい。

魔法を使える連中が、隊列全体に順次魔法をかけていっているのだ。

空気中にふわふわと水の球体のようなものを呼び出して、それに息を吹きかける。水の球体はまるで光の粒のように細かくなって、人や駱駝《らくだ》を包み込んでいった。

サディルも同じように水の球体を生み出し、自分とリーフェを包み込むように魔法をかける。

すると身体の表面がさらっと冷ややかな膜《まく》で包まれたような感覚がして、リーフェは瞬いた。

「日中は相当暑くなるからな。水の力が強いこの街にいるうちに、補助魔法をかけておく。――ほんの数日程度しか持たんが、快適に過ごせると思うぞ？　その間に身体を旅に慣らしてくれ」

そう言いながら、彼はリーフェのマントを整えて口元までしっかり覆《おお》う。それからフードもしっかりかぶせて、目元まで深く覆《おお》ってしまった。

「お前は日焼けにも十分注意しろ。人種が違うから俺にはわからんが、お前みたいに白い肌のヤツは、大抵日光にも熱砂にも弱い。少しでも体調に異変を感じたら、すぐ言え。いいな？」

「わかった」

大きく頷くと、彼は満足そうに目を細める。それから目の前の駱駝《らくだ》に向き合った。

「ほれ、しゃがめ《アラビド》――しゃがめ」

何度か手綱を引っ張りながらサディルが命令すると、仕方がねえなとでも言うかのように、駱駝《らくだ》がのっそりと脚を折りたたむ。

座ったら座ったで奇妙な形になって、リーフェはほわあああと感動していた。駱駝《らくだ》とサディルを交互に見ると、サディルはカラッと笑って、先に自分が駱駝《らくだ》に跨《また》がる。

「さ。俺の神子《みこ》？　お手をどうぞ」

なんて格好をつけられると、もうたまらない。

どうやら彼はふたり乗りをするつもりらしく、リーフェを抱き上げ、前に乗せてくれた。

そしてサディルは、隊列全体に向かって、高らかに号令をかける。

「出立――！」


――砂漠は、リーフェが思い描いていたような世界とは全然異なる、いろんな顔を持つ土地であるらしい。

今、旅をしているこの場所こそ、さらさらの砂が風で形を変える黄金の砂漠ではあるけれど、かたくひび割れた平らな地面が続く場所や、山や谷のような場所もあるようだ。

共通して言えるのは、植物が育つには向かない不毛の地であること。

また、圧倒的に水が足りない地であるということだ。

地下水脈から水をくみ取れる場所もあるにはあるが、その水脈すら神子《みこ》の不足で枯れつつある。そうなると、砂漠の旅は絶望的に難しくなり、商人の行き来が途絶える。この国の民は、それを憂《うれ》えているようだった。

ただ、話を聞いていくと、この国にも神子《みこ》が完全にいないわけではないようだった。

とはいえ、その少数の神子《みこ》は、いわば全員ワケアリだ。力が弱すぎて虐《しいた》げられ、祖国から逃げてきたり、さらわれたところをサディルたちが助けて保護をしたり。

この国にしか居場所がない、さほど力の強くない神子《みこ》が数名。皆でなんとか力を合わせて、この国の街を支えてくれていると。

でも、それではいつか限界が来る。だから姫神子《ひめみこ》レイラを狙ったということだが。

(わたしもワケアリに入るよね。……そっか。わたしみたいな神子《みこ》、他にいるんだ)

自分がサディルにとってはじめての存在でないことに、胸の奥がチリリと痛む。でもリーフェは、その痛みを見て見ぬ振りをした。

どこに向かっているのかすらわからない砂の大地を、ひたすら真っ直ぐ進む。

ただ、駱駝《らくだ》の背にふたりくっついて乗るのは、なかなかに難儀なのだと思い知らされた。最初こそどきどきしたものの、何時間も同じ体勢でいるのは正直つらい。

ずっとサディルに寄っかかって身体を支えてもらうのも、申し訳ない気がしてきた。

それになにより、おしりと内股が痛い。こんなに痛くなるだなんて、まったくもって予想外だ。体勢を整えるために何度ももぞもぞするのがとても恥ずかしい。

「ハハハ！　それも砂漠の洗礼だな。慣れるにゃ時間はかかるが、慣れたら一人前だ。我慢しろ」

……なんて。サディルにはすっかりお見通しで、それもまた気恥ずかしい。

恨めしそうに後ろを振り向くと、赤い瞳と目が合った。

彼はカラカラと笑って目を細め、あまり肌を出すなとズレたフードを整えてくれる。目元が隠れて彼の顔が見えなくなってしまい、ちょっとだけ寂しい。

このなにもない世界、砂の大地を見るのはとうに飽きて、駱駝《らくだ》を見るかサディルを見るしか気を紛らわせるものがないのだ。

そうして、ふぅ、とため息をついたとき——ふと、リーフェは思い出す。

そうだった。あの狭い、神子《みこ》の塔の最上階。なにも変化がない毎日を、リーフェはただひとりで過ごしていた。ありあまる時間を、リーフェはどのようにつぶしていたか。

サディルと出会ってからは、目立つことは避けるようにと言われていたから、自然とあの行為をせぬように心がけてきたけれど。

今の状況と、あの塔での日々が自然と重なる。

リーフェは無意識に、あの日々と同じように深く——深く、呼吸をして。

その唄は唐突に始まった。

「〜〜〜〜」

声を出す。

「リーフェ？」

「〜〜〜〜」

大丈夫。しっかり、喉の奥は開いている。いくらでも響かせられる。この大地に。

であるならばと、彼女は高らかに、天に、そして大地に向かって声を響かせた。

リーフェが歌うは大地の唄。

いつか、この不毛の大地も、緑溢れる土地になればいい。

この地には圧倒的に祈りが足りない。せっかくこうして砂漠を旅することになったのだ。この機会を逃す手はないと思い至った。

だって今なら、リーフェの唄を、直接大地に届けられるのだから。

緑よ増えよ。

水よ潤《うるお》せ。

大地よ富めよ栄えよ。

朗々とリーフェは歌い続ける。

皆の注目を浴びていることも気がつかぬまま、リーフェは深い大地の底へ意識を沈めていく。

リーフェの願いは変わらない。サディルがリーフェの夢を叶えてくれた。だから今度はリーフェが彼の夢を叶える番なのだ。

そうしてリーフェは旅の間、何日も、ただただひたすら歌い続けた。駱駝《らくだ》たちが歩みを進めているかぎり、ずっと。

不思議なことに、砂嵐にも襲われることもなく、気候も比較的穏やかなまま。

一日や二日しか持たないとされていたサディルたちの補助魔法は、何日も長続きし——それどころか、途中のオアシスにも今まで以上に水が豊富に満ちていて、魔法をかけ直すほどの余裕までできて——驚くべきほどに快適な旅になったのだという。

普段の旅と比べようがないために、リーフェにはその快適さがぴんと来なかったけれど。

……ちなみにリーフェのお尻は死んだ。自然環境の快適さとお尻への衝撃《ダメージ》の蓄積は別問題なのだ。

一人前になれるのはまだまだ先のようである。

第三章　砂の国の神子《みこ》

信じられないと誰かが呟いた。

こんなにもスムーズに、そして想定よりも遥かにはやく、この地に辿り着くなんて——と。

人間も駱駝《らくだ》も誰ひとり不調を訴えることなく、事故に巻き込まれることも、砂嵐に遭遇することも一切なく、この都に辿り着いた。

これはきっと神子《みこ》の祈りが大地に届いたからだと、誰かが言っていた。

「すごい……」

その街は、本当に唐突に現れた。

砂の国ラ＝メウの都シ＝メウワーン。砂の砂漠のど真ん中にこうも立派な街があるだなんて。

大きな石の門で街をぐるりと取り囲まれたそこには、どこから集まってきたのか不思議になるほど、大勢の人が行き来している。

日干しレンガでできた建物が多いのか、街全体が白っぽい土色をしていて、エンリエ教主国とはまるで趣《おもむき》が違う。行き交う人の人種も服装も様々で、予想以上に大勢の人が、遠くからこの都にやってきていることを理解した。

「この砂漠は広いからな。中継地点みたいなものさ。昔からここ一帯で一番のオアシスがあったこの地に人が集まった。南の国から見放されても、この街だけは失ってはならんと、民も、商人も、賊も、皆がこの地を盛り立てた。それを基盤になんとか都として形作ったってわけだ」

サディルは簡単そうに言うけれど、それはとんでもないことなのではないのだろうか。

「建物も門も、すごく立派。どこからこんなにたくさん資材を集めてきたの？」

すべてが日干しレンガというわけでもないらしい。たとえば街をぐるっと囲う壁は、硬い石でできているようだ。

「そこは魔法だな。この地には神子《みこ》はいないが、魔法使いはそれなりにいるから」

「へえ……」

「それに、土地柄、土や岩の力には恵まれているんだ。習熟度は必要だが、建築に適した資材を集めることは可能だ」

「すごいね」

リーフェとはまったく異なる彼らの能力に息を呑む。

女の神子《みこ》の力が自然を豊かにするものだとすれば、男の魔法使いの力はそれらを利用する力だ。力強さすら感じる石やレンガなどでできた建築物の迫力に、リーフェはすっかり見とれていた。

特に、遠くに見える宮殿だ。真っ白な壁にドーム型の屋根の鮮やかな水色が映え、大変美しい。凝《こ》った柱や装飾には黄金もたっぷり使ってあるのか、きらきらと眩《まばゆ》いくらいだ。その豪奢《ごうしゃ》で堂々とした風格に、王の住むべき宮殿はこうあるべきなのだと実感させられる。

周囲の光景に見とれながら、リーフェたちは大通りを真っ直ぐ抜けていく。

城への道のりは思った以上に時間がかかった。サディルの姿を見つけるなり、民衆が声をかけてくるのだ。

「王！　都へ戻られたんですか⁉」

「あはは、今度はどこの隊列襲っちゃったんです？　可哀相に！」

サディルの部下たちも彼に対して遠慮がないとは思っていたけれど、一般の民までも親しげだとは驚きだ。

「ってか、王さま！　とうとう女、さらっちゃったんですか⁉」

同じ駱駝《らくだ》に乗っているわけだから、リーフェにも視線が集まってしまう。

驚きで顔を上げた瞬間、ふわりと風が吹いた。

「あ……っ」

意図せずフードが落ちたところで、人々と目が合った。多少焦るも、周囲の人々は興奮したようにリーフェのことを見上げてくる。

「なんだあれ、すんげえ美人……」

「王、こんな美人狙ってたんですか。そりゃ、嫁さん娶《めと》らなかったわけですね」

……一体、誰のことを言っているのだろうか。

身体の隅々まで綺麗にし、身なりを整えてもらっていたときならまだしも、今は長旅の末、すっかりくたびれた状態だ。こんな褒め方をされるとは思わず、気恥ずかしくて視線を逸らす。

「あー……残念ながら、嫁じゃねんだわ。が、俺の宝だ。間違っても手を出そうとするなよ？」

「しませんよっ！　って、怖っ⁉」

誰かがサディルの顔を見て、ギョッとしている。

その視線を追うように、リーフェも遅れてサディルのほうを振り向いたけれど、いつもと同じ表情にしか見えなかった。怖がるようなものかなと、不思議に思う。

目が合うなり、サディルは苦笑いを浮かべてからリーフェの頭をがしがしと撫《な》でる。

呆然とする人々をよそに、彼はいよいよ、宮殿に向かって進んでいった。

驚くべきことに、宮殿の前には大きな泉と水路があるようだった。真っ白い砂で固められた、大きな円形の泉らしき器《うつわ》と、そこから街の南へ向かって真っ直ぐ伸びる堀が続いている。

ただし、今は干からびているけれども。

「以前、この地の奥深くには豊かな水脈が通っていてな。それなりに水が湧き出していたらしい。今は、地形の変動でなくなっちまったか、単純に地下水すらも涸《か》れてしまったかわからんがな」

「……そっか」

「街中に昔の用水路の跡もいくつかあるが、そのほとんどが枯れちまってる。つっても、都の何カ所かに小さな泉が残っているのと――あとは別の水脈から水を引いている井戸もあるから、やっていけねえことはねえが」

これほどの規模の街なのだ。どこかからは必ず水が手に入るはずなのだろうが、思った以上に水が貴重であることを思い知らされる。

「いつの日かこの都を水が溢れる土地にしたい。そう願い、いつ地下水が湧き出してもそれを溜められるようにとこの泉と水路を建築させた」

「今はまだ、空《から》っぽの泉？」

「そうだ。建国してから後、ただの一度も水が湧き出たことがない。――だが、この都には夢が必要なんだ」

いつか、この都にもっと水を。

（それがサディルさまの夢……）

やりたいことを見つけた。

彼の思い描くこの街のイメージが、リーフェにもはっきりとわかる。

（この泉と、水路に、水を――）

ふわっと息を吸い込む。ごく自然に祈りの唄を奏でようとしたところであっさり口を塞がれ、止められた。

「おっと。そう急ぐな。今はまだいい」

彼は長い旅の中で、リーフェの唄が唐突に始まることにすっかり慣れたようだ。

「お前の出番はもう少し先だ。それよりも今は疲れたろう？　はやく宮殿へ入ろう」

そう言い聞かせられ、リーフェもこくこくと頷いた。

皆で宮殿の正門をくぐり、駱駝《らくだ》や荷をすべて彼の臣下たちに預ける。地面に降り立ち、ほっとひと息ついたところで、恭《うやうや》しく話しかけてくる男がいた。

「――我が王」

サディルと同い年か、多少年上の男だった。

浅い色の肌に青みがかった長い髪を後ろでひとつにまとめている、蜂蜜色の瞳にモノクルが印象的な男性だ。かっちりと衣装を着込んでいるところや立ち居振る舞いから、かなり几帳面《きちょうめん》で真面目な性格が窺《うかが》える。

「ああ、イオ。どうだ都は。変わりはないか」

「いつも通りと申し上げるべきか。軽い諍《いさか》いは日常茶飯事ですが、大きな事件はございません」

「そうか。ご苦労だったな」

ハリドがサディルの身の回りの世話をする侍従のような存在であるとしたら、イオと呼ばれた彼は、政治的にサディルを支えるような役柄なのだろうか。帰ってきて早々、立ち話のまま都の現状を報告している。

そうして一段落したところで、後ろに控えていたリーフェのほうへ目を向けた。

「して、そちらが例の」

「そうだ。連絡した通り――」

ラ＝メウ国内に入ってから、サディルは魔法によってこの都に伝言を届けていたらしい。複雑なメッセージを送ることは不可能だが、一言、二言、暗号のようなものを知らせられるのだとか。

『神子《みこ》を連れて帰る。姫神子《ひめみこ》とは別人』

そのようなメッセージを送ったと、リーフェも事前に聞いている。

「優秀な神子《みこ》ではあるのだが、当初の予定とは別の人間でな。当然、妻などではない。名を――」

「っ……！」

と、サディルが言い切る前に、イオは大きく両目を見開く。リーフェとしっかり目を合わせたまま、彼は一歩、二歩と後ろに下がった。

「忌子《いみご》……!?」

まさかの言葉にリーフェは硬直した。

サディルと旅をするようになってから、一切耳に入ることのなくなったその言葉。でも、習慣とは恐ろしいもので、リーフェの身体は忌子《いみご》と呼ばれるだけで萎縮《いしゅく》してしまうようにできている。

だからさっとフードを目深《まぶか》に被り直し、顔を横に向けた。

――だが、それ以上、イオに責められるようなことはなかった。

「貴様」

代わりに聞こえたのは、腹の底から絞り出すようなサディルの低い声だ。

「これは俺の宝だ。侮辱するつもりなら、いくらお前でも斬る」

驚いて顔を上げると、腰に佩《は》いていた剣を抜き、イオの首元に突きつけるサディルがいた。赤い瞳で刺すようにイオを睨《にら》みつけ、殺気を隠そうともしていない。

イオも表情こそ変えないものの、額に汗が滲んでいる。ごくりと唾を呑み込み、しばし目を閉じた後——申し訳ございませんでした、とはっきり告げた。

「コイツと出会ってから俺にはいいことしかねえよ。俺の宝だ。丁重に扱え。——いいな」

「畏まりまして」

イオの声は、わずかに震えていた。

宮殿の中も、さすが王の住まう場所といった風情であった。

真っ白い外壁の宮殿は、中に入るとがらりと印象を変えて豊かな色彩に溢れている。

壁や柱にブルーやターコイズ、グリーンといった美しいタイルがたっぷりとモザイク状に散りばめられていて、複雑な模様を描いている。床は大理石かなにかだろうか。白を基調とした美しい石がつやつや輝いていて、歩くたびにコツコツと音がする。

神子《みこ》の塔とはまったく異なる雰囲気の場所にそわそわしながら、リーフェはサディルたちの後についていった。

先ほどの恐れがまだ残っていて、フードを取ることは難しい。

もちろん、あの後イオ本人から、彼がエンリエ教主国の出身であることを教えてもらい、改めて謝罪を受けた。子供のころに刷り込まれた価値観がいまだに抜けきっていないと。己が恥ずかしいと何度も謝られ、むしろリーフェが恐縮したくらいだ。

本当にこの国は、多様な民族が集まっているのだと実感した。そんなイオのことは、サディルもとても信頼しているみたいで、リーフェのせいでふたりの間に亀裂が走らなければいいなと思う。

そうして案内されたのは、王の自室とは別に存在する王族のプライベートルームのような部屋だった。庭に面した明るい空間で、分厚い絨毯《じゅうたん》やクッション、長椅子などが設置され、大人数が思い思いに寛《くつろ》げそうだ。

一応、王族皆が共有して使う場所とされているらしいが、今、砂の国ラ＝メウの王族はサディルひとりだ。親も、兄弟も、もちろん妻も子供もいない。だから、いわばサディル専用の場所となるわけだが……

サディルはその部屋の奥まで歩き、どかりと絨毯《じゅうたん》の上に腰を下ろす。

リーフェは彼の隣だ。彼に手を引かれるまま腰かけると、さっと腰を引き寄せられた。

もちろん、それは一瞬のことだ。ただ、あまり離れるなと意志を示されたような感じがして、心臓がどくどくとはやくなる。

驚くべきことに、他の者たちも遠慮なく腰を下ろしていった。どうやら、今この部屋に集まっているのはサディルが特に信頼する臣下たちらしい。彼らは普段からこうして内々の話し合いをすることがあるようだ。

先ほどのイオの他に、ハリドを含む旅の仲間が数名、その他にも見知らぬ顔がぱらぱらといる。

「まずは、留守の間この都をよく護ってくれたと言おうか」

全員の顔を見渡して、サディルが朗々と話しかける。

「当初の予定とは異なるが、我々は力のある神子《みこ》を手に入れた。――ほら、リーフェ」

「リーフェといいます。よろしくお願いします」

自己紹介を促され、しっかりと頭を下げる。

フードで目元が隠れ、皆がどんな反応をしているのかわからない。でも、外すのも少し怖くて、憚《はばか》られる。

「――リーフェ様、ご挨拶なさるのでしたら、しっかりお顔をお見せになったほうがよいかと」

誰かにぴしゃりと注意され、ハッとした。

女性の声だ。凛《りん》として、よく通る若い女性の声。

顔を上げると、浅黒い肌に翡翠《ひすい》の瞳をした細身の女性と目が合った。赤茶色の長い髪が美しく、年齢はリーフェよりも少し年上くらいだろうか。きりりとした印象である。

「エナ、強要はするな。リーフェは人見知りなところがあってな。この国に慣れていないだけだ」

「しかし、我が王――」

「待って。大丈夫だよ、サディルさま」

着いて早々、自分のせいで諍《いさか》いが起こるのは嫌だ。相手はサディルの臣下なのだから、嫌われるような行動もしたくない。だからリーフェはぱさりとフードを脱ぐ。

彼女の顔があらわになった瞬間、エナという女性をはじめ、はじめて会う人々が目を丸くするのがわかった。

「改めまして、リーフェです。この国の神子《みこ》になるために来ました。よろしくお願いします」

背筋を伸ばしてにっこり笑ってみると、皆それぞれ異なる反応を残した。

イオは相変わらず、少し難しそうな顔をしたままだし、エナは表情を強張らせてごくりと唾を呑み込んでいる。その他にも、なにやら嬉しそうな顔をした者やら、顔を赤らめている者までいる。

イオ以外にこの黒い瞳に忌避感《きひかん》を覚える者はいなさそうで、ほっとする。

「ここからの話は、内密に頼む。リーフェはエンリエ教主国の隠された神子《みこ》でな。姫神子《ひめみこ》レイラの双子の姉にあたる」

「なんと！」

さすがにそれはまだ周知されていなかった情報らしい。驚く臣下たちを前に、サディルは詳しく事情を説明していく。

リーフェはエンリエ教主国で存在を隠されていた特別な神子《みこ》ということ。

双子の妹である姫神子《ひめみこ》レイラの影として、祈りを捧げる役割を担っていたということ。

それから、サディルはリーフェを、レイラと間違えてさらってしまったということ。

――最後の告白には、臣下一同、なにか言いたげな顔つきになっていたけれど、結果としてはよかったのかと納得してくれたようである。

ただ、忌子《いみご》という言葉は使われなかった。

サディルはいつも、リーフェのことを思いやってくれる。忌子《いみご》などという生まれを気にせず、胸を張って生きろと言われているような気がして、背筋が伸びる心地だ。

サディルの説明は全部、リーフェのために言葉を選んでくれていて、不安だった気持ちがどんどん消えていく。

「——というわけで、神子《みこ》としての力は強いが世間知らずな姫さんでな。皆、少し注意して見てやってくれ」

「世間知らず……」

「違うか？」

「違いません……」

事実だが、あまり嬉しくない評価である。

口を尖らせて拗《す》ねると、どこからかぷっと笑い声が漏れた。それはどんどんと伝染して、いつしか皆、ふたりに微笑ましい目を向けている。

「ふふっ、仲睦まじいご様子でなによりですっ！　お綺麗なお妃様《きさき》ですね、サディル様！」

と、ここで明るい声を上げたのは、エナの隣に控えていた女の子だった。

丁度リーフェと同じくらいの年頃で、サディルと同じく褐色の肌に赤い瞳、それからふわふわした癖のある豊かな金髪が印象的な娘だ。

「あー……それだが。別に妻でもなんでもない。これからも、そのつもりはない」

「えっ!?　そうなんですか!?」

「……そうだ。だが、王の宝であることには違いはない。そのつもりで仕えてやってくれ」

「はーい！」

もう何度目になるのかわからない訂正に、サディルもうんざりしているようだ。

リーフェもなんだか気まずい気持ちになりつつ、先ほどの金髪の娘に目を向ける。すると彼女はぱっと花開くような笑顔を見せてくれた。

「これからリーフェ様の側仕えをさせていただきます。アミアと申します！　なんなりとお申し付けくださいね、リーフェ様」

明るい笑顔が心地いい。

年の近い女の子に親しげにされるのもはじめてで、胸が温かくなって頬が緩んだ。

「可愛らしい笑顔！　リーフェ様、はやくお召し物を変えましょうっ。湯殿だってご用意――あ、今日くらいは贅沢《ぜいたく》しちゃっていいですよね、サディル様っ？　アミア、リーフェ様にゆっくり寛《くつろ》いでもらいたいですっ」

「あー……わかった。うん、お前の誠意はわかったから。少し落ち着け、アミア」

ひらひらと手を振りながら宥められ、アミアは困ったように笑う。

「申し訳ありません。ずっと楽しみにしてたから」

「時間はたんまりある。お前のような娘がいたらリーフェも気易かろう。よくしてやってくれ」

「もちろんですっ」

なんだか、自分がとても歓迎してもらえているのが伝わってきてくすぐったい。ふふふ、と頬を綻《ほころ》ばせると、アミアも嬉しそうににっこり微笑んでくれた。

それからサディルは、次に――と、アミアの隣に座っているエナに視線を向けた。

「そちらがエナだ。エナは、これまでこの都に祈りを捧げてくれていた神子《みこ》だ」

「神子《みこ》？」

「ああそうだ。この国が国として成立する前から、ずっと」

エナは一切表情を変えずに、静かにこちらを見つめ続けている。

ぴりっと、リーフェに緊張感が走った。

そうだった。砂の国ラ＝メウには神子《みこ》の力が足りないとは聞いていたが、神子《みこ》がまったくいないわけではないのだ。

（そっか。わたしがはじめての神子《みこ》じゃないんだよね）

感じたことのない類いの心の痛みに蓋《ふた》をして、リーフェは笑顔を貼り付ける。

「エナと申します。リーフェ様。今後は私の代わりの神子《みこ》となられるとのこと。前任者として、精一杯援護できればと考えております」

「頼んだぞ、エナ」

「もちろんです、我が王」

軽くサディルと会話をした後、エナは再びリーフェを真っ直ぐ見やる。

背筋がピンと伸びた美しい出で立ちに、リーフェはほうっと見入ってしまった。

「私は、神子《みこ》としてはたいした力は持ちあわせておりません。だからこそ、この国の水脈や土地の調査に取り組んで参りました。この知識をお役立ていただきたく――今後は、私もアミアとともにあなた様のそばで精一杯お仕えいたします」

アミアと違ってエナのほうは表情の変化が少ないらしい。サディルの臣下のほとんどが気さくな人物ばかりだったからこそ、どう反応したらいいのか困惑する。

でも、この場にいる人たちは皆、サディルが信頼できると言い切れる人ばかりらしい。

であるならば、リーフェだってはやく彼女たちと仲良くなりたい。

「よろしくお願いいたします、エナ」

「私に敬語は必要ありません」

「……ええと。よろしくね、エナ」

そうして側仕えふたりを紹介してもらった後は、サディルの腹心たちについてもひとりひとり紹介にあずかった。

この国は、元々の成り立ちからして、貴族もいなければ皆の出身国もばらばらな、爪弾き者たちの集まりらしい。

南の国では才気がありすぎて煙たがられた結果、失脚した元高官やら、サディルに拾われた元奴隷の剣闘士。利に敏《さと》く、自分も建国から一枚噛みたいと乗ってきた商人に、単にサディルの人柄に惚れてついてきた人など、様々だ。

若い人が多いのかと思いきや、そういうわけでもないらしく、脂《あぶら》ののりきった中年の男性も多い。

ただ、男性陣は特に、皆どこか飢えた獣のような雰囲気がある。だからリーフェ自身も値踏みをされているようだった。

こういうのもいわゆるお国柄というものなのだろうか。どうも圧倒されてしまい、身じろぎする。

「――大丈夫だ」

と。リーフェの耳をかすめるように、囁《ささや》かれた。

サディルだ。彼がリーフェの腰を抱き寄せ、周囲をにらみつける。

一体なにが起こったのかわからず、リーフェは唾を呑み込んだ。

サディルの振る舞いには、周囲も面食らったらしい。しばらく困惑するように沈黙が続いた後、皆、それぞれ顔を見合って肩をすくめている。

「サディル様……確認しますけれど、リーフェ様はあくまで宝ってことでいいんですよね？」

訊ねたのはハリドである。彼は、旅の間にも何度か似た質問をしているが、サディルの答えは変わらない。

「そうだ」

「なるほど……」

頬が引きつっているけれど、ハリドはそれ以上なにも言わなかった。さらにサディルのその返答で、他の者たちもなにかいろいろ察したらしい。

「ではサディル様！　お話がお済みでしたら、リーフェ様に旅の疲れを癒《い》やしていただきたいですっ」

沈黙を破ったのはアミアである。ぽんっと手を打って、場の空気を和らげてくれる。

「そうだな。近々祈りの儀式の場を設ける。各々、準備を進めてくれ。――それからリーフェ。お前はまずしっかり休め。歓迎の宴《うたげ》は明日にしよう」

サディルの提案に、リーフェは大きく頷いた。

もう全身砂だらけだし、慣れない移動で身体中ぎしぎしだ。それになにより体力の限界である。

ここまで身体を酷使《こくし》したことなど、今までの人生でなかった。踊りや歌とはまったく異なる筋肉を使ったらしく、疲労感がどっと押し寄せている。

「サディル様、リーフェ様はあくまで宝であるとおっしゃるのなら、お部屋はいかがいたしましょうか。青月《せいげつ》の間を用意しておりましたが」

いよいよ部屋に移動するかとなったとき、エナがひとつの疑問を口にした。

元々は妃《きさき》とする予定だったレイラを受け入れるための準備を進めていたはずだ。仕えるべき主が代わって、戸惑うのは当然である。

「あー……まあ、そうだな。そこが一番上等だし、今後も他に誰かを入れる予定もない。リーフェに使わせてやってくれ」

瞬間、周囲がざわめき立つ。

エナはなにか言いたそうにしているが、肝心のサディルが反論を許すつもりもないらしい。

「警護するにも、そこが一番だろうが。わかったらとっとと準備しろ」

「……畏まりまして」

エナは深々と一礼する。

そうして彼女に連れられて、リーフェは宮殿の奥へ向かうこととなった。

「青月の間は、このハレムの奥にございます、特別な一室です」

「青月の間？　ハレム……？」

部屋への移動中、エナが説明してくれるものの、聞き慣れない言葉ばかりだ。

「この宮殿の離れにあたるこの建物一帯がハレムと呼ばれる、王の私的な空間となります。我が王はいまだに独身でいらっしゃいますが、妃《きさき》や側妃を娶《めと》られた際はこちらがお住まいになります」

「妃《きさき》や、側妃」

側妃。聞き慣れない言葉ではあるけれど、本では読んだことがある。

あまりに現実味がなさすぎて、サディルと関連のあるものだなんて考えたこともなかった。

南の国では、男性が複数の女性を娶《めと》ることは珍しいことではない。砂の国ラ＝メウも南の国の文化が色濃く残っているため、そのような風習があるのも不思議ではなかった。

側妃とはつまり王の妾《めかけ》。サディルも立場上、何人もの女性を娶《めと》ることができる。

（わたしは、宝）

妃《きさき》どころか側妃にもなれない、恋愛対象外の存在。

一気に現実が押し寄せて、どう受けとめていいのかわからない。

サディルは頑なにリーフェのことを宝だと言い張る。あんなにも親身になって優しくしてくれるけれど、それはリーフェが欲しいという感情とは別のものなのだ。

「青月の間は、王の正妃をお迎えするために用意されたお部屋です。いくら神子《みこ》とはいえ、本来、入ることが許される場所ではないのですが」

エナの言いたいことはわかる。

青月の間どころか、このハレムに住むこと自体、分不相応なのだろう。言ってしまえばエナだって、リーフェと同じ神子《みこ》だ。この待遇の差になにか言いたくなるのはよくわかる。

「もー！　エナ！　そういう言い方しないの！　ごめんなさい、リーフェ様。エナ、少し生真面目すぎるから融通がきかないの、昔から！」

そう言いながら、アミアがぱたぱたと前に駆けていく。

美しい中庭に面した奥の部屋の前に辿り着き、彼女はにっこりと笑った。そしてもったいぶりながらその部屋の扉を開ける。

「素直じゃないですけど、エナもすっごく頑張ってくれて。ふたりですっごく考えて、このお部屋を誂えたんですよ。リーフェ様に喜んでもらえたら嬉しいです」

青月の間に一歩踏み入れた瞬間、リーフェはわあっと感嘆した。

想像以上に広い空間がそこにはあった。

大きな格子窓には贅沢《ぜいたく》にも玻璃《はり》が使ってあって、たっぷりと日の光が入りこむ明るい部屋だった。壁際にはクッションがたくさん置かれた幅の広い長椅子が。床や壁にも、ブルーやターコイズのタイルが綺麗に敷きつめられている他、天井にまで華やかな装飾がなされている。

エナやアミアが部屋を誂えるのに頑張ったというのは本当らしく、飾り棚や奥の寝台、ランプやちょっとした小物まで、非常に凝《こ》った作りのものばかり置かれていた。

「本当は泣き暮れた女性に、少しでもお心を慰《なぐさ》めてほしくて用意したお部屋だったのです。でも、リーフェ様にお会いしてほっとしました」

「あ……」

アミアの話を聞いて納得する。

そうだ。本来、この部屋の主はレイラのはずだったのだ。

(まただ)

胸の奥が痛い。それを見て見ぬ振りをする。

「湯殿は今、準備させていますからね。砂漠を旅して砂まみれでしょう？　うんと綺麗にして、今日はたっぷりお休みください」

「ええ。ありがとう」

「はい。——あー！　リーフェ様、可愛い！　もうっ、サディル様ったら、どうしてリーフェ様をお妃《きさき》にしないのかしら？」

すっかり子供扱いされているからです、とは言いにくい。

苦笑いを浮かべると、アミアは調子づいてきたのか、サディルのことについて語りはじめた。

「アミアは、ずっとサディル様には幸せになってほしかったのです。リーフェ様のことあんなに気にかけていらっしゃるのに、妃《きさき》にしないとかありえないっ。——だって、見ました？　あの方、周囲の男たち全員牽制《けんせい》していらっしゃいましたよ？」

「ええ……？」

「ご本人が頑なすぎるのですよねえ。ハレムにいい思い出がないせいだと思いますけれど。——ここを建設するときも、ずいぶん揉めたのですよ？　そもそもそんなに広くしなくていいとか。この青月の間と、王のための朱陽《しゅよう》の間だけあればいいとか。さすがにそうはいかないので、ある程度見栄えがするように調整して――」

ハレムにいい思い出がない。その言葉が妙に引っかかるも、アミアの勢いに押されて口を挟む余裕もない。

「でも、この部屋をリーフェ様にお与えになるってことは、サディル様、リーフェ様のこと相当気入っていらっしゃるに違いありませんから！　頑張りましょうね、リーフェ様！」

「――うん」

どうやらリーフェの気持ちは、しっかりお見通しのようである。

「アミア。いつまで立ち話をしているのです。リーフェ様に寛《くつろ》いでいただきたいと言ったのは、あなたですよ」

「あっ！　ごめんなさい、リーフェ様！　私ったらつい、うれしくて……！」

エナに指摘されて、アミアがハッとする。ようやく彼女のおしゃべりは終わって、リーフェが寛《くつろ》げるようにと動きはじめた。

結局、そのときはいろいろと聞けずじまいだったけれども――

――アミアは本当に、よくしゃべる女の子だった。

「え？　昔のサディル様ですか？」

その後、湯殿に浸かりながら訊ねてみたところ、あっさりと教えてくれたのだ。

「噂だと、南の国の王子様だったらしいですよ？　あくまで噂なんですけれど」

「え!?」

タイルが敷きつめられた浴室には、リーフェの声がよく響く。

水が貴重なためか浴槽そのものはあまり広くはないが、浅い浴槽に寝転ぶようにして入浴できるのはとても快適だ。堂々と仰向けになるのは気が引けるのでうつ伏せになりながら、しっとりと肌を温める。

「アミアが初めてお会いしたときのサディル様は、すでにどこにでもいる孤児って感じだったので、真偽は定かじゃないですけどね。――まだ、この街が都とかじゃなくて、南の国に所属する小さな街でしかなかったころの話なんですけれど。スラムに、行き場を失った子供たちのたまり場があって。そこ出身なんです、アミアも、サディル様も」

そうしてアミアは教えてくれた。この宮殿に詰めている人は皆知っている噂話だからと言って。

サディルが生まれた南の国。その王には、正妃の子やら妾《めかけ》の子やらもう何十人も子供がいた。

そんな状況だ。他国に嫁ぐ予定のある王女はともかく、王子の価値は低かった。

サディルの母親は身分が低く、ハレムでも肩身が狭かった。ただ、大変美しい女性であったため、なんらかの機会に王の家臣に下賜《かし》されることが決まったのだとか。

しかし、王子であるサディルは宮殿に残らなければいけない。

まだ幼かった彼は、母親が下賜《かし》されたことを理解すらできず、突然いなくなった母親を捜し求め、ひとりハレムの外に出て――人さらいにあったらしい。末端の王子ひとり、真剣に捜されることもなく、そこから流れに流れてこの街に辿り着いた。

もちろん、これはあくまで噂だ。だから、どこまでが真実でどこからが作り話かはわからない。

「ウカム様とはシ＝ウォロでお会いになったんですよね？　あの方が、サディル様をこの街で見つけられたんですよ。あの方は昔、南の国の高官でしたから、サディル様のことも覚えていらっしゃったみたいで。——でも、ウカム様ご自身も南の国には思うところがたくさんあったようでして、サディル様を擁立《ようりつ》して、独立しようと」

「そう、だったんだ」

うまく言葉が出てこなかった。

彼の持つ独特の雰囲気がなにに由来するものかはわかった気がする。まさかその身に高貴な血が流れているとは。あの美貌は、美しかったという母親の血か。

(ううん、そんなことよりも)

彼の生まれや身分のことなど今はいい。

それよりも、今は、自分の感情を整理しきれなかった。

彼がのし上がるまでの道を思うと、途方もない気持ちになる。

自分は彼とはつりあわない。この都に来てから周囲に圧倒されてばっかりで、そんな気持ちばかりが膨《ふく》らんでしまう。

彼に夢を叶えてもらって、彼に恋して、いつかは彼の隣にいられたら——なんて、ふわふわした想いを描いてきたけれど。

（わたしなんかじゃ――）

考えようとして、やめた。

駄目だ。油断をするとすぐ卑屈《ひくつ》になる。

そうやって自分を卑下《ひげ》するのはやめようって、もう何度も思っているのだ。

「リーフェ様？」

「ううん。だったらアミアは、サディルさまがのし上がっていくのをずっと見てたんだね」

「そうなりますね。年はだいぶ離れていますけれど。幼馴染というか、保護者？　うーん、兄……みたいな感覚がします。ふふっ、王さま相手に畏れ多いですけど。アミアは、物心がついたくらいのころに捨てられて――よくわからないうちにサディル様に拾われたんですよ。子供たちが集まっているから、ひとりくらい増えても構わないって、あの乱暴な口調で」

その光景はとても簡単にイメージできる。

荒っぽい態度を取りながら、ちょっと照れたりしてみせたんだろう。なんだかんだ彼は気易くて面倒見がいいから、アミアにとっても救いだっただろう。

「それで、ずっとサディル様についてきたのです。ふふっ、そしたら、こんな風に側仕えとして宮殿で働けるようになって……。たくさん、たくさん面倒を見ていただきました。アミアはこんなに幸せだから、サディル様にも素敵なお相手を見つけて、幸せになってほしいなって、ずっと」

「そっか」

「はい。そうなんです！　――だから、ね？　頑張りましょうね、リーフェ様」

そうして、リーフェの砂の国での生活は始まった。とはいえ、砂漠の旅で相当身体に負荷がかかっていたのか、結局三日ほどまともに動けなかったのだけれど。

しばらくの間は、エナとアミアにこの国のことを教わりながらゆっくり過ごし、たまにリーフェの意見を聞かせてくれと呼び出され、以前と同じハレムの居間での話し合いに参加する。最初の儀式までは少し我慢してくれと、宮殿の中に籠《こ》もりっきりだった。

それでも、そばにはいつもエナとアミアがいてくれるから、あまり寂しくはない。ハレムには下働きの人も大勢いるし、護衛だって大勢つけてもらっている。

サディルもよく顔を見に来てくれるし、余裕があれば食事も一緒にとることができる。

リーフェが役に立てる日を待ちわびながら、砂の国に慣れていき——一週間ほど経ったときのことだった。

その日はいつもより朝早くに起こされて、軽く食事をとってから、久しぶりにしっかりと入浴させられた。エナとアミアのふたりがかりで隅々まで洗われ、香油を塗り込まれる。髪の毛は今まで以上につやつやになり、爪も丁寧に磨かれた。

全身ぴかぴかにしてもらったところで、その日の衣装を着せられる。

透け感がある純白の生地を幾重《いくえ》にも重ねた、美しい衣《ころも》だった。露出は控えめで、清楚な印象だ。でも、踊ることを想定して仕立てられているからか、くるりと回ると袖や腰布がふわっと揺れ、神秘的な表情を見せる。

袖口や帯には金糸《きんし》による刺繍《ししゅう》が。さらに飾紐《かざりひも》や留め具には濃い赤が使用され、華やかさもある。いつもは青や緑といった色合いの衣装を与えられることが多かったため、はじめての色合いがなんとも新鮮だ。

そういえば、国境の街シ＝ウォロで、サディルに貸してもらった上着がこの赤色だった。なんだか彼の色彩を纏《まと》っているみたいで、そわそわする。

「リーフェ。準備はどうだ？　そろそろ出番だが」

――と、ハレムに来ていたらしいサディルが、部屋まで様子を見に来てくれた。

「もう！　サディル様、乙女の身支度中ですよ。突然入ってくるのはよしてください」

「あー。それは、悪かった。で？　入っていいか？」

「……もう入っているじゃないですか」

入り口付近でアミアと押し問答を繰り広げている。

くすくす笑いながら、リーフェもサディルのほうへ歩いていく。すると、特別な装いをした彼の姿が目に入った。

「わ、あ……！」

この日はサディルも、いつもとかなり雰囲気が異なっていた。

この国では珍しい、黒をベースにした衣装を身に纏《まと》っている。黒と言っても、薄手の生地は透け感があり、さらりとしていて、重苦しい印象はまったくない。黒い生地に黄金の刺繍《ししゅう》がたっぷりと施されていて、品格を感じる様相である。

「サディルさま、素敵」

「ん。そーか？　ありがとよ」

ニイイ、と笑う彼の顔に、どきどきしてしまう。

――ううん、表情だけではない。

黒だ。黒を纏《まと》ってくれているのが、あまりに嬉しい。

だってこれでは、まるでサディルのほうも、リーフェの色を身につけているみたいではないか。

もちろん、ただの偶然だとは思うけれども。

「今日は派手に暴れていいぞ？」

「暴れないよ」

「心意気の問題だ。せっかくだ、ど派手にキメてやってくれ」

そう。この日はじめて、リーフェは、この国のために祈りを捧げる。

「リーフェ様、頑張ってきてくださいね！」

アミアが明るく送り出してくれる。

「リーフェ様、どうか、恙《つつが》なく、済ませられますよう」

そして、強張った表情のまま頭を下げるのが、エナ。

彼女はこの国における祈りの儀式の在り方を教えてくれた。リーフェとしてもそれに報いたい。

それになにより、この国に来てからずっと、リーフェは考えていたことがあるのだ。

だから――

（舞え‼）

――音楽は高らかに響いている。

宮殿の正門前。空《から》っぽの泉と水路の前に、舞台が設置されていた。

青空の下、リーフェはひとりその舞台に立ち、音楽に合わせて踊り続ける。それは、以前シ＝ウォロの街でも披露《ひろう》した、水を求む唄だった。

様々な楽器の音が重なる中、リーフェの意識は深いところへ落ちていく。

祈るように。歌うように。地下に眠る水脈に語りかける。

緑よ増えよ、水よ潤《うるお》せ、大地よ富めよ栄えよ。

この砂の大地が、潤《うるお》い、満たされ、健やかな命を育む地になるようにと語り続ける。

やがて、枯れ果てていたはずの大地は、彼女の神力に呼び覚まされるようにして一気に芽吹いた。

ごおおおおお！　と、地底から大きな音が鳴り響いたかと思うと、たちまち噴出する。

空《から》っぽの泉の中心から透明な水が天まで噴き出し、太陽の輝きを受けながら、雨のように人々に向かって降り注ぐ。

「すごい！」

「あははは！　なにこれ、冷たいっ！」

見守っていた人々は皆手を打ち鳴らして喝采し、しばしの涼を楽しんだ。

そうしているうちに、泉はたっぷりとした水で満ち、用水路にも清らかな水が流れはじめる。

人々の喜ぶ声が聞こえてきて、リーフェの意識もようやく浮上する。

丁度音楽が終盤に差しかかり、タン！　といつものようにポーズを決めたところで、再び周囲から喝采が沸き起こった。

（すごい……）

舞台の上から人々の姿を見下ろし、リーフェはこみ上げる喜びで胸がいっぱいになる。

（みんなが喜んでくれている……！）

これは姫神子《ひめみこ》レイラに向けられた称賛じゃない。ここにいる、リーフェという人間に向けられたものだ。それがたまらなく嬉しい。

喜びで動けないでいると、舞台の下から見守ってくれていたサディルが舞台に上がってくる。そして横に並んだかと思うと、力強くリーフェの腰を抱き、引き寄せた。

（えっ……!?）

まさか民衆の前でこんな扱いをしてもらえるとは思わず、リーフェは目を見開く。

ふと彼の顔を見上げるも、彼の目は民衆に向いているようだった。――まるで彼らを牽制《けんせい》するかのごとく。

「聞け！　この娘は、神が我らに遣わされた、砂の国ラ＝メウの神子《みこ》リーフェである！」

彼の声は、よく通る。片手を前に掲げながら朗々と語りかける美貌の王に、誰もが注目した。

神に遣わされた――などと、大げさな言い回しでしかない口上も、目の前の奇跡を目の当たりにした者たちの心によく響いたのだろう。

皆、胸の前で手を握りながら、サディルのことを真剣に見つめている。

「神子《みこ》はこの国を豊かにするため、全霊をもって祈りを続けると約束をくれた！」

彼の演説は続いた。

この国にとって、これまでは苦難の道が続いていたと。しかし、砂漠という苛酷な環境を、民の強い生命力、精神力、逞《たくま》しさでもって生き続けたと。

そして、その日々の努力が報われるときがきたのだと。

「ラ＝メウの神子《みこ》リーフェは、そなたらの未来を明るく照らすだろう！　この国を清らかな水で満たし、豊かな緑で覆《おお》い、日々の糧《かて》を手に入れる地盤を作りうる特別な存在だ！」

いつもとは異なる王としての彼は、口調も立ち居振る舞いもまるで違う。

リーフェはその横顔を見ていた。ずっと、ずっと、見ていた。

でも――

「よって、余はこの娘を、余の――ひいては、この国の宝と定めることにした！」

――宝。

その言葉を聞くたびに、リーフェの心は萎《しぼ》んでしまう。

ああ、嫌になる。

こうして彼は、いつも線を引く。自分に近づいてくれるなと。

そばに来て腰を抱き寄せて、大切な存在であると周知しながらも、なにかが足りない。

リーフェは自分が思っていた以上によくばりだったのだろう。だから、もっと、もっとと想いを膨《ふく》らませてしまう。

「宝に手を触れようとする不届き者がいれば、どうなるかはわかるな？　この砂の地を血で汚したくなければ、滅多なことは考えるな」

リーフェが特別だと言ってくれているはずなのに、どうしてこんなに遠く感じるのだろう。

宝なんて都合のいい言葉、大嫌いだ。特別扱いされているのも、あのハレムにいさせるために、わかりやすい優しさを与えてくれるだけ。

（でも……）

リーフェは顔を上げた。

いつまでも、今の状態に甘んじているだなんて思わないでほしい。

胸を張って生きることを、彼は教えてくれた。だからリーフェだって、もっと強くなろうと決めた。

顔を上げて、彼のことを真っ直ぐ見据える。

「サディルさま」

名前を呼んだ。民衆の大歓声でかき消えてしまいそうだけれど、サディルは気がついてくれた。

彼は優しいから、少しだけ屈んでリーフェの声を聞こうとしてくれる。

でも、まだ少し遠い。

だからリーフェは背伸びした。きゅっと彼の両頬に手を触れて、こちらに引き寄せて。

「わあああああ！」

歓声が大きくなる。

彼の瞳も、驚きで大きく見開かれる。

(サディルさまも、思い知るといいんだ)

彼の頬へ、触れるだけの口づけをした。

これは意思表明だ。リーフェはあなたに手を伸ばす、という。

彼は皆を助け、盛り立て、国を築き上げた人だ。待っているだけでは手に入らない。

そんな彼に、こんなに近くにいることを許してもらえるのだ。だったら自分から手を伸ばさなければ——!

「神子《みこ》様のご加護だ!」

「砂の王!　万歳!」

「ラ=メウ!　万歳!!」

「神子《みこ》様!　万歳!!」

大歓声の中、リーフェは背筋を伸ばして彼に伝えた。

「あなたにふさわしい神子《みこ》になります。だから——」

いつもよりも、ずっと改まった言葉。

これは夢のようだと思ってふわふわしていたときとは違う。

心の奥底から湧き出る、リーフェの本当の気持ち。

この大歓声だ。皆の声にかき消されても、目の前にいるサディルにだけはちゃんと届くはず。

「——宝だけじゃ、足りないです」

閑話　眩《まぶ》しさゆえの影

（あー……ヤバ。今日、忙しすぎだろ）

すっかりと日が落ち、肌寒くなった時間。ランプが灯る回廊を抜け、ハリドはふらふらと宮殿の離れにある休憩室へ向かう。空腹で、もはや限界だ。

ハリドは元々サディルのそばで奔走《ほんそう》する身ゆえ、多少の忙しさには慣れている。しかし、このところのめまぐるしい日々には、さすがの彼も音を上げそうだった。

（腹減った……）

離れまで行けば、宮殿で働く者たちのために解放されている食堂がある。小腹を満たしてからもうひと仕事だ。大変だが、ここが踏ん張りどころと気合いを入れるしかない。

ちなみに、この状況を誰が生み出したかと言えば、つまり、リーフェだ。

（マジでリーフェ様、やってくれたよなあ……！）

嬉しい悲鳴というのは、このことを言うのだろう。

彼女の祈りによって、空《から》っぽだった泉も用水路も今や満水状態。治水と法整備のほうがまったく追いついていない状況だ。

街のあちこちで用水路を整備するために、各魔法使いたちの派遣の手配をするほか、水を望む民に対して、ひとまずの分配制度を整えなければいけなかった。

魔法使いどころか、単純な人手も圧倒的に足りていなくて、ハリドまで現場を走り回っている状態である。

（この街だけでこれだからな。国全体に法整備を行き渡らせるのは、いつになるやら……）

主であるサディルの夢はハリドだって理解している。

この国に緑を広げたい。そのためには、リーフェの祈りで満たす必要がある。

彼女の力を生かすためにも、なすべきことは山積みだ。しかし、肝心のサディルが本調子でない。

そのこともハリドの仕事が増える大きな要因となっていた。

決断力のはやさと行動力、そして何事も最後まで責任を持ってくれるという信頼感。圧倒的なカリスマ性でもって、この国をまとめ上げてくれる我らが王。そんな彼が珍しく、すっかり萎《しぼ》んだ様子なのである。

もちろん原因はわかっている。

先日の儀式で、リーフェに真っ直ぐに想いをぶつけられたせいだ。

（らしくもなく迷っていらっしゃる様子なんだよなあ。——いつものあの方なら、とっくに自分のモノにしてそうなのに）

長くサディルに仕えてきたが、こんなことははじめてだ。まさか色恋沙汰でサディルが調子を崩す日が来るなんて思っていなかった。

（あの調子じゃ、すぐに解決しそうにないしなあ）

はああ、とため息をつきながら、ようやく目的の場所へ辿り着く。

(まあ、そこはオレが口出しするところでもないか。まずは腹ごしらえ、と)

サディルもいい大人なんだから、自分で解決してもらうとしよう。そう心に決めて、いい匂いの漂う食堂へ入っていった。

この時間まで働き詰めだった者はそれなりにいるらしく、食堂は活気づいている。料理番も帰宅せずに、まだまだ働いてくれているようだ。彼らはハリドの顔を見るなり大きく手を上げて、大皿からわざわざ料理の取り分けまでしてくれた。

「やあ、助かるよ。ありがとね」

香辛料たっぷりのグリル肉に豆のスープ、根菜と挽肉の煮込みにほかほかのピタ。スパイシーな香りがぷんと漂い、ハリドの腹がくうとなる。

やはりメシだ。腹ごしらえをせねば、できる仕事もできなくなる。

ようやく満たされる思いがして、はやく食べようと意気込んだ。食堂をぐるりと見渡すと見知った顔を見つけ、ハリドはいそいそとそちらへ向かう。

「よう、カシム。お前もメシだったのか」

食堂の隅で黙々と食事をする男を見つけて、ハリドはテーブルの向かいに座った。

「ハリドさん」

自分より少し年下の優男が顔を上げた。

カシムはハレム付きの魔法使い。つまり、リーフェの護衛のひとりだ。しっとりとした銀髪に空色の瞳の、落ち着いた風情のある男である。

荒くれ者の多いこの国の男の中では珍しく、内向的な性格だ。誰に対しても丁寧な対応をするため、リーフェ付きにふさわしかろうと抜擢《ばってき》されたのだった。

「リーフェ様はおかわりないか？」

「あ――はい。我が王のことでお悩みの様子ではありますが、その分、祈りを満たすのだと張り切っていらっしゃるご様子で」

少し心配そうな表情を見せながら、カシムは匙《さじ》を皿に置いた。

「……ハリドさん。おれ、疑問なんですけど、リーフェ様、ひとりで頑張りすぎじゃあないですか？」

「あー、それはなあ」

カシムの意見はもっともだ。儀式から後、ふたりの関係がどうもぎくしゃくしている。

リーフェ自身、サディルに距離をとられてムキになっているところもあると見ている。そのせいか、はやくこの都を祈りで満たしたいと言わんばかりに、毎日外に出て、緑を増やそうと奮闘しているのだ。

リーフェの力は圧倒的で、正直、その能力に期待してしまう。だから、つい彼女にすべてを頼ってしまいそうになる気持ちはハリドもよくわかる。

「リーフェ様、エンリエ教主国でもひとりで全部を支えてたんですかね」

「あー、それは。多少は分散できてたみたいなんだが」

一応、ハリドは話を聞いている。エンリエ教主国をどうやって祈りで満たしてきたのかを。

リーフェ曰《いわ》く、彼女の祈りは大地の奥深くに眠る自然の意志を、地上近くに呼び覚ますことから始めるそうだ。そして、その呼びかけはかなり広範囲に届くのだとか。

もちろん、リーフェが祈る場所に近ければ近いほど、祈りの効果も大きい。

だから彼女がエンリエ国内にいたときは、都周辺はリーフェが直接祈りを。そして離れた地ではリーフェが呼び覚ました自然の意志に、さらに他の神子《みこ》たちが呼びかける。そうすることで、各地の神子《みこ》たちは本来の力以上に祈りの効果を得られるのだそうだ。

そういった仕組みを伝えてから、ハリドははーっと息を吐いた。

「――ってなわけで、神子《みこ》の足りないうちの国じゃあ、同じやり方はちょっと難しい」

神子《みこ》が各地にありあまっているエンリエ教主国だからこそできる手法だ。

この国で祈りを各地に行き渡らせるためには、数少ない神子《みこ》に各地を渡り歩いてもらうか、リーフェに直接祈りを満たしに行ってもらう必要がある。

「リーフェ様以外に、力のある神子《みこ》なんていないしな」

いくらリーフェが各地の自然を呼び覚まそうが、それを有効活用できる神子《みこ》を確保できない。問題は山積みなのだ。

「神子《みこ》がいないって……」

ハリドの言葉に、珍しくカシムが表情を曇《くも》らせた。

「なに言ってるんですか。そんなの、彼女が可哀相だ」

ぼそりと彼が呟いた。そこでようやくハリドは、言葉の選び方を失敗したことに気がつく。ハリドの言い方ではエナの力が軽んじられているように感じたのだろう。

(やっちゃった。カシムはエナ贔屓だったな)

疲れすぎていて、カシムに関する重大な情報が抜け落ちていた。

常に他の魔法使いたちとの関係性を円滑にするために気を遣ってきたハリドだったが、大失態だ。

カシムはこの国のために奮闘してくれたエナに対して、非常にいじらしい想いを秘めてきた男なのである。――少し、心配になるほどに。

エナは少々特殊な経歴を持つ神子《みこ》だ。彼女の抱える事情ゆえ、カシムが彼女と結ばれることはありえない。それをわかっていても、真面目で純粋なカシムはそっと彼女のことを見守っていた。

他の魔法使いたちも、カシムの想いを否定することはなく、その恋を影ながら応援していた。もちろん、それが許されない恋であることを知りながら。

「ごめん、今のはオレが悪かった」

「そうしてみんなが彼女のことを蔑《ないがし》ろにして」

「いや、それは違うだろ」

ハリドはきっぱりと否定する。

そもそもサディルは、エナのことを考えた上で、彼女をリーフェにつけることを決めたのだ。

「カシム。少なくとも、サディル様はちゃんとわかっている」

皆の期待を背負いすぎているリーフェに寄り添うには、同じ神子《みこ》という立場のエナが適任だ。

彼女はいつでも冷静で、リーフェのよい導き手になるだろうと期待しているのだ。けっして蔑《ないがし》ろにしているつもりなどない。

「サディル様は、エナにはいつも頼りきりだとおっしゃっていた。リーフェ様にエナをつけたのも、それが彼女にしかできない仕事だからだ」

「そうですか」

カシムは目を伏せて、大きく息を吐く。

「――彼女の苦しみもなにも知らないくせに」

「カシム？」

彼は、議論するつもりはないらしい。もう一度匙《さじ》を持ち、黙々と食事を続ける。けれど彼の目には、依然はっきりとした不満の色が浮かんでいた。

（あー……失敗した）

フォローすらうまくいかなかった。今日はもう、なにもかも駄目だなと猛省しつつも、これだけはと思い、きちんと伝える。

「悪かった。でも、できれば、エナのことはお前がしっかり見守ってやってくれ。――正直、彼女の考えていることが読み取れる人間は少なくてさ。お前なら、それができるだろう？」

彼ならきっと優しくエナに寄り添ってくれるだろう。

それにエナも、カシムにははっきりとした信頼を寄せている節がある。先ほどのハリドが発したような無神経な言葉から、エナを護ってくれるはず。

エナの立場に寄り添える。その一点において、カシムは絶対的に信用できる男だ。

――そしてハリドは、この決断を後悔することになる。

第四章　この声は届かない

避けられているのかもしれない。

空《から》っぽの泉に水を満たしてから二週間、リーフェの中でその気づきが確信に近づいてしまった。

というか、すでに「かもしれない」の域は超えている。どう考えてもサディルに避けられている。

（どう考えても、宣戦布告しちゃったからだよね）

宝だけでは足りない。

あなたにもっと近づきたいと、彼にしか聞こえない声ではっきりと告げた。

公衆の面前だったからだろうか。サディルが驚いた顔を見せたのは一瞬のことで、すぐに澄ました顔に戻ってしまったけれど。

なにが問題かというと、あの日以降、サディルとまともに話すらできていないのだ。

もう二週間も経ったというのに、このラ＝メウの都シ＝メウワーンでは、連日飲めや歌えやの大騒ぎ。街が活気に溢れるのはいいことなのだが、一方の宮殿では誰もが大忙しなのだとか。急遽用水路を拡張するための工事が始まったり、治水計画の方針を立てなおしたり、水を使用するための法整備を進めたり――やることが山積しているらしい。

結果として、サディルが多忙を極めている。それはわかっている。

ただ、その忙しいのを理由に、彼と顔を合わせる機会すらなくなってしまった。

（……寂しい）

リーフェだって充実した毎日を過ごしてはいるのだけれど、それはそれ、これはこれだ。

今日もサディルと食事すら一緒にとれなくて、リーフェはとぼとぼと自分の部屋へ帰ってきた。

青月の間に足を踏み入れ、ひとりぐったりと奥の長椅子に身体を預ける。

「はぁ、暑い。疲れた……」

ずっと頭がずきずきしている。一日中太陽の下にいたからか、すっかりくたびれてしまったのだろう。意識が朦朧《もうろう》として、このまま目を閉じたら眠ってしまいそうだ。

「リーフェ様、横になられるのでしたら、先に湯浴みを」

「はあい」

リーフェはのっそりと身体を起こす。

水が豊富に手に入るようになったから、もう湯浴みには困らないのだけれど、疲れている今はちょっぴり面倒だ。

でも、入れば身体がさっぱりするのはわかっているし、なによりエナに言われては仕方がない。

あれこれ小言の多いエナだけれど、最近はすっかり馴染んでしまった。

彼女は表情変化に乏《とぼ》しく、淡々とした言動は少し冷たくも感じるけれど、ちっとも嫌ではない。

最近は彼女と過ごす時間が一番多いから、余計親しみを感じるのだろう。

彼女は自分のことを全然話してくれないけれど、神子《みこ》のお役目には大変熱心なことも伝わってくる。だからリーフェも信頼を置いて、彼女の言葉にはしっかり耳を傾けるようにしていた。

それに、彼女の姿を見ていると、どうも誰かを思い出してしまうのだ。

懐かしくて、温かくて――思い出すだけで寂しい気持ちがこみ上げてきてしまうような、記憶の奥底の誰かに、彼女はよく似ている。

「ん、んんー……。全身が重たい。あちこち回りすぎたかな」

立ち上がって、伸びをする。

「ご無理をしすぎです。――おひとりでなにもかもできるとお思いですか」

ちくりと痛いところを突かれて、ハッとする。

エナの温度のない瞳がこちらを見つめている。本当に自分は至らないなと思い直し、目を伏せる。

「ごめん。そうだよね」

最近、リーフェは時間さえあれば、熱心に街中へ出るようになっていた。

実は、イオが率先して勧めてくれたのだ。無事に披露目《ひろめ》も終わったし、神子《みこ》として街に視察に出て構わないと。ついでに日中身体を動かして、体力をつけてくれたら嬉しいとまで言われた。

もちろんリーフェひとりではない。元々神子《みこ》であるエナは、外に出るときは必ず同行してくれるし、精鋭の魔法使いたちが毎日交替でついてくれている。その他にも、脇をぎっちりと護衛たちが固めてくれていた。

後は専属の楽士までつけてもらって、一緒に街のあちこちで祈りを捧げているのだ。

これ以上水脈をこじ開けられても困ると訴えられたので、水への祈りは控えめに。それ以外の自然に呼びかける舞を披露《ひろう》する。

ここは砂漠の街で、今から方々で大工事が始まることを想定し、大地に願う唄を選ぶことが多い。土壌を整えて様子を見つつ、緑に祈る唄も。

もちろん、ここまで枯れた土地を豊かにした経験などない。

これはあくまでリーフェの勝手な感覚でしかないが、土地自体を豊かにする祈りは、かなり根気のいるものだと予測している。だから何日も――いや、何カ月もかけてじっくりと、この街のあちこちに祈りを浸透させていくつもりだ。

ただ、エナが心配するのもよくわかる。少し無理をしている自覚もあった。

本当はこの都程度の広さなら、宮殿にいながら祈りを届けることだってできる。でも今は、この宮殿に留まっているのがちょっと窮屈《きゅうくつ》な気分だった。

それに、せっかく自分が祈りを捧げる地をこの目で見られるなら、それに越したことはない。街の人たちと出会うのも楽しいし、この国のことだってもっとよく知りたい。

そんなわけで、リーフェはなにかと理由をつけて、毎日のように外に出ていた。ただ、体力がどうしても追いつかなくて、夜には今みたいにすっかりくたびれてしまう。

頑張りたい自分に、身体のほうが全然ついてこない。それがリーフェの課題だった。

「しっかり体力をつけて、これくらいの祈りでへこたれないようにしないと」

改めて目標を口にすると、エナの表情がふと陰った。

「そうでは、なくて」

まるでなにかに傷ついたような顔をして、ぎゅっと眉根を寄せる。

「エナ？」

一体どうしたというのだろう。なにかを言いたげな彼女の様子が気になって、リーフェはつぶさに彼女の様子を見る。

「――いえ。なんでもありません」

しかし、会話を続ける気はないらしい。彼女はくるりと背を向けて、湯浴みの準備を始めようとする。でも、どうしても彼女の反応が引っかかって、リーフェは彼女を追おうとした。

「待って、エナ――っ!?」

長椅子から立ち上がった瞬間、急に目眩《めまい》を覚えてよろける。脚に力が入らなくなって、ぱたりとその場に崩れ落ちた。

「リーフェ様!?」

それに気づいたエナは、すぐに駆け寄ってきてくれた。リーフェを心配するように、肩を支えてくれる。

「う、うう……」

おかしい。頭のずきずきが、先ほどより強くなっているかもしれない。

もう一度立ち上がろうと思ってもうまくいかなくて、自分自身でも首を傾げる。

己の額に手を当てながら考える。本当に、無理をしすぎたのかもしれない。

（頭がぼんやりする――）

ここ砂の国ラ＝メウは今、一年の中で最も暑い時期らしい。快適に過ごせるように、魔法使いたちには水の魔法をかけてもらっていたのに、身体が言うことをきかない。

時間が許すかぎりはと外に長時間滞在してしまったからだろうか。踊っているとついつい周囲の環境を忘れがちになるから、身体を酷使《こくし》している意識すら持てていなかった。

これではエナも呆れるはずだ。

彼女に話も聞きたかったけれど、リーフェのほうが持たなかった。どんどん意識が遠くなっていく。

「リーフェ様、大丈夫ですか⁉」

珍しくエナが焦った様子で、リーフェの肩を支えてくれた。

リーフェはぐったりしたままで、おみず、と小さく訴える。

「っ、アミア⁉　――ねえ、近くにいる⁉　誰かっ！　リーフェ様が……‼」


長時間日光を浴びすぎたこと、水分補給の不足、そして過労が重なった。侍医は重々しい声で、そう告げた。

しっかり喉を潤《うるお》して、涼しいところでゆっくり過ごすこと。少なくとも数日は身体を休めること。

それから、普段の視察も時間を決めて切り上げるようにと、切実にお願いされてしまった。

リーフェよりも周囲の皆のほうが顔色が悪くて、申し訳なくなったくらいだ。

(わたしみたいな肌の白い人種は、熱にも日光にも弱い。サディルさまもそう言ってたよね)

――夜。寝台で横になりながら、うとうととそのようなことを考える。

なんと情けないことだろう。サディルと会えなくて焦った結果、自分の限界すらわからずにこうして倒れてしまうだなんて。サディルには呆れられてしまうかもしれない。

(一年で一番暑い時期だって言っていたもの。もっと気をつけないといけなかった)

大反省会である。

昼が長く、夜の時間もずっと空が薄明るい。

この土地における自然のバランスの影響か。あるいは神のご意志か。エンリエ教主国とは真隣の国であるはずなのに、自然環境がこうも異なるとは。

厚手のカーテンが閉められて、夜の薄明かりも部屋には届かない。小さなランプひとつだけが灯る暗い部屋の中、リーフェは目を細める。

なんだか、部屋の中がひどくぬるく、気持ちが悪い。

普段から魔法使いたちは、夜も過ごしやすいようにと、魔法で部屋の環境を整えてくれる。けれどこの日にかぎって、魔法の素になる夜風がほとんど吹いていないらしく、環境を整えるのが難しいとぼやいていた。

(少し、つらい、かも……)

ころんと、寝返りを打つ。

（疲れているのに、寝付けない――）

それでもしっかり休まなければと、リーフェは瞼《まぶた》を閉じて、じっとしていた。

『――……が、――だって……？』

『――様、少々お声が――……ですから、大丈夫――』

部屋の外から声が聞こえた。

リーフェはこの声を、よく知っている。

身体はなんとか眠っている。意識だけがぼんやりと現《うつつ》の世界に残っていて、ああ、この声をもっと聞いていたいと思った。

「――で、侍医からは？」

「日の光と暑さにやられたものだと。それから水分の補給の不足と、疲労と。――完全に私の不注意でした。申し訳ございません」

「大事はないのだろうな？」

「はい。ですが、数日は安静にと」

「……そうか」

部屋の扉が開かれたらしく、誰かが中へ足を踏み入れる。

「もういい。後は俺が見ている。――下がれ」

「畏まりまして」

ばたん、と扉が閉まった後、部屋に残った人物が、ふーっ、と長く息を吐いた。

それから静かにリーフェの眠る寝台へ近づいてくる。

「…………」

すぐそこに、誰かがいるのがわかった。

じっとリーフェのことを見下ろしているのか、寝台の前に立ったまま動かない。

長い、長い時間を、ただただそこで立ち尽くす。

しかし、その誰かは迷った末、そっとその手を伸ばしたらしい。

大きな手がリーフェの額に触れた。

このゴツゴツした手を、リーフェはよく知っている。リーフェの大好きな人のものだ。

以前はしょっちゅう頭を撫《な》でてくれていたのに。最近では会うことがめっきり減ってしまった。

「……無理をするな、なんて。今の俺に言う資格なんてないか」

やるせなさを含むその声は、リーフェの心によく沁《し》みた。

「ずっと視察で出払っていた、なんて言い訳も通用しないな」

あなたこそ働きすぎだよと言いたい。

そうしたら彼も、阿呆と言い返して、笑い返してくれないだろうか。

「そばにいてやれなくて、すまなかったな」

(――ううん、気にしなくていいよ。そんなこと)

この数日間。ずっとずっと、彼に対して、拗《す》ねるような、恨むような、もどかしさのようなものを募らせてきたけれど、そんなものはどこかへ消えてしまった。

こうして心配して様子を見に来てくれた。それが今はたまらなく嬉しい。

もっと頭を撫《な》でてほしい。優しく抱き上げてほしい。ずっとくっついていたい。

こんなにも彼を好きになっていなかったら、もっと簡単に、意識せずに触れあえていただろうか。

でもやっぱり、以前のようにはいかないらしい。無情にも、頭を撫《な》でてくれる手は早々に離れていってしまい、落胆する。

しかしだ。次の瞬間、がさがさと絹が擦れるような音が聞こえた。

そこにいる誰かが自分の上着を脱ぎ、どこかへ掛けたらしい。そうしてまた寝台の近くに戻ってきて――ふわりと空気が変わる。

魔法だろうか。効果のほどはよくわからないけれど、リーフェの周囲の空気が穏やかになるような感覚がある。

「……今日は夜風が足りんな」

ぼそっと、吐き捨てている。

「頼むから起きてくれるなよ」

そう静かに囁《ささや》かれたかと思うと、みしりと寝台が軋《きし》んだ。

瞬間、リーフェの意識は覚醒する。

覚醒したけれど、動けない。

抱きしめてくれている。サディルがすぐ隣にいて、リーフェのことを優しく、ぎゅっと。

「俺は、俺がこんなに情けない男だとは思わなかったよ」

静かにひとりごちる彼の言葉に、リーフェは呼吸することすら難しくなる。

「お前といるのが怖くなっちまったんだ。俺なんかじゃお前の存在を持て余しちまうだなんて、らしくもねえこと考えて」

とんとんと、あやすように背中を叩く彼の手がとても優しい。

気がついてしまった。

ああ。この匂い、この感覚、覚えがある。

多分リーフェは自分が感じている以上に、この腕の中で長く過ごしてきた。

「今じゃ、お前が眠っている間しか、まともに触れることもできない」

びくりと震えそうになったところを、必死で我慢した。

だって、おかしいと思ったことは、何度もあったのだ。

朝、ふと目覚めたときに彼の残り香がある。それはあまりに毎日、当然のように繰り返される日常で、真実に辿り着けなかったけれど。

(――もしかして、こうして、いつも隣で眠ってくれていた?)

息が苦しい。今さらすぎる事実に気がつき、どう反応してよいのかもわからない。

胸がいっぱいになって、苦しくて、声も出せない。

「周りを牽制《けんせい》するだけ牽制《けんせい》して、俺のモンだって言ってるのに。肝心の俺自身も、お前に手を伸ばせなくなっちまった。……情けねえったら」

ああ、その噂も本当だったんだ。

周囲は散々、彼の様子がおかしいだの、リーフェに執着しているだの、いろんな噂話を聞かせてくれた。でも、当のリーフェ自身が理解できていなくて、ひとり焦ってばかりだった。

「お前は俺なんかにはもったいない存在だよ。だから俺なんかに捕まるな。好きに生きられるように、いくらでも支えてやるから。頼むから、こんなところで足踏みしてるなよ？　――な？」

ほら。いつもこうだ。

彼はこうやって線を引く。

リーフェのことを大切に想ってくれていても、絶対にこちらに踏み込んでこない。

「…………嫌だ」

「！」

「嫌。そんなの嫌だよ、サディルさま」

心の奥に眠る勇気を全部振り絞って、声を上げる。

瞬間、サディルの身体が大きく震えた。

「起きていたのか」

そう言って咄嗟《とっさ》に離れようとするサディルの身体を、リーフェは抱きしめる。強くしがみついて離さない。リーフェの全部で、彼を繋ぎ止めたかった。

でも、リーフェの力なんかじゃ彼にはかなわない。

ぐいっと身体を引っ剥がされ、すぐにサディルは寝台から下りてしまった。そのままくるりと背を向けて、部屋から立ち去ろうと大股で歩きはじめる。

「待って……！」

リーフェは叫び、身体を起こした。

しかし、先ほどまで、夢と現《うつつ》の間を行き来していたせいだろう。急に身体を動かそうとしてもうまくいかず、どさりと寝台の上に這いつくばる。

「リーフェ!?」

その倒れ込むような音に驚いたのか、サディルが慌てて振り返った。

ぱたぱたとこちらに駆け寄ってきて、リーフェの肩を支えてくれる。ただそれは、彼にとっても無意識の行動だったらしい。

ハッと正気に返った彼は、すぐにリーフェから離れようとする。

でも、この機会を逃しなんかしない。だからリーフェは彼の衣《ころも》を掴み、必死で縋《すが》った。

「サディルさま！」

ぎゅっと。もう一度彼にしがみつく。

その逞《たくま》しい胸元に顔を埋めると、胸の奥に秘めていた気持ちが洪水のように溢れ出した。

「わたしは、わたしのほうがサディルさまにふさわしくないって、ずっと思ってた。でも、それでも。あなたのことが好きだから！　だから離れたくないって。一緒にいたいって頑張ってるのに！　――そんなこと、言わないで」

恨めしい気持ちが募っていく。耐えられなくなって、リーフェは叫んだ。

「自分にはもったいないとか、勝手に決めつけないでよ！」

「……」

「わたしだって同じ。つりあわないって思ってる。でも、手を伸ばしたいから、ちゃんと伸ばすよ？　だって、こんなに近くにいるんだもの」

「リーフェ、違うんだ」

「だから、勝手に線を引いて、勝手に諦めないで！」

「俺は」

「サディルさまの意気地なし！」

「………」

サディルの瞳が揺れた。

ぎゅっと眉根を寄せ、強く唇を噛み、吐き捨てるように言い放つ。

「そうだな。俺は、意気地がない」

「……っ」

「でも。それは。お前が。――そんなに」

近づいたと思ったのに、どうして彼は遠ざかってしまうのだろう。

自分はずっと手を伸ばしている。でも、肝心の彼がその手を握り返してくれない。

互いに同じ想いのはずだった。それなのに、彼だけがこちらに近付いてきてくれない。

リーフェにしがみつかれたまま、彼はただ、うなだれている。呼吸が浅く、肌にはじっとりと汗が滲んでいた。

「……俺は、ロクでもない男だ」

「サディルさま！」

「力の強い神子《みこ》だという理由で、強引に相手を犯して、国のものにしようとした悪党だ。俺なんかが、お前みたいなおキレイな人間を好きにしていいはずがない」

「ちゃんとわたしを見てよ、サディルさま！」

「お前こそ理解しろ。俺の浅ましさを。お前が俺を好いてくれるのを利用して、都合よく掴まえて、生殺しにして——お前を自由にしている体《てい》で、他の男にも一切触れさせない。最低だろ？」

自嘲するような笑みを浮かべ、こちらを見下ろすサディルの瞳が悲しい。

自分自身をナイフで傷つけるような言葉に、ひとつひとつ違うと伝えていきたい。けれど彼は、リーフェの反論を許してくれない。

「軽い気持ちで掴まえたのに、お前は俺の想像なんて軽く超えていっちまった。想像以上にお前が、遠くて高いところにいる清らかな人間だって思い知らされた俺の気持ちがわかるか？　駄目なんだよ。お前は綺麗すぎる。俺なんかに汚されちゃ駄目だ。——神は絶対に許してくれない」

「サディルさま」

「大切なのに。そばにいるのに、お前が掴めない、俺の気持ちがわかるか……っ！」

くっ、と声を漏らし、もう一度彼は立ち上がる。

俯《うつむ》く彼の姿に、絶望を覚えた。

荒く息を吐きながら、彼はぼそぼそと続ける。

「…………………怖がらせて、すまなかった。俺も、頭を冷やしてくる」

「……」

「よくわかっただろ。護衛代わりだのなんだの理由をつけて、勝手に寝床にもぐりこむようなセコイことしかできねえ臆病者なんだ、俺は。明日からは護衛は別につけるよ。――もちろん、部屋になんて入れさせねえ。お前は、安心して眠ればいい」

「サディルさま」

「もう、俺を掴まえようとしないでくれ。……頼む」

彼は放置していた上着を拾い上げ、とぼとぼと扉に向かって歩いていく。

ただの一度も振り返らない。

「…………具合が悪かったんだろう？　邪魔をして、すまなかった」

呆然とするリーフェを置いて、彼は部屋を出ていってしまった。

――その後のことはまったく覚えていない。

ただ、数日は安静にして過ごすようにと言われていたので、リーフェは部屋に籠《こ》もったまま、ただただぼんやりとしていた。

今まではサディルが毎日のように訪れ、優しい魔法でリーフェを包み込み、ぐっすり眠れるようにしてくれていたらしい。だからその魔法が途切れたせいか、あるいはリーフェの気持ちの問題か。夜もあまり眠れなくなってしまった。

リーフェの周囲の人たちは皆、たいそう気遣ってくれたけれど、気持ちは晴れない。

そんなある夜のことだった。

「リーフェ様、今日はゆっくり眠れるように、お香を焚《た》いておきましょう」

毎日アミアとエナが交替で、寝支度を手伝ってくれる。

今宵《こよい》はエナが当番らしく、彼女の厚意でふわりと優しい香りがするお香が焚《た》きしめられた。

先日、ちょっと気になる素振りをみせたものの、翌日からの彼女はいつも通りだった。今だって、表情こそ抜け落ちているものの、リーフェに対して細やかな気遣いをみせてくれる。

「ありがとう」

「いいえ。――魔法使いたちがあまりにも頼りないですから」

「みんな頑張ってくれてるよ。だから、そう言わないであげて」

いつもサディルがかけてくれていたのは眠りの魔法だ。ただ、その効果は強いものではなく、おまじないに近いものらしい。自然の条件さえ整えば使用するのも難しくないらしいが、サディル以外の魔法使いがかけてくれても、なぜかあまり効かない。

今日はハレム付きの魔法使いのひとり、カシムが眠りの魔法をかけてくれた。いつも物腰の柔らかな彼だけれど、今日のカシムはいつもより思い詰めた顔をしていて、なんだかリーフェのほうが申し訳なくなったくらいだ。

皆のためにも、はやくサディルと仲直りできればいいけれど、今は少し難しい。

「大丈夫だよ。この間は少しびっくりしたけど、嫌われているわけじゃないことは、わかっているし。サディルさまも今は少し気まずいだけだと思うの」

「……」

「はやく体調をよくして、わたし、この国のために頑張る。いつまでも拗《す》ねていても仕方がないし、それがサディルさまとの約束だから」

「約束？」

エナは少し首を傾げた。

そういえば、彼の夢や約束の話を誰かと共有したことはなかった。

「ええ。この砂の大地をいつか緑にしたいの」

「砂の大地？　――それは、この広大な国土のすべてを？」

「そう。時間はかかると思うけど、いつか。――サディルさまも、それが夢だって言ってたから」

「夢……」

エナはどこか遠くをぼんやりと見つめている。

なにかを考え込むような彼女の横顔を、リーフェもぼーっと見ていた。

「我が王は、あなた様おひとりにそれを託されたのですね」

「エナ？」

「――いえ。わたしなど、もう不要なのだと」

思い詰めるような彼女の表情が、再び誰かと重なった。

口惜しそうなこの表情、そして、こぼれ落ちた言葉。それが遠い記憶と重なり、リーフェはぱちぱちと瞬く。

「なにを言っているの、エナ。そんなこと、あるはずないじゃない」

先日から彼女は、ずっとなにかを言いたげだった。口惜しげな顔をして——でも、リーフェが訊ねようとすると、口を閉ざしてしまう。

こういったとき、どう声をかければいいのだろう。圧倒的に人と話す経験の足りていないリーフェには、正しい答えが導き出せない。

「わたしは、いつもあなたに支えられているのに」

「それが私の責務ですから」

「責務だなんて。エナはわたしの駄目なところも教えてくれるでしょう？　他にそんな人いないよ。だから、あなたのこと、この国でのせんせいみたいな人だなって思って——」

せんせい。自然とそう言ったところで、ふと思考が止まる。

エナの姿にまた誰かの横顔が重なり、リーフェは言葉を続けられなくなった。

頭が真っ白になってしまったリーフェを一瞥《いちべつ》して、エナはふと笑みを漏らす。はじめて見る彼女の自嘲するような笑みは、どこか寂しそうで胸が苦しくなる。

「ああ、宴《うたげ》が始まりましたね」

あえて話題を変えたのだろう。エナは視線を窓のほうへ向けた。そういえば、遠くから柔らかな楽器の音色が響きはじめた。

まだなにも言葉を発することができないリーフェに向かって、彼女は語って聞かせる。

「年に一度、宮殿で殿方だけが集まるとても大事な宴《うたげ》があるのです。いつも朝までずっとこの調子ですが。――眠りづらいですか？」

そんなことはないと、ふるふると首を横に振る。

「そうですか。では、ゆっくりとお眠りください」

エナがリーフェの頭を撫《な》でてくれる。

ぷんとお香の香りが濃くなった気がした。その香りに誘われ、くらりと意識が遠のいていく。

じっと、まるでこちらを観察するかのようなエナの視線に、どうしたのと声をかけたかった。

でも、それはかなわない。強制的に眠りへと誘われたリーフェは、重たい瞼《まぶた》を持ち上げることなどできなかった。

「……せんせい、ですか」

リーフェは気づけなかったのだ。

彼女の抱える悩みなんて、これっぽっちも。

「結局あなた様も、ただの一度も、私を神子《みこ》だとは認めてくださらないのですね」

遠のく意識の中で、寂しげなエナの声が聞こえたか、聞こえなかったか。

――音楽は朝まで鳴り響いているはずだった。

もう朝なのだろうか。リーフェの周りは真っ暗で、よくわからない。

（う………苦し、い……？）

リーフェは足をぎゅっと抱え込むように身体を丸めて眠っていた。殻《から》の中で縮こまっているような狭苦しさに違和感を覚え、リーフェの意識は浮上する。

地面が、揺れている。

べええ、べえええええ、と音楽の代わりに響くこの声は、駱駝《らくだ》の鳴き声だ。

彼らが合唱するのはきまって夜が明けて、空が白んできた頃合いだった。

ああ、やっぱり。ひと晩ぐっすり眠っていたのか。あの美しい楽器の音色が聞こえてこないのは少し残念ではあるけれど——と、ここまで考えて、リーフェはハッとした。どうして駱駝《らくだ》の鳴き声が聞こえるのだろう。

（身体が——……!?）

自由がきかない。

手首も足首も硬いロープでぎっちりと縛られているのか、ひどく痛む。そして背を丸めて小さくなった体勢のまま、身動きひとつとれない。頬も、腕も、足にも、ザラザラとした麻布が擦れるような感覚がして、目を見開く。

暗い。そして目の前には——布だろうか？　自分がなにかとても狭い場所に閉じ込められていることを認識し、もがいた。

「っ……！　んんー！　んんんー!?」

一体なにが起こっているのかわからなくて、混乱する。声を上げようにも猿轡《さるぐつわ》を噛まされていて、それすらままならない。身体のバランスも不安定で、ここでようやく、リーフェは自分が麻袋のようなものの中に入れられ、駱駝《らくだ》の上に積まれていることを認識した。

「お、兄貴。起きたようですね」

「ああ。よくここまで持ったな。よほど強い薬かなにかを飲まされていたんだろう」

聞いたことのない男たちの野太い声が聞こえ、背筋が凍りつく。

（もしかして……）

――誘拐だ。それをはっきりと認識した瞬間、恐怖で頭が真っ白になる。

んーっ！　と、悲鳴に近い声を漏らすと、麻袋の外から笑い声が聞こえてきた。

「おー、聞いてた通り。ほんとに女の子の声が聞こえましたね。うーわ、可哀相」

「さらった本人がなに言ってんだ」

「いや、オレたちは帰郷ついでに荷を受け取っただけ。別にさらったわけじゃないですよ」

「ハン。屁理屈だな。――ま、ここいらだったら、もういいだろう。捨てるぞ」

彼らはブツブツと話しながら、麻袋に手をかける。固定していた紐かなにかを外しているらしい。

リーフェは麻袋ごと強引に持ち上げられ、適当にその場に投げ捨てられた。

さらっとした砂の上に落ちたからか、衝撃はそれほど大きくはない。ただ、目の粗《あら》い麻袋の中にまで細かな砂が入ってきて、リーフェは鼻からむせるように咳《せ》き込んだ。しかし猿轡《さるぐつわ》を噛まされたままでは満足に咳《せき》もできず、苦しげに呻《うめ》く。

「この声、かなり若いんじゃないですか？　貴人だって聞いてますけど――兄貴、本当に捨てちまうんですか？」

「たりめえだろ。もう受け取るモンは受け取ってんだ」

「……へへ。だったら。あのー……」

リーフェがむせている間に、男たちはひそひそと相談を続けている。

「せっかくなんで、捨てる前に――ね、いいでしょう？」

「お前なあ。よくこんなトコで」

「だって、エンリエ教主国まで結構な長旅になるじゃないですか。だから、ねえ？」

「……体力は残しとけよ」

「わかってますって。すぐ終わります」

「はあ」

ぞくりと、嫌な予感がした。

男たちのこういった俗な会話は、何度か聞いたことがある。会話が指し示す意味を正しく理解し、リーフェは暴れた。

「あー、はいはい。そう怖がらなくても大丈夫ですよ。――どうせ野垂れ死ぬんだから、最後にオレと、いい思い出作ろうね」

「うーわ、その言い方。オレでも引くわ」

「まあまあそう言わず。顔がよければ兄貴だってヤりたくなるでしょ？」

「そりゃあ、まあな」

いよいよ恐怖は膨《ふく》らみ、さらにどうにか逃げようとする。

けれども相手はふたりがかりだ。袋に入れられている上、両手両脚を縛られたリーフェの抵抗などかわいいものなのだろう。あっという間に上からのしかかるように取り押さえられ、息を呑む。袋の紐がほどかれ、朝の淡い光が差し込んでくる。ただ、細かな砂まで一緒に袋に入ってきて、リーフェはぎゅっと目を閉じた。

「ほーら、はやく出てこようね」

「ン……んんんっ」

「あー、声。やっぱ可愛いじゃん。――兄貴、猿轡《さるぐつわ》とっていい？」

「万一他の旅人でもいたらコトだ。静かにしとけ」

「ちぇっ、仕方ないなあ」

首根っこを掴まれ、麻袋から引きずり出される。ばさっと強引に砂の上に投げ出され、目を開けることなどできない。

砂を吸い込まないように呼吸を止めて身じろぎひとつせずにいると、おお……と感嘆するような声が聞こえてきた。

「やっべえ……兄貴、この子、めちゃくちゃ美人」

「え？　本当にか？」

「マジ。捨てるのナシにして、奴隷として売るほうがいいんじゃ」

「いいや駄目だ。相当積まれたからな。絶対ワケアリだ。万一バレたらオレたちのほうがヤバイ」

「そっかあ。残念っすねえ。――じゃ、食い納めしとくか」

そう言うなり、縛られた両足首を掴まれ、組み敷かれた。

「ん、ンンン！」

気持ちが悪くて身をよじる。

必死になって右脚を大きく蹴り上げると、丁度相手の不意をつけたらしい。

「ぎゃあ！」

偶然、弟分らしき男の股間に当たったらしく、相手が悲鳴を上げて大きくのけ反った。

この機を逃すまいと、リーフェは体をひねって地面にうつ伏せになり、這いつくばる。

(逃げなきゃ……っ！)

無我夢中だった。あんな男には、なにがあっても触れられたくない。

どうにか逃げようと、砂の大地を這っていく。けれど、四肢《しし》を縛られていてはどうしようもない。

あっという間に追いつかれて脚を掴まれる。

「おい、大人しくしろ！　殴られたくなけりゃあな！」

蹴られて逆上したのか、男の声が荒くなった。

もう一度捕らえられ、組み敷かれる。そしていよいよ乱暴に衣《ころも》を剥ぎ取られそうになったところで、リーフェは男を睨《にら》みつけた。

(絶対、嫌だ――――！)

こんなところで折れてなるものか。この身体に触れていいのは、ただひとりだけだ。

己を奮《ふる》いたたせて、強く――――強く睨《にら》みつけたそのとき、男は両目を見開き、硬直した。

「忌《いみ》、子《ご》……⁉」

ひっ、と短い悲鳴が上がる。慌てて男はのけ反って、そのまま後ろに尻もちをついた。

「なんだと？」

弟分の言葉に、横で見ていた男まで、怪訝《けげん》な顔つきでこちらを見る。またキッと睨《にら》みつけると、彼も信じられないという顔をしてみせた。

ある意味、運がよかったのかもしれない。

そうだ。彼らは今からエンリエ教主国に帰ると言っていた。つまりエンリエ人の彼らにとって、リーフェの存在は禁忌《きんき》。それを悟った瞬間、リーフェはもう一度、男たちを黒い瞳で睨《にら》みつける。

「い、いいい、忌子《いみご》だっ、兄貴！」

「っ、アイツら！　だから捨ててこいと言ったのか……！」

うまく勘違いしてくれたらしい。やはりエンリエ教主国の人間にとって、リーフェの存在は脅威《きょうい》なのだろう。

「ヤベエ、お前、関わるな！　関わると呪われるぞ……！」

「あ、兄貴！　逃げましょうっ。クソ！　アイツら、先に言っておけよ……‼」

覆《おお》いかぶさっていた男は、慌ててリーフェから離れて砂の大地を駆けていく。

けれども、慌てすぎたのか砂に足をとられて体勢を崩す。そうして何度も何度も転びながら、必死で駱駝《らくだ》のもとへ駆けていった。

もうひとりの男も一目散に立ち去って、砂の大地にリーフェひとりが取り残されたのだった。

――リーフェは、砂埃《すなぼこり》を立てながら去っていく男たちを呆然と見ていた。

助かったと言うべきなのだろうか。――いや、ひとつの危機を脱しただけ。事態はさほど好転はしていない。

砂を吸い込まないように深く呼吸してから、気持ちを落ち着ける。

（それで？　ここは、どこ……？）

身体をよじって砂の上に座り込み、改めて周囲を見やった。

砂。砂。砂。

四方八方、目に映るのは赤茶けた大地と、まだ日が昇りはじめた薄明るい空だけ。

昨日の夜、エナと過ごしてからリーフェの記憶はない。このところ寝付きが悪かったはずなのに、昨夜にかぎってぐっすり眠ってしまって、今の今まで目が覚めなかった。

（少し、気分が……悪い）

なにかに酔ったように、頭の奥がぐわんぐわんしている感覚。

男たちは薬がどうとか言っていたような気がする。つまり、リーフェは誰かに睡眠薬を飲まされたかなにかで、ここまで運ばれてきたらしい。

都からはどれくらい離れているのだろう。

いつさらわれたのか定かではないが、今の時期の夜は短い。空の様子を確認すると、夜は明けたばかりだから、眠ってからほんの数時間が経過しているだけか。

ただ、駱駝《らくだ》に乗ってきたと考えると、数時間でもそれなりに都から離れているかもしれない。

（どこか、もっと遠くが見えるような場所は――）

四方の砂が山のように盛り上がり、砂丘《さきゅう》になっていて、視界が途切れている。這いつくばって進めば、高いところまで登れるだろうか。

（ううん、その前に）

後ろ手に縛られていなくて助かった。これなら猿轡《さるぐつわ》程度はなんとかできそうだ。リーフェは自由な指先を使って、なんとか猿轡《さるぐつわ》を外すことに成功する。

「ぷはっ！　けほっ、けほっ……！」

隙間から砂をかなり呑み込んでしまった。

ぺっぺと必死で吐き出し、今度は手足のロープと向き合う。しかし、手首と足首のロープはギュウギュウに縛られていて無理だった。爪先を使って強引にほどこうとするも、リーフェの力ではどうにもならない。

「痛っ……！」

むしろリーフェの爪のほうが駄目になる。綺麗な爪の一部が欠けてしまい、血がにじみ出る。

背中に冷たい汗が流れた。手はともかく、足が自由に動かせないのは、この状況下で絶望的だ。

「誰かっ！　誰かいませんか!?」

リーフェの叫びも虚しく響くだけ。恐ろしいほど静謐《せいひつ》な世界が、依然そこに広がっている。

（……駄目か。とにかく周囲を確認しなくっちゃ）

四つん這いになったまま、リーフェは砂丘《さきゅう》を必死に登っていく。

気持ちはどうしても焦るけれど、こういうときこそ意識して落ち着かなければならない。せめて都との距離と方角さえわかれば、なにか手立てはあるかもしれないのだから。

(急がなくっちゃ……)

まだ大丈夫だと、自分に言い聞かせる。空気はまだひんやりしている。だからといって油断はできないのだけれども。

今は一年で最も昼が長い時期だ。太陽が昇りはじめたらあっという間に気温が上がる。

リーフェはというと、薄い寝間着一枚を羽織《はお》っているだけ。靴もなく、水も食糧もなにも持っていない。こんな状況で砂漠の熱砂にあてられたら、あっという間に干からびてしまうだろう。

いや、それどころか、こんなにも肌がむき出しの状態では、日で焼けた砂の上を這うだけで全身火傷を負うはずだ。

「……っ」

想像して、ぞっとする。精神を落ち着け、ごくりと唾を呑み込んだ。

急がなければ。けっして焦らず、でも確実に前へ進まなければ。

じりじりと昇っていく太陽と競争しながら、リーフェはなんとか小高い砂丘《さきゅう》を登り切った。

雲ひとつない空の下、赤茶けた大地の向こうを見つめて絶句する。

(――遥か。こんなにも、遠く)

ラ＝メウの都シ＝メウワーン。大きな街だからこそ、幸いにも肉眼で見つけることができた。

ただしその街はひどく小さく、豆粒のように見える。

「………」

どくんと、心臓の音が妙に大きく聞こえた。

だって。悟ってしまった。

いくら肉眼で見えるといっても、あの距離は不可能だ。

四肢《しし》を縛られ、這いつくばることしかできない。体力もなく、水すら持たない小娘がひとりで辿り着くことなんて、到底。

「……っ」

どくんどくんと、心臓の音はますます大きくなるばかり。

誰がこんなことを仕組んだとか。どうやってハレムからさらわれたのかとか、そんなことを考える余裕もなく、ただただ絶望する。

いくら考えても無理だ。あんな遠くに、リーフェひとりでは帰れない。

「あ……あははは」

渇いた嗤《わら》いが、こみ上げる。

「あははは、ははははは」

おかしい。だってこんなの、あまりに滑稽《こっけい》だ。

調子に乗って、幸せを掴もうとした結果がこれなのか。

サディルに救われ、ラ=メウの人々の仲間にしてもらえて。みんなに神子《みこ》だとちやほやされて。

自分が本来、忌子《いみご》だということも忘れて、のうのうと生きてきた結果がこれ。

誰かにさらわれて、遥か遠く、砂漠のど真ん中に捨てられた。

惨めに四つん這いになって、砂にまみれて、誰にも見つけてもらえず。

リーフェはきっと、このまま熱砂に焼かれ、干からびて死ぬのだろう。

屍《しかばね》は砂に埋もれて、もう二度と、誰の目にも触れることがない。

（わたし、どれくらいもつのかな）

半日。いや、それすら難しいか。

改めて実感し、ゆっくりと息を吐く。

（サディルさま、ごめんね。わたし、約束守れなかったよ）

せっかくあの神子《みこ》の塔までさらいに来てくれたのに、まともに役に立つことすら無理だった。

一緒にこの国を豊かにする夢を見たはずなのに。

間抜けなリーフェはひとり、この熱砂の砂漠で息絶える。

（サディルさま……）

彼の表情を思い描く。このところずっと苦しそうで、曇《くも》った顔しか見ていなくて。

（もっと、ちゃんと。笑った顔が見たかった）

カラカラと、大きな口を開けて笑う彼が好きだった。

綺麗な顔に似合わず、誰よりも豪快に楽しそうに笑う。リーフェは、あの笑顔が本当に好きだったのだ。

（わたしがいなくなったら、サディルさまも泣いてくれたりして）

彼にはひどい拒絶をされたけれど、リーフェはもう彼の気持ちを知っている。どれほどリーフェに心を砕いてくれていたか理解しているからこそ、彼の悲しむ顔ばかり想像できてしまった。

眉根を寄せ、表情を強張らせ、腹の奥に強い感情をしまい込み、自嘲するように笑う。

(嫌、だな)

まだ、死にたくない。

(サディルさまを悲しませたくない)

それに自分だってサディルに会いたい。

(サディルさま。ねえ、お願い。わたしを見つけて)

いつか神子《みこ》の塔までさらいに来てくれたときみたいに。

(ねえ。また、わたしをさらいに来てよ!)

思い描くのは、遥か——あの神子《みこ》の塔の最上階。

もし。今の自分が再び、あの塔に閉じ込められたら——そのようなことを思い描く。

でも、今のリーフェはもう、あのときの自分とは違う。

待っているだけの娘ではなくなった。大きな願いも、勇気もある。

ここにいるよ。わたしを見つけてと、彼に呼びかけることだってできる。

自分から手を伸ばすことだって、できるようになったじゃないか!

「あ……ああ……!」

泣くな。そんなことに体力を使うな。涙を流すなんて、あまりにもったいない。

息を吸った。

目を細め、全身全霊を込めて、声高らかに響かせる！

「〜〜〜〜」

紡ぐのは祈りの唄だ。

喉を開き、声を響かせて。

わたしはここにいる。あなたを待っている。そう願って一途に歌う。

都はずっと遠い場所にある。この声は届かない。

でも、リーフェの祈りは、きっとどこまでも。

彼のもとまで届けることができるのだから！

◇◇◇

ずっと音楽が鳴り響いている。

年に一度の男たちだけの集まりは、特になくす必要性もなかったために続けているだけの、南の国由来の風習だ。この宴《うたげ》に参加できることが男にとっての名誉らしい。

酒を酌み交わしながら国の展望について話し合う――というのは表向きの在り方で、実際は、酒と煙草をやりながらだらだらと盤上遊戯《ボードゲーム》をやるだけの華のない宴《うたげ》である。

しかし、面子を重んじる男たちにとって、この宴《うたげ》はそれなりに意味のあるものだった。

王とて蔑《ないがし》ろにするわけにはいかず、優秀な男たちと親交を深めるのは今後のためにも重要なことであると理解している。——この日のサディルは、気がそぞろではあったけれども。

「ふぉっふぉっふぉ、我が王も、まだまだですなあ」

「……わざわざこの都まで嫌味でも言いに来たのか？　ウカム」

「まさかまさか。なに、年に一度の貴重な機会だ。我が王のご機嫌を伺いに来ただけ」

などと上機嫌で体《てい》のいい言葉を並べたてるのは、国境の街シ＝ウォロを任せているウカムである。年に一度といっても、普段は「砂漠を渡るのは年寄りには堪える」だのなんだの理由を並べたてて、シ＝ウォロに引き籠《こ》もっているくせに。

（俺にじゃなくて、リーフェへのご機嫌伺いの間違いだろうが）

以前、シ＝ウォロの街を祈りで満たした礼は、直接リーフェにやってくれと言った記憶はある。彼は本当に金銀財宝を携えてこの街まで顔を見に来たというわけだ。

といっても、肝心のリーフェのほうが体調を崩して、まだ会わせてやれていないのだが。

（まあ、リーフェもウカムに会うのは、いい気分転換になるだろう）

なんて殊勝なことを考えるも、結局はサディル自身が会う勇気がないだけだ。代わりにウカムに会わせることで、リーフェを気遣う体裁を整えるだけ。

（はあ……我ながら、クソだな）

彼女の言った通りだ。

自分がこれほどに意気地なしだとは思わなかった。情けないことこの上ない。

「おや、我が王。なかなか勇猛果敢な手でございますな」

自棄になって駒を進めた瞬間、ウカムが皮肉めいた言い回しをした。白黒の駒が並ぶ盤面を見てみると、今になって自陣に大きな隙ができたことに気がつく。

(……やっちまった)

ウカムはにこにこ笑っているだけだが、態度と違って一切の容赦はない。考えが及ばずにできてしまった急所を鋭く突かれ、一気に決着がついた。

「……嫌味なジジイめ」

「ふぁっふぁっふぁ！　今の腑《ふ》抜《ぬ》けの王には、負ける気がしませんなあ！　どれ、もうひと勝負」

「くっそ！」

白と黒の駒を並べ直しながら、はああと大きくため息をついた。

「盗賊王ともあろうお方が、情けない」

「本当にな」

「おや、ずいぶんと素直でいらっしゃる？」

「取り繕う余裕もない馬鹿がいるってことだろ」

「ふぉっふぉ！」

昨日のリーフェとの言い争いは、すっかり噂になっていた。とはいっても、なにか痴情のもつれがあった程度のものではあるが。

リーフェが体調を崩して寝込んでいるのは事実だが、噂ではそれすらもサディルとの言い争いに起因するものだとされているようだ。

（……ま、実際もその通りか）

大切な娘に不名誉な噂が流れるなんて、あってはならないことだ。もちろん、全部サディルのせいである。彼女の想いを受けとめるには、憧れと信仰心が育ちすぎてしまった。それだけだ。

水はサディルに、そしてこの地の民にとっての救いだ。

子供のころ――そう、まだほんの幼かったころのことだ。人さらいの手からなんとか逃げだし、見知らぬ地でひとり水を求めてさまよった。あのときの、野垂れ死ぬ寸前だった自分の姿を思い出し――だからこそ、彼女の起こす奇跡が眩《まぶ》しすぎて手を伸ばせない。

「我が王？　なにか勘違いなさってるご様子ですが」

「なんだ」

「かの娘も、人間ですぞ」

本当に痛いところを突いてくる。この男は、どこまでサディルの心を読んでいるのだろう。

「かの娘を忌子《いみご》と差別なさらなかったあなた様が、どうして神に愛されし娘だからと差別なさるのか」

「別に。差別ってわけじゃあ」

「ふぉっふぉ。それに、砂の王ともあろうお方が神に遠慮をなさるとは」

「……っ」

「かの方が神の愛し子であるのなら、神から奪ってしまえばいい。それくらいやってのける気概のある方だと思っておりましたが――どうも、私の思い違いであったようですな」

「それは――」

言い返そうとして、言葉に詰まる。彼の言っていることは、なにひとつ間違ってはいないからだ。

手を伸ばしていいのだろうか。彼女の手を取ってもいいだろうか。

憧れと理性と欲がせめぎ合い、ずっと、自分を押し殺してきたけれど――

「っ、王！　た、大変ですっ!!」

――そこに伝令がひとり、必死の形相で駆けつけてきた。

一体何事かと部屋にいた男たちが一斉に振り向くと、伝令はびくりとその場に硬直する。

「どうした」

サディルは静かに問うた。

なぜだろう。やけに胸騒ぎがする。呼吸が浅くなり、ぎゅっと唇を噛む。そして報告を待ち。

「神子《みこ》さまが！　リーフェ様が！　ハレムのどこにもいらっしゃらないと！　忽然と姿を消されてしまいました――！」

頭が、真っ白に、なる。

(見張りの兵は、なにをしていたっ！)

部屋を飛び出し、宮殿を大股で闊歩《かっぽ》しながら、サディルは心の奥で叫ぶ。

(アミアは！　エナは！　……クソ、違う。俺だ！　俺のせいだ!!)

リーフェを狙う輩《やから》は少なからず現れる。そんなこと予測できていたではないか。だから、彼女を万全の体制で護れるサディル自ら警備にあたるのが一番安全だと考えていたのに。

ここ数日の自分はなんだ。

彼女と顔を合わせるのも億劫《おっくう》で、護りの魔法すら他人の手に委《ゆだ》ねた。

もちろん、このハレムに勤める護衛たちは、全員が優秀で腕のいい者ばかりだと信じている。他の召使いたちだってそう。信用できる者しか置いていないはずだ。

彼らは皆よくやってくれている。なにか足りなかったといえば、それはサディルの至らなさだ。護衛の数が足りず彼らの護りが破られたか、あるいは自分の人を見る目がなかったか。

「王！　兵を出されるのでしたら、私の私兵もお使いくだされ」

「助かる、ウカム」

「我々も！　リーフェ様の捜索に参加させてください！」

「もちろんだ。街中に包囲網を敷け！　誘拐の可能性もある。――この街から鼠《ねずみ》一匹外に出すな！」

次々と命令を出しながら、サディルはハレムへ向かう。ハレムもやはり大騒ぎになっていて、住み込みで働く召使いやら護衛やらが総出でリーフェの行方を追っていた。

サディルの訪れを聞くなり、リーフェ付きの側仕えたちが地面に頭を擦りつけながらひれ伏している。特にアミアはぶるぶると震えていて、呼吸すらまともにできていない様子だ。

「頭を上げていい。そう怖がるな、アミア」

「でも。アミアは、あんなに近くの部屋にいたのに。全然、なにも気がつけなくて……」

「後悔するくらいならお前の見知っていることを報告して、捜索に協力してくれ」

側仕え用の控えの間は、青月の間のすぐ近くにある。主人の呼び出しにいつでも応えられるようになっているが、そんな場所にいてもわからなかった。

相当入念に計画されたのだろう。年に一度の宴《うたげ》の日を狙ってくるあたり、よくわかっている。

この日はハレムの召使いも、大勢宮殿のほうへ借り出されていた。護衛の数こそ変わっていないものの、どうしてもこの一角は手薄になる。

「部屋は私が確認いたしました。リーフェ様の荷は一切盗まれておらず、服も、それから靴すらも、なにひとつ減っておりませんでした」

エナの言葉に唇を噛む。

つまりリーフェは、普段の、眠るときの格好をしたままさらわれたということか。

彼女の夜の姿がサディル以外の男の目に触れているかもしれない。――いや、どんな環境に追いやられているのかもわからないが、宮殿の外で過ごすにはけっしてふさわしい格好ではない。

腹の奥が煮えたぎる。不安と焦燥と激怒が渦巻き、自ら直接犯人を捕らえに行きたい。

――だが、その前にリーフェだ。どこに行ったかすら見当もつかない状況に、胸を掻きむしりたくなる。

「サディル様、ハレムのほうはオレが。あなた様は外に出たいのでしょう？」

「ハリド」

ハリドが思い詰めた様子で前に出る。

「――少し気になることがあって、オレがそっちを。この魔法印、持っておいてください。なにかあれば伝令魔法を飛ばしますから」

ハリドが得意なのは風魔法だ。簡単な伝令を届ける魔法も風魔法の一種で、受け取り手は特殊な魔法印を持っていないといけない。

ハリドの魔力の籠《こ》もった小さな紙を渡され、腰につけた袋の中に忍ばせる。それからハリドに後を任せ、サディルはあちこちに伝令を出した。

すぐに一軍を動かし、砂漠へ出る準備を進めること。市内の捜索部隊を編成し、区画ごとに捜査を進めること。さらに宮殿内の者たちへの聞き込みをと、人員をかき集める。

そしてサディル自身、大勢の兵たちとともに夜の街へ飛び出した。

――しかし、リーフェどころか、不審者ひとり見つからなかった。

彼女は相当に美しい。だから人身売買の可能性を探るも、手応えすらない。

いよいよ空の色が変わりはじめ、夜が明けるかという頃合い。サディルのもとへハリドの魔力がふわりと流れ込んでくる。

ハッとして、彼から受け取った紙を取り出した。するとそこに、歪んだ文字がいくつか浮かび上がってくる。

『街ノ外エンリエ方面フタリ組』

一体誰からその情報を得たのかとか、どういう繋がりがあったかとか、そういった情報は一切含まれていない。伝令用の魔法では、こうして短い言葉を送ることしかできない。だからこそ今、サディルに必要な情報だけが送られてきているということだが。

そこに記されている文字を読み、ぞっとする。

街の外。それはつまり、広大な砂漠の中から彼女を見つけ出さなければいけないということだ。

「……っ」

ああ、呼吸が浅くなる。

殺されていないだけまし、と言うべきだろうか。――いや、砂漠の中で探し物を見つけることが、限りなく不可能に近いことを、サディルはよく知っている。

最悪なことに、彼女がさらわれてからすでにかなりの時間が経っている。相手がどの道を辿ったのかなど、わかるはずがない。砂漠はその痕跡すら簡単に消してしまうのだから。

心配なのはそれだけではない。彼女は寝間着一枚で外の砂漠に連れ出されているはずだ。

今はまだいい。しかし、これから太陽が昇れば、砂漠はたちまち熱砂へ変化する。彼女を連れ去った誰かが、彼女のことを丁重に扱ってくれるのならまだいい。だが――！

「くっ……！」

最悪の可能性に、くしゃっと魔法印を握りつぶし、サディルは方々へ指示を出す。

「すぐに街を出る！　エンリエ教主国方面の砂漠に、捜索範囲を広げろ！」


――いよいよ日が昇りはじめた。

頭がおかしくなりそうだ。この熱砂の砂漠のどこに彼女がいるかなんて見当もつかない。

闇雲に捜すしかないこの状況に、ずっと心臓が嫌な音を響かせている。

街を出て軍を散らし、北へ、北へと捜索範囲を広げていく。一刻一刻と時間が進むにつれ、サディルの抱える不安は大きくなるばかり。どうにか平常心を装い、乱れた呼吸を整えるも、ずっと吐き気がおさまらず、考えもまとまらない。

無事でいてくれ。どうか命だけでも助かってくれ。

生きてさえいてくれれば、どこにだってさらいに行ってやる。誰の手に渡ったとしても、彼女はサディルのものだという事実を変えるつもりなどない。

——それなのに、どうやっても彼女の痕跡すら見つからない。

どんなに捜しても、この砂漠はサディルを嘲笑うかのごとくすべてを砂で覆《おお》い隠すのだ。

「リーフェ」

彼女の呼びかけに、応えておけばよかった。

「リーフェ!」

ちゃんと、その手を掴んでおけばよかった。

「リーフェ……!!」

夜ごとこの腕の中に閉じ込めて、離さなければよかった。

「あ、ああ、あ……!」

でももう、それもかなわない。

砂漠が彼女を隠してしまった。

神のもとへ渡らせなどしない。そう願うのに。

彼女はもう、サディルの手の届かないところに行ってしまった。

「あああああ……！」

叫ばずにはいられなかった。

熱砂で喉が焼けようとも構わない。喉が潰れようとも、なんだって構わない。

サディルは今さら思い知った。彼女のことを諦めることなんて到底できないのだ。

「王！　我が王！」

そのときだった。

前に見える砂丘《さきゅう》の上に立った兵が、大きく手を振り呼びかけてくる。

「なにか見つかったか！」

そう呼びかけたときには、サディルも駱駝《らくだ》を走らせていた。遥か遠く、砂漠を見渡せる小高い砂《さ》丘《きゅう》に登り切ったとき、北を見つめるその兵がある一点を指さした。

「…………あれは」

どくん、と、心臓が嫌な音を立てる。

雲だ。

この時期、この砂漠では考えられないほどに珍しい。分厚い――雨を降らせる、雲。

遠くの空で、肉眼で確認できるほどに激しい雨が、線を描くようにして降り注いでいる。

その異様な雨雲にサディルは目を見開き、硬直する。

「雨……」

恵みの雨と言えば聞こえがいいのかもしれない。

だが、サディルたち砂漠の民にとって、雨ほど恐ろしいものはない。この砂漠では、強い雨は大地に染みこまずに砂の上を滑り、やがて濁流となるのだ。

一度呑み込まれれば人間に抗う術などない。確実に、その命は奪われる。

「！」

駱駝《らくだ》から下り、天に手をかざす。

今日は風が強い。こんな日に単独で行動をするのなら、身ひとつのほうが遥かにはやい。

風を全身に纏《まと》い、跳躍力を可能なかぎり上げる。かつて、神子《みこ》の塔へ彼女をさらいに行ったときと同じ魔法だ。

「王⁉」

「この駱駝《らくだ》を頼む！　この地で全軍をまとめ、すぐに動けるようにしておけ！」

もしものときのために目の前の兵に自分の魔法印を渡しておく。これでなにかあっても簡単な連絡なら可能だから。

「駄目です、あまりに危険です！　王！」

「危険だからだ！　俺が行く！」

荷から水袋だけ受け取って腰に引っかける。そして遠くの空を睨《にら》みつけた。

間違いない。あの異常気象。あそこにリーフェがいる。

「――確実に、リーフェを連れ帰る。アレは俺の宝だ」

風の力を借りて砂を蹴る。さらさらした砂の地では、この魔法は相性が悪いが、今はそんなこと気にしている場合ではない。

自分は、誰よりも魔力の制御が得意なはずだ。自然の風を読み、それらの動きを邪魔しないように、力添えを希《こいねが》う。

「リーフェ！」

目的の場所ははっきりしている。

小さくも厚い雨雲を目印に、サディルは全身全霊で駆けていった。

――目的地に近づくと、いつの間にか、分厚い雲は霧散《むさん》していた。

晴れた空の下のはずが、細かな雨粒がきらきらと太陽の光を反射させながら、いまだ降り注いでいる。

このような雨は見たことがなかった。

だからサディルには、そこに自然を超越したなにかがあるように感じてしまう。

あれほどの雨だ。本来ならば、地面には濁流が溢れ、涸谷《かれだに》はワジとなり、危険な状態になるはず。

事実、砂の大地は完全に形を変えている。

地形を変えるほどの豪雨であったはずなのに、どうして、こうも――

（………綺麗だ）

そこにはただ、平らな大地が広がっていた。

この風の強い砂漠の地では、地面は簡単に形を変える。けれども、こんな風景、ただの一度も見たことがなかった。

ばしゃりと、サディルは地面を踏む。

透明な水の上をひたすら歩く。

熱砂の砂漠のど真ん中で、こんな経験をするなど誰が考えただろう。

赤茶色の大地は一面、空の色へ色彩を変えていた。

真っ平らになった砂の大地に、清らかな水が薄い膜《まく》のように張っている。それらが空の青を反射させ、きらきらと輝いていた。

まるで空の中に立っている心地すらして、サディルは真っ直ぐ遠くを見つめた。

歌が聞こえた。

掠《かす》れた声に、いつものような力強さはない。

細く、今にも消えてしまいそうなその歌は、今までで一番清らかな旋律に聞こえる。

彼女はもう、人の唄を歌っていない。そう思った。

彼女が響かせる言葉のひとつひとつが、サディルが理解できる言語ではなかったからだ。

空にはもう、雲などない。

けれども、どこからか降り注ぐ細かな水の粒をたっぷりと浴びながら、彼女は空に向かって歌い続けている。

長い白銀の髪も、薄い白の寝間着もぐっしょりと濡れ、彼女の肢体《したい》に貼り付いている。艶《なま》めかしさすら感じる彼女の神秘的な美しさに、サディルはただただ見とれていた。

同時に、胸の奥に焦燥感に近い感情を覚えた。

このままだと、彼女がどこか遠くへ行ってしまいそうな気がしたからだ。

彼女はあまりに神に愛されすぎている。

この雄大な大地のもと。空色をたたえる地面の上で。手も足も縛られたまま。それでもなお祈りの唄を捧げる彼女の姿は、もう人とは思えない。

サディル自身も清らかな晴天の雨に打たれながら、真っ直ぐ、確実に彼女のもとへ近づいていく。

(リーフェ、こちらを向いてくれ)

その美しい黒い瞳に、自分の姿を映してくれ。

そう願いながら、祈りながら、今度こそ彼女に手を伸ばす。

彼女の身体は、いとも簡単にサディルの腕の中に転がり落ちてきた。

「リーフェ……！」

ああ！　この奇跡にどう感謝をすればいいのだろうか。

彼女の身体は温かく、生きてサディルの手元に戻ってきてくれた事実に胸が熱くなる。

強く身体をかき抱き、はやく彼女の顔が見たいと彼女の頬に手を添える。

「〜〜〜〜」

まだ、唄は続いていた。

細くかき消えるような微《かす》かな声で。サディルの知らないどこか遠い場所の言語で。彼女はひたすら、清らかな旋律を奏で続ける。

黒い瞳には、サディルの姿が反射して見えている。でも、彼女の目はけっしてサディルのことを捉えていなかった。

「……リーフェ？」

彼女はひたすら歌い続ける。どこかもわからない遠くを、見つめたまま。

「リー、フェ………？」

サディルの声は届いていない。サディルの存在に、気がついてすらいない。

胸が軋《きし》んだ。途切れ途切れに奏でられる清らかな旋律が、ひどく空虚にサディルの耳に響く。

「リーフェ！」

何度も呼びかけながら、サディルは彼女の肩を揺すった。しかし、なんの反応も返ってこない。

彼女が力なく崩れ落ちるのを、サディルはなんとか支えた。

ばしゃりと、水が満ちる砂の大地に静かに座らせる。透明な水の中に腰を下ろした彼女は、だらりと力を失いサディルに寄りかかった。

サディルはしっかりと彼女の背中を支えながら、何度も何度も彼女に呼びかけた。

「リーフェ、俺の声が聞こえるか⁉　リーフェ！」

サディルの呼びかけも虚しく、そこには彼女の器《うつわ》だけが存在していた。

（嘘だ……）

現実を受けとめきれない。

だが、嫌な予感しかしない。予兆は何度も感じていたのだから。

彼女が唄を歌うとき、あるいは舞を捧げるとき。彼女の意識はまるで神のおわす場所まで深く沈みこむように、遠く、手の届かない場所へ行ってしまう。

唄が終わりを告げるまで、周囲のことなど見えていないかのように、彼女の意識は戻らない。

この腕の中に抱きしめていたときすら、そうだった。

砂漠での旅の最中、彼女は歌い出した瞬間、サディルの存在すら忘れてしまう。

そうだ。神子《みこ》とは、神の子なのだ。

事実、彼女が神の子だと思い知らされる瞬間は何度もあったではないか。

「駄目だ。戻ってこい、リーフェ……！」

悲痛な声は届かない。

「お願いだ！　俺のもとに、帰ってきてくれ……！」

彼女の瞳には、サディルの姿は映らない。

「あああああ……！」

彼女を強く抱きしめ、縋《すが》りつきながら嘆き、叫ぶ。

けれども彼女の意識は、ずっと、ずっと、遠い場所に行ってしまったままだった。


その後は、どうやって皆と合流したのか、宮殿まで帰ったのか、なにひとつ覚えていない。いつ彼女を縛っていたロープをほどいたかすら定かではない。

ただ、リーフェを両腕で抱きかかえたまま、ハレムに向かって歩き続ける。

しとしとと。外は季節はずれの雨が降っていた。

こんな静かな雨をサディルは知らない。

ずっと求めていたはずの水なのに、今はこんなにもサディルの心を苦しめる。

その身が濡れることも厭《いと》わずに広い中庭を突っ切り、目的地へ辿り着く。

「サディル様……」

ハレムでは見慣れた顔が何人も並んで、出迎えてくれた。

呼びかけられるも、それが誰であるかすら認識できない。ぼんやりとリーフェの顔を見つめているると、皆も同じように彼女に目を向けたらしい。

神力を使い果たしたのか、彼女の意識はぷつんと途切れ、今はサディルの腕の中で眠っている。

ただ、その眠りはぞっとするほど静かで、静謐《せいひつ》な空気が彼女を覆《おお》い、殻《から》の中に閉じ込めているようにも感じた。

そんな彼女が突如、大きく息をする。

瞬間、サディルは無我夢中で、片手で彼女の口を塞いだ。

「……っ！」

ここに帰ってくるまで、何度もこうして彼女の口を塞いできたことは覚えている。

そしてこの後、彼女がどうなるのかも。

「リーフェ、いい。寝てろ」

サディルの呼びかけも虚しく、とろんとした瞳がゆっくりと開き、彼女は虚空《こくう》を見つめていた。

彼女が深く息を吸ったとき、きまって祈りの唄を紡ごうとするのだ。

「お願いだ。眠っていてくれ……」

祈りを捧げる唄など、今の彼女に許してなるものか。だからサディルは、その手でずっと彼女の口を塞ぎ続けた。

祈りを捧げられない神の子は、ふつんと糸が切れたように再び眠りに落ちてゆく。

「……歌おうとするんだ。目が覚めるたびに、何度も」

目の前の異様な光景に——そしてサディルの言葉に、誰もが絶句する。

中には啜《すす》り泣く者も出てきて、リーフェを取り巻く人々の哀しみが濃くなってゆく。

そんな彼らの間を突っ切って、サディルは真っ直ぐ朱陽の部屋へ向かっていった。

「王」

誰かに呼びかけられるも、ふるふると首を横に振った。

今は誰にも立ち入らせたくない。ただ、彼女とふたりになりたい。

いつもと変わらないサディルの部屋に、彼女を連れ込むのははじめてだった。

本当はもっと違う形で招きたかった。彼女を呼び出して、彼女が己の唯一だと刻みつけたかった。

お前は俺だけの宝だと、彼女を汚して、この腕の中に閉じ込めたかった。

サディルはじっと、彼女のことを見つめていた。

全身を濡らしたまま、ぞっとするほど静かに眠る彼女を己の寝台へ横たわらせる。

額に貼り付いた前髪を掻き分け、目元を指でなぞると、彼女の長い睫毛がわずかに震えた気がした。

「……神よ、お恨み申し上げる」

汚れた自分にはふさわしくないと、ずっと自らを戒《いまし》め続けてきたというのに。

それでもなお、この手から彼女を取りあげようとするのか。

「あなたがそのつもりなら、俺だって——もう、好きにさせてもらう」

震える手で、彼女の小さな唇にそっと触れた。そしてゆっくりとそこをなぞると、再び彼女の睫毛がふるると震える。

(そうだ。俺は、盗賊の王だ)

手を引く選択肢など、最初から選ぶ必要はなかったのだ。

(神のもとになど、行かせやしない)

——だから。

(神の子なんかやめちまえ。なあ、リーフェ？)

神子《みこ》ではなく、ただのリーフェにしてやる。

(……だから、俺の腕の中に堕ちてこい)

祈ることなどもうやめる。そう決意して。

サディルは彼女の唇に、そっと己のそれを重ねた。

◇◇◇

トォン、と深いところで音がする。
多分、これは水の音。それから、雨の鳴き声だ。
リーフェの祈りに呼応して、彼らが手伝ってくれている。
安心していい。今はあの人に祈りが届くように、ひたすら歌い続ければいい。
ここには地上の光は届かない。
だからリーフェの祈りだって、彼に届いたのかちっともわからないけれど。
わからないから、歌うだけ。この身体の中に眠る力、全部込めて。
きっと届くと信じて。そして彼自身を信じて。
いつまでも、いつまでも歌うのだ。
空《から》っぽになるまで、ずっと。

びくりと、睫毛が動いた。
(——ああ、わたし、もう、からっぽだ)
どんなに唄を歌おうと、これ以上、祈りの声は届かない。
だから深い意識の向こうから、現《うつつ》へ引き戻されていく。

（わたしの祈りは、届いたのかな――）

ふわりと意識が浮上していく。

まだ身体は動かなくて。夢と現《うつつ》の合間を漂いながら、今、自分はどこにいるのかとぼんやり考える。

全身が濡れ、ひどく冷えている。

水でもかけられたのか――と考えようとして、すぐに、自分でその考えを否定した。

だって、砂漠のど真ん中には浴びるほどの水なんてない。

（じゃあ、ここは……？）

あの熱砂に焼かれる感覚がない。さらさらした心地のよい場所に眠らされていて――でも、なにか。ぐっしょりと濡れた誰かに抱きしめられている。

「……神よ、――申し上げる」

声が聞こえた。聞きたくて聞きたくてたまらなかった、愛しい人の声だ。

まだ身体は動かない。ただ、その声を聞くだけで涙が出そうになって、はやく目覚めればいいのにとぼんやり思った。

「――そのつもり――俺だって――もう、好きにさせてもらう」

彼の太い親指が、リーフェの唇をそっと撫《な》でる。

その力強い指先の感触がはっきりとわかって、リーフェはふるると睫毛を震わせた。

次の瞬間。唇に落ちてきた感触に、リーフェの意識は一気に覚醒する。

強く抱きしめられていた。苦しくて苦しくてたまらないと、縋《すが》るかのように。

「……っ」

ぱちっと目を開くと、目の前に彼がいた。

浅黒い肌にがっちりとしなやかな筋肉がついた、逞《たくま》しい身体。

雨の匂いを全身に纏《まと》って。髪の毛をぐしゃぐしゃにして。眉根をぎゅっと寄せたまま、強く目を閉じたサディルに。

キスをされている。

彼の悲痛で切実な想いが一気に流れてきて、リーフェは目を細める。

(来て、くれてたんだ)

痛いくらいのキスだった。

でもそれは、リーフェが呼びかけ続けていた大切な人がくれたキスだ。

(わたしの祈りは届いた)

すぐにその事実を理解して、胸が疼《うず》いた。

(わたしを見つけて、ちゃんと助けてくれた……！)

意識を手放す前、不安でどうしようもなかった気持ちなんか全部どこかへ行ってしまった。

ほっとして。安心して。泣いてしまいそうになるけれど、同時にリーフェは気がついた。

彼がとても苦しそうな顔をしている。だから、ちゃんと生きている、ここにいるよと伝えなければいけないと思った。

気がついたときには、身体は勝手に動き出していた。

重たい腕を持ち上げて、彼の背中に回す。瞬間、彼の身体が大きく震えた。弾かれるようにして身体を起こし、ばちっと目を見開いて――呟く。

「……リー、フェ？」

彼の声は掠《かす》れていた。

ぽかんと口を開けたまま、信じられないと赤い瞳が揺れている。

「ええと」

どう返事をしたらいいものか、正直迷う。ちょっとだけ気まずいような、気恥ずかしいような気持ちを抱えて、リーフェは困ったように笑ってみせた。

「おはよ……？」

「…………………」

彼は、リーフェに覆《おお》いかぶさったまま硬直していた。

赤い瞳は見開かれたまま。ぼたりと、大粒の水滴が落ちてくる。

濡れた髪から流れ落ちたものか、それとも――と考える前に、彼の顔が近づいてきて、リーフェも目を見開いた。

「……っ！　…………!!」

がぶりと噛みつくようなキスをされる。

絶対逃がさないとでも言うかのように、頭の後ろをがっちり固定され、強く吸われた。

あまりに突然で、すぐに酸素が足りなくなる。だからわずかに唇を開くも、そこからさらに深くなる。

「ん……っ」

強引なキスに溺《おぼ》れて、鼻から抜けるような声が漏れた。がっちりと抱きしめられて、身動きひとつとれない。

息が苦しい。彼の激情に、溺《おぼ》れてしまいそうだ。

「っ、は、……っ！」

わずかに離れたかと思うも、すぐにまた角度を変えて強く吸われた。リーフェも必死になって彼についていこうとするけれど、全然追いつかない。

互いに身体はずぶ濡れで、ずいぶんと冷えている。なのに、触れあう部分の熱が全身に伝わり、熱く蕩《とろ》けてしまいそうだ。

とろんとした瞳で彼を見つめると、彼は大きな手でリーフェの頬に触れ、その親指で眦《まなじり》を拭《ぬぐ》った。

「リーフェ」

名前を呼ばれてゾクゾクした。今にも泣き出しそうな彼の表情に、リーフェだって苦しくなる。

ここにいるよと伝えたくて、リーフェもまた彼の頬に触れた。

「……生きてる」

「うん」

「……俺のもとに、戻って、きてくれた」

「………うん。心配、してくれたんだね」

「っ、たりまえ、だろ……っ‼」

彼は両腕を掴み、ずるずると背中を丸めて、リーフェの胸に顔を埋める。

ずっと彼は震えていた。そんな彼が愛しくてたまらなくて、リーフェは彼の頭を撫《な》でる。

彼はリーフェの胸に顔を埋めたまま、ずっと動けずにいた。

「…………もう。無理なんだよ」

掠《かす》れた声で呟いた。

「こんなの無理だ。二度とごめんだ。耐えられない。散々思い知ったよ。……お前を、――に、とられるくらいなら、俺は……っ！」

彼がのそりと顔を上げる。ぎゅっと眉を寄せたまま、リーフェを睨《にら》みつけている。意志の強さが滲み出たその瞳に、リーフェはゆっくりと頷いてみせる。

「うん」

続きを聞かせて。そんな想いを込めて微笑んだ。

「……っ」

彼はごくりと唾を呑み込み、やがてその決意を吐露してくれた。

「お前を、俺のものにする」

「うん」

「お前に俺を刻んで、俺だけのものにして、絶対、誰にも渡さない」

「……うん」

「――――悪い。もう、どうあっても手放してやれそうにない」

まるで懺悔《ざんげ》のように告白する彼に、リーフェのほうが泣きそうになる。胸がいっぱいで、呼吸することすら苦しい。彼の気持ちで溢れてしまいそうだ。

「ふふ……」

顔をくしゃくしゃにして笑ってみせると、彼が困惑して眉根を寄せる。

「ぼけっとした顔をして、わかってるのか？　俺はお前の気持ちなんざ全部無視して、強引に俺のものにするって言ってるんだぞ？」

こんなときでも彼の言葉は乱暴で、同時に優しさに溢れている。それがたまらなく愛しくて、リーフェはますます笑みを濃くする。

なんだかんだと逃げ道を用意してくれているけれど、そんなものリーフェには不要だ。

「……わたし、ずっと、あなたのそばにいさせてもらえるんだね」

そう返すと、彼は目を丸くし――すぐにまた難しい顔をして、そっと吐き出した。

「そうしてもらわないと、困る」

「そっか。……ふふ、困るんだ」

情けない様子の彼がたまらなく愛しくて、リーフェは笑った。

少しだけ身体を起こして、今度はリーフェのほうから触れるだけのキスをする。彼は驚いたように目を見張ったものの、すぐにリーフェのやりたいようにさせてくれた。

「わたしはね、あの塔から連れ出してもらったときからずっと、あなたのものなの。――だから、サディルさま」

もっと彼と近づきたかった。

だから彼のことをそう呼ぶと、サディルも目をくしゃりと細める。

「あなたの、本当の宝物にしてくれる？」

返事の代わりに彼からのキスを受けとめる。そのキスはとびっきり甘い。

「ん――サディルさま」

わずかに離れるのも寂しくて、彼の名前を呼ぶ。すると彼も目を細めて、掠《かす》れた声で囁《ささや》いた。

「サディルでいい」

「サディル――」

そう呼んでみて、なにか、心の奥にすとんと落ちるものがある。

ずっと彼との間に感じていた壁のようなもの。それが取り払われ、すぐそこに彼の存在を感じられたからだ。嬉しくなって、何度も呼びかける。

「サディル。――ふふ、サディル」

「リーフェ、愛してる」

唇が触れるか触れないかの距離で彼が囁《ささや》く。そして何度も何度もキスをくれた。

（ふふ、あったかい）

触れあう体温が心地いい。

ぎゅっと抱きあっていると、彼の心臓の音すら聞こえてきそうだ。怖いくらいに幸せで、リーフェはふるると睫毛を震わせる。

「――サディル、好きだよ」

この胸いっぱいの気持ちをもっと伝えたい。だからリーフェは、はっきりと伝える。

「そうか。ありがとよ」

「愛してる」

「もちろん、俺も。誰よりも、お前を愛してるよ」

改めてはっきりと言葉で伝えられ、リーフェは大きく頷いた。

「うん。――ふふっ、わたしの祈りが届いてよかった」

長い長い一日のことを思い出しながら、しみじみと呟く。

砂漠でひとり、手も足も縛られてもうどうしようもないと思った。それでも、サディルのことを信じて、祈り続けて本当によかった。

「今日ね、あなたに見つけてほしくて歌ったの。だからずっと、あなたに向かって祈っていたのよ」

「そうか。――って、俺に？」

彼が少しだけ不思議そうな顔をしている。

「ええ。どうして？」

「いや。神に、の間違いじゃ」

サディルがなんのことを言っているのかよくわからなくて、きょとんとした。

「雨乞い。神に祈ってたんだろう？」

ああ、なるほどとリーフェは思う。

そうか、彼はリーフェが雨乞いをしたと考えていたのか。

「違う。言葉の通りだよ。ただ、あなたに祈ってたの」

「え？」

「あなたが、わたしを見つけてくれるように、ずっと。——そうしたら、自然が協力してくれたんだと思う」

「え？　…………は…………？」

彼がかぱりと口を開けている。

なにをそんなに驚くようなことがあるのだろうかと、リーフェは首を傾げた。

「あなたに助けてもらうことしか考えてなかったもの。どうしてあなた以外に祈るの？」

「神のところに行っていたのでは？」

「？　——どういうこと？」

「え？」

「え？」

会話が噛み合わず、互いにぱちぱちと見つめ合う。

神のところへ行くとは、一体どういうことだろう。長く神子《みこ》をしているけれど、そのような現象、見たことも聞いたこともない。

「神さま？　……ええと、サディル。神さまに祈って、なんになるの……？」

「は？」

……なにか、とても大きな認識の齟齬《そご》があるらしい。

「あのね。祈りは、直接自然に呼びかけるためのもので」

助けてほしい相手に祈るのは至極当たり前のことだ。けれどもそれは、神子《みこ》特有の——あるいはリーフェ特有の感覚だったりするのだろうか。

「神さまに祈ったりはしないよ。そもそも、神さまのもとに行くのは死んでしまったとき、でしょう？」

すごく当たり前の常識だと思うのだが、ラ＝メウでは違う考え方が伝わっているのだろうか。

彼は困惑するように、は？　とか、え？　とかを繰り返し、眉を寄せる。

「でも……お前、どこかもよくわからない言語で、歌って……」

「意識が落ちすぎると、なにを歌っているのかさっぱりで」

リーフェはぱちぱちと瞬いた。むしろ、まともに歌えていなかったという事実を知り、逆に驚く。

「っ、じゃあ！　なぜ俺の呼びかけに応えてくれなかったんだ。俺は、お前が神のもとに行ったたって、ずっと……！」

「ええ⁉　そんなの聞こえるはずないよ。だから、意識の奥に行っちゃうと外のこと全然わからなくなるんだって」

「嘘だろ」

「嘘じゃないよ。わたし、わたしの神力全部使ってでも、あなたに気づいてもらうことしか考えてなかったもの！」

そう。ただその一心だったから、神力が空《から》っぽになるまで歌い続けたのだ。

全部、彼に届けるための唄だった。真実を伝えているだけなのに、なぜ彼はこうも愕然とした顔をしているのだろうか。

「神子《みこ》は……神の子だって……」

サディルは狼狽《ろうばい》しながら呟いた。

「魔法使いと同じで不思議な力があるから、そういう言われ方もするかもしれないね」

「神との関わりは……？　祈っているとき、存在を感じたりだとか、呼びかけられたりだとか」

「神さまに関わるなんて畏れ多い経験、ただの一度もないけど……」

そう答えると、サディルは口をぽかんと開けたまま固まった。信じられないとわなわな震え、呼吸すら忘れて——しばらく。

「く、くくく……」

「サディル？」

「あははは……嘘だろ、マジかよ」

堪えきれないと、肩を震わせて笑い出す。

「クソ！　あはは、俺は……とんだ勘違いを……あはははは」

「あの……大丈夫？」

「くく、ははは！　……ああ、全然！　大丈夫なことあるものか!!」

なんて言っているけれど、彼はどこか上機嫌だった。涙目になりながら、ひいひい笑い転げている。

「あー！　もう駄目だ。降参降参！」

「え？」

「お前にはかなわねえ。はぁー……やられちまったなあ、もう」

「あの……？」

「骨の髄《ずい》まで惚れ込んだよ。――ほら。受け取れ。俺の全部、お前のモンだ」

「サディル？」

彼がなにを勘違いしていたのかはよくわからない。でも、このときの彼は、リーフェが大好きなカラッとした笑みを浮かべていた。

大好きな彼がリーフェの全部を認めてくれた気がして、とても誇らしい気持ちになる。

「わかった。だったら、サディルの全部、わたしがもらうね？」

「おう」

「――ずっとわたしのそばにいてね」

「ん。当然。離すものか」

「うん」

早速、ぎゅっと彼にしがみつく。

この日、この瞬間――この腕の中はリーフェだけの居場所になった。自分から彼に、いつだって手を伸ばせる。それがとても嬉しくて、誇らしくて、リーフェは未来を想う。

ずっとずっと、この腕の中にいられたらいい。

第五章　盗賊王とさらわれた神子《みこ》

その日、サディルは朝から上機嫌だった。

明け方までリーフェとたっぷりと愛し合った。清らかに感じていた彼女を隅々まで自分のものにして、ほの暗い欲望を満たして――なんて、よからぬことも考えたりもしていたが、彼女と結ばれた後、想像していたものとは全然別の感情を抱いている自分がいて、驚いている。

ほの暗い欲望なんてかけ離れている。夜が明けてみると、サディルの中になんとも言えぬ穏やかで健やかな幸福感が満ちていたのだ。

なるほど。リーフェを愛するということは、きっとそうなのだろう。

彼女の純粋で健やかな心に、サディルのほうが引っ張られている。あまりにらしくない感情だが、悪くない。むしろとても心地よくて、すがすがしい気分だ。

サディルは、己の腕の中でくうくう眠っているリーフェの髪を掬《すく》う。ついでに頬をくすぐるように指で撫《な》でると、彼女が心地よさそうに睫毛を震わせた。

（ったく。可愛すぎだろ）

見ているこちらが腑抜《ふぬ》けてしまいそうなほど、平和な心地になる。

（ま、今日はしっかり寝とけ。後のことはやっておくから——な？）

昨日は大変な一日だった。だから、今日くらいはゆっくりと眠ってほしくて、まだ、夜風の残り香が漂う時間のうちに、彼女に眠りの魔法をかけておいたのだ。

おかげで、日も高くなっているというのにリーフェはいまだ夢の中。サディルの腕の中ですやすやと眠っていて、たまに無意識に擦り寄って甘えてくるのがたまらなく愛らしい。

この腕の中にようやく掴まえられた大切な宝物を抱きながら、サディルはたっぷりと——臣下の小言を聞いていた。

「……サディル様。おおい、サディル様！　聞いていますか！」

「ああもちろん」

「絶対に聞いていない！　右から左!!　ああもう！　こっちの身にもなってくださいよホントに!!」

などと、いつになく興奮した様子なのはサディルの右腕、ハリドである。

冷静さとはなんぞやな態度に、普段ならば一言二言言い返しているところだが、今日のサディルは上機嫌なので絶賛さらりと受け流し中だ。

サディルはこの日、ハレムの一画にあるいつもの居間にて、朝からゆったりと身内の報告を受けたり、昨日の事後処理のための指示を飛ばしたり、それなりに忙しくしているつもりだった。

ちなみに、宮殿の執務室まで行かないのは、この腕の中でリーフェが眠っているからである。

昨日の今日だ。眠るリーフェをひとり残して仕事をすることなどできようか。いやできない。

彼女がぐっすり眠れ、かつ、臣下との話し合いもできそうな場所――というわけで、わざわざこの居間に出てきてやったわけだ。欲望のままに彼女と自室に籠《こ》もりきらなかったサディルを褒めてほしいくらいだ。

「ええと？　つまり？　昨夜サディル様は？　リーフェ様が目覚めたことに歓喜して？　我々にひとっことも言葉をかけることなく？　明け方まで彼女と部屋に引き籠《こ》もったと」

「ああ、そういうことになるな」

「我々がどれだけヤキモキしていたかも知らずに!?」

「許せ。俺だって、リーフェのことで頭がいっぱいだったんだ」

「気持ちは！　わかりますが!!　それだったらせめて、今日くらい申し訳なさそうな態度をしてくださいよ!?」

「ハハハ」

「いや、笑っていないで!?」

目の前のハリドが盛大に頭を抱えている。イオとアミアも同席しているが、彼らもなんとも言えない顔をしていた。

（まあ……アミアには悪いことをしたな）

臣下の中で、最初にリーフェの目覚めを知ったのは、アミアだった。

たっぷりとリーフェと愛を確かめ合った後、深く眠るリーフェの寝間着を替えさせるために、アミアを部屋に呼びつけた。

彼女は寝所の惨状を目にして、永久の眠りについたリーフェにサディルが無体なことをしたのではと、あらぬ想像をして泣きそうになっていたのだ。

無事誤解は解けたが、非常に混乱させてしまい、それは悪かったと思っている。

「まったく……絶望に満ちた顔をして『彼女が目覚めないし歌いやまない、もうこの世の終わりだ～』って言ってたのは誰ですか」

「言ってねえわ、そんなことっ」

「リーフェ様をぎゅっと抱きしめて、死にそうな顔で泣いてたのはどなたですかあ!?」

「泣・い・て・ねえっ!!」

「あれっだけさんっざん心配させといて勝手に復活して自分たちはルンルンでヤることすませてスッキリして出てきたあなたを出迎えなきゃいけなくなったオレたち全員の気持ちも考えてくださいよ!?」

ワンブレスである。……なるほど、ハリドはとても鬱憤《うっぷん》が溜まっているらしい。

「あー…………悪ぃ」

「軽っ！　サディル様、軽っ!!」

「リーフェ起こしたくねえから、あんま賑《にぎ》やかにするなよ」

「誰のせいですかっ！」

まあ、どんなに賑《にぎ》やかにしても、魔法がかかっているから簡単には起きないのだけれども。

「……まったく。そもそも、都合の悪い話を聞かせたくないからでしょう？　眠りの魔法をかけているのは」

「ま。それもあるがな。眠らせてやりたいってのは本当だ」

「そうであったとしても。はぁー……リーフェ様、すっかり悪い男に掴まっちゃって」

「仕方ねえだろ。俺が目をつけたんだから、どうあっても逃げられねえよ。諦めて、俺のモンになってもらわねえとなあ？」

と、すやすや眠るリーフェの頬にキスを落とす。

「はあ。――それ。数日前の意気地のなかったご自分に、聞かせてあげてください」

「む」

それは、そうである。ちょっとばかし痛いところを突かれて、がしがしと頭を撫《な》でる。

「……ま、悪い男ってのも、あと意気地なしってところも甘んじて受け入れるさ。でも、これからはコイツのために生きるって決めた」

「左様ですか」

サディルの決意に、ようやくハリドも安堵したように眦《まなじり》を下げる。

「――では。決意を新たにされたところで、私からも報告させていただいて、よろしいでしょうか」

話がひと区切りしたところで、イオが真面目な表情をして呼びかけてきた。こくりと頷くと、イオは順を追って報告を上げていく。

「まず、リーフェ様の誘拐事件。この場にいないことで、我が王も察していらっしゃるでしょうが、首謀者は――」

「――エナか」

重たい気持ちになりながら、サディルはぽつりと呟く。

「……左様でございます。それから、ハレム付きの魔法使いカシムが」

「そうか…………残念だな」

皆の態度から薄々察してはいたものの、あまり聞きたくない名前ではあった。

特にエナとはもう長い付き合いになる。

元は、彼女のことをサディルが助けたのが始まりだった。

南の国は、エンリエ教主国ほどではないにせよ、神子《みこ》の数が豊富な土地柄である。かなりの力を持った神子《みこ》も多く、その中で、弱い力しかないエナは肩身の狭い思いをしていたらしい。

商人の娘であったエナは、まだ若いころにかなり年上の貴族のもとに第四夫人として嫁がされ、処女を散らされた。しかし、エナが期待されたほどの力を持っていなかったため、役立たずの穀潰しだと、家中の者に疎《うと》んじられていたらしい。

南の国は、邪魔な者がいれば簡単に捨ててしまうお国柄だ。

ただし、神子《みこ》の処女を散らした男は、神子《みこ》に対して責任を負う必要がある。つまり、エナの唯一がその貴族の男であるかぎり、離婚は許されない。

同時に、神子《みこ》をふたり以上囲うことを、彼《か》の国では許されていない。ゆえにエナが邪魔だったのだろう。その貴族の男はエナを廃して、もっと優秀な神子《みこ》を娶《めと》ろうとした。

――だから、その貴族の男は、事件を装ってエナを別の男に襲わせることにした。エナが神子《みこ》としての力を失えば、離婚が可能になるからだ。

吐き気がするような習慣だが、妻を神子《みこ》でなくして離婚する男は、それなりにいたのだ。

「あのとき助けてから、もう七年か。彼女にはずっとこの都を支えてもらってきた」

この砂の国ラ＝メウは、圧倒的に神子《みこ》が足りない。だから、不幸な身の上の神子《みこ》に目をつけては交渉し、本人の了承を得た上でさらってくるしかなかった。

エナのことも目をつけていたところ、その貴族が強引な手段をとろうとしたために、彼女を連れ出したのだ。その後、彼女もこの国の神子《みこ》になると快く頷いてくれたわけだが。

ただ、エナは神子《みこ》としての力が強くない。環境が変われど、その事実は不変だった。

それでも彼女はこの国のために、一心に働いてくれた。相当無理をして、毎日祈りを捧げてくれたこともサディルはよく知っている。

サディルとしては、彼女のこの七年に報いたかった。今までがあまりに無理をしすぎていたからこそ、これからは神力を酷使《こくし》せず、リーフェのそばでその知識を役立ててほしいと望んでいたが。

「また、捨てられると思ったと、供述しております」

「……そうか。リーフェの祈りを見ればな。あの光の眩《まばゆ》さに、惑う心もあるか」

その気持ちは痛いほどよくわかった。

サディルとて、リーフェに強く心を動かされ、揺さぶられたひとりなのだから。

「エナに関しては、オレも、気づけていたはずなのに」

先ほどまでこちらをからかっていた態度を一変させ、すみませんでした、と、ハリドが深く頭を下げている。

「カシムが思い詰めている様子も、ちゃんと見ていました。でも――」

止められなかったと、強く拳を握り込んでいる。

「いや。俺の目が届いてなかっただけだ。お前に責はない」

そもそも、ハレム付きにカシムがふさわしいと考えたのは、サディルだ。彼はエナのことも気にかけてくれていたから、余計に適任だと思った。

「俺もそうだ。気づける機会は、何度もあった」

(まさか、リーフェを排除する方向に動くとはな)

それほどまでに、リーフェの存在は眩《まぶ》しすぎたのだろう。

「お前はよくやってくれている。リーフェを捜す糸口を見つけたのも、お前だったろう？　――それで不問にする。だから、いつものようにへらへら笑っておけ。調子が狂う」

それだけ言い捨てて、サディルはイオのほうへ目を向けた。

「今、ふたりは？」

「牢に閉じ込めております。素直に全部話しました。……まるで、自ら罰を請うように」

「そうか。わかった。後で俺も直接話しに行く」

さらにイオに報告を求めると、エナがどのようにしてリーフェを連れ去ったのか等、ほぼ明らかになっているのだという。それもこれも、ふたりが正直に告白したかららしいが。

どれだけ力が弱くても、エナはこの都ではとても大切な神子《みこ》だった。だから彼女を支持する人間はそれなりにいたし、宮殿の中でも、彼女を哀れむ人間が少なからずいた。

その最たる人物がカシムだった。彼のこともサディルはよく知っている。エナを影ながらずっと見守っているのだと、皆との雑談がてらよく話を聞いていたのだ。

エナがかつての夫に身を捧げた神子《みこ》である以上、カシムの恋が叶うことはない。それをわかっていながらも、いじらしくエナを見守る彼のことを、魔法使い連中も温かく見守っていた。

それがどこでどう間違ったのか。

カシムはエナを想うがゆえ実行犯となり、エンリエ教主国出身の男たちを雇って、リーフェを砂漠に捨てさせようとしたのだ。

直接殺そうとしなかったのは、やはり皆、リーフェを神の子と信じていたから。そして、彼らなりに情も湧いていたからだろう。

それでも、リーフェを排除せねば気が休まらぬほど、その存在はエナたちを追い詰めていた。

リーフェ本人はまったくもってそのつもりはないらしいが、誰から見ても、リーフェの神秘性、清らかさは人間のそれを越えている。

(こんな近くに、リーフェを疎《うと》む輩《やから》がいたのか……)

怒りよりも先に、自分の情けなさに肩を落とす。

新しい風を畏怖《いふ》する者が出る可能性を、サディル自身が考慮できていなかった。サディル自身も、エナの気持ちに少なからず共感できてしまうからこそ、ひどく落胆する。

（すまない。エナ、カシム……）

腕の中で眠るリーフェの体温を感じながら、サディルはぎゅっと、彼女を抱きしめた。

（それでも、リーフェを手放すことなどできない）

これがサディルの結論だと、息を吐く。

「それから我が王、ここからはいいご報告と言うべきなのでしょうが――」

「どうした？」

イオが話を変えようとしているも、少し言い淀むような様子を見せた。モノクルにそっと手を添え、神妙な面持ちでこちらを――というよりか、リーフェを見つめている。

「…………砂漠の真ん中に、新たなオアシスが生まれました」

「は？」

「おそらく、この国でも最大規模のオアシスになっているのではと思われます」

「ん？　んん？　ちょっと、待て」

「さらに、この都シ＝メウワーンから件のオアシスまで、砂漠を突っ切る形で緑の道ができておりまして」

あー……と、天井を仰いで考える。

「それってつまり、昨日リーフェが取り残されていた場所じゃあ」

「そうですね。遠くの空に厚い雨雲がかかっていたと伺いましたが、そちらになります」

「……」

「緑の道はそのうち砂に呑まれそうではありますが……オアシスは……」

「やべえな、コイツ」

などと言いながらも、サディルは笑いがこみ上げてくるのを我慢することができなかった。

今まで散々手に入らなくて苦労してきた水が、こんなにも簡単に手に入るだなんて。

それに緑も。砂漠に継続して緑が育つ環境を作るのは容易ではないはずだが、リーフェがいると不思議と緑溢れる未来を想像できてしまう。

「よからぬ輩《やから》が安易にリーフェに手を出せないよう、はやいところコイツの地位をはっきりとさせなきゃならんな」

サディルの言葉に、皆ハッとする。

きっとこの言葉を待っていたのだろう。誰もが真剣な面持ちでサディルに目を向けた。

「――いいか、よく聞いてくれ」

ふう、と大きく息を吐く。サディル自身も気持ちを改めて、彼らの顔を順番に見回す。

「俺はリーフェを正妃にする。もちろんリーフェ以外の妃《きさき》など娶《めと》るつもりもない。肝に銘じておけ」

はっきりと言葉にすると、彼らは皆、満足そうに笑った。

「はい。畏まりまして」

「おめでとうございます、我が王！」

今朝は皆に小言を言われてばかりだったが、大いに祝福してくれるつもりはあるらしい。

アミアなど、手をいっぱい叩いて祝ってくれているのが、ありがたい。今後も彼女はリーフェによく仕えてくれるだろう。それがとても嬉しく、リーフェにとっても頼りになる存在になってくれるはずだ。

イオに関しては、忌子《いみご》に対する偏見も持っていたはず。が、今は安心したような顔をしているから、受け入れるつもりはあるのだろう。

そして、もちろんハリドも。

「では、おふたりには安心して婚姻を結んでいただけるよう、オレたちも尽力せねばなりませんね」

「頼りにしている、ハリド」

「恐悦至極。オレも、よりいっそう気を引き締めて、リーフェ様の警護を充実させます。――あ。ただ、サディル様。もうヤキモキさせるのはナシでお願いします」

「心にとめておく」

「はい。よろしくお願いしますよ」

念を押されて、サディルは苦笑した。

わかったと短く返すと、今度はアミアが奥で手を上げて主張している。

「はいはーい！　アミアからもっ！」

「なんだ、アミア」

エナのことですっかり落ちこんだ様子であったが、前向きな彼女のことだ。気持ちを切り替えて、前に進もうという気概を見せてくれる。

「サディル様。リーフェ様と一緒に、幸せになってくださいねっ」

あまりに真っ直ぐな応援に、なんだかくすぐったい気持ちになったが、サディルは大きく頷いた。

「ああ、もちろん。俺たちも幸せになるが、お前らが、安心して暮らせるように尽力する」

リーフェとふたりなら、きっとできるような気がするから。

◇◇◇

あの高い塔の最上階。

リーフェは、そこにたったひとつだけある窓から外の景色を見るのが好きだった。

『あなたの祈りが、この世界を美しく彩っているのですよ』と言ってくれた誰かの声を反芻《はんすう》しつつ、ぼーっと外に続く緑を見ていると、とても誇らしい気持ちになったものだった。

それが、いつからだろう。

誰かがあの塔の最上階まで自分をさらいに来てくれたら——と妄想するようになったのは。

救いのある物語を好むようになり、手慰《てなぐさ》みに数多くの本を求めるようになったのは。

『なにもおわかりでないのですね、――様』

――ああ、誰かの声がする。

『あなたはいつもそう。無邪気に、わたくしの音楽に拍手をして、喜んで』

そんなの当たり前だ。リーフェは彼女のつま弾くエスタッドの音色がとても好きだったから。

あの人は自分の感情を顔に出さないけれど、その音色には温かくて優しい心が溶けこんでいると感じていた。

『あなたはいつもそう。わたくしの言葉をすべて聞き入れ、正しい意図を理解してくださる』

理解しようとするのも当然だ。

彼女がくれる言葉は、どれもリーフェを思っての言葉だと信じていた。

その声音に温もりはなくとも、彼女の言葉の中に慈《いつく》しみの心を見いだしていたのに。

『――しかし、どうかご理解ください。あなたにどれほど求められようと、わたくしには無理なのです』

あの塔の最上階。それがリーフェの世界のすべてだった。

そして、毎日あの塔の最上階まで足を運び、すべてを教えてくれたせんせい。

彼女もまた、リーフェにとってのすべてだったのに。

『どうあっても、わたくしは、あなたの――になどなれない』

「……」

『もう、わたくしを解放してくださいませ、――様。十分でしょう？　唄も、舞も、大変お上手になりました。わたくしの指導などなくとも、あなたは十分おひとりでやっていけるではありませんか』

嫌だと叫んだ。

彼女を掴もうとして伸ばした手が振り払われる。

『あのような祈り、わたくしには到底無理でございます。わたくしとて、当代一の神子《みこ》と言われましたが、あなたの前では、わたくしの祈りなど子供のお遊戯でしかありません』

それは違う。そう伝えたかった。

リーフェは彼女に憧れ、彼女のようになりたかったのだ。

誰よりも美しくて、清らかな彼女のように。

『どうかご理解ください。あなたに純粋な感情を向けられるほど、わたくしは清らかな人間ではないのです』

せんせい。——そう呟いた瞬間、頬を叩かれる。

床に転がったリーフェは、打たれた頬に手を当てて彼女を見上げる。

ああ、彼女が泣いている。

なにがあっても顔色ひとつ変えなかった彼女が、涙をほろほろ流している。

『あなたのことを、お恨み申し上げます。どうして、この肚《はら》から出ていらっしゃったのか』

リーフェは言葉を失った。

彼女にだけは、そのような言葉を言わないでほしかったのに！

『わたくしをこのようにしてしまった、あなたのことが――憎くて憎くてたまらないのです』

それは拒絶の言葉だった。彼女は足早に部屋を出ていき、重たいあの木製の扉を閉める。

リーフェは、彼女を追うことすらできなかった。

閉ざされた扉を呆然と見つめ、待ち続けた。

何日も。何日も待ち続けた。

彼女に言われた通り、毎日唄や舞を一生懸命に練習して、いい子にして待っていた。

――でも彼女は、その後一切、リーフェの部屋に訪れてはくれなかった。

後日、リーフェの部屋に訪れた侍女が、新しい楽士を紹介してくれた。せんせいは、もう二度とこの部屋を訪れないから、その代わりにと。

(もっと、ちゃんと手を伸ばせばよかった)

そうだ。あのとき後悔したから、今度こそリーフェは、手を伸ばそうと思えたのだろう。

リーフェはきっと成長した。

だからこそ、今だって後悔している。

あのとき、一度だけでも勇気を出して、彼女のことをこう呼んでいれば、なにかが変わっていただろうか。

――おかあさま、と。

遠くから、声が聞こえた気がした。

名前を呼ばれている気がする。何度も。何度も。

「――フェ！　リーフェ！」

その声がよく知るものだと気がついた瞬間、覚醒する。

ひゅっと息を呑み、リーフェは両目をぱちっと開いた。

「はっ、はっ、はっ…………！」

体が重い。

心臓が、ずっとばくばく言っている。

上手に息が吸えなくて、手足が痺《しび》れる。どうにか楽になりたくて身体を丸めようとしたところで――誰かがリーフェの肩を揺さぶっていたことに気がついた。

「リーフェ！　リーフェ、――ああ、よかった。目が覚めたのか」

のぞき込んでくる赤い瞳が、安心したようにふっと細められた。

「サディル……？」

汗だ。すごく、汗をかいている。

そしてそれはリーフェだけではないらしい。リーフェに覆《おお》いかぶさっていたサディルも、額にたっぷりと汗を滲ませて心配そうにこちらを見下ろしていた。

彼の汗が髪を伝い、粒がぽたりと落ちたところで、リーフェはここが現実であることに気がついた。

「今の、………夢……？」

ようやく周囲を見回す余裕ができて、リーフェはそっと上半身を起こす。

見慣れた天蓋に寝具の模様。それから深い赤と臙脂《えんじ》、芥子《からし》色のタイルが敷きつめられた、凝《こ》った装飾の壁。

（ああ――ここ、サディルの部屋だ）

ぼんやりと考えつつ、リーフェを優しく抱きしめてくれるサディルのほうへ目を向けた。

「どうした？　ずいぶんとうなされていた。悪い夢でも見たのか？」

「悪い……？」

心の奥底がしくりと痛んだ。

どうして今さらあんな昔の夢を見たのだろうか。記憶の奥底に沈めておいたあの人の記憶。しっかりと蓋《ふた》を閉めていたのに、それがぐらぐらと揺らぐのは――

（――ああ、そうか。誰かに、似ていると思ったんだ）

あの人の。表情を変えずに淡々とこちらに接する様子。感情を乗せずに――でも、その言葉のひとつひとつに、リーフェを思いやる気持ちも滲んでいる。

遠い記憶の中、ふわりとあの人の顔を思い出す。

少し青みの強い銀色の髪に澄んだ菫色の瞳が美しい。表情が変わらないからこそ、美しさが際立って見えた特別な人。

「せんせい……」

膝を抱えて蹲《うずくま》る。

（大丈夫。わたしは、大丈夫）

そう言い聞かせて呼吸を整え、顔を上げる。

「せんせいのことを思い出してたの」

「先生？　――ああ、以前、お前に舞を教えたという？」

そういえば、サディルにはちらっと話したこともあったはず。リーフェは困ったように笑って、ぽつりと気持ちを吐露した。

「少し、エナに似ていたなって」

「……そうだったのか」

リーフェは、あの人のつま弾くエスタッドの音色がとても好きだった。見本として舞を踊ってみせてくれるときも。あの人のように舞いたいと、何度も何度も夢を見た。

懐かしいあの人の姿が、ひとりの女性の姿と重なる。

（エナ……）

いろんなことが腑《ふ》に落ちた。

エナの顔を見るたびに、どこか懐かしい気持ちになっていた理由もわかった。

エナとあの人は、よく似ている。

顔の造形はまったく異なるけれども、どことなく、表情や口調、纏《まと》う空気が同じだった。

だから彼女と街中で祈りを捧げる際、いつもよりも背筋が伸びる気持ちで、よい舞が踊れていたようにも思う。

今なら理解できる。エナやせんせいの纏《まと》う空気。それは、誰かに捨てられたことのある人特有のものなのかもしれないと。

そしてそれを、彼女の出していた救済のサインを、リーフェは見逃してしまった。

「……エナを連れ戻したいのか？」

「ううん。今回の判断は、正しかったと思う」

リーフェは首を横に振った。

エナと別れた朝のことを思い出す。あの事件の後、たった一度だけ彼女と会うことが許された。

これまでの多大な貢献を認められ、エナは極刑を免れた。ただし、この都シ＝メウワーンからの永久追放、そして神子《みこ》としての永久の巡礼を言い渡された。つまり、この広大な砂漠の各地に存在する小さな集落へ赴き、各地で祈りを捧げることを義務付けられたのである。

きっと苛酷な旅になるだろう。それをわかっていながらも、リーフェはサディルと相談して、ともにエナの処罰を決めた。

自分が、彼女の心の闇を引き出した原因だ。だから、今回の追放にあたって、いっそうエナに恨まれることも覚悟していた。

それでも、別れの朝、エナはどこか肩の力が抜けたような、あるいは安心したような顔を見せてくれた。そしてリーフェに対し、深々と頭を垂れたのだった。

彼女の隣には同じように頭を下げるカシムの姿もあった。彼もエナと同等の罪を背負い、旅に出る。神子《みこ》という立場で旅をするエナの守護を一手に担う。カシムは優秀な魔法使いだと言うから、彼女をきっとしっかり支えてくれるだろう。

後悔の表情を滲ませるカシムに、エナをよろしくねと告げたとき、彼は複雑な表情をしながらも、はっきりと頷いた。

「ふたりとも、納得していたね」

「そうだな。――本当はもっと重い罰を望んでいたが、さすがにな」

「うん」

生真面目な彼らだからこそ、最初は一番重い罰を科すよう求めていた。

リーフェだって狙われた本人だ。彼らの起こした事件は許されるものではないとわかっている。それでも、どうか生きて償《つぐな》ってほしいと思った。

今さらながら、もう少し早くエナの気持ちが理解できていたらと悔やまれる。

だから、これからの旅が少しでもエナの心の安寧に繋がるといい。リーフェにできることは、彼女たちの旅や祈りが少しでも楽なものになるように祈ることだけ。

水を。それから豊かな大地を。この国の隅々まで届かせて、彼らが生きやすくなるように、この都から願う。

(エナは、神子《みこ》であり続けたかったんだね)

それが彼女の誇りであり、生き方だった。力が弱いと自覚しながらも、神子《みこ》として役に立ちたいと思っていた。

そうであるならば、リーフェと一緒に、この国の隅々まで祈りで満たす役割を担ってほしい。その先に、彼女の安寧があってほしいと願うばかりだ。

「リーフェ、大丈夫か？　水はどうだ？　まだ起きるにははやい時間だが、もう一度眠れそうか？」

「ありがと。お水もらうね。――それから、サディル」

「どうした？」

「もう少しだけ、くっついて眠っていいかな」

悔しさと寂しさが、ずっと胸の奥に疼《うず》いている。大丈夫。今夜はいっぱい悲しむけれど、明日からは前を向く。

「当然だ。妻のおねだりには弱いんだ、俺は」

「ふふっ」

甘えるように擦り寄ると、心の奥底に感じていた鈍《にぶ》い痛みが引いていく。

大丈夫、痛くない。サディルがそばにいてくれる。

だからリーフェは、大丈夫だ。

リーフェがサディルと結ばれてから、約ひと月が経過していた。

最初は不穏な夢こそ見たけれど、リーフェの毎日は実に穏やかで、幸福に満ちていた。

「おや。おはようございます、お妃様《きさき》」

「お妃様《きさき》、本日もご機嫌麗《うるわ》しく」

中庭を歩いていると、ハレムで働いている人々が笑顔でリーフェに声をかけてくれる。

ここで働く人は皆、リーフェにもサディルにも気さくで明るい人ばかりだ。だからリーフェは、彼らにも親しみを覚えていた。

ただ、ひとつ慣れないこともある。

「お妃様《きさき》、ご覧ください。お妃様《きさき》のお祈りのおかげで中庭にこんなにも可憐な花が咲きました」

お妃様《きさき》。その呼び方である。

なんとリーフェはサディルの妃《きさき》になったらしい。しかも正妃ときた。

『俺の妻になれ。——言っておくが、後にも先にも、お前以外妃《きさき》を迎えるつもりはない』

そう言われ、リーフェ自身も了承したのは、サディルと結ばれた翌日のことだった。

驚くべきはその後の急展開である。そのときには、すでに正妃扱いになっていたのだ。

一応、婚姻の儀式も行ったけれども、いきなりすぎて実感が湧かなかった。

そもそも、正妃がどうとか言う前に、リーフェは彼と結ばれたこと自体が嬉しくてふわふわしていたのだ。夢見心地の中にいたら未来が大きく変わっていた。あまりにも急展開すぎて、リーフェ自身が全然ついていっていない。

(国民へのお披露目《ひろめ》は、また後日、大々的にやってくれるとは言っているけれど)

エンリエ教主国の風習として表現すると、つまり結婚式のことである。

披露目《ひろめ》が終われば、サディルの妻だという自覚が湧いてくるのだろうか。……どうだろう。あまり想像できない。

(いろいろびっくりしたけど、全部サディルがわたしのためを思って動いてくれたんだよね)

愛されていると実感する。

そもそも、こうも婚姻を急いだのも、リーフェの地位を確かなものにするためらしい。

リーフェを狙う輩《やから》というのは、リーフェが自覚している以上に大勢いるのだとか。

だが、王妃ともなれば、おいそれと手が出せなくなる。だからこそサディルは、リーフェの身分だけはなるべくはやくにはっきりさせ、身の安全を確保しようとしてくれているわけだ。

（サディルがお妃様《きさきさま》を娶《めと》ったのは、大事件だったみたいだしね。街に降りるとすごいもの……！）

サディルといえば、いまだ妃《きさき》のひとりもいなかった独身王だ。この砂の国ラ＝メウでの支持は絶大なのだが、だからこそ彼の子を望む声が大きかったのも事実だ。

まだ披露目《ひろめ》こそしていないものの、彼が愛する女性を妻に迎えたという大ニュースは、あっという間に都中に広まった。

しかもお相手が力の強い神子《みこ》であったのだから、なおさら大騒ぎだ。

元々サディルの臣下たちが裏で根回しして噂を広げる予定だったが、根回しの必要もないほどに恐ろしい速度で広まっていったらしい。

そうして、ゆるゆると妃《きさき》という立場を受け入れていった、ある日のことだった。

サディルのもとに、エンリエ教主国からの使者がやってきたのだ。

エンリエ教主国からの使者との会談を終えて、はあー、と重たいため息をついたのは、サディルであった。

いつものハレムの居間に、サディルと彼の臣下たちが微妙な顔をして戻ってきたときのことだ。

リーフェがエンリエ教主国の使者と会わせてもらえるはずもない。だからこの日はサディルの言う通り、一日ハレムで大人しく過ごしていたのだけれど。

「ねえ。――サディル、大丈夫？」

この眉間の皺《しわ》である。話を聞かずとも、ロクでもない会談だったということくらいは見て取れた。

「あー、あまり、大丈夫じゃあねえな」

「そっか」

「その場で使者を斬り殺さなかった俺を褒めてくれ、リーフェ」

「ええ……？」

いちいち物騒なもの言いではあるが、彼が怒りを抑えるのに苦心したのは伝わった。

しばし考えてから彼の頬にキスを贈ると、幾ばくか彼の眉間の皺《しわ》がほぐれたようだ。お返しにとでも言うかのように、腰に腕を回されてぎゅっと抱き寄せられる。

なんとも余裕のない様子の彼に目を向けると、彼が皆に向かって宣言した。

「これは俺たち国王夫妻に対する大きな侮辱ととっていいな？　ハリド、イオ」

「はっ」

「間違いありません」

一体、なにがあったというのだろう。事情がわからないリーフェたちハレム居残り組が怪訝《けげん》な顔つきになる。

するとサディルが、今日のことを一から順を追って説明してくれた。

「あの使者の野郎、エンリエ教主様とやらの使者でな」

「教主さまの？」

「ああ。——仮にも、愛する妻の実の父親に対して、こんなもの言いもどうかとは思うがな。そこは許せ」

「ええと。それは大丈夫だよ。教主さまとは一度も会ったことがないし」

「……」

するりと差し込まれた重たい身の上話に、皆、沈黙する。

さすがにいろいろまずいと悟ったのか、サディルはがしがしと頭を撫《な》でてくれる。それから一度だけ咳払《せきばら》いをして、報告を続けてくれた。

「で、その使者の野郎が書簡を持ってきやがったんだが」

「書簡？　ええと、それは」

「もう焼いて捨てた」

ありあまる行動力に、リーフェは頬を引きつらせる。よほど腹に据えかねる内容だったのか、彼の目が据わっていた。

「使者の目の前で焼かなかったことも褒めてくれ」

「あー……うん、わかった。サディル、えらいね……？」

「おう」

サディルは鷹揚《おうよう》に頷きながら、話を続ける。

「で、その手紙の内容っつうのがな――、つまりだ。エンリエ教主国稀代《きたい》の神子《みこ》であるお前を、国に還すようにと」

まあ、それは予想通りの内容である。

エンリエ教主国では、今、祈りの力があちこちで足りなくて問題になってきていると噂になっている。リーフェの存在を確保しようとするのは当然だろう。

「あっちの教主サマだっけか？　そいつがだな。俺が、エンリエ教主国の神子《みこ》を強引な手段で妃《きさき》にしたことに大変立腹しているそうだ」

「うん」

「まあ、お前をさらったのは事実だしな」

「それは、そうだね……」

ふたりの出会いは、どう足掻《あが》いても堂々と言えるようなものではない。

『あなたの国の神子《みこ》を強引にさらって妃《きさき》にしました』という後ろめたすぎる事実は、一言一句たがわずに真実なのである。

「っとまあ、ここまでは予想通りといえば予想通りなんだが、向こうからの書簡にはこう書かれていた」

すぅ、と一度深呼吸をしてから、サディルは意を決して口にする。

「貴国が我が国の神子《みこ》を誘拐し、強引な手段で妃《きさき》としたことに対し、強く抗議する。ただちに、エンリエ教主国の稀代《きたい》の神子《みこ》、姫神子レイラを返還するように――と」

瞬間、ざわめきが大きくなった。

リーフェだけでない。その会談とやらに同席していなかった者たちがこぞって眉をひそめ、サディルの顔を見る。

「姫神子《ひめみこ》レイラ？」

「ああ、そうだ。俺の妃《きさき》のリーフェって娘の正体こそが、さらわれた姫神子《ひめみこ》レイラであると主張してるってわけだ。……ハハハ」

カラカラとひとしきり笑ってから、サディルは真顔になった。

「にゃろう。ふざけんじゃねえ」


――夜。すっかりと馴染んでしまったサディルの部屋で、寝台に腰かけたまま、リーフェは深いため息を落とした。

「……そんなに心配か？　お前を幽閉していた国のことが」

リーフェに元気がないことくらい、サディルにはお見通しであったようだ。

サディルはリーフェの隣へ自然に腰を下ろしてから、そっと彼女を抱き寄せる。

「お前はなにも心配しなくていい。どうせ俺たちは盗人《ぬすっと》の国のロクでもない人間だからな。あんな書簡、堂々と無視しておけばいい」

そうして彼は、そっとリーフェに口づけを落としはじめた。

彼に押し倒されるような形で、寝台にふたり横になり、そのまま抱きしめられる。

「エンリエ教主国にいくら脅されようと、屈する俺たちじゃない。安心しろ」

「ええ、わかってる――」

エンリエ教主国は、砂の王サディルが姫神子《ひめみこ》レイラをさらったと言い張り、リーフェの返還を求める大義名分を作ろうとしている。それほどまでに、リーフェの存在を取り返そうと必死なのが、今日の報告でよくわかった。

「お前の国は神子《みこ》は多いが、魔法使いはそうでもない。そもそもここは砂漠のど真ん中だ。軍隊《おおぜい》で押しかけようったって、簡単にはいかないさ」

「それもわかってるよ。サディルたちのこと、すごく頼りにしてる。でも――」

彼の手は優しく、リーフェの背中を撫《な》でながら、額に、眦《まなじり》にキスをくれる。それでもリーフェの気持ちは晴れない。

「だったらなんだ？　お前が、そう顔を曇《くも》らせる理由は？」

「それは」

「教えてくれ。俺は――少し、というか、かなり。人の感情の機微というものに疎《うと》いからな。言われんとわからんこともある」

「疎《うと》いのは、わたしも一緒だよ。でも――」

彼がそう言うのであれば、と、リーフェも迷う。

うまく話せる自信はない。でも、伝えられるときに、ちゃんと伝えなければとも思った。

「――レイラのことが心配って言ったら、怒る？」

サディルがわずかに息を呑んだ。

エンリエ教主国の強引な主張に対して、この国の皆はこぞって憤慨《ふんがい》してくれた。それがリーフェを大切にする気持ちから来ていることがわかったからこそ、リーフェ自身、どうしてもこの気持ちを伝えられなかったのだ。

だって、レイラといえば、エンリエ教主国の教主の娘だ。

教主とはつまり、今回の強引な主張をした張本人である。そのうえ、その娘のレイラといえば、エンリエ教主国の稀代《きたい》の神子《みこ》とは名ばかりで、リーフェの功績を自分のものにしていた張りぼての神子《みこ》であると、皆は認識している。

つまり教主だけでなく、レイラ本人に対する皆の感情は、けっしていいものとは言えないのだ。

もちろん、リーフェ自身にもレイラに対するいい感情はない。それでも、今この砂の国にいるリーフェのことを姫神子《ひめみこ》レイラであると言い張るのなら、本物のレイラはどうなっているのだろうか。気にならないはずがなかった。

「今度はレイラが、いなかったことにされてるのかもって、思って――」

砂の王サディルに娶《めと》られし、砂の国ラ＝メウの新しい神子《みこ》。

白銀色の長い髪に、誰もが認める絶世の美女。そしてなによりも、他の神子《みこ》の追随《ついずい》を許さないほどの圧倒的な神力をもつ、奇跡の神子姫《みこひめ》。

今はリーフェと名乗っているようだが、そのような人物、エンリエ教主国の稀代《きたい》の神子《みこ》である姫《ひめ》神子《みこ》レイラ以外存在しないはず――というのが、エンリエ教主国の主張だ。

確かに、事情を知らない者にとっては、エンリエ教主国側の主張は真実味のあるものに思えるだろう。リーフェの風貌は瞳の色以外はレイラとうりふたつだ。だって双子なのだから。

瞳の色だって、国民は確かめる手段を持たない。教主がリーフェのことを姫神子《ひめみこ》レイラと言えば、それが真実になる。そういう国だ、あそこは。

でも、砂の王サディルの妃《きさき》が姫神子《ひめみこ》レイラであると言い張るのなら、エンリエ教主国にいるはずの本物のレイラはどういう扱いをされているのか。

「不要だって、誰かに捨てられるのは、つらいから」

エナのことを思い出す。

自分が役立たずであるという事実は、他者が考えるよりもずっと、本人が勝手に重く受け止めがちだ。周囲の態度から、勝手に自分が不要な存在であると思い込み、ひどく傷つくことだってある。

直接不要だと口にされた場合は、きっと、もっとだろう。存在が邪魔だと閉じ込められ、ないものとされるつらさは、リーフェにだってよくわかる。

「それが肉親にであれば、なおさら」

「……父親と会ったことがないと言っていたな」

「うん。……それはいいの。わたしの場合は、おかあさまかな」

「母親？」

「うん」

あの人の言葉が蘇る。

『あなたのことを、お恨み申し上げます。どうして、この肚《はら》から出ていらっしゃったのか』

一線引いて、他人行儀に語りかけてくるあの人の、人形のような無表情を。

（せめてレイラは。そんな言葉、教主さまに言われていなければいい……）

ぽつぽつと、うまくまとめることのできない気持ちを、思いついた順に語っていく。

閉じ込められたあの部屋のことも。思い出が欠けている、せんせいという存在のことも。

サディルは真面目な顔をして、拙《つたな》い話に最後まで耳を傾けてくれた。そしてどこまで理解してくれたのか――彼はひとり上半身を起こして、頷いた。

「――なるほどな」

深く息を吐き、彼は遠くを見つめながら静かに呟く。

「お前の気持ちはわかった。俺なりに、だが」

「本当？」

「ああ。――レイラ姫というよりも、お前は、お前自身がちゃんと救われないと駄目だったんだな」

「え？」

彼の言葉が少し難しくて、リーフェは瞬く。

彼はなにを言っているのだろうか。リーフェはもうとっくに救われている。あの神子《みこ》の塔の最上階へ、サディルがさらいに来てくれた瞬間から、全部、全部救われているはずなのに。

そんなリーフェのことを彼は抱き上げて、向かい合わせに自分の膝の上へ座らせた。それから、眦《まなじり》に優しいキスをして、ニカッとリーフェの大好きな笑顔をくれた。

「わかった。作戦は変更だ。あの国にゃあキッチリ話つけて、お前のことも、お前の片割れのことも、全部なんとかしてやる」

「全部？」

「ああ、そう。全部だ。お前が考えている以上に、全部」

「わたしが考えている以上？」

「ああ。――お前は、俺がそれしきのことをやってのけられない男だと見くびるのか？」

「ええと」

相手はそれなりに大きく、歴史のある宗教国家なのだが。

どこからその自信が湧いてくるのかわからないが、サディルの言葉に迷いはない。

「でも、そんなの。どうやって……？」

「いい考えがある。お前の望みは全部まるっと叶えてやるから、どーんと構えとけ」

少しだけ引っかかりを覚える。どう考えても、サディルがとても悪い顔をしているからだ。

この顔をしているときのサディルは、大抵ロクでもないことを考えていることを、すでにリーフェはよく知っている。

「そうと決まれば、早速行動だな」

「こんな夜から？　ええと、わたし、なにか手伝えるかな」

「ああ、もちろん」

熱っぽい目で見つめられ、大きな手で背中を撫《な》でられる。ふわりと夜の香りが濃くなった気がして、リーフェの身体はびくんと反応した。

「これから頑張る夫のために、せいぜい尽くしてくれるよな？」

「……………」

なるほど、そういう意味だったか。

やっぱりロクでもないことを考えていたと、リーフェもそろそろ頭を抱えたくなる。

「……もう、サディルったら。あのね、みんな言うんだよ。わたしが悪い大人に掴まったたって」

「事実だな。悪者以外になったつもりはねえ」

「もうっ、サディルったら！」

楽しそうに口の端を上げた彼は、つつつ、とその長い指でリーフェの背中を撫《な》で上げる。触れられているだけなのに、ゾクゾクした緊張を覚えて、リーフェの睫毛がふるると震えた。

「こんなに色っぽいお前を、鳴かせたくなるのは当然だろう？」

「サディルっ」

「今日も可愛い声をいっぱい聞かせてくれ、な？」

「ちょっと……！」

ちゅ、ちゅ、と彼の唇が至るところに落ちていく。

少し覚悟を決めなければいけないかもしれない。こうなったサディルと過ごす夜はとても長くなることを、すでにリーフェは学んでいるのだから。

閑話　教主国書記官はかく語りき

「ええい！　一体どうなっているんだ⁉　使者は⁉」

もう何度聞いたかもわからない怒声に、エンリエ教主国教主アルヴァノス付き書記官ライノーは、主に聞こえないようにため息をつく。

主に対して、言いたいことは山積している。

そもそも、書簡ひとつで彼《か》の方を還してもらえるなら苦労はしないのだ。

主であるアルヴァノスが教主の位に就いてから、かれこれ二十年。慎重で保守的な性格の彼は、この国を発展も衰退もさせず、ただただ現状維持の道を選んだ。

それがたった数カ月で国内の情勢が大きく揺らぎ、荒れてしまった。はじめてとも言える深刻な事態に、すっかり取り乱しているわけだが。

（やれやれ。これが、彼《か》の方への無関心が引き起こしたものか）

ライノーはある人物へ思いを馳《は》せる。神子《みこ》の塔の最上階、そこを住処にしていた娘のことを。

ずっと行方を捜していたが、その足どりがわかったのはつい一カ月前のこと。砂の国からこの国へ戻ってきたらしいゴロツキふたり組が、妙なことを口走っていたという報告が入ってきたのだ。

エンリエ人と思われる黒い瞳の忌子《いみご》が、彼の国の中枢にいた。雇い手の命により、彼女を砂漠へ捨てるため連れ出したものの、なんとその娘は呪われていた、と。

忌子《いみご》の呪いか、彼らは砂漠の真ん中でありえないような突然の豪雨に見舞われ、命からがら逃げてきたそうな。

その後、砂の国ラ＝メウの都シ＝メウワーン周辺に大きなオアシスが出現したとか、緑の道が現れたとか、都に豊富な水源が発見されたとか——彼の国で次々と奇跡が起こっているという報告が伝わってきて——きわめつけが、これだ。

あの乱暴で悪辣《あくらつ》だと噂の砂の王が、大きな力を持った美しい神子《みこ》を正妃に迎えたとか。

考えるまでもない。その正妃こそ、エンリエ教主国が血眼になって捜している忌神子《いみみこ》だ。

(彼《か》の方は砂の王に捕らえられ、妃《きさき》とされていたか……)

やられた。大々的に捜索できなかったせいで、完全に後手に回った。

彼女がさらわれてからというもの、この国はもうボロボロだ。

目に見えるほどの祈りの力の衰退。にもかかわらず、彼《か》の方の存在を隠していた弊害で誰も危機感を持たない状況のままだった。

——この国には稀代《きたい》の姫神子《ひめみこ》レイラがいる。自分たちがわざわざ行動せずとも、彼女の素晴らしい祈りで、豊かな自然が戻るはず。

誰もがぬるま湯に浸かり、そう、信じていた。

(でも……実際この国に祈りを満たしてくださっていた、あの方はもういない……)

時間が経つに連れ、違和感を覚え、不満を言う者がぽつぽつと現れはじめた。

レイラが彼《か》の方の代わりをするなど不可能だ。だから必ず取り戻さなければならない。

ゆえに教主は早々に、レイラ本人を神子《みこ》の塔へ閉じ込めた。そうして姫神子《ひめみこ》レイラの不在を謳《うた》い、その誘拐を国中に伝えたのだ。

姫神子《ひめみこ》レイラ誘拐の首謀者は、砂の王——いや、あの悪辣《あくらつ》な盗賊王であると。

姫神子《ひめみこ》レイラはさらわれ、強引に盗賊王の妃《きさき》とされた。その身分を隠すためにリーフェと名乗らせているようだが、その娘こそ姫神子《ひめみこ》レイラに違いないと。

長い歴史のある宗教国家、エンリエ教主国では、教主の言葉は絶対だ。

彼の言葉は、国民にとって真実となりえる。そうしてアルヴァノスは、砂の国ラ＝メウに抗議するための大義名分を作り上げた。

（やれやれ。レイラ様も、実にお可哀相なことだ）

姫神子《ひめみこ》レイラのことは、彼女が幼いころからよく知っている。

少し気が強く、表情豊かで才気溢れる子供だった。唄も舞も上手で、父であるアルヴァノスに褒められるたびに愛らしく頰を綻《ほころ》ばせる。この宮廷の皆がこぞって愛した、まさに秀才であった。

ただし、当の本人はどこか寂しそうでいたけれども。

父の気を引くために毎日一生懸命に、優秀な神子《みこ》になろうと努力し続けた子供だった。

——しかし、彼女の望みは満たされることなどなかった。

彼女は知ってしまったのだ。己は、才気溢れる真の神子《みこ》の存在を隠すための、張りぼての神子《みこ》でしかなかったということを。

彼《か》の方の才を得るためさらおうとする輩《やから》や、強すぎる力を恐れて害そうとする輩《やから》の目を、双子のもう片割れであるレイラのほうへ向けるため、彼女は矢面に立たされた。

ゆえに姫神子《ひめみこ》レイラは、本来彼《か》の方が受けるはずの称賛を手にしながら、各地に虚しく祈りを捧げる振りをするだけの傀儡《かいらい》となった。

常に御身《おんみ》を狙われ、危険な旅をすることを、強要させられながら。

そして、その結果がこれだ。彼《か》の方が消えた今、レイラはその存在を都合よく入れ替えられた。

レイラは、彼《か》の方の隠れ蓑《みの》という役割のために捨てられたのだ。

なんと憐《あわ》れなことだろうか。生まれた瞬間から、あの双子の娘は互いが互いの存在を隠すための中途半端な人生しか与えられなかった。

ふぅ、ともう一度、静かにため息をつく。

ずっと不機嫌なアルヴァノスに目を向け、それから周囲に目配せした。

丁度、待っていた伝令がやってきたようで、彼が補佐官の男になにかを耳打ちしている。さらに教主アルヴァノスに伝えられ、「来たか……」と彼がひとりごちた。

どうやら砂の国ラ＝メウからの使者が、砂の王からの親書を持って馳《は》せ参じたらしい。

事前に連絡こそ受けていたものの、実際、この目でその使者の姿を見たときには、ライノーもなんとも言えぬ緊張感を持つことになった。

彼の国からの使者は、にこにこと満面の笑みを浮かべた老齢の官吏であった。好々爺然《こうこうやぜん》として笑っているが、その目はまるで、獲物を狙う猛禽類《もうきんるい》のようにぎらついている。

そんな彼に、ラ＝メウの男特有の油断ならない雰囲気を感じているのはライノーだけではないらしい。周囲には緊張感が溢れ、皆、固唾《かたず》を呑みながら男の一挙手一投足を見守っている――のだが。

ライノーをはじめとした信徒たちは、どうにも奇妙な気持ちで、この使者を出迎えなければいけなかった。

というのも、建物の外から『べえええええ』だの『ごおおおお』だの、聞き慣れない鳴き声がひっきりなしに聞こえてくるのだ。

大事な会談だ。この場に居合わせる者一同、かなりの緊張感を持って挑んでいるにもかかわらず、その呑気な鳴き声が雰囲気をぶち壊していく。

皆、表情こそ取り繕っているが、気になって気になって仕方がないのだろう。ちらちらと、その視線がラ＝メウの使者と外への扉を行き来している。

皆の気がそぞろなことに、ラ＝メウの使者も気がついているのだろう。にこにこと微笑みながら、男は大きな声で名乗りを上げた。

「ふぉっふぉっふぉ、お初にお目にかかります。私、砂の国ラ＝メウ、国境の街シ＝ウォロの領主ウカムと申します」

「領主？　いち領主が、なぜ使者に？」

誰もが怪訝《けげん》な顔つきをした。このような使者といえば外交官の仕事だ。なのに、どうして街を治めるような人間が現れるのか。それなりの身分の者には違いないが、あくまでいち領主。本来、外交にはあまり関わらないのではないのだろうか。

「我が国はまだ若く、官吏の数もまったくもって足りておりませんでな。このような老骨でも借り出さなければ、国が回らんのですじゃ。ふぉっふぉ！」

などとへりくだっているものの、どう見てもただ者ではない。細身の身体ながらしっかりした筋肉を身につけ、背筋もしゃんと伸びている。侮《あなど》ったが最後、こちらのほうが呑み込まれそうだ。

「して。こちら、我が王からの親書でございます。今回の大きな誤解に関して、謝罪の意を示すとともに、貢ぎ物をお届けに参りました」

「誤解？」

「謝罪？」

「貢ぎ物？」

いくつか気になる言葉があり、皆、それぞれ訝《いぶか》しがる。

ウカムという男が、教主の補佐官へと書と目録らしき巻物を手渡すのを、誰もが固唾《かたず》を呑んで見守った。まずは親書自体に異常がないかどうか補佐官が確認し、ぴくりと片眉を上げる。

「教主様、こちらを」

「うむ」

補佐官に渡されたそれを、アルヴァノスは順を追って読んでいるようだった。

むむ、という唸《うな》り声が、むぅ？　と雲行きが怪しくなり、最後には「なんだと!?」と大きな声を上げる。わなわなと震えながら、彼はもう一度その親書を読み返していた。

（教主さま！　どうか！　音読を！　音読をお願いいたします！）

ライノーは心の中で叫んだ。でないと、気になって気になって仕方がない。

おそらく、そのような思いを抱く者がほとんどだったのだろう。同席している者たちが、前のめりでアルヴァノスに視線を送っている。

さすがの彼もそれに気がついたのか、ごくりと唾を呑み込み、その使者に問いかけた。

「……つまり、姫神子《ひめみこ》レイラは、貴国の王がさらったわけではなかったと？」

「その通り。彼の姫君が何者かにさらわれ、人さらいによって砂の国まで連れてこられたようでしてな。売買されようとしていたところを、我が王がお助けしただけなのです。あの清らかな御身《おんみ》を見て、知らぬふりなどできなかったと」

もちろん嘘である。

「我が王に助けられた彼の姫君は、リーフェ様と名乗られました。おそらく、ご本人も正体を知られることを恐れられたのでしょう。当然のことでございます」

これもまた、嘘である。

「しかしながら、リーフェ様はご自分を助けられた我が王に、たちまち恋をなさったご様子。我が王も、麗《うるわ》しき姫君にたちまち恋をし、ふたりは恋仲に――」

これは、表面上だけ大体合っている。

「愛し合うおふたりが結ばれるのは自明の理。国民の祝福を受け、ふたりはご結婚なさいました。それがまさか――貴国の姫君であらせられたとは、つゆ知らず」

よよよよよ、と、ウカムはわざとらしくさめざめと泣いた振りをしてみせる。

「ということですな！」

かと思うと、ぱあああ！　と、今度は急に満面の笑みを浮かべ、朗々と訴えかけた。

あからさますぎる演技であると、ライノーは思った。正直、嫌な予感しかしない。

「どんな事情があったにせよ、姫君のご家族にご挨拶もせずに妃《きさき》にしてしまった経緯の説明と謝罪、そして、改めてお義父上《ちちうえ》にご挨拶したいと、我が王が申しております！　ひいては、直接このエンリエ教主国の都まで馳《は》せ参じたいと！　此度《こたび》お持ちしたのは貢ぎ物のごく一部！　我が国の誠意を示すため、もっと多くの貢ぎ物を持参し、是非こちらに伺いたいと意気込んでおります!!」

バアン！　と、謁見室の扉が開かれた。

瞬間——すごく自由な感じで、黄金色の毛並みをした四つ足の獣がぞろぞろと謁見室に入りこんでくる。べえええ、ぐおおおお、と好き放題鳴き声を上げながら。

とぼけた顔をしたそれらは、ずっと口をもしゃもしゃしている。大きなこぶが一個ないしは二個も背中につけた生き物に対して、皆が反応に困り、後ずさった。

「詳しくは目録をご覧くださいませ。黄金や宝石の他に、我が国で最も神聖とされる駱駝《らくだ》を三十頭連れて参りました。乳を飲んでよし！　肉を食べてよし！　——なにより彼らは丈夫で、砂漠の旅に適した生き物です。こちらはお妃様《きさき》が直々に、お父君でいらっしゃるあなた様のためにとお選びになりました！」

「レ……レイラが……!?」

「はい。いつかこちらに乗って、ラ＝メウの都シ＝メウワーンにも来てほしい。そのような思いを込められたようです。いやはや、さすが偉大なる教主様。愛されておりますなあ！」

もちろん大嘘である!! しかし、表面上でも、姫神子《ひめみこ》レイラからの贈り物となると、突っ返すわけにもいかず、皆、沈黙する。

そのうえ、ありがた迷惑なことに、駱駝《らくだ》たちはたいそう、この宮殿を気に入ったようだった。

（一体……なにが起こっているんだ!?）

ライノーは呻《うめ》いた。だって、もはやわけがわからない。

今の状況だって理解できないと言うのに、そのうえ砂の王が直々にこの都に来ると言うのだ。

（我が国としては……受け入れぬわけには、いかぬ……のか……？）

挨拶に来るならば、彼《か》の方もきっと同行するであろう。この国が、姫神子《ひめみこ》レイラの訪問を拒否するわけにはいかないのだから。

（ど、どどどどうするのですかっ、教主様ーっ!?）

その後、エンリエ教主国では、砂の王の訪問に際し、姫神子《ひめみこ》レイラとされている彼《か》の方奪還の作戦を練ることとなる。

それはそれとして、その後、駱駝《らくだ》舎ができるまで、駱駝《らくだ》たちが宮殿のあちこちを自由に闊歩《かっぽ》する姿が見られるようになってしまった。

「もう駱駝《らくだ》はいらん……」という教主のぼやきが聞こえるようになったとか、ならなかったとか。

第六章　神子《みこ》の塔にさよならを

「いいか？　街に入る前に言っておくぞ？　一曲か二曲。それで十分だからな？　はやめに切り上げて帰ってくるんだぞ？」

同じ忠告を何度されたことだろう。駱駝《らくだ》に揺られながら、サディルに繰り返し言い聞かせられる。

彼の気持ちはよくわかったけれども、安易に頷くのはどうにも難しい。リーフェは肩をすくめながら、もごもごと返答した。

「そう言われても、自分がどれくらい歌ったかなんてよくわからないから。大体だよ？」

「もし戻ってこなかったら、公衆の面前でお前にキスしまくるからな」

「それは恥ずかしいよ」

口を尖らせながら、リーフェは両手を頬にあてる。

砂漠で大雨を降らせてからというもの、サディルはリーフェが祈りを捧げることを極端に不安がるようになった。

別にリーフェは神のもとへ行っているわけではない。彼の認識も改まっているはず。

けれど、サディルは相変わらず、祈りを捧げるときにリーフェの意識が深いところに行ってしまうのが、怖くて仕方がないらしい。

彼の気持ちもわかるから、リーフェ自身も自分によく言い聞かせるようにしていた。あまりのめり込みすぎないように、と。そうすると、おおよそ一曲か二曲――伴奏があればそれが途切れたころで、ちゃんと意識は浮上するから。

「サディル様、そろそろですね」

先頭を行くハリドが振り返る。駱駝《らくだ》に跨《また》がる彼自身、普段よりももっと豪奢《ごうしゃ》な装いをして、まるで裕福な貴族男性みたいになっている。

もちろんサディルやリーフェも、白を基調とした生地に黄金の刺繡《ししゅう》たっぷりの華やかな衣装に身を包み、いつもよりもかなり目立つ装いだった。

目の前にはエンリエ教主国の最初の街だ。ラ＝メウに向かう際に一度通った街だけれど、今のリーフェはフードを被っていない。

（大丈夫。サディルがいる、みんないるもの！）

緊張しつつも、リーフェは呼吸を整える。自分ならできると言い聞かせ、前を向く。

――そして、手はず通り、リーフェはゆっくりと目を伏せた。

じゃらららん、と、仲間の楽士たちが楽器をかき鳴らす。

華やかな音が響き、街の入り口に立っている人々が、一斉にこちらに目を向けた。

「さあ！　大行進《パレード》の始まりだ！」

◇◇◇

彼らはエンリエ教主国内ではどう見ても浮きに浮いた集団であった。

皆が白と黄金を基調とした衣装を身に纏《まと》い、絢爛豪華《けんらんごうか》な装飾をつけた見慣れない生き物に乗って、大行進を繰り広げている。あれは確か駱駝《らくだ》と言っただろうか。砂の国からやってきた連中が、弦楽器や笛、そして太鼓などをかき鳴らし、周囲の注目を集めている。

その音色はエンリエ人にはあまり馴染みのないものであった。ただ、南の国々の趣《おもむき》を感じる。異国情緒溢れる音色に惹かれ、なんだなんだと人々が大通りに集まってきた。

「あれは」

「またか？　でも、ずいぶん豪華な……！」

またかという声が上がるのは、彼らが乗っている駱駝《らくだ》という動物に見覚えがあるからだ。つい数週間前、まさに件の駱駝《らくだ》が大行列をなし、この道を通っていった。

砂の国ラ＝メウから来たという使者のことは、そのときもたいそう噂話になったのだが、目の前にいる連中の華やかさといえばそのときの比ではない。

「お父さん、見て！　すごい、お姫さま！　きれい……！」

弾むような女の子の声に、皆、一斉に彼女が指さしたほうを見る。

集団の前のほうにいるその娘は、この世の美をすべて集めたような圧倒的な美しさを誇っていた。

長く艶《つや》やかな白銀色の髪に、長い睫毛。目は伏せられていてよく見えないのが、余計に神秘的に目に映る。

整った顔立ちにさくらんぼのような唇が、幼さと妖艶さのどちらをも感じさせ、妙に印象に残った。細身の身体は真っ白で、しなやかな肢体《したい》は清らかにも、艶《なま》めかしくも見える。

彼女だけはエンリエ人だろうか。

神さまに子がいるとすれば、きっと彼女のような姿をしているのだろうと誰もが思った。

そんな神秘的な彼女が、胸の前に手を重ねて祈るように目を閉じる。

「見て、あの人……」

「嘘でしょ……ど、どうしよう、素敵！」

さらに、刮目《かつもく》すべきはその娘だけではないらしい。

娘をまるで宝物のように大切に抱きしめている異国の男。駱駝《らくだ》なる動物に堂々と跨《また》がる彼は、まさに王者の風格であった。

引き締まった褐色の肌に、白と金糸《きんし》の衣装が映える。数多身につけている装飾品の豪奢《ごうしゃ》さもさることながら、その男本人の華やかさが、けっして装飾品に負けていない。

整った顔立ちにすっと通った鼻筋、黄金色の髪を搔き上げる仕草は、男から見ても色気に溢れていて、女たちがざわめくのも無理はない風貌だった。

ほぅーっとして見とれていると、ふと、男の腕に抱かれた娘が、両手を前に差し出した。

駱駝《らくだ》たちはゆっくりと闊歩《かっぽ》し、誰もがその大行列に足並みを合わせ、ついていく。

ふと音楽が代わり、それが耳慣れた旋律であることに誰かが気がついた。

ああ、これは、と誰かが言った。

知っている。緑に祈る唄だ。この国の者なら誰しもが聞いたことのある唄である。神子《みこ》が大勢いるこの国では、週に一度は彼女らの唄を耳にするから。

ただ、楽器の音色が変わると、かなり印象も異なるようだ。

先頭付近にいた白銀色の髪をした娘が、すっと手を空に向かってかざした。

それに反応して従者たちが駱駝《らくだ》の脚を止める。そして街のど真ん中で、馴染み深いその曲の音色に合わせ、娘は深く息を吸った。

「〜〜〜〜」

周囲のざわめきが一瞬で静まった。

たった一節。それが世界を変える。

誰もが必ず耳にしたことのある馴染みの深い曲だ。それなのに、まるで違う唄に聞こえてくるのはなぜだろう。

娘は目を閉じたまま、大空に向かって朗々と歌い上げる。

風が柔らかく流れて彼女の美しい髪をさらう。彼女がゆっくりと指先の表情を変えるたびに、きらきらと世界が輝きを放つ。

ざざざざ――と、木々が揺れる。このところ祈りが届いておらず、萎《しお》れていたはずの植物がつやつやと美しい緑に染まっていく。木々の葉っぱの先まで光沢を帯び、つるりと煌《きら》めいて、まるで彼女の唄に喜んでいるようだ。

祈りは充ち満ちた。

彼女の唄に合わせて小鳥たちも歌い出す。

雨も降っていないのに虹がかかり、皆、息を呑み、その光景を見つめていた。

「姫神子《ひめみこ》様……？」

誰かが呟いた。

ひとつ噂が流れていた。この国の稀代《きたい》の神子《みこ》、姫神子《ひめみこ》レイラが砂の国の王にさらわれたと。

あの奇妙な生き物に乗った集団は、まさに砂の国の方向からやってきている。あの異国風の衣装だってそうだろう。砂の国の人間に違いない。

砂の王サディル。まるで王者のように振る舞うあの男こそがそうだと言われると、確かに納得しうる姿であった。であるならば、その隣にいるのは当然――

「ああ、そうだ。姫神子《ひめみこ》様だ。オレ、遠目で見たことある……！」

姫神子《ひめみこ》レイラの風貌は、皆、当然のように伝え聞いている。

美しい白銀色の髪に、水晶のような紫の瞳。誰もが見とれる清らかな美貌。

そしてなによりも、この奇跡。ここ数カ月の陰りが嘘のように、生命の息吹が聞こえるほどの圧倒的な祈り。

「神子《みこ》様！」

「帰ってきてくださったのですね！」

「レイラ様！　万歳っ！」

わあああ！　と一気に歓声が大きくなる。

噂では姫神子《ひめみこ》レイラを砂の王がさらったと言っていたが、それはなにかの間違いだろう。だって、砂の王のあの熱い眼差し。優しく姫神子《ひめみこ》を慈《いつく》しむその仕草。誰がどう見ても恋する男のそれだ。

もしさらったというのなら、きっと彼の国に閉じ込めて離しはしない。ましてやこんなにも堂々と街中を行進することなどありえない。

姫神子《ひめみこ》の態度を見ても明らかだ。彼女は朗々と唄を歌い上げながらも、身体はすっかり砂の王に預けていて、ふたりが深い仲であることは一目瞭然だ。

美男美女が互いを想い合う姿に、人々は熱狂する。

ようやく一曲終わったところで、拍手喝采が起こった。

楽器の演奏が静かに終わりを告げ、しばらく。目を閉じて祈りを捧げていた姫神子《ひめみこ》が、ゆっくりと身体を起こし——瞼《まぶた》を持ち上げる。

その瞳の色は深く、暗い。

「はぁ……綺麗な色。姫神子《ひめみこ》様の瞳、あんなに深い色をしていらっしゃるのね……」

誰かがそう呟き、ああ——と思う。

ああ、そうか。あの深い色彩を都の人々は紫と表現したのだろう。

現にこうして光に当たれば、きらりと輝いて見えるじゃないか。

目の前の光景の美しさ、唄の素晴らしさ、そして彼女が起こした奇跡に比べれば瞳の色の違和感など些末《さまつ》なことであった。

今はそれより、奇跡を起こしてくれた目の前の姫神子《ひめみこ》に感謝を捧げなければいけない。皆、笑顔で拍手喝采を贈ると、駱駝《らくだ》に乗った姫神子《ひめみこ》は少し戸惑うようにはにかんだ。

その控えめな微笑みに、わっと周囲が色めき立つ。

「サディル、みんな拍手してくれてる」

「ああ、そうだな。お前の唄が素晴らしかったからだろう」

声をかけられた男のほうも、ふわりと優しい笑みを浮かべて彼女に口づけを贈るものだから、一斉に女性陣の黄色い声が上がった。あの甘い微笑みにときめかない女性はいないらしい。

かくいう男性陣も、はにかむ姫神子《ひめみこ》の表情にたちまち心を撃ち抜かれている。

「突然で驚かせたな、私の名は砂の国の王、サディル」

まさか王自らが民衆に声をかけるなど予想すらできず、誰もがハッと息を呑む。

サディルと名乗った砂の王は、神子姫《みこひめ》のことを大切そうに、そして実に愛しそうに抱きしめて宣言した。

「愛しいこの娘との婚姻の許しを乞いに、お義父上《ちちうえ》となる教主殿へご挨拶に向かう最中だ」

「婚姻⁉」

「なんと、砂の国の王と……⁉　では、噂は？」

婚姻というめでたすぎる言葉に、誰もが驚きの声を上げる。

噂の内容はやはり間違っていたのだと皆思った。実際、さらわれたとはとても思えぬほど、目の前のふたりは仲睦まじい。

砂の国ラ＝メウに関しては、正直あまりいい噂は聞かない。しかし、誰がどう見ても愛し合うふたりを祝福しないわけがなかった。

「姫神子《ひめみこ》様！　まさか、他国の王に嫁がれるとは……！」

「なんとめでたい！」

場の空気に呑まれ、祝福の声がどんどん広がっていく。

周囲の声が落ち着いてから、男は改めて皆を見渡した。砂の王がわざわざ自分の口で、姫神子《ひめみこ》と出会った経緯、それから教主へ挨拶へ向かう旨を順を追って説明していく。

彼の声はよく通り、民衆の心によく響いた。

姫神子《ひめみこ》が何者かにさらわれたという悲劇を聞き、なるほど、このところの祈りの減少は彼女の身に危険が及んでいたことが理由かと誰もが同情した。

そして姫神子《ひめみこ》と砂の王との劇的な出会いとロマンスに、女性陣はため息をつきながらうっとりと聞き入り、男性陣はいちいち照れる様子の姫神子《ひめみこ》の姿にほぅーっと見とれるばかり。

「私は、彼女を愛しているのでな。離れることなど不可能だ。――この国の大切な神子《みこ》をもらい受ける責任は必ず取ろう。皆が平和に、祈りに満ちた生活を送れるように、隣国の王としても尽力する。――だから、皆、祝福してくれるか？」

砂の王による突然の大演説は、この街の人々の心を強く打った。

そうして民衆の大喝采を浴びながら、彼らは行進を再開したのであった。

◇◇◇

姫神子《ひめみこ》様とその婿《むこ》殿ご一行による大行進の噂は、瞬く間にエンリエ国内に広がっていった。

表向きこそ華やかで喜ばしく、誰もが祝福する大行進ではあったが、裏ではそれなりの攻防もあったようだった。

その最たるものが、国の中枢からやってきた教主国軍との邂逅《かいこう》である。

彼らの主張は、こうだった。

『確かに我が国は姫神子《ひめみこ》様の帰国を求めたが、このような形ではない！　ただちに姫神子《ひめみこ》様を我らに引き渡せ‼』

——などと、リーフェだけを確保しようと主張してくる。

大義名分は我にありと言わんばかりの勢いだったが、サディルとて負けてはいなかった。派手な大行進により、サディルはすっかり民衆の心を掴んでいたのだ。

結果として、教主国軍は愛し合うふたりを引き裂こうとする悪者として、自国の国民にすらすっかり冷たい目を向けられる羽目となった。そのうえ、リーフェ本人がサディルと引き離されるのを必死で嫌がると、軍部とて安易に手が出せない。

『——っていうか、あれ、姫神子《ひめみこ》レイラ様と、なんかちがくね？』と、教主国軍内部でも違和感を覚える者まで出てくる始末。教主国軍ともなると、さすがに本物のレイラと面識のある者が大勢いたらしく、性格も瞳の色も異なるリーフェを前に戸惑うしかなかったらしい。

結果的に教主国軍は、裏でリーフェを奪還しようと試みた。夜のうちにリーフェを取り戻そうとやってくる刺客の数も、両手で数えきれぬほどだったとか。

もちろん、サディルが見事に撃退していたらしい。旅の疲れと眠りの魔法によりリーフェは毎晩ぐっすりで、さっぱり気づけなかったけれど。

どれだけ邪魔立てされようと、サディルは堂々としたものだった。

『なんつうか、荒くれ者の多い南の国の連中と比べたら、エンリエ教主国軍は真面目で素直なんだよな。あしらうのが簡単すぎる』

などと言ってカラカラ笑っている。

そもそも、エンリエ教主国は荒事に秀でた魔法使いが少ない土地柄なため、サディルにとっては脅威《きょうい》とも思えないらしい。

結果、調子に乗ったサディルは、都へ急ぐどころか、あえて横道にそれまくる。いろんな町や村でリーフェとの関係を見せつけ、祈りを振りまき、さらにふたりの愛を訴えかけることで民衆を言いくるめ——もとい、味方につけていった。

不遜《ふそん》と言うべきか厚顔と言うべきか。彼曰《いわ》く正攻法で、ゆっくりと都へ近づいていく。

そうして、のらりくらりと街々を旅行——ならぬ、少しばかり遠回りなご挨拶道中を続けているうちに、いよいよ相手のほうが痺《しび》れを切らした。

エンリエ教主国軍自ら、対向するわけではなく、あくまでサディルたち砂の王ご一行の護衛として、同行を申し出たのである。

もちろん、隙を見てリーフェを確保するつもりだったようだが、サディルにはお見通しだ。ゆえにサディルは、悠然とした様子で相手の提案に乗ることに決めた。

話し合いの結果、サディルは少数の仲間たちを同行者として連れていくことを条件とし、リーフェとともに都へ乗り込むことになった。どう見ても周囲は厳戒態勢。大罪人を護送するかのような物々しい雰囲気だったけれど、そんなことは気にしない。

曰《いわ》く、「荷物も運んでもらえるし、いい宿に泊まらせてもらえるし、好待遇じゃねえか」──だそうだ。

そうしてリーフェは、サディルにぴったりくっついたまま、ふたり一緒にエンリエ教主国の都へ辿り着いたのである。


「いよいよだな」

大きな城を見上げて、サディルは呟いた。

エンリエ教主国の都に着いてから、否が応でも目に入る神子《みこ》の塔を含む大きな城。懐かしさと同時に、えも言えぬ気持ち悪さを感じ、リーフェは息を呑む。

(これは、どう見ても罠だよね)

教主と他国の王との会談となるとある程度の警備は当然だろうが、あまりに物々しすぎる。相手も相手でもはや隠すつもりもないらしい。

この先には城の大広間がある。正面の扉の外にも内にも兵士がぎっしりと控えていて、一歩でも中に入った瞬間、閉じ込められて出られなくなりそうな勢いだ。エンリエ教主国内では数少ない魔法使いの者たちも、ずらっと大集結しているようで、嫌な予感しかしない。

ただ、ここまではっきり厳戒態勢をとられていても、サディルは変わらず余裕の表情だ。

「大丈夫だ。お前は俺を信じていればいい」

がしがしと頭を撫《な》でられ、リーフェは瞬く。

サディルにはすっかりお見通しだ。この手に撫《な》でてもらうだけで、胸の奥に渦巻いていたはずの不安は消えていく。だって、この手がいつもリーフェを導いてくれていたから。

「教主様が中でお待ちです」

「ああ」

案内人らしき男がサディルに声をかける。

リーフェたちは、すっかり人数が減ってしまった仲間たちと目を合わせ、いよいよ大広間に足を踏み入れた。

今のサディルたちは少数精鋭。楽士をはじめとした旅の仲間たちとは別れ、リーフェとサディル、それからハリドを中心とした魔法使いの護衛が数名だけ。サディルにとっても、このほうがずっと動きやすくて都合がいいらしい。

ただ、圧倒的に人数で負けていることは確かだ。緊張でごくりと唾を呑み込むも、リーフェはちゃんと前を向く。

「さあ、奥へお進みください」

そう言われ、青い絨毯《じゅうたん》が敷きつめられた大広間に足を踏み入れた。

前に進んでいくと、バタンと重たい音がして、背後の扉が閉められたのがわかった。

鍵をかけられた気がする。サディルが笑っているので、大丈夫だと思うけれど。

気分を紛らわせるために、リーフェは大広間の中を観察することにした。

この場所に足を踏み入れるのもリーフェははじめてだ。自分の実家のはずなのに、まったく実感がわかない。

ただ、建物の美しさはさすが長い歴史を持つエンリエ教主国の城と言うべきか。

真っ白な壁には、雲や太陽など天空を思わせる彫刻が施され、神が世界を導く意を示す天井画が印象的な広間だった。正面には大きなステンドグラスがきらきらと輝き、真白い神の像が鎮座している。そしてその手前。大きな椅子に腰かけた白い衣《ころも》を纏《まと》った男性がいた。

ああ、と、リーフェは思った。

彼が、この国の教主アルヴァノスなのだろう。つまりリーフェの実の父親ということだが。

(わたし、似ているのかな……?)

よくわからない。ただ、彼はすごく険しい表情をしていた。厳格そうな雰囲気で、あまり親しみを感じられない。

そもそも、リーフェは表情豊かで大きな口を開けて笑う人が好きなのだ。まさに隣に立ってくれているサディルみたいに。

「お初にお目にかかります、エンリエ教主国教主――我が愛しの妃《きさき》リーフェのお父上、教主アルヴァノス殿。私は砂の国ラ＝メウの王サディル」

先に口を開いたのはサディルだった。あくまで婿《むこ》という立場として接するつもりらしく、恭《うやうや》しく一礼をしている。

が、対するアルヴァノスは、不機嫌そうに片眉を上げるだけだった。

「そこな娘はリーフェなどと言う名ではない。貴殿の妃《きさき》として認めたつもりもない。……まあ、娘を助けてもらったことには感謝する。礼も用意した。国境まで見送らせるので、貴殿は大人しく帰国するがよい」

仮にも他国の王で、恩人でもある相手にずいぶんなもの言いである。

けれど、それでいちいち動じるサディルではない。彼はにこにこと笑みを浮かべながら、はっきり言い放つ。

「そういうわけには参りません、お義父上《ちちうえ》」

ぴくり、とアルヴァノスが震えた。

「畏れ多くも、彼女があなたの娘子と知らぬうちに、私たちは愛し合う仲になりました。――神にも、私こそが彼女の唯一と定めていただく形で」

言い換えると、神子《みこ》の処女は頂いたぞ、ということである。

「私自身、彼女を深く愛しております。ゆえに、責任を取るのは当然のこと。彼女ただひとりを、生涯愛し抜くと誓いましょう。だから彼女との婚姻を認めていただきたく」

すでに事後承諾という形だが、サディルはあくまで挨拶をするというスタンスは崩さない。

「いらん。責任と言うのなら、神子《みこ》の唯一を奪った償《つぐな》いに、即刻娘を置いて出ていけ」

「ほう？　教主ともあろうお方が、神の定めし唯一を引き離そうとでも？」

「神？　よく言う。この盗人《ぬすびと》め。勝手に娘を奪っておきながら、白々しい」

バチバチと両者の間に火花が散っている。

平行線だ。アルヴァノスは、リーフェだけを確保する以外の落としどころを用意する気はないらしく、サディルの言葉をすべて突っぱねる。

というよりも、サディルのことを娘を助けた恩人として接する気持ちすらなくなったらしい。

砂の国という新興国の盗賊王。それを野盗の長《おさ》とでもいうかのように、冷たくあしらうだけ。サディルという人間を見定めるつもりもなく、リーフェのこともあくまで自国の持ち物のように扱う。

娘、という言葉を使われているものの、リーフェの心にはまったく響かなかった。

だからリーフェは、アルヴァノスの言葉を不思議な気持ちで聞いていた。

(直接お会いしたら、なにか感じるものがあるかもって思ったけど)

ない。

せんせいに感じていたような憧憬《しょうけい》も、レイラに対して抱いていた嫉妬《しっと》やもどかしさも。ああいった心の奥を揺さぶる感情を、彼に対してまったく抱けない。

リーフェはサディルの手をとった。

彼を見上げると、彼もまた目を合わせて笑ってくれる。

周囲の視線がリーフェに集まるのを感じながら、ごくりと唾を呑む。

ああ、気持ちが悪い。リーフェはそう思った。ここの人たち全員が、リーフェには歪んで見える。

軍に同行してきた中で、はっきりしたことがある。

真実を知っているのはほんの一握りだ。ほとんどの者が、リーフェという隠された存在も、今回の入れ替わりとされた真相も知らないようだった。

とはいえ、リーフェの姿を目にして、奇妙に思う人間は少なくなかったはずだ。彼らがレイラ本人を知っているのなら余計に、違和感を抱かぬはずがない。

なのに、彼らは誰ひとりその違和感を口にしない。

教主の意向に従う。それしかないのだ。

教主がリーフェのことを姫神子《ひめみこ》レイラと言えば、事実はそう成り代わる。疑念も、違和感も全部押し殺し、「そういうものだ」と呑み込んでしまう。

見た目は限りなく似ているけれど、リーフェとレイラは決定的に違う部分が確かにある。でも、自分たちの都合でその事実に蓋《ふた》をして、見ない振りをするのに慣れすぎている。

考え込むように目を伏せ、すぅ、と息を吐いた。

(この国の中枢にいるのが、こんな人たちばかりだから、わたしは忌子《いみご》として隠されたままだった)

そして——

(今度はレイラが、存在を消されようとしている)

――もう、彼らの手のひらの上で、都合よく操られたままの人間ではいたくない。

「サディル、大丈夫。わたし、ちゃんとさよならできそう」

リーフェははっきり宣言した。

「そうか」

「ええ。いくら血が繋がっていても、自分の都合でわたしたち双子のことを利用しようとする父親なんていらない」

周囲がざわめいた。双子とはっきり口にしたことで、違和感を抱いていた者たちが、驚くような納得するような曖昧な態度を示す。

「わたしもレイラも。あの人の都合のいい駒なんかじゃない」

「ん」

「いつまでも、あの神子《みこ》の塔に縛られたままじゃ駄目だ」

「よく言った！」

サディルは満足そうにリーフェの肩を抱き寄せる。それからアルヴァノスを睨《にら》みつけ、朗々と言い放つ。

「我が妃《きさき》は、肉親の愛に飢えていました。アルヴァノス殿、あなたにお会いして、あなたがお優しい声をかけてくださったらあるいは――と思っておりましたが」

ニイイ、と彼は不敵に笑った。

ああ、この顔をしたときのサディルは、いつもロクでもないことばかりする。でも、今はそんな彼が誰よりも頼もしい。

「見込み違いだったようだな！　だったら、俺は俺のやり方でリーフェを幸せにする！」

「なんだと……!?」

そうしてサディルは、リーフェをがしっと抱き上げ、皆に向かって言い放った。

「リーフェの神子《みこ》としての能力を搾取《さくしゅ》し、存在を都合よく隠そうとするテメエらみたいな人間に、リーフェはもったいなさすぎる！　――ついでに、邪魔になった瞬間、その存在を隠されることになった本物のレイラ姫もな！」

「馬鹿なことを言うな！」

さすがに我慢がならないと、アルヴァノスはその場に立ち上がった。

が、サディルは彼を一瞥《いちべつ》しただけ。あっさりと背を向けてしまう。周囲の仲間たちも皆サディルを取り囲み、入り口の扉に向かって歩みはじめた。

「失礼な！　待て！」

不遜《ふそん》な態度をとるサディルに、アルヴァノスだけでなく周囲の者たちまで声を荒らげるけれど、サディルは気にする様子もない。もう彼らと話すことはなにもないとばかりに大股で闊歩《かっぽ》するだけだ。

もちろん、それを黙って見ているアルヴァノスではなかった。

「お前たち、そのならず者たちを止めろ!!」

ここに集う者たちは、最初からサディルを掴まえるつもりで控えていたのだ。待っていたとばかりに兵たちは剣を構え、魔法使いたちは神経を集中し、己の手のひらに自然の力を集めていく。

「あの不届き者を捕らえよ！」

「姫神子《ひめみこ》をお救いするのだ!!」

サディルの演説を聴いていただろうに、彼らはいまだに真実に目を向けようとしない。

あくまでリーフェは姫神子《ひめみこ》レイラ。砂の王に連れ去られようとする憐《あわ》れな姫神子《ひめみこ》を助けなければと、兵たちが一気に押し寄せる。

「はっ！　こんなぬるま湯で育ってきたお坊ちゃんたちに、砂の国の荒くれ者《おれたち》を止められるかよ！」

サディルは赤い目を爛々《らんらん》と輝かせ、リーフェを抱きしめたまま駆け出した。

閉ざされた、あの重たい扉に向かって。

バンッ！　と、大きな音を立てて、あの重たい扉が粉砕される。

鍵が掛かっているのは想定の範囲内。仲間の部下たちが練り上げていた魔法を集中させ、風と土の力で破壊したらしい。

そして次はハリドの番らしく、エンリエ教主国側の魔法使いによる妨害魔法を、同じ属性の風魔法で相殺した。

ハリドは余裕の表情だ。同じ魔法使いでも、ラ＝メウの者たちの実力が圧倒的に上らしい。

「行くぜ、テメエら！」

サディルが号令をかける。

彼はとことん風と仲がいい。彼ほどの身体強化魔法の達人は他におらず、仲間全員に魔法をかけ、皆で揃って一気に跳躍する。天井すれすれの位置で教主国兵の上をすり抜け、あっという間に城の外へ出た。

（そうだった。サディルって――）

たったひとりで、あの神子《みこ》の塔の最上階まで塔の外側から登り切った男だった。これしきの軍隊など軽々と跳び越えられて当然だ。

「追え！　その男を――いや、娘を捕らえよ‼　多少ならば傷つけてもよい‼」

後ろで叫んでいるのはアルヴァノスか。バタバタと音を立てながら、必死でこちらを追ってきているようだ。

「――っし、かかったな」

サディルはニヤリと笑みを濃くして、少しだけ走る速度を遅くする。まるで、あえて教主国兵に後を追わせるかのように。

「エサン！　ソル！　テメエら、破壊の魔法は？」

「もう一発ならデカいのイケます！」

「オレも！」

「よし」

やはり、あの扉を破壊するのは、いくら魔法使いでも難儀だったらしい。仲間の魔法使いたちは額に汗を滲ませながら、大きく頷く。

「じゃあ、任せた。風の補助魔法は、ハリド、テメエが引き継げ」

「はい、任されましたよ！」

「で、俺は――」

と、サディルはリーフェに視線を落とす。

散々打ちあわせてきたのだ。リーフェも自分の役割くらいバッチリ頭に入っている。

「うん。わたしが補助だね。がんばるね！」

「――無茶はするなよ？　ちゃんと帰ってこいよ？」

「帰ってくるよ！　大丈夫!!」

ぎゅっと両手を握りしめ、決意を示す。

むしろわくわくしている。こんなに大事なときに、護られるだけじゃなくて、彼の手伝いができることに。

そうして教主国兵たちを引きつけながら、サディルたちは真っ直ぐ北の――かつて、リーフェが暮らしていた、あの神子《みこ》の塔へ向かって走り抜ける。

「しゃあ！　ぶちかませ!!」

正面の重たい扉。そこを、サディルに指示された者たちが、一気に破壊魔法でぶち破る！

ドガァン！　と大きな音を立てて、普段は完全に閉ざされている塔の扉が粉砕された。

「まずいぞ!?」

「あいつら、神子《みこ》の塔に……っ、どうする!?」

「ええい！　構うな！　今は追いかけろ!!」

あの塔には決められた者以外、足を踏み入れるのは一切禁じられている。だから後を追う兵たちは戸惑いを見せるも、今だけはリーフェを捕らえることを優先したらしい。

中は一階と二階が居住区になっていて――ここが普段レイラが使用していた空間なのだろう。数日に一度の湯浴みの際だけ、リーフェはこのフロアに下りることを許された。だから、なんとなく塔のつくりはわかっている。

「サディル！　左の螺旋《らせん》階段！」

「ああ！　一気に駆け上がるぜ！」

サディルが皆の士気を上げる。

兵たちを神子《みこ》の塔の内部まで追わせることに成功した。ここからは時間との勝負だ。

リーフェが指をさした先――どこまでも続く螺旋《らせん》階段を見上げ、皆で頷きあう。それからハリドの風魔法によって強化された跳躍力でもって、どんどん上へ駆け上がっていった。

もちろん、リーフェもぼんやり見ているだけではない。

すぅ、と。いつものように深く息を吸い込んだ。なにを歌うかなんてとっくに決めている。

紡ぐのは、緑に祈る唄。

(地よ、緑よ。――わたし、ここまで、帰ってきたよ)

何度も。何度も何度も歌い続けたこの唄を、リーフェの全霊を込めて塔全体へ響かせる。

「〜〜〜〜」

追ってくる兵たちが目を見開いた。

塔の内部に響きわたるリーフェの歌声。その清らかさ、そして力強さは、まさに稀代《きたい》の神子《みこ》にふさわしいものだったからだ。

彼女が追われるのを拒否しているのに、本当に捕らえてよいものか。そう悩み、足踏みする者と、教主の命令通りに追おうとする者がぶつかり合い、入り口付近でもみ合いが始まる。

兵たちは統率を失い、それでも一部の者たちがリーフェたちを追うべく螺旋《らせん》階段を駆け上ろうとしたところで、今度は信じられない邪魔が入った。

ざっ、と植物が揺れる音が聞こえたかと思うと、壁の石の隙間からにょろりと大量の蔦《つた》が生えてきたのだ。

「なんだこれは⁉」

「蔦《つた》⁉　っ、クソ！　足に絡まる⁉」

「怯むな！　剣で刈りとり、はやく上へ‼」

蔦《つた》はいきいきと生い茂り、螺旋《らせん》階段やその手すり部分に巻き付いていく。恐ろしい速度で蔓《つる》を伸ばし、階段を駆け上がろうとする兵たちの足を絡めとった。

「〜〜〜〜」

リーフェの唄は、まだまだ響く。

「さすがだな」

意識を沈め、ただひたすらに祈りを捧げるリーフェに向かい、サディルは呟いた。

リーフェにはもうサディルの声など届いていない。どこか遠くを見つめたまま、サディルの腕の中で朗々と歌い上げている。

駆け上がる際の衝撃も伝わっているだろうに、彼女の声は震えることもなく、ただただ力強い。

それは、いつもの祈りとはまったく異なる響きに聞こえた。彼女の唄には彼女の強い意志が込められ、サディルたちをも奮闘させる。

「サディル様、魔力は⁉」

追走するハリドが問いかける。

「余裕だ！」

全力で駆け上がりながら、サディルはカラッと笑ってみせた。

——なんて言いながらも、実はただのやせ我慢だ。予想こそしていたが、かなりの魔力の消耗具合である。

荒く呼吸しつつ、サディルは額に汗を滲ませながら階下を見下ろす。

大丈夫。目論見通りだ。大量の蔦《つた》に進路を阻《はば》まれた兵たちとは、かなり距離を開くことができた。

今、サディルが使用しているのは、蔦《つた》の魔法だ。これはリーフェの祈りが緑を満たしているだけではない。そこにサディルの魔力が溶けこんだ、新しい魔法であった。

そもそもリーフェの祈りは、大地や水、そして緑に神力を送り、満たすものである。自然を元気にするだけでなく、それらの力を増幅させる効果がある。

対する魔法は、自然から力を借りるものだ。

リーフェの祈りで、たっぷりと栄養を得た緑の力を、今度はサディルがまるっと引き出した。

言ってしまえばそれだけだ。

蔦《つた》を爆発的に成長させ、兵たちの行く手を阻《はば》ませた。なかなかに大規模で骨の折れる魔法だが、うまくいった。

エンリエ教主国での大行進で、リーフェが緑に祈る唄を披露《ひろう》する際、実はサディルも緑を育てる魔法の実験を繰り返してきたのだ。そうすることで、彼女の起こす奇跡をより大きく見せてきたというのもあるし、サディル自身いい実践練習ができた。

なにせ、緑が枯渇した砂漠では使用する機会すらなかった魔法だ。圧倒的に経験が足りなかった。なるべく大きく寄り道をしたのも、この魔法の精度を上げるためだったのだ。

「コイツといると飽きねえぜ、まったく！」

自分にもこんな力がまだ眠っていたのかと、サディル自身わくわくする。

ああ、はやく国へ戻りたい。この魔法を駆使して、リーフェと一緒にあの国を緑でいっぱいにしたい。――だが、その前にとサディルは思う。

リーフェは父親と決別した。

そして彼女には、他にも決着をつけなければいけないものがいくつかある。

彼女自身はもう自分は救われたと感じているようだけれど、それは違う。

彼女の心はまだ停滞したままだ。

サディルは彼女のすべてを救いたい。本当の意味で彼女に自由になってほしい。

そのために、こんな少人数で敵国の中枢に乗り込む危険を冒《おか》す程度には、彼女に惚れ込んでいる。

――さあ、最上階はもう目と鼻の先だ。

「っし、リーフェ、よくやった！」

丁度、彼女も一曲歌い終えたようだ。

だからはやく意識の底から戻ってくるといい。

「お待ちかねのご対面だぜ！　なあ！」

いまだに意識の奥をたゆたう彼女に語りかけ、サディルは重たい木製の扉を蹴倒した。

◇◇◇

幼いころ、レイラが塔の螺旋《らせん》階段を見上げると、毎日のように微《かす》かな唄が聞こえてきた。

レイラは遠くに聞こえるその唄に惹かれ、唄に興味を持つようになった。

神子《みこ》の塔。物心ついたころにはもう、レイラはそこでひとり寂しく暮らしていた。もちろん侍女たちが何名もレイラの世話をしてくれる。でも、レイラの寂しさが埋められることはなかった。

唯一の肉親である父親はこの国で一番偉い人らしく、一緒には暮らせない。

母親はレイラを産んだときに亡くなってしまったらしく、レイラにとって家族と言える人は誰もいないからだ。

それでも、きちんと目標のあるレイラの毎日は充実していた。

自分は平気。大丈夫、寂しくないと自身に言い聞かせ、日々を過ごしていた。

レイラは自分を産んでくれた母親のように、当代一の神子《みこ》になるのが夢だった。

彼女の唄や舞を目にする機会はなかったが、それはもう素晴らしいものだったと伝え聞いている。

だからレイラは、大人の神子《みこ》たちの指導のもと、毎日一生懸命に練習を積んでいた。

警備が難しいからという理由で、神子《みこ》の塔から外にはなかなか出してもらえない。

でも、唄も舞も練習するのがとても楽しいし、毎日微《かす》かに聞こえてくる音楽がレイラの寂しい心を慰《なぐさ》めてくれたからへっちゃらだ。

そんなある日のこと、塔の上へ向かうための螺旋《らせん》階段を上ろうとしている女性を見つけた。

見たことのない美しい女性だった。

彼女は楽器を抱えていて、もしかして――と、レイラは考えた。

「ねえあなた。このとうのうえには、のぼってはいけないのよ？　しらないの？」

でも、まずはきまりごとを教えてあげないといけない。

真面目だったレイラは、普段侍女たちから口を酸っぱくして言われていることをその女性に伝えてあげた。

「わたくしは、これが仕事ですので」

その女性は表情も変えずにそう答えた。

「そうなの？　じゃあ、もしかしてあなた？　あなたがいつも、とうのうえで歌っているの？」

「……こちらまで聞こえていましたか。左様でございます」

「ほんとうに!?　ねえ、だったらここでわたくしに歌ってきかせて？　わたくし、あなたのお唄がとってもすきなのよ！」

女性がぴくりと表情を変えるも、それは一瞬のこと。

「……あなた様にお聞かせするほどのものではございません。ご容赦ください」

そう女性は頭を下げ、レイラを置いてさっさと塔の上へ上がってしまった。


彼女は、毎日決まった時間にこの塔を訪れるようだった。

だからレイラも、毎日その時間に螺旋《らせん》階段の前を通るようにした。

すると、ほんの少しだけ彼女とすれ違えるのだ。

なぜか侍女たちが、レイラがその女性と話そうとするのを嫌がっていたから、幼いレイラにはそうするだけで精一杯だった。

本当はもっと話をしてみたいけれど、なかなかそのチャンスがない。

でも、どうしてもその女性のことが気になって——ある日のこと。

レイラの好奇心が勝ってしまった。

レイラは侍女たちの目を盗んで、その女性を追うように、螺旋《らせん》階段を上ってしまったのだ。

かなり長い階段だったけれど、塔の上に近づくたびに、大好きなあの人の声や楽器の音が大きくなって、レイラのわくわくは膨《ふく》らんでいった。

曲はたびたび途中で途切れ、同じところを繰り返す。

普段から神子《みこ》たちと舞や唄の練習をしているから、レイラにはすぐにわかった。

彼女は唄の先生なのだろう。そしてこれは誰かのレッスンをしているのだな——と。

でも、同時に疑問に思う。こんな塔の上で誰と練習をしているの——と。

とても不幸なことに、この日、先生らしき女性は部屋の鍵をかけることを失念していたらしい。

最上階にある部屋の扉が、わずかに開いていた。

声はふたり分だ。あの大人の女性と——これは子供の声？　とレイラは思う。

わくわくしながら扉の隙間から、中の様子をのぞき込む。

そして目にした光景に、レイラは絶句した。

——なぜか、自分がそこにいる。

いや、正確には自分とうりふたつの姿をした誰かがそこにいた。

にこにこと幸せそうに目を細めて、あの女性の唄を聴いている。それから一節進むごとに真似するように、その子供も朗々と——実に楽しそうに歌うのだ。

その子供の紡ぐ音楽は、レイラが「こんなふうに歌ってみたいな」と思っていた理想そのものだった。

は、は、と浅く息をした。

ふたりは練習に夢中で、レイラのことなど気づいていない。

無理だ、と思った。

無我夢中で螺旋《らせん》階段を駆け下り——レイラが姿を消していたせいで、侍女が焦ったように捜し回っていたようで——レイラが、レイラにそっくりな誰かの存在を知ってしまったことに、皆が絶句した。

あれはレイラの双子の姉らしい。

そして、レイラの片割れは、忌子《いみご》。

なるほど、そういうことだったのか。


——その後、数年した後に、あの無表情な女の人は死んでしまったのだと聞いた。

レイラだって、そのころにはもう気がついていた。

(たぶんあのひと、わたくしのおかあさまだ。——とうだいいちの、神子《みこ》だったおかあさまのこと、あの忌子《いみご》は、ひとりじめしてた)

苦い感情がこみ上げてくる。

(わたくしは、いちどだって、かぞくといっしょにすごしたことないのに)

——せめて自分のほうが忌子《いみご》だったのなら、あの人に唄も舞も、教えてもらえたのだろうか。

胸に鈍《にぶ》い痛みを覚えながらも、レイラは毎日、一生懸命に練習を繰り返した。

レイラの目標は変わらない。母親がそう言われていたように、自分だって当代一の神子《みこ》になりたかった。憧れたあの人に、少しでも近づきたかった。

やがて成長したレイラは、教主のひとり娘として巡礼の旅に出るようになる。

大きな都市にも小さな村にも、いろんな土地を巡って祈りを披露《ひろう》し、民に感謝されるのは嬉しかった。——いや。嬉しかったけれど、神子《みこ》としての力をつけていくたびに、レイラ自身なんとも言えない違和感を覚えるようになる。

(この祈りの満ち方、おかしい)

自分の力以上に、自然の力が呼応してくれる。

(祈りの力が、勝手に大きくなる……?)

最初はほんの小さな違和感だった。

けれども、どんどん、どんどん、その疑念は確信へ変わっていく。

(そうなのね……この力は、わたくしの力では、ない)

あの子の力に似ていると思った。

毎日、塔の最上階から響く唄。それに反応して神子《みこ》の塔周辺の植物は緑を濃くし、空はきらきらと輝き、世界はあっという間に美しくなる。

おそらく、世界中でレイラが一番、彼女の祈りに詳しい。

レイラは毎日、否が応でも彼女の力と自分のそれを、比べさせられていたから。

知りたくない事実に気がついてしまった。

世間の人は、この奇跡のような祈りの満ち方を、レイラの力だと思い込んでいるようだけれど。

レイラのことを優秀な神子《みこ》であると称賛し、ありがたがるけれど。

(あの子だ)

塔の最上階に閉じこもった、レイラの片割れ。

(わたくしの力なんかじゃ、なかった)

唄も、舞も。たくさんたくさん練習してきたけれど、そんなの、なんの意味もなかった。

（いらない子は、わたくしのほうだったんだ）

レイラも馬鹿ではない。

リーフェの力を隠すための隠れ蓑《みの》として、自分の存在を利用されていることくらいすぐに気がついた。でも、それを認めるのが悔しくて、毎日の練習は欠かさず、ひたすら努力をし続けた。

彼女の唄や舞に人々は熱狂し、レイラのことを稀代《きたい》の姫神子《ひめみこ》などと呼ぶようになったけれど、レイラにとってそれらの称賛は全部虚しく響いた。

舞はまだ見たことがないけれど、少なくとも唄は双子の姉のほうがよっぽど上手だ。

神子《みこ》としての力も、姉の足元にも及ばない。

瞳の色が、自分は黒でないということくらいだ。誇れるものなど。

――そして、成人の日。

圧倒的な神子《みこ》の力を直接民に見せるべきだという教主の意向で、披露目《ひろめ》の時間だけ入れ替わりを命じられた。

そのとき、姉の舞をはじめて直接目にして――絶望した。

だって。

あんなの、勝てるはずがない。

――はぁ、と細く息を吐く。

たったひとつ存在する窓に手をつき、本物の姫神子《ひめみこ》レイラは遠くの空を見た。

なぜだろう、今日は空気がざわめいている気がする。

近くで軍事訓練でも行っているのだろうか。男の人たちの怒号が聞こえるような気がする。

神子《みこ》の塔の最上階。レイラがここに閉じ込められて何日経っただろう。

毎日涙を流しすぎて、もう全部枯れ果てた。

わかっている。きっとこれは罰なのだ。

リーフェが誰かにさらわれて、正直胸がすく思いがして、卑怯な自分の心根に嫌気が差し、彼女がいなければこの国が回らない事実にも打ちのめされるうちに——とうとうレイラは、父親からも用なしだと宣言された。

この塔の最上階に閉じ込められ、唄も舞も練習する気さえ失って、ただただぼんやりと生きながらえている。

高い塔から見下ろす世界は、残酷なほど美しく、そして遠い。

今のレイラには、身を投げる勇気だけが足りなかった。

ここ数日間で身をもって思い知らされた。

この部屋に、姉のリーフェは何年も何年も閉じ込められ続けたのだ。かつてはこの部屋に憧れたこともあったけれど、姉の世界はこんなにも狭かった。

「……っ」

駄目だ。

枯れたと思った涙がまだ残っていたようだ。

泣くのは疲れる。もうこれ以上泣きたくなくて、身体を丸める。昔斬られた背中の古傷が痛んで、ますます涙が止まらなくなる。

姫神子《ひめみこ》の存在を邪魔に思う人間は少なからず存在し、巡礼の際、幾度《いくたび》か襲われることがあった。いつも護衛たちに護ってもらったけれど、それでも、レイラに危害が加えられたことは幾度《いくたび》かあったのだ。

背中、腿、腕――レイラの身体には、無残な傷痕がいくつもある。

もちろん傷はちゃんと治療してもらっている。痛むことだってないはずだ。なのにレイラの心が弱ると、どうしても幻痛に襲われる。

(もういやだ……)

痛い。どうしようもなく、痛い。

ああ、どうして今日はこんなにも心が乱れるのだろう。

(お願い、誰か助けて……)

男の人の声が近づいてくる気がする。

それから遠い日に聴いた、母の唄も届いてくるような。

いよいよ気が触れたのだろうか。

じゃあ、いいか。泣いて、叫んでも、いいか。

幻聴かもしれない。

でも、誰か。誰でもいい。もう疲れた。お願いだから。

「――誰かっ！　わたくしを助けてよっ!!」

――瞬間。

ドガァン！　という重たい音とともに、閉ざされていたはずの重たい扉が蹴倒される。

驚きで心臓が縮む心地がし、そこに現れた人々の姿に、レイラは絶句した。

異国人だ。金髪の男性と赤髪の男性。他にも屈強な男の人が何人か。

そして金髪の男性の腕の中で眠る、自分とうりふたつの誰か。

ああ――、と思ったそのとき、その娘は微《かす》かに声を漏らし、ゆっくりと瞼《まぶた》を持ち上げる。

深い黒の瞳が、レイラの姿を映していた。

「あな……た、は………」

美しい紫色の瞳が大きく見開かれる。

◇◇◇

ああ――と深いところから意識を浮上させたリーフェは思った。

この塔の最上階。やはり、レイラもこの部屋に閉じ込められていたのかと。

まだぼんやりした意識の中、懐かしさすら感じる部屋を見渡す。古びたクローゼットに、小さな寝台。最低限、踊れる程度の空間がそこにある。

かつてはここが、リーフェの世界のすべてであった。

そして今はレイラを閉じ込めるための檻《おり》になっている。

「サディル、ありがと」

「ん。時間通り、ちゃんと戻ってきたな？」

「ええ」

感謝を込めて彼の頬にキスを贈る。すると彼はリーフェの意を汲んで、彼女を地面に下ろしてくれた。

「悪いがあまり時間は作れなかった。別れをするなら手短に頼む」

すまんな、と謝られたものだから、リーフェはふるふると首を横に振る。

それからもう一度部屋を見回し、床にしゃがみ込んだままでいるレイラと目を合わせた。彼女はずっと、信じられないという顔をしてこちらを見上げていた。

「久しぶり、レイラ」

どう呼ぶのが適切か迷ったけれど、リーフェはちゃんと名前で呼ぶことにした。姫神子《ひめみこ》なんて呼び名に縛られるのは、彼女にとっても不本意なのではと思ったからだ。

「あなた……どうして」

リーフェは真っ直ぐに彼女を見つめ、大きく頷いてみせた。

「ちゃんと別れを言いに来たの」

「わ、わたくしに？　そんな仲じゃないでしょう⁉　わたくしは、あなたの――」

「違うよ。この塔に」

「は？」

レイラは目を見開いた。

彼女の瞳は涙に濡れていて、ああ、なんて表情豊かなのだろうとリーフェは思う。

(大丈夫。それだけ涙を流せるなら、あなたもきっと笑えるはず)

——そのためにも。

(こんな塔にいてはいけないんだ)

この狭い部屋にいると、胸の奥がいまだに疼《うず》く心地がする。それでもリーフェは覚悟を決めた。

だから、レイラの前で宣言するだけだ。

「わたしは自由に生きる。そう決めたから」

「どうして、あなたは！　あなた、だけが……！」

ぶわりと、レイラの瞳からますます涙が溢れていく。

言いたいことがいろいろあるのだろう。でも、誇り高き彼女はそれを口にしなかった。震えて、蹲《うずくま》って、動けないでいる。

そんな彼女の姿に、リーフェはかつての自分を重ねる。

自分だってそうだった。

嘆きや哀しみを覆《おお》い隠し、へらりとした顔でぼんやり過ごす日々だった。

ここから飛び出す勇気なんてなくて、誰かの——サディルの力がなければ、たった一歩すら踏み出せなかっただろう。

だから、レイラにも、一緒に外に出る勇気を与える存在が必要だ。

「ねえ。一緒に行こう、レイラ！」

彼女の前に歩いていき、手を差し出した。

レイラはその場にしゃがみ込み、だらだらと涙を流している。リーフェのことを見上げたまま。

紫の瞳がゆらゆら揺れ、ごくりと唾を呑み込んでしばらく。

――彼女は首を横に振り、リーフェの手を払いのけた。

「嫌よ！　あなたとなんて、絶対に、嫌！」

「……レイラ」

「あなたばかり！　もう、あなたばかりが恵まれていくのを、見たくないの！」

そう叫んだ後、彼女はすぐになにかを後悔するように目を細める。

ふるふると首を横に振り、頭を抱え、小さく蹲《うずくま》って。

「わたくしはここにいたいのよ！　おかあさまの温もりが残る、この部屋に！　いたいから、いるの！　放っておいてよ！」

嘘だ。そんなことくらい、リーフェはすぐにわかった。

だって、彼女の声も、肩も、ずっと震えている。

なるほど母の幻影に縛られているのは、リーフェだけじゃなかったのか。

目の前のレイラの姿に、懐かしい人の姿が重なって見えた。

『あなたのことを、お恨み申し上げます。どうして、この肚《はら》から出ていらっしゃったのか』

いつも無表情なあの人が、たった一度だけその両目にたっぷり涙を浮かべ、訴えかけてきたあの日のことを。

『わたくしをこのようにしてしまった、あなたのことが――憎くて憎くてたまらないのです』

あのときリーフェは、立ち去る彼女に追いすがれなかった。

幼いリーフェには、物理的に彼女を掴まえることも、言葉で説得することも、どちらの力も足りなかった。

でも、今は違う。あのときと同じ過ちは犯さない。

あのとき目の前で閉ざされてしまった重たい扉は、今、破壊されてしまった。リーフェたちをこの部屋に閉じ込める障害など、もうなにもない。

すう、と息を吸う。

ああ、そうだった。リーフェ自身もずっと忘れてしまっていた。

深い深い記憶の底に蓋《ふた》をして、大切な記憶まで一緒に閉じ込めてしまっていた。

歌い上げるは母の唄。これは、祈りのための唄ではない。

その昔、せんせい――いや、おかあさまが歌ってくれた、子守唄だ。

レイラがハッとして顔を上げた。

紫色の瞳が揺れている。

きっと彼女も覚えていたのだろう。遠い記憶の中で、おかあさまは毎日、たっぷり練習した後でこの唄を歌って聴かせてくれた。

レイラは気がついていただろうか。

まだ幼くて、リーフェがこの部屋から外に出ることを考えたことすらなかったころ。

練習の合間、おかあさまはこの部屋の扉を少しだけ開けて、わざとその唄を塔全体に届けていた。

今ならわかる。あれはきっと、レイラに聴かせるためだったのだと思う。

おかあさまはリーフェたちに、自分が母であることを名乗ることを禁じられていた。

でも、リーフェはちゃんと思い出した。

「……この唄。いつもおかあさまが、ここで歌って聴かせてくれた」

「……」

「わたしのことを、姉神子様って呼んで。まるで妹でもいるかのように。この唄をどこかへ届けようとしていた」

「そんな……」

レイラの紫色の瞳が大きく揺れる。

ああ、本当に彼女は、おかあさまによく似ている。でも、彼女の感情はもっと豊かで、ちゃんと自分で立って、前に進める人だと思うから。

「家族で互いを縛り合って生きるのは、もうやめよう。わたしたちはきっと、自分の足で自由に歩いて生きていける」

レイラは目を細めた。

もう一度差し出した手を、彼女は振り払わない。ゆっくり、ゆっくりと手を伸ばし——やがて、リーフェの手のひらに、彼女の手が重なった。

「リーフェ様！　教主国兵がそろそろここに！」

螺旋《らせん》階段を見張っていた魔法使いのひとりが声を上げる。

それに反応し、ラ＝メウの皆は互いの顔を見合わせた。

「っし、離脱できるヤツから順番に行け！」

そう言って、サディルはこの部屋で唯一の窓の外を指さした。

「はいよっ！」

「お先に！」

次々に魔法使いたちが窓の外に飛び出していく。

思い切りがよすぎる彼らの行動を見て、レイラが目を丸くしていた。驚きすぎて涙もぴたっと止まってしまったみたいだ。

（あはは、まあ、そうだよね）

ラ＝メウの魔法使いたちは規格外なのだ。

彼らは風と仲がいい。だからこれくらいの高さなら、どうにかできてしまうのだろう。

（サディル以外のみんなも、平気なんだね）

改めて、すごい人たちに掴まったものだと思う。

リーフェは、砂の国の男たちにさらわれて、本当に幸せだ。

次々と仲間たちが離脱していき、リーフェとサディル、そしてハリドとレイラだけが取り残される。いよいよここで、先頭を走ってきた教主国の兵が最上階のこの部屋へ辿り着いた。

そして、リーフェとレイラ、ふたりの姿を目にした瞬間、誰もが絶句する。

「え？　嘘だろ？」

「あの話は、本当だったのか……？」

あの話というのは、大広間でリーフェが話した真実だろうか。

「レイラ様が、おふたり……いや、でも……！」

教主国兵の多くは、レイラと面識がある。

だから、涙で目を腫《は》らし、この部屋に閉じ込められていた娘こそが、馴染みのある顔であることもすぐにわかったはずだ。

わなわなと震え、部屋の中に足を踏み入れることすらできず、驚き、おののく。

「っ、お前たち！　そこに止まるな！　どけっ‼」

「⁉　うわあああ！」

さらに、兵たちが後から後からやってきて、やがて部屋の前で押しあいになった。

大勢が詰めかけられるスペースなど、どこにもない。結果、最前列の兵たちから順番に、入り口のところに次々と倒れ込み、積み上がっていく。

「――わかったか？　これが、アンタらが姫神子《ひめみこ》だと都合よく崇《あが》めていた娘たちの真実だよ。こんなに可愛い娘の犠牲で成り立つ平和なんざ、クソ食らえだ。違うか？」

サディルが倒れた兵たちに言い放つ。

それから問答無用でリーフェを抱き上げ、向こうに見える窓へ駆けていった。

「はい、レイラ姫さまはこっちね？　あ、お返事ちゃんと聞いてないですけど、スミマセンね。こちとら盗賊なもので」

「えっ⁉　――きゃっ！」

「事後承諾で、よろしくです！」

続くのはハリドだ。慌てるレイラをしっかりと抱き上げ、彼もまた窓へ向かう。

「まさか！　まさかまさかまさかまさか！　まさか！」

「そのまさかです。大丈夫。怖かったら、ぎゅーって抱きついて唄でも歌っといてください！」

「え！　えええ？　――っ、きゃああああああ⁉」

二組の男女が、窓から順番に飛び降りる。

レイラの悲鳴を聞きながら、二回目で少しだけ余裕のあるリーフェは、自分たちが落ちたあの塔の最上階に目を向けた。

サディルの魔法のせいか、塔の外側までびっしりと緑の蔦《つた》で覆《おお》われている。

それでいいと、リーフェは思った。この塔はもう眠るべきだ。リーフェやレイラ、そしておかあさまの記憶を抱いて、永遠に。

青空の下、レイラの叫び声が響きわたっている。塔の下で様子を見ていたらしい教主やその取り巻きは、それに気がつき、空に向かって指さした。

二組揃ってその目の前に降り立つなり、サディルは不敵に笑ってみせた。

「よォ、教主サマ？　ご機嫌麗《うるわ》しい……はずはないか」

ざわっと周囲が驚きの声を上げる。

「ま、アンタの言ってた通り、俺らは所詮盗人《ぬすっと》だからよ？」

異国の男たちに抱き上げられている娘はふたり。

瞳の色以外うりふたつの風貌をしたふたりが、皆のことをじっと見つめていたのだから。

「ここにいる、アンタの大事な娘子たちふたりとも、しっかり俺たちの国にもらい受ける」

信じられないと、アルヴァノスが目を見開いた。

でも、サディルは譲る気などないらしい。

「もちろん、アンタがきちっと謝ってふたりを認める気があるなら、話くらいは聞いてやるからよ」

ニイイ、と、いじわるな笑みを濃くして、サディルはハッキリと言い残す。

「ラ＝メウの都シ＝メウワーンまで、アンタが直接足を運ぶこったな。首を長くして待ってるぜ。——そのための駱駝《らくだ》は、先に贈っておいただろう？」

最終章　幸福はこの手の中に

白銀色の髪は、ハーフアップに。

艶《つや》やかな髪をゆったりと編み上げ、鮮やかな赤い生花を飾りにたっぷりと。

花の少ない砂漠の国では珍しく、贅沢《ぜいたく》な装飾ではあるけれど、リーフェにはこれがよく似合う。

今日、このよき日に、リーフェはサディルの唯一の妃《きさき》として、改めて民衆へ紹介される。

つまり、正妃の披露目《ひろめ》の日なのだが。

青月の間にて、リーフェのメイクや髪が綺麗に整えられていくのを、アミアが実に真剣な様子で見つめている。

「すごい！　すごいすごい、お綺麗です、リーフェ様！　――レイラ様もすごい！　エンリエ風の結い方、可憐ですっごく素敵です！」

ぱちぱちぱちと、盛大に手を叩いて褒めている。彼女の素直な称賛に、レイラはふっと頬を赤く染めつつも、すぐに表情をしてしまった。

「リーフェは顔立ちがわたくしよりも幼いのだから、少しくらい大人っぽく見せないと国民にナメられるでしょ？」

「ふふっ、レイラ様はいつもキリッとした印象ですものね。かっこよくて憧れます」

「あ、あなたねえ。どうして恥ずかしげもなく、そんなことを言えるのかしら」

なんて言いながらも、レイラはどことなく嬉しそうだ。

大人しく飾り立てられる人形の役を担うリーフェは、ふたりのやりとりをにこにこ聞いていた。

実際、リーフェもアミアの言葉に同意だ。

以前からレイラは凛《りん》として美しい女性であったが、ここ砂の国ラ＝メウに来てから、その美しさに磨きがかかった。――というより、彼女の個性が際立ち、目を引くようになったと言うべきか。

レイラはかなり髪を短くして、今は肩よりも少し長いくらいだ。そしてその毛先は赤い色に染められている。

ここ、砂の国ラ＝メウに来てから、レイラは植物で髪の色を染めるようになった。ひと目見てリーフェとレイラの区別がつくように。それが彼女の望んだ未来だったらしい。

ラ＝メウの文化に、異国風の文化を斬新に取り入れていくレイラの姿に憧れる女性は多いようだ。

レイラ自身、ここに来てからというもの、ずっといきいきしている。背筋を伸ばしてきびきびと働く彼女は、宮殿で働く女性陣にとってすっかり憧れの的だ。

そう。レイラはリーフェのそばで、相談役として働くようになっていた。

稀代《きたい》の神子《みこ》という名に恥じぬ努力を続けてきた彼女は、リーフェに足りない知識を与えてくれて、困ったときには目の前の問題を整理してくれて、社交もリーフェよりも遥かに上手で――なんと言うか、どちらが王妃なのかと言いたいくらいの働きを見せている。

もちろん、引くべきところはしっかり引いて、リーフェを立ててくれる。

曰《いわ》く、『あなたになにもかも及ばないと思っていた自分が情けないわ』――だそうで。

彼女は彼女なりに、やりたいことを見つけて、日々邁進《まいしん》しているようだ。

リーフェのそばにいることに抵抗があるのではと思っていたけれど、そんなことはなかったらしい。吹っ切れた彼女は、少し頼りないリーフェを支えることにやりがいを見いだしたようだ。

もちろん、彼女がリーフェのそばにいるのは、他に彼女なりの目的があるようだが――

「おーい、リーフェ様！　準備は――って、お綺麗じゃないですかっ」

入り口の扉が開けっ放しになっていたため、気軽に顔を出す男がひとり。

彼こそがレイラの目的となるご本人であるわけで、レイラがぴくりと反応していた。

(レイラったら、案外わかりやすいのよね)

クールかと思えば、すぐに照れたり顔を赤らめたりするあたり、感情豊かでとても可愛らしい。

今だって、部屋の入り口にハリドの姿を見つけて、紫の瞳がわかりやすく煌《きら》めいている。

(やっぱりわたしたち双子なんだよね。わかるよ、レイラ)

自分をさらってくれた殿方に、恋をしてしまうのは。

抱き上げられ、あの塔から強引にさらわれたあの瞬間から、レイラはハリドに恋をしたらしい。

ゆえに、ハリドとも会う機会の多いリーフェのそばにいる仕事は、彼女にとっても都合がいいのだろう。ことあるごとにハリドに話しかけ、しっかりアプローチしているようだ。

――一方のハリドのほうは、レイラの手をとるつもりはまだないらしく、のらりくらりと逃げているのだが。

曰《いわ》く、主の妃《きさき》であるリーフェの、大切な双子の妹に手を出すのは、どうしても気が引けるのだとか。実際、彼女を娶《めと》ることになれば、サディルと親戚関係になるから余計に。

当のサディルは、まったく気にしていない様子だけれども。

むしろ、『このままでいるとクソほど後悔することになるぞ。はやく素直になるといい』と、ハリドに言って聞かせる始末。

なるほど、さすがサディルである。大変実感の籠《こ》もった言葉で、非常に重みがある。

リーフェ自身も、なんだかんだ楽しくふたりの様子を見ているけれど、くっつくのは時間の問題だと考えている。

（ふふっ、ハリドもはやく音を上げるといいと思うよ？）

それでもって、是非レイラを幸せにしてあげてほしい。

「どうかな、ハリド。レイラが綺麗にしてくれたの」

わざとらしく彼の前でレイラを褒めてみると、レイラが横で照れている。

ほら、この表情。最高に可愛いんだから、ハリドもしっかり見とれたらいいと思う。

「えっ、あ……！　その。すごくお綺麗です。——が、この出来……自分が先に見ちゃったの、マズったかもですね」

「え？」

「サディル様、自分が呼んでこいって命令したくせに猛烈に嫉妬《しっと》する予感しかしない……！　なんて理不尽なんだ！」

なんて勝手に予測を立てて、頭を抱えている。

(もう、わたしじゃなくてレイラを褒めてよ)

全くもって、全然わかってない。普段はいろいろ周囲に気を回しているくせに、レイラに対してはあと一歩気遣いが足りないのだ。

仕方がないなあとくすくす笑いながら、リーフェはゆっくり部屋を後にする。

この日の衣装は、白を基調としたもので、この砂の国ラ＝メウでは最も神聖な色彩だった。光沢のあるすべすべした白の衣装には、黄金と赤でたっぷりと刺繍《ししゅう》が施されている。歩くたびに黄金の宝飾品が揺れ、きらきらと輝く。

身体の線を綺麗に見せるすっきりとした形だが、華やかさと繊細さのどちらも感じさせる見事な装いで、廊下を歩く彼女の姿を見つけるなり、皆、ほう、とため息をついた。

リーフェたちが神子《みこ》の塔とさよならをして、このラ＝メウに戻ってきてからもうすぐ半年だ。

エンリエ教主国は今、国内を落ち着かせるのに手いっぱいらしく、ラ＝メウへの接触はない。

――いや、使者自体は何人か訪れているものの、教主本人でなければ話を聞く義理もなしと、サディルが突っぱねているのだ。

ラ＝メウは国土の大半が砂漠の地だ。

エンリエ教主国としても、簡単に攻め入ることなどできようもなく――いや、砂漠以前に、国境の街シ＝ウォロの領主であるウカムに睨《にら》みつけられていて、身動きがとれずにいるようだった。

エンリエ教主国内でも、リーフェたち双子が国益のために追い詰められていたという事実が明るみに出て、憤怒した民も大勢いたようだ。

だからこそ、リーフェがサディルに正式に嫁ぐこと自体、好意的にとらえている民が大勢いるらしく、非道な神子《みこ》の塔から逃げられてよかったという声も上がっているようだ。

ただ、リーフェの不在により、かの国の民への負担は増したままだ。

各地の神子《みこ》が奮闘しているものの、現状維持すらなかなか難しい。

これにはラ＝メウも声明を出していて、教主が直接彼の娘たちに謝罪するのであれば、援助をする用意はある、とのことである。

だから今、国民は教主に対し、一刻もはやい謝罪をと訴えかけているようだ。

(わたしにできるのは、正しい祈りの仕方を教えるくらいかもしれないけど)

砂の国だけでなく、エンリエ教主国にまで祈りを満たすのはさすがに難しい。

でも、リーフェの祈りの仕方はレイラたち他の神子《みこ》とはかなり違っていることが判明した。

だから、おかあさまから直接教えてもらったことを、教主国の神子《みこ》たちに伝授することならできると考えている。

きっと祈りの声が、自然へ届きやすくなるはずだ。皆が一生懸命に自然に祈りを捧げて、自然も、人々も、すべてが豊かになる未来を作り上げられたらいいと思う。

ふと、脳裏にエナの横顔がよぎった。

彼女の姿におかあさまの記憶が重なる。

(あなたもきっと、この国のどこかで、皆を支えてくれるよね)

祈りがより満ちやすい国を。

——その願いの先に、彼女のような神子《みこ》たちの幸せもあればいい。

未来を眩《まぶ》しく感じながら、リーフェは歩き出す。

渡り廊下を歩きながら、すっかりと緑に満ちた中庭に目を向けた。緑は瑞々《みずみず》しく、太陽の光を浴びて煌《きら》めいている。こうして濃い緑がこの都のあちこちに顔を出すようになっていて、胸がいっぱいになる。

(うん。わたしだけじゃない。いつかみんなで、緑溢れる国を作るんだ——)

それがサディルの夢にも繋がる。

そして今のリーフェにとっても、新しい夢となった。

夢に想いを膨《ふく》らませながら本殿に入ると、向こうからよく通る声が聞こえた。

「リーフェ！」

こちらの姿を見つけるなり、ぱたぱたと足早に駆け寄ってくる長身の男性。

刺繍《ししゅう》と宝石でたっぷりと装飾された、今までのどんな衣装よりも華やかな絹の衣《ころも》に身を包んだ、この国の王がそこに立っている。

「サディル！」

リーフェも大きな声を上げて、彼に向かって手を振った。

あっという間にリーフェのもとへ駆けてきた彼によって、がばりと抱きしめられる。腰を支えて軽々と持ち上げられ、サディルを見下ろす形になった。

「ああ、リーフェ、綺麗だ！」

カラッとした笑みを浮かべたサディルは、すぐさまリーフェの顔を寄せる。が、今だけは駄目だとばかりに、リーフェは彼の肩に手をついて、距離を取るために身体を離した。

「待って、サディル！　せっかくアミアとレイラに綺麗にしてもらったのに、口紅が落ちちゃうでしょ」

「……披露目《ひろめ》、三秒で終わらすか」

「どうしてそうなるのよっ」

今日は待ちに待った披露目《ひろめ》の日なのだ。

一応籍だけは先に入れていたけれど、こうして皆に認めてもらってはじめてリーフェはちゃんとサディルの妻になれる気がした。

だから民には、きちっとした姿を見てもらいたい。

「リーフェ様ったら、サディル様にしっかり言い返せるようになりましたねえ」

「ふふっ。なんでもかんでも言いくるめられてましたものねえ。――それもお可愛らしかったですけど、お妃《きさき》様になられるのでしたら、今くらいのほうがよろしいかと」

後ろでなにやらいろいろ言われている気がするけれど、まったくもってその通りだと思う。

エンリエ教主国に一緒に行ってよくわかった。彼は本当に口が達者で、油断すると全部彼の言いなりになっているのだ。

でも、リーフェは、ちゃんと自分で、彼の隣に立ちたい。いつまでも彼の言いなりのまま、なにも考えずに従っている子供なんかじゃいられない。

「サディル。わたし、今日のお披露目《ひろめ》をすごく楽しみにしていたの」

「む」

「ちゃんと綺麗にしてもらったんだから。一緒にしっかり見てもらいましょ？　ね？」

「……くっ、ハハハ。わかったよ。我が妃《きさき》のお望みのままに」

「ええ」

そう告げると、彼はちゃんとリーフェを下ろしてくれる。

キスの代わりに頭を撫《な》でようとするも、もしかしてそれも駄目なのか、と気づいたらしい。眉間に皺《しわ》を寄せ、じーっと考え込みはじめた。

「……お前の望みを叶えるよう努力はするが、俺の愛を汲んでくれると嬉しい」

「ふふっ、今は我慢ね？」

「お前なあ。呑気に笑いやがって。わかってるのか？」

彼はそっと耳元に口を寄せて、囁《ささや》きかける。

「我慢させた分、今夜、しっかり覚悟しとけよ？」

「っ！　…………ハイ」

「ハハハハハ！　よし、行くかっ！」

形勢逆転。やっぱり、彼には振り回されてばかりだ。

カラカラカラと、彼の機嫌のよい笑い声が宮殿内に響きわたる。

その声に誘われ、彼の臣下や客人が、次々と向こうから集まってくる。

リーフェたちをさらってくれた魔法使いの臣下たちに、サディルの補佐としてこの国を支えてくれるイオや高官たち。それから、わざわざウカムまで祝いに駆けつけてくれたようだ。

彼らに拍手で見送られながら、サディルとリーフェは二階へ上がり、やがて、宮殿の正面に面するバルコニーへ歩いていく。

わあああああ！　と、大きな歓声が聞こえてくる。

民がいまかいまかと、ふたりの登場を待ち望み、声を上げていた。この日、宮殿は開かれていて、大勢の民がずっと建物を前に待っているらしい。

少しだけ緊張する。リーフェは深呼吸をし、覚悟を決めて前を向く。

「なあに強張った面してんだ？」

「しょうがないじゃない。いつだって、みんなの前に立つのはどきどきするの」

「仕方ねえな。じゃ、とっておきのまじないをかけてやるよ」

ニイ、とサディルが口の端を上げる。

あ、とリーフェは思った。

だって、彼がこの顔をするときは、いつもロクでもないことを企んでいるときだから。

それはわかるけれども、対応は全然追いつかない。

彼が身を屈めて、リーフェの顔に唇を寄せる。かぷりと耳朶に、しっかり口づけて。

「お前なら、大丈夫だ」

耳元で囁《ささや》くその色気に、問答無用でくらりとしてしまった。

「っ⁉　――サディル⁉」

「はっ！　そこなら化粧崩れもなにもないだろう？　――ほら、顔も真っ赤になって、さらに可愛くなったな。行くぞ」

「も、もう！　驚かせないでよっ！」

ぷりぷりしながら彼を追うと、いつしか太陽の下に出ている。眩《まぶ》しい光に包まれて、もうすでにリーフェは民衆の前に立っていた。

わああああ！　と、割れんばかりの大歓声を直接浴び、ハッと息を呑む。

先に前に出ていたサディルが、こちらを振り返る。

彼は大きな手を差し出して、濃い笑みをたたえ、悠然と構えている。

その大きな手を見つめて、リーフェは笑った。

それは、いつもリーフェを導いてくれた特別な手だ。

彼の手に導かれ、リーフェもまた手を伸ばす。

そうしてリーフェは、自らの幸福をまるごとその手に掴んだ。

絶対に、この手を離さない。

この人と一緒に、夢を追いかけていく。――そう、自分に言い聞かせて。

新＊感＊覚　ファンタジー！

Regina レジーナブックス

ポンコツ薬師令嬢が大活躍！

私を追放したことを後悔してもらおう1～2
～父上は領地発展が私のポーションのお陰と知らないらしい～

ヒツキノドカ
イラスト：しの

ポーション研究が何より好きな伯爵令嬢アリシアは、自前の研究所でひたすら魔法薬開発に精を出していたが「女は働く必要ない」という父から家を追放されてしまう。アリシアは途方に暮れながらも、友人エリカや旅の途中で助けた亀の精霊・ランドの力を借りながら隣国でポーションスキルを発揮していくが——!?

詳しくは公式サイトにてご確認ください。

https://www.regina-books.com/

携帯サイトはこちらから！

この作品に対する皆様のご意見・ご感想をお待ちしております。

おハガキ・お手紙は以下の宛先にお送りください。

【宛先】

〒150-6008 東京都渋谷区恵比寿 4-20-3 恵比寿ｶﾞｰﾃﾞﾝﾌﾟﾚｲｽﾀﾜｰ 8F
(株) アルファポリス　書籍感想係

メールフォームでのご意見・ご感想は右のＱＲコードから、
あるいは以下のワードで検索をかけてください。

アルファポリス　書籍の感想　検索

ご感想はこちらから

本書は、「アルファポリス」（https://www.alphapolis.co.jp/）に掲載されていたものを、
改稿・加筆のうえ、書籍化したものです。

妹《いもうと》と間違《まちが》えてさらわれた忌神子《いみみこ》ですが、
隣国《りんごく》で幸《しあわ》せになります！

浅岸 久（あざぎし きゅう）

2023年 8月 5日初版発行

編集－渡邉和音・森 順子
編集長－倉持真理
発行者－梶本雄介
発行所－株式会社アルファポリス
〒150-6008 東京都渋谷区恵比寿4-20-3 恵比寿ｶﾞｰﾃﾞﾝﾌﾟﾚｲｽﾀﾜｰ8F
TEL 03-6277-1601（営業） 03-6277-1602（編集）
URL https://www.alphapolis.co.jp/
発売元－株式会社星雲社（共同出版社・流通責任出版社）
〒112-0005 東京都文京区水道1-3-30
TEL 03-3868-3275
装丁・本文イラスト－甘塩コメコ
装丁デザイン－AFTERGLOW
（レーベルフォーマットデザイン―ansyyqdesign）
印刷－図書印刷株式会社

価格はカバーに表示されてあります。

落丁乱丁の場合はアルファポリスまでご連絡ください。

送料は小社負担でお取り替えします。


ISBN978-4-434-32342-3 C0093